온리유

온리 유

초판 1쇄 찍은 날 § 2006년 12월 13일
초판 1쇄 펴낸 날 § 2006년 12월 23일

지은이 § 진양
펴낸이 § 서경석

편집장 § 문혜영
편집책임 § 이종민
편집 § 한지윤

펴낸곳 § 도서출판 청어람
등록번호 § 제1081-1-89호
등록일자 § 1999. 5. 31
어람번호 § 제5-0120호

주소 § 경기도 부천시 원미구 심곡1동 350-1 남성B/D 3F (우) 420-011
전화 § 032-656-4452 팩스 § 032-656-4453
http://www.chungeoram.com
E-mail § eoram99@chollian.net

ISBN 89-251-0457-1 03810

only
온리유
진양 지음
you
도서출판
청어람

목 차

프롤로그

19 96년. 경기도 이천.

처마 끝에 매달린 아침 햇살이 눈부시게 반짝이며 그 아래 만들어진 작은 그림자까지 포근하게 감싸고 있었다. 처마 아래에는 '고척리 밥상' 이라고 적혀 있는, 색이 벗겨진 간판도 보였다. 처마와 원만한 곡선을 그리고 있는 낡은 지붕을 넘어가면 점포와 붙어 있는 한옥가옥이 드러난다. 오래된 나무 향을 가득 머금고 있는 집 안에서는 고즈넉한 한옥의 아침 분위기에 어울리지 않는 빠른 템포의 가요가 흘러나왔다.

"끔찍한 일이 될 거야, 다아아알링~ 어른이 된다는 상상만으로도 내게~ 숨이 막혀 버릴 것 같은 고통일 거야~"

무릎 위까지 치켜 올라간 교복 치마, 풀어헤친 머리칼을 풀풀

날리며 삐그덕거리는 마룻바닥을 풀쩍풀쩍 뛰어다니는 시내의 모습에 앉아 있던 할머니와 희락이 웃음을 터뜨렸다.

"크크크. 아줌마, 나와서 시내 좀 보세요!"

머리빗을 마이크 삼아 능청스럽게 노래를 부르는 시내의 모습에 자지러지듯 웃던 희락이 배를 부여잡고 기듯이 일어나 마루와 이어진 부엌으로 들어섰다. 식탁에 늘어져 있는 반찬통들을 보자기에 일일이 싸고 꼼꼼하게 매듭을 짓고 있던 시내의 모친이 웃음기 가득한 얼굴로 희락을 마주했다.

"아침부터 이게 웬 난리야?"

"어제 국사 쪽지 시험 가지고 내기했거든요. 진 사람이 가족들 앞에서 춤추고 노래하기. 얼른요!"

시내 모친의 등을 떠밀어 마루로 나온 희락은 엇박자로 박수를 치며 흥을 돋우고 있는 할머니 옆에 그녀를 앉혔다. 그리고 오래된 전축의 볼륨을 더욱 높였다.

"오 헬프 미, 날 이해해 줘. 널 좋아하지만. 오, 말럽~ 알럽 내 맘 정하긴 곤란해~"

어깨를 들썩이며 할머니에게 윙크를 날리는 시내의 쇼맨십에 희락이 또다시 배꼽을 잡고 웃었다. 노래는 클라이맥스에 다다르는지, 전주가 더욱 빠르고 비트가 강해졌다.

"때로는 나도 휴일이 있었으면 해. 우우~ 넌 잠시도 날 가만두질 않으니 그렇지만 혼자인 날은 우우~ 오히려 더 불안한 건 나인 걸. 이런 제길~ 이렇게 또 어딨어~ 예!"

괴성까지 지르며 맨발로 바닥을 뛰어다니던 시내는 이마 위의 흐르는 땀을 닦고 무릎을 꿇으며, 음악의 드럼 비트에 맞춰 마지막 인사를 멋지게 마무리했다. 희락이 손가락 휘파람을 불어댔고, 마당을 향해 탁 트인 마루는 한가득 웃음이 만발했다.

"시간이 벌써 이렇게 됐네. 너희 학교 안 가?"

모친의 웃음기 섞인 꾸지람에 시내가 얼른 벽에 걸린 갈색 뻐꾸기시계를 올려다보았다. 그리고 황급히 마이크처럼 쥐고 있던 빗으로 머리를 다듬기 시작했다. 하지만 춤을 추며 뒤흔들었던 머리칼이 완전히 엉켜 버려 쉽지가 않았다.

"하여간에 여자애가 칠칠치 못해요."

전축 전원을 끄고 시내에게 다가간 희락이 그녀에게서 빗을 빼앗아 들고 풀어헤친 머리칼을 부드럽게 빗어 내리기 시작했다.

"오늘 영어 단어 시험 있지?"

"넌 나한테 안 돼."

"그거야 두고 봐야 알 일이고. 이번에는…… 섹시한 여자 가수 노래로 하자. 네가 지면 옆에 쭉 찢어진 치마 입어야 해. 알았지?"

시내의 머리칼을 빗겨주던 희락이 손길을 멈추었다.

"나는 너 찢어진 치마 입는 거 보기 싫은데?"

"왜?"

"그 다리를 어떻게 감당하라고! 너, 그거 무기야, 무기."

"이게, 너 죽어!"

희락이 머리빗을 집어 던지고 낄낄대며 도망을 치자 시내는 교복 치마를 부여잡고 그 뒤를 쫓기 시작했다. '정신 사납다' 고 혀를 끌끌 차면서도 두 사람의 모습이 마냥 귀여운 듯 할머니는 주름진 얼굴이 환해졌고, 시내 모친은 희락을 등 뒤로 숨겨주며 시내를 약 올리는 것이 재미있는 듯 십대 소녀마냥 까르르 웃음을 터뜨렸다.

"이제 장난 그만. 아빠 돌아오시면 엄마는 아빠랑 반찬 배달 가야 하니까 잘 챙겨서 학교 가. 알았지?"

희락이 시내 모친의 허리를 감싸 안고 어린아이처럼 등에다 얼굴을 부벼댔다.

"아줌마, 저녁까지 보고 싶어서 어떻게 하죠?"

"으윽, 키는 멀대같은 게 징그럽게 왜 저래?"

고개를 설레설레 흔드는 시내를 향해 희락이 혀를 쏙 내밀었다.

"아줌마는 내가 이렇게 해주는 거 좋아해. 우리가 크면 클수록! 아줌마가 나이 든 게 실감날 거 아니야. 그렇죠, 아줌마? 조시내, 너 우리 모자 사이 질투하지 마. 넌 나한테 안 돼."

끝까지 약을 올리는 희락의 태도에 시내가 막 집어 든 머리빗을 녀석을 향해 내던질 참이었다. 가게와 이어져 있는 마당 한구석의 미닫이문이 철커덕 열리며 조 씨의 모습이 나타나자 시내의 뺨이 금세 실룩거렸다.

"아빠아아아!"

시내는 맨발로 마루에서 마당으로 달려나가 아빠에게 매달리듯 안겼다. 갑작스럽게 달려든 시내 때문에 어쿠, 소리를 내며 손에 든 장바구니를 바닥에 떨어뜨렸다.

"우리 딸, 용돈 떨어졌어?"

"아빠! 그게 아니라, 엄마는 희락이만 좋아해."

조금 전 자신에게 어린아이처럼 굴지 말라던 시내가 오히려 얼굴에 투정이 가득한 채로 콧소리를 내자 희락이 고개를 설레설레 흔들었다. 그리고 시내 모친과 함께 부엌으로 들어가 반찬통을 싼 보자기를 함께 들고 나왔다.

"응. 할머니, 할머니도 봤지? 희락이가 나 막 놀리고, 엄마 옆에 붙어서……."

"봤지가 뭐야. 할머니한테 하는 말버릇 하고는!"

희락을 고자질하려던 시내는 오히려 부친에게 야단을 맞자 풀이 죽어 입술을 삐죽거렸다. 그리고 반찬통을 가게 앞에 세워둔 작은 트럭에 옮기는 희락에게 조 씨의 칭찬이 이어지자 얼굴이 더욱 구겨졌다.

"뭐야, 난 주워온 딸이 틀림없어. 할머니이, 할머니 나 주워왔지? 안 그럼, 엄마 아빠 모두 나만 미워할 리가 없어. 그치?"

말도 안 되는 소리를 하는 시내가 어이없어 희락이 혀를 끌끌 찼다. 마당에 서 있던 시내의 모친은 빙긋 웃으며 희락의 교복 타이를 고쳐 매주었다. 그리고 귓속말로 중얼거렸다.

"시내가 오늘 하루 종일 우리 아들 괴롭히겠다."

"걱정 마세요."

한두 번 겪은 일도 아니라는 듯 희락이 살짝 윙크를 해 보이고, 조 씨에게 고개를 돌렸다.

"아저씨, 운전 조심하세요."

조 씨는 할머니에게 달려가 버린 자신의 딸을 사랑스러운 눈으로 바라보다 희락의 목소리에 고개를 끄덕였다. 그리고 친근한 손짓으로 희락의 머리를 마구 헝클어뜨렸다.

"걱정하지 마. 우리 마나님이 타셨는데 조심히 해야지. 참, 가는 길에 데려다 줄까?"

마루에서 할머니가 챙겨준 교복 재킷을 입고 있는 시내에게 빨리 준비하라며 다그치던 희락이 고개를 흔들었다.

"괜찮아요, 방향도 다른데. 시내랑 자전거 타고 갈게요. 조시내, 너 빨리 안 나오면 혼자 가버린다!"

"가! 간다니까!"

차례로 할머니에게 인사를 하고 가게를 통해 밖으로 나온 네 사람은 따듯하게 내리쬐는 기분 좋은 햇살에 서로의 얼굴을 마주하며 밝게 미소 지었다. 곧 희락은 가게 앞에 세워둔 자전거 자물쇠를 끌러내고 조 씨는 트럭의 시동을 거느라 분주하게 움직였다.

"엄마, 오늘 저녁때 뭐 해놓을 거야?"

"뭐 해놓을까?"

"나야, 엄마가 하는 거 다 맛있지. 음, 그중에서…… 카레!"

시내는 모친이 고개를 끄덕이며 차에 올라타는 것을 만족스럽게 바라보았다. 어느새 자전거를 끌고 트럭 옆으로 희락이 섰다.

"다녀오겠습니다!"

자전거에 올라탄 희락은 시내에게 뒷자리를 향해 손짓을 해 보였다. 교복 치마를 입었음에도 불구하고 조심성없이 자전거에 올라타는 시내의 모습에 모친의 잔소리가 이어졌다.

"조심해서 가. 나중에 보자, 내 새끼들."

트럭이 먼저 가게 앞 비포장 도로를 뿌연 먼지를 일으키며 달려나갔다.

"역시, 웃고들 계시지만 어깨가 좀 처졌지?"

시내의 말에 희락이 고개를 끄덕였다. 며칠 전 빚 독촉을 하러 사람들이 몰려온 날부터, 여느 때와 다름없이 허허거리며 웃고는 계시지만 부모님의 안색이 어두웠다. 오래전, 은행 보증을 서준 지인이 하룻밤 새 야반도주해 버리고 그 은행 빚의 이자를 메워 나가다 야금야금 지게 된 사채 빚이 시간이 지날수록 감당하기 힘든 부담으로 부모님의 어깨를 짓누르고 있었다.

트럭의 모습이 거의 사라지고 나서야 희락의 자전거가 그 반대 방향으로 출발하기 시작했다.

"꽉 잡았어? 넘어져도 난 책임 못 진다."

힘차게 페달을 밟는 희락의 어깨를 붙잡고 시내는 위험천만하게 자전거 뒷자리에 일어섰다. 상쾌한 바람 내음이 코끝에 맴돌고 머리칼과 옷자락을 펄럭거리고 지나가자 시내는 웃음을 터뜨렸다.

"너 나 책임져야 할걸?"

"무슨 그런 끔찍한 소리를!"

시내의 긴 머리칼이 날려 이마와 뺨에 와 닿자, 끔찍하다는 말투의 목소리와는 달리 부드러운 미소가 희락의 얼굴 가득 퍼져 나갔다.

"저번에 옆집 아주머니가 옛날에 우리 둘이 발가벗고 동네 뛰어다녔다고 하시기에 내가 그건 탑 시크릿이라고, 그 소문 퍼지면 나 시집 못 간다고 그랬거든. 그러니까 소문 퍼져서 시집 못 가면 희락이 네가 책임질 테니까 걱정 말라고 하시던데?"

자전거가 큰길로 나가기 전 신호등에서 잠깐 멈추어 섰을 때 시내는 가볍게 앉아 희락의 어깨에 있던 손을 허리춤으로 옮겨 잡았다.

"뭐야, 나한테는 선택권이 없는 거야?"

"없지. 너 여자의 사생활이 얼마나 중요한지 모르지? 정말 그 소문 퍼지면 나 시집 못 갈지도 몰라."

시내가 걱정 어린 말투로 말하며 오버스럽게 한숨을 내쉬자 희락은 어깨를 으쓱거렸다.

"소문 안 퍼져도 누가 널 데려가겠어?"

희락이 말이 끝나기도 전에 시내의 따끔한 손바닥이 녀석의 등짝을 사정없이 지나쳐 갔다.

"아욱. 야, 아프잖아! 밥 먹고 손아귀 힘만 길렀나. 하여간 오빠한테 주먹질이나 하고."

"동갑이면서 오빠는 무슨."

신호등이 초록 불로 바뀌자, 희락은 또다시 힘차게 페달을 밟아 횡단보도를 건넜다. 속력이 높아질수록 기분 좋은 바람은 더해져만 갔다. 시내는 자신의 양손을 깍지 껴 희락의 허리를 꽉 감싸 안았다.

"있잖아, 만약에 지금이라도 너한테 가족이 나타나면 어떡하지?"

"그럴 리가 없잖아."

무심하게 시내의 말을 잘라내며 희락이 급커브를 돌자, 저만치 회색빛 학교 건물이 보이기 시작했다.

"그럼…… 오빠가 아니잖아."

혼잣말처럼 중얼거린 시내의 말을 들었는지 희락이 손을 뒤로 돌려 그녀의 머리를 콩, 쥐어박았다.

"너보다 무려 생일이 넉 달이다 빠르다! 당연히 오빠지!"

"그런 게 어디 있어?"

자신의 말은 들은 체도 하지 않으며 운동장 한편에 자전거를 세우고 자물쇠를 채우는 희락의 모습에 시내는 약이 오르는지 발을 동동 굴렀다. 자전거 앞바퀴의 바람이 조금 빠진 것 같다는 혼잣말을 중얼거리며 일어난 희락은 자신의 앞을 가로막은 시내를 내려다보며 얼굴을 찌푸렸다.

"알았어, 네가 누나 해. 그럼 됐지?"

시내를 비켜서 학교 건물을 향해 걸어가던 희락이 갑자기 걸음을 멈추고 뒤돌아보았다. 빙긋 미소를 지은 희락의 얼굴에는 애정 어린 표정이 가득했다.

"네가 누나든, 내가 오빠든 상관없어. 중요한 건 우리는 가족이라는 거야."

자신을 기다려 주지도 않고 성큼성큼 건물 안으로 들어서는 희락의 모습을 한참 동안 가만히 지켜만 보고 있던 시내는 뒤에서 부르는 소리에 정신을 차렸다. 역시 자전거를 타고 왔는지 머리칼이 마구 헝클어졌지만, 전혀 개의치 않는 듯 밝게 웃고 있는 윤정에게 손을 흔들어 보였다.

"뭐 해, 안 들어가고? 희락이는?"

"먼저 들어갔어."

윤정이 눈을 치켜떴다.

"웬일로 따로 플레이? 너네 싸웠어?"

"아니."

시내는 어깨를 으쓱거리고 윤정을 향해 쓴웃음을 지었다.

"노희락은 조희락이 되는 게 소원인가 봐."

"뭐?"

윤정을 남겨두고 먼저 발걸음을 옮기던 시내는 한숨을 푹 내쉬었다.

"조희락? 뭐야, 진짜 너희 집 식구라도 되겠다는 말이야? 양자로? 그것보다 더 쉬운 일이 있는데, 노희락이 그 자식은 머리도 나빠. 그냥 너랑 나중에 결혼하면 당연히 너네 집 식구 되는 건데……."

"야!"

누가 들을까 싶어 시내는 황급히 윤정에게 돌아와 그녀의 입을 막아버렸다. 몇 번이나 조용히 하라며 눈을 부라린 후에야 윤정의 입에서 손을 떼어낸 시내는 심호흡을 하고 다시 학교로 향했다.

"기집애, 좋으면서. 야, 같이 가!"

윤정과 함께 교실에 들어선 시내는 자신을 향해 느림보라고 입 모양으로 말하며 가방을 내려놓는 희락에게 주먹을 흔들어 보였다. 그리고 희락의 뒷자리에 가 앉았다.

따듯한 햇살이 잘 드는 창가 자리, 시내는 가방을 내려놓고 햇살에 반짝이는 희락의 천연 갈색 머리칼을 바라보며 아무도 모르게 싱긋 미소를 지었다. 그러다 갑자기 희락이 돌아앉자 황급히 미소를 지우느라 얼굴이 굳어버렸다.

"너 정말 단어 시험에서 지면 찢어진 치마 입고 춤출 거지?"

"그럼. 그런데 그럴 일은 없을걸? 내가 어젯밤에 영어 시험 문제를 완벽히 마스터했거든."

"그 머리가 어젯밤 외운 걸 재생할 능력이 될까 싶다."

시내를 한껏 놀려대고 돌아앉던 희락은 갑자기 교실 앞문으로 뛰어들어 온 담임선생의 모습에 눈을 동그랗게 떴다. 아직 아침 자율 학습 시간이 안 되었기에, 교실 안에는 학생들이 반 정도밖에 없었던 것이다. 담임선생은 이리저리 눈을 돌리다, 창가 맨 끝자리에 있는 시내와 희락을 발견하고 이마에 흐르는 땀을 닦아냈다.

"시내야."

"네? 저, 저요?"

희락이 힐끗 돌아보며 킬킬댔다.

"너 또 무슨 사고 친 거야?"

"희락아."

시내에 이어 희락의 이름까지 부르는 담임선생의 목소리가 가늘게 떨렸다. 눈부시게 쏟아지는 햇살에 전혀 어울리지 않는 담임선생의 굳고 어두운 얼굴에 시내와 희락은 천천히 자리에서 일어났다.

"지금 병원으로 가봐야겠다."

시내는 한걸음 앞으로 걸어나와 희락의 곁에 섰다. 아직도 두 사람의 얼굴은 어리둥절한 표정뿐이었다.

"여기 앞 사거리에서 교통사고가 났는데. 그게……."

담임선생은 말을 채 잇지 못했다. 시내는 담임선생의 말뜻을 제대로 이해하지 못하고 미소를 지으며 다시 되물었다.

"사거리에서 교통사고가 났는데 우리가 왜 병원에 가요, 선생님?"

옆에서 희락이 마른 입술을 혀로 축이는 모습이 보였다.

"시내야, 희락아. 너희 집 트럭이……."

그날 아침은 일찍부터 햇살이 좋았다. 낡은 기와지붕 위에 매달렸던 햇살도, 자전거 위에 올라서 온몸으로 받아들였던 그 햇살도. 희락이 녀석의 갈색 머리칼이 머금고 있던 교실 창가에서 쏟아지던 햇살도. 그리고 내 새끼들…… 하고 눈웃음을 짓는 엄마와 아빠가 탄 트럭이 저만치 사라지던 그 아릿한 풍경 끝에 쏟아지던 햇살도.

서울.

"도윤아, 교대 시간."

"네!"

"수고했고, 교대 시간 잊지 말고."

도윤은 사수 도어맨에게 고개를 끄덕여 보였다. 휴게실로 가기 위해서는 로비를 통과하여야 하고, 로비를 지나고 있을 때는 비록 교대를 하였다 하더라도 모자와 재킷을 벗을 수 없었다. 제복 차림의 도윤의 모습에 로비에 앉아 있던 여자 손님의 시선이 쏟아진다. 밤 깊은 시간이었지만 도윤의 눈빛은 흔들림없이 강인했고 제복으로 감싼 널찍한 어깨는 큰 키와 어울려 주위의 시선을 장악했다. 쌍꺼풀은 없지만 짙은 선을 그리는 눈매와 매끄러운 콧날, 남자치고는 유난히 붉은 입술은 도어맨 일보다는 배우 쪽이 어울릴 것 같았다. 스물한 살 특유의 젊음과 자신감이, 뚜렷한 이목구비에서 선명하게 배어나온다.

도윤은 지나치는 벨 맨과 가벼운 눈인사를 건네며 적당한 걸음걸이로 휴게실로 향했다. 하지만 마음은 이미 휴게실에 펼쳐 둔

전공 서적에 달려가 있었다. 휴게실에 도착하자, 도윤은 그토록 답답했던 모자를 벗을 새도 없이 책을 파고들었다.

"위스키는 맥아를 사용한 곡류를 당화, 발효한 알코올 함유물을 또다시 증류하여 만든 술이다. 주재료는 전분질이 있는 곡물 등을 사용하는데 옥수수, 호밀, 보리, 밀 등이다. 증류해 낸 술은 오크 통에 넣어 숙성……."

"숙성시키는데, 숙성시키는 동안 향미와 향취, 그리고 위스키로서의 품격을 얻는다. 어때, 나 잘 외웠지?"

"재희야!"

도윤의 얼굴이 반가움으로 환해지며, 의자에서 벌떡 몸을 일으켰다. 이내, 주위를 둘러보며 목소리를 줄였다.

"어떻게 왔어? 이 시간에!"

"내가 이 호텔에 못 드나드는 곳이 어디 있어? 다 외웠어? 난 위스키 패스, 칵테일 외우는 중. 시험은 코앞인데 우리 애인 얼굴이 어찌나 보고 싶은지 말이야."

늦은 밤에 오너 딸이 갑자기 들이닥쳐 당황했을 프론트 데스크 직원들을 머릿속에 떠올리며 도윤은 쓴웃음을 지었다. 재희는 장난기 어린 표정으로 도윤의 손에서 책을 빼앗아 들었다. 그리고 시험 문제를 내듯 그에게 질문을 던지기 시작했다.

"위스키의 분류."

도윤은 어깨를 한 번 으쓱거린 후 어렵지 않게 대답한다.

"산지별, 원료별, 증류법."

"산지별."

"스카치 위스키, 아이리쉬 위스키, 캐나디언 위스키, 아메리칸 위스키."

"원료별."

"몰트 위스키, 그레인 위스키, 브랜디드 위스키, 버어번 위스키, 콘 위스키, 라이 위스키."

"굿! 공부 끝. 이제 놀자."

큭, 웃음을 터뜨리며 도윤이 재희의 손에서 두꺼운 전공 책을 되찾아왔다. 사실 도윤에게는 이렇게 재희와 잡담을 하고 있을 잠시의 여유도 없었다. 자신을 보기 위해 호텔까지 찾아온 그녀를 그냥 되돌려 보내기가 미안했지만 벌써 짧은 휴식 시간이 끝나가고 있었다.

"미안해."

"이번 시험 어차피 못 쳐도 상관없잖아. 내년에 인턴쉽으로 호주 메르디안에 갈 텐데."

"그래도 나한텐 중요해. 그리고 지금은 너무 늦었어. 회장님이 걱정하시겠다."

잠시 코끝을 찡그린 재희가 어쩔 수 없다는 듯 몸을 일으켰다.

"내가 이야기했잖아. 엄마 돌아가신 이후로, 아버지는 뭐가 그리 바쁜지 나한테는 신경도 안 써. 그리고 이 시간에 아버지가 호텔에 계실 리가 없잖아?"

순간 도윤의 표정이 어두워졌다. 자신의 한 말뜻은 회장님에게 두 사람이 만나고 있다는 사실을 들킬까 봐 하는 걱정이 아니었다. 하지만 천진난만하게 웃고 있는 재희 앞에서 당황한 모습을 보일 수 없어 도윤은 쓴웃음을 지었다.

"어쨌든 오늘은 그만 돌아가. 나가자, 나도 어차피 교대해 줘야 해."

아이 달래듯 재희를 달래며 일어난 도윤은 그녀와 함께 휴게실을 빠져나왔다. 휘황찬란한 로비를 가로질러 걸어가는 두 사람의 걸음걸이는 사뭇 달랐다. 자신은 도어맨, 재희는 언젠가 이 호텔의 주인이 될 사람이니 같을 수 없다는 것을 알면서도, 도윤은 자격지심을 떨쳐 버리려고 노력했다. 성공할 것이다. 반드시 성공해서, 재희에게 누구보다도 어울리는 사람, 그녀처럼 이 로비에서 거침없이 걸음을 떼어놓을 수 있는 사람이 될 것이다. 그러니 지금은 처지가 조금 다르더라도 상관없었다.

"조심해서 가."

아쉬운 듯 재희가 돌아보았다.

"호주에 가면, 우리 같이 살자."

"뭐?"

"그럼 떨어지지 않아도 되잖아."

피식, 웃음을 터뜨리며 재희에게로 손을 뻗으려던 도윤은 그녀가 살짝 몸을 피하자 허공에서 팔이 흠칫했다. 갑자기 얼어붙은 재희의 표정에 도윤은 의아한 얼굴로 뒤로 돌아섰다. 익숙한 번호판의 고급 세단이 정문 앞으로 매끄럽게 멈추어 선다. 도어맨은 호텔에 드나드는 각종 VIP 인사들의 차 종류와 번호를 암기하는 것이 원칙이다. 그렇기에 도윤은 그것이 누구의 차인지 정확히 알 수 있었다.

"아버지."

재희의 떨리는 목소리가 도윤의 귓가에 울렸다. 세단에서 육중

한 몸을 내밀고 나선 중년의 남자는 재희를 발견하고 눈썹을 치켜떴다. 순간 몸이 얼어붙을 만큼 긴장이 되긴 했지만 도윤은 올 것이 왔다는 생각에 허리를 굽혀 노 회장에게 인사를 했다.

"안녕하십니까, 회장님."

재희와 만난 지는 일 년이 넘었고, 사랑하는 여자의 아버지라는 것을 뻔히 알면서도 형식적인 인사치레만 하는 것이 못내 마음에 걸리고 있던 차였다. 재희의 연인이며, 비록 아직은 밑바닥에서 뛰고 있지만 언젠가는 이 흘린 땀방울만큼, 아니, 그보다 더 성장할 가능성이 무한한 사람이라고 당당하게 스스로를 소개하고 싶었다. 아니, 재희가 그렇게 소개하리라 믿어 의심치 않았다.

"자네는."

가끔 드나들며 낯이 익었는지, 노 회장이 가볍게 고개를 끄덕여 보였다. 하지만 얼굴에는 여전히 자신의 딸과 함께인 이유에 대해 미심쩍은 표정이 역력했다.

"민도윤이라고 합니다."

"그런데 재희 너는 이 시간에 여기는 어쩐 일이냐."

노 회장의 시선이 재희와 도윤을 번갈아 지나쳐 갔다. 아무런 말을 하지 못하는 재희의 모습에 도윤이 한 발자국 앞으로 노 회장을 향해 다가섰다.

"회장님, 저는……."

탁— 재희는 황급히 도윤의 앞으로 뛰듯 걸어나오다 그의 어깨에 부딪치고 말았다.

"같은 과 친구예요."

도윤은 살짝 젖혀진 몸의 충격보다, 이어 터진 재희의 목소리에 몸이 굳어버렸다.

"왜, 아버지가 학교에 내는 장학금을 매 학기마다 타가는 그 수재 있죠? 도윤이, 민도윤이요. 우리 과에서 저랑 제일 친한 친구예요."

도윤은 망치로 머리를 한 대 얻어맞은 듯 머릿속이 얼얼했고, 얼룩 한 점 없는 새하얀 벽지처럼 변해 버렸다. 친구…… 목소리의 변화도 없이 재희는 도윤을 그렇게 소개하고 있었다.

"이번 시험 때문에 도윤이한테 부탁한 게 있었거든요. 명색이 이사장 딸인데, 아버지 체면 생각해서라도 시험 잘봐야죠."

재희는 그런 도윤의 흔들리는 시선을 완전히 외면하고 있었다. 친구, 그 이상 그 이하도 아닌 듯, 전혀 특별함이라고는 찾아볼 수 없는 말투. 도윤은 명치끝이 아파오기 시작했다. 슬픔이라기보다 분노였고, 분노라기보다는 자존심에 긁힌 상처였다. 재희는 아버지와 마주친 당황함이 컸는지, 점점 일그러지는 도윤의 표정을 발견하지 못했다. 딱딱하게 굳어진 도윤의 뺨 근육이 뚜렷한 이목구비 위에서 순간 꿈틀거린다.

도윤은 노 회장의 팔짱을 끼고, 호텔 안으로 사라지는 재희의 뒷모습을 지켜보았다. 순간 엄청나게 일그러진 자존심에 엘리베이터 문 사이로 보이는 두 사람의 모습이 시야에서 흐릿해졌다. 도윤의 입술이 천천히 비틀리기 시작했다. 가슴 끝에 간직하고 있던 아주 소중한 그 무엇인가를 누군가 빼앗아가 버린 기분이 들었다.

"친구라고……?"

하나

2006년.

엊그제 내렸던 눈을 마저 쓸어내지 않아 길을 꽁꽁 얼려 버렸다. 그렇지 않아도 오르기 힘든 높다란 골목길을, 양손에 짐을 한가득 들고 오르기만도 벅찼는데 발을 조금이라도 헛디디면 얼음찜질을 각오해야 하는 길 위에 선 시내는 긴 한숨을 내쉬었다.

"도대체 어디까지 올라가는 거야?"

"뭐라고?"

앞서 걸어가던 복덕방 할아버지가 한숨 섞인 시내의 혼잣말에 뒤돌아보았다.

"아, 아니에요. 할아버지, 아직 멀었어요?"

굽이굽이 올라간 산동네 후미진 골목 앞에서 할아버지가 걸음을 멈추자 숨이 턱까지 차 오르던 시내는, 드디어 도착했다는 안도의 한숨을 내쉬었다. 만약 이 집에서 살게 된다면, 도시락을 만들다 하나씩 주워 먹어 찐 반찬 살이 쭉쭉 빠지리라.

"아가씨가 가진 돈으로 이만한 곳도 구하기 힘들지. 들어가 방 구경해 봐."

분명 지어진 지 이삼십 년은 훌쩍 넘었을 낡은 다세대 주택을 올려다보며, 시내는 침을 꿀꺽 삼켰다. 하지만 아무렴 어떠냐, 비바람 피하고 발 뻗고 누울 수 있는 곳이면 상관없다는 생각을 하고 대문 안으로 들어섰다.

팔 평 남짓한 남루하고 초라한 방은 이미 가을께에 비워진 후 한 번도 불을 넣지 않아 한기를 가득 머금고 있었다. 묵은 찌든 때가 낀 벽지를 가만히 응시하는 시내의 눈빛을 눈치 채고 복덕방 할아버지가 얼른 입을 열었다.

"들어오기만 하면, 도배랑 장판 새 걸로 싹 바꿔주기로 했으니까 걱정하지 말고. 어때, 마음에 들어?"

마음에 들든, 들지 않든 간에 시내에게는 선택의 여지가 없었다. 그녀가 가진 돈으로 구할 수 있는 집은 여기밖에 없었다. 더 좋은 집을 구할 여력이 있었다면 전세금을 올려달라는 이전 집에서 나올 이유도 없었다.

"되도록 빨리 들어와야 하는데 도배랑 장판은 언제까지……."

시내가 한시라도 급하다는 것을 드러내어 보이기 위해 손에 들고 있던 짐들을 치켜올리던 그때 가방 속에 넣어둔 휴대전화가 요란스럽게 울렸다. 귀가 따가울 정도로 시끄러운 단음의 벨소리였다.

"여보세요."

[어디야?]

"아, 사장님. 집 보고 있어요."

추위로 인해 붉게 달아올랐던 시내의 두 뺨에 더욱 도드라지게 홍조가 떴다. '추운데 얼른 보고 내려가지' 라고 작게 투덜거리는 할아버지의 목소리를 한 귀로 넘겨 버리며 시내는 휴대전화기를 손에 꼭 쥐었다.

[집이고 뭐고, 지금 당장 가게로 와. 알았지?]

사장이 다급한 목소리로 말한 후 전화를 끊어버리자 순간 시내는 눈만 깜빡거리고 그 자리에 서 있다 할아버지의 헛기침 소리에 제정신이 들었다.

"여기에 살 거면 내려가서 얼른 계약서 쓰고!"

"저기요, 할아버지. 지금 좀 급해서 그런데 제가 다음에 다시 찾아올게요."

"아니, 아가씨! 아가씨!"

두 팔 안에 무거운 짐들을 끌어안은 시내는 낡은 주택 대문을 빠져나와 살얼음이 낀 골목길을 달리기 시작했다. 도대체 무슨 일이기에 사장이 그토록 시내에게 빨리 와달라고 한 것인지 머릿속에서 오만 가지 상상이 다 피어오르기도 했다.

"가게에 불이라도 났나?"

마지막으로 가게를 나섰던 사람이 자신이라는 것을 깨닫자 더욱 마음이 달아 발걸음을 빨리 한 순간 발을 헛디딘 시내는 내리막길에서 주루룩 미끄러져 버렸다.

"아, 아프다. 씨."

둔탁한 통증이 몸 전체로 퍼졌다. 두꺼운 코트 덕에 심하게 다치진 않았으리라 생각했으나 추위로 몸이 얼어 있던 탓에 통증이 예상외로 심했다.

"별일 아니기만 해봐라! 확, 그만두…… 지는 못하겠지만. 쩝!"

거대하고 번쩍거리는 오피스텔의 외양에도 하나 기죽는 일 없이 성큼성큼 정문으로 들어선 시내는 졸고 있던 경비 아저씨의 책상을 장난스럽게 몇 번 두드려 깨운 뒤, 엘리베이터를 타고 지하로 내려갔다. 아직 오픈 시간이 남아 있는데도 불구하고, 가게의 문이 활짝 열려 있었다. 뭔가 이상한 기운을 직감한 시내의 얼굴색이 어두워졌다. 절뚝거리면서도 빠른 걸음으로 가게 안에 들어선 시내는 온통 난장판이 된 실내의 모습에 입을 딱 벌렸다.

고급스런 벨벳 소파들이 여기저기 나뒹굴고 있고, 바 위에는 깨진 술병들이 고약한 알코올 냄새를 내뿜고 있었다.

"사장님! 가게에 폭탄이라도 떨어졌어요?"

두 팔을 허리춤에 얹은 채 바 위에 완전히 눌러 붙은 술의 얼룩자국을 못마땅한 듯 바라보고 있던 사장의 입술에서 한숨 소리가 터져 나왔다. 오픈 시간도 제대로 지키지 않는 이름뿐인 농땡이 사장이었지만, 난장판이 된 가게 안의 모습에 속이 상하긴 한 모양인지 늘 웃고 있던 그의 얼굴이 딱딱하게 굳어 있었다.

"술 도둑. 이놈의 자식들, 비싼 술만 골라서 가져갔어."

사실 월세도 나오지 않는 만년 불경기인 이 술집이 근근이나마 유지될 수 있는 것은 사장이 건물주 아들이라는 사실 때문이었다.

"아니, 돈 훔쳐 가는 건 봤어도 술 훔쳐 가는 도둑은 처음 보네."

혼자서 낑낑대며 옆으로 모로 누운 소파를 똑바로 세워놓으며 시내는 혀를 끌끌 찼다.

"너 새벽에 도시락 만든다고 들어왔을 것 아니야. 그때는 아무 낌새 없었어?"

"낌새는 무슨, 주위에 개미 새끼 한 마리 없었어요. 문단속도 잘 했고."

"아으흑."

손가락으로 머리를 북북 긁으며 사장은 시내를 도와 테이블을 정리하기 시작했다.

"경찰에 신고 안 해도 돼요?"

"신고한다고 찾을 수 있겠냐? 경비 업체에 전화했어. 도난경보 달아달라고."

"그것 좀 빨리 하라니까 그렇게 미루더니, 내가 언제 한번 일이 터질 줄 알았다니까."

"야! 너 지금 불난 집에 부채질 해?"

"알았어요. 알았어. 입 다물게요."

걸레를 가져다가 바 위의 얼룩을 지우기 시작한 시내의 얼굴에, 무슨 생각이 퍼뜩 스쳤는지 환하게 밝아졌다.

"사장님! 경비 업체가 뭐가 필요해요!"

자못 엄숙한 표정까지 지어 보이며 시내가 사장에게 입을 열었다.

"제가 불철주야 가게를 지키겠습니다."

"뭐?"

"사장님은 제가 가게 지켜서 좋고, 저는 아침, 점심, 저녁으로 오가는 시간 줄여서 좋고. 이게 일석이조가 아니고 뭐예요?"

시내가 같은 건물 일층의 편의점에서 일을 끝내고 나면 이른 오후, 가게가 오픈하기 전까지 두 시간 정도가 남아 늘 경비 아저씨와 함께 시간을 떼우는 것은 그렇다 쳐도 도시락을 만들기 위해서는 가게 주방이 필요로 했고, 늦은 밤에 퇴근하고서도 다시 새벽에 가게로 돌아와야 하는 것은 정말 고역이었다.

"위험해서 안 돼. 오늘처럼 도둑 들면 어떡하냐?"

"아니, 사장님은 이 조시내가 도둑놈 하나 상대 못할 것 같아요?"

내심 두려움을 숨기며 시내가 의기양양 말했다.

"하긴 네 팔뚝이면 소도 때려잡지, 잡아."

"사장님!"

"좋아. 단, 너 집 구할 때까지만이다. 알았지?"

입을 헤벌쭉 벌리며 좋아하는 시내의 모습에 사장도 어이가 없다는 듯 피식 웃음을 터뜨렸다. 그때 열린 가게 문 앞으로 편의점 사장 강 씨가 삐죽이 얼굴을 들이밀었다.

"엇, 사장님. 저 오늘 편의점 알바 쉬는 날인데, 그새 나 보고 싶어서 찾아오셨구나?"

당분간 추위를 피할 곳은 찾았다는 생각에, 그것도 공짜로 있을 수 있는 곳이란 생각에 기분이 좋아진 시내가 들뜬 목소리로 인사를 하며 손을 번쩍 들었다.

"너 돈줄 하나 잡아왔지. 649호, 새로 이사 왔대. 경비 아저씨

말로는 남자 혼자 산다고 하더라."

시내의 눈이 동그랗게 커지며 반짝거렸다.

"정말이요?"

"계속 여기 세워둘 거야?"

재희의 말에 그제야 정신을 차린 도윤이 현관문 한쪽으로 비켜섰다. 도윤은 당혹스런 표정을 숨기기 위해 더욱 얼굴을 찌푸려야 했다. 워낙 마른 데다, 겨울이라는 것을 무색하게 할 만큼 가벼운 옷차림의 재희는 그와 문 사이의 비좁은 공간에서도 여유있게 오피스텔 안으로 들어섰다.

"여기까진 웬일이야?"

"이사해 놓고 한 번은 불러줘야 하는 거 아니야? 집 구경은 시켜줘야지."

화장품 케이스와 지갑 하나만 달랑 들어 있을 조그마한 핸드백을 소파 위에 올려놓으며 재희는 집 안을 가볍게 둘러보았다. 강남에서도 꽤 비싼 값에 속하는 오피스텔이지만, 으리으리하고 화려한 집에서 태어나 서른 해를 살아온 그녀의 눈에는 초라하기 그지없을 것이란 생각이 들자 도윤의 마음 한구석이 비틀렸다.

"뭐 마실래?"

"주스."

냉장고 문을 열어 주스를 꺼내는 도윤을 바라보던 재희는 짙은 고동색의 소파에 몸을 묻고 앉았다. 어쩌면 문 앞에서 쫓아낼지도 모른다는 생각을 하고 있던 터라 발을 들여놓은 것만으로도 안도

하고 있었다.

"오피스텔, 좋은데?"

"고마워."

여전히 도윤의 목소리는 굳어 있었다. 재희는 널찍한 어깨에 썩 잘 어울리는 도윤의 스웨터와 긴 다리를 감싼 낡은 진을 물끄러미 바라보았다.

"내가 오기 전에 불러주면 안 됐어?"

"바쁜 거 알잖아."

바쁘지 않았다 해도, 자신을 이 오피스텔에 불러주지 않았을 테지만 더 이상 도윤에게 캐묻지 않았다.

"돌아온 지 얼마 되지도 않았는데 이렇게 빨리 일을 시작하는 거 힘들지 않겠어?"

"그래서 호텔 근처로 집 옮겼잖아. 설마 일 못한다고 구박하겠어? 명색이……."

도윤의 입에서 웃음 섞인 농담이 터져 나오자 재희도 빙그레 미소를 지었다. 하지만 이어지는 그의 차가운 목소리에 재희의 얼굴에서 웃음이 사라졌다.

"회장 딸 친구인데."

친구라는 말에 힘을 준 도윤은 아무렇지도 않은 듯 자신이 손에 든 유리잔을 집어 들고 주스를 마셨다. 도윤은 두 사람은 친구 이상, 그 이하도 아니라는 사실을 못 박으려 한 자신의 의도가 재희에게 전달되었음을 알고 있었다. 투명한 잔을 내려다보는 듯한 도윤의 날카로운 시선에 재희는 몸을 가볍게 떨었다.

"어떡하지? 나가서 같이 밥이라도 먹고 싶은데, 지금은 읽어봐야 할 서류들 때문에 너무 바쁘네. 다음에 호텔로 나오면 밥이나 먹자."

"언제 내가!"

재희가 간다고 말을 한 듯 소파에서 먼저 몸을 일으키던 도윤은 그녀의 날카로운 목소리에 행동을 멈추었다. 그리고 입술을 질끈 깨문 재희의 얼굴을 천천히 응시했다.

"언제 내가…… 우리, 친구 아니라고 한 적 있니? 언제 내가…… 너한테, 불쌍한 이혼녀 구제 좀 해달라고 구걸이라도 했니?"

도윤의 표정에는 언제나처럼 반복되는 재희와의 승강이에 대한 피곤함으로 가득했다.

"방해해서 미안하다. 그만 갈게."

도윤이 미처 말릴 새도 없이 자리에서 벌떡 일어난 재희는 휼쩍 오피스텔을 나가 버렸다. 열린 현관문을 가만히 응시하던 도윤은, 작은 한숨과 함께 고개를 돌리다 소파 위에 덩그러니 놓인 재희의 핸드백을 발견했다. 어차피 자동차 열쇠가 안에 들어 있을 테니, 그녀는 가지러 돌아올 것이다. 도윤은 재희가 다시 자신의 오피스텔에 들어서는 것보다 자신이 나가는 편이 나을 것이라 판단하곤 재희가 뛰쳐나간 현관을 나와 엘리베이터로 향했다.

도윤이 복도 끝 코너를 돌아선 순간이었다.

"아악!"

둔탁한 통증이 드러난 팔과 어깨 전체로 퍼져 나갔다. 도윤은 자신과 부딪친 사람이 복도로 나뒹구는 것을 보고 얼굴을 찌푸렸다.

"괜찮아요?"

“괜찮…….”

“미안합니다. 지금 제가 좀 바빠서요. 죄송합니다.”

다른 사람들보다 머리 하나는 더 큰 듯한 어마어마한 키에, 시내는 남자의 얼굴을 보기 위해서 고개를 빳빳이 들어야 했다. 짙고 검은 머리칼이 부드럽게 이마 위에서 살랑거리고, 두 눈은 쌍꺼풀이 없었지만 크고 뚜렷했다. 매끄러운 콧날과 약간 비틀린 입술. 사는 데 바빠 남자들에게는 아예 관심도 주지 않는 시내가 보아도 숨을 헉, 들이쉴 만큼 잘생긴 남자였지만 그 멋진 입술에서 터진 미안하다는 예의 바른 목소리가 진심으로 느껴지지는 않는다. 남자를 태운 뒤 스르륵 엘리베이터 문이 닫히는 것을 보며 매끄러운 대리석 위에서 몸을 일으킨 시내는 입술을 삐죽거렸다.

“끝까지 듣지도 않을 거면서 묻기는 왜 묻는담. 멀끔하게 생겨선 얼굴값이나 좀 하지. 아우, 오늘 일진 정말 사납다, 사나워.”

삔 발목이 더욱 지끈거리자 시내는 얼굴을 찌푸리며 649호라고 적힌 현관문 앞에 도착했다. 어느새 찌푸렸던 얼굴 대신 의미심장한 미소가 가득히 퍼져 나갔다. 이내 조금 전 엘리베이터에도 붙이고 온 전단지를 집어 들어 현관문 앞에 떡하니 붙여놓았다.

〈십 년 경력의 요리사가 만드는 도시락. 집에서 만든 따끈따끈하고 보슬보슬한 쌀밥과 신선한 재료로 만든 맛깔스러운 반찬이 그리우세요? 요리 경력 십 년! 대한민국 아줌마 표 도시락을 매일 아침 집 앞으로 배달해 드립니다.〉

"대한 물산 비서실에서 구 일 날짜는 절대 양보할 수 없답니다. 아무래도 창립 파티는 명동 메르디안에서……."

"자기 집 잔치를 다른 데 가서 하고 남의 집 잔치에 우리 집을 빌려준단 말이야?"

삼성동, 메르디안 호텔의 화려한 특실 연회장으로 들어서는 도윤의 발걸음이 조금 빨라졌다. 힐난하는 도윤의 말투에 강 팀장은 순간 할 말을 잃고 입을 다물어 버렸다. 도윤이 오기 전의 보스는 철저하게 고객 지상주의를 지향하며 일을 처리해 왔고, 그의 직속 부하직원이자 식, 음료 파트의 전반적인 업무를 담당하는 F&B팀 팀장인 강 팀장 역시 상관의 오더에 움직였었다. 아직까지는, 도윤의 스타일에 적응하는 것은 힘든 일이었다.

"아직 예약 안 했지?"

"네."

"그 날짜에 이 연회장은 메르디안 호텔의 창립 파티 행사 때문에 곤란하다고 통보해."

"하지만 이사님, 대한물산은 절대 무시할 수 없는 고객입니다."

재벌가의 손녀딸 생일 파티를 앞두고 있는 연회장은 코디네이터로 이루어진 별도의 연회팀과 식, 음료팀의 팀원들이 바쁘게 움직이고 있었다.

"무시할 수 없는 고객이지만, 우리가 무시당해야 할 고객은 아니야. 윤 지배인!"

"네, 이사님."

"안내판, 메뉴, 명찰, 좌석 배치도 준비 끝났나? 얼음 장식은 몇 시에 도착하기로 했지?"

새로운 컨벤션 연회부의 이사가 여간 깐깐한 사람이 아니라는 것은 이미 일파만파 퍼진 소문이었다. 지배인 선에서 체크할 문제까지도 꼼꼼히 놓치지 않는 것은 그가 바닥부터 올라온 자립형 임원이기 때문이라는 이야기도 있었다.

"테이블 위치가 식음료 부서로 내려간 통보서와는 조금 다른 것 같은데 확인해 봐. 조명이랑 음향은 리허설 한번 해보고."

휘몰아치듯 일을 이끌어 나가는 도윤은 날카로운 눈빛에 직원들의 움직임은 더욱 빨라졌다. 꼼꼼히 체크를 끝내고 연회실을 빠져나온 도윤은 자신의 사무실로 돌아왔다. 마케팅 부서에서 올라온 고객 만족도 조사 보고서를 집어 든 도윤의 눈에 피곤함이 어렸다.

잠을 곤히 이룰 수 없는 것은 한두 해의 일이 아니었다. 학교에 다니면서 메르디안 호텔의 벨 보이로 일을 했던 십여 년 전부터 동반했던 불면증이었다. 그때는 불면증이라기보다 억지로 잠을 자지 않기 위해 노력했다는 표현이 정확했지만. 하지만 지금 와서는 깊은 잠을 언제 자보았는지 기억조차 나지 않았다.

잠도 문제였지만, 혼자 사는 남자는 끼니 챙기는 것이 가장 큰 골칫거리였다. 도윤은 책상 한쪽으로 밀쳐진 전단지 하나를 집어 들었다. 며칠 전부터 현관문 앞에 붙어 있던 것이다. 떼어내도, 떼어내도 다음날이면 어김없이 붙어 있다. 손에 쥔 이 전단지도 오늘 출근할 때 현관문 앞에 붙어 있던 것을 떼어내 서류 가방에 아무렇게나 집어넣었던 바로 그것이었다.

"도시락이라."

"깊은 산속 옹달샘 누가 와서 먹나요, 맑고 맑은 옹달샘 누가 와서 먹나요. 아, 옹달샘이다! 락아! 라아아악! 옹달샘 찾았어, 빨리 와!"

양 갈래로 묶은 머리칼을 달랑거리며, 뛰어가는 자그마한 여자 아이의 뒷모습이 흑백 영화 필름처럼 펼쳐졌다. 통통한 다리를 재빠르게 움직여 옹달샘을 향해 달려가던 여자 아이는 이내 주위에 아무도 없다는 사실을 깨닫고 그 자리에 우뚝 멈추어 섰다. 바람 한 점 없이, 아이는 혼자였다. 주위에 솟아오른 나무들은 위안이라기보다 위협에 가까웠고, 싸늘한 한기는 아이를 떨게 만들었다.

"락아, 락아악! 장난치지 마! 어디 있어? 나와. 노희락! 너 나중에 엄마한테 일러준다! 나오란 말이야. 어디에 숨은 거야? 나와. 제발 나와. 무섭단 말이야. 희락아! 락아!"

"시내야! 조시내!"

자신의 어깨를 흔들어 깨우는 손길에 시내는 눈을 번쩍 떴다.

"사장님?"

"무슨 꿈을 꾸길래 그렇게 요란하냐? 안 깨우려고 했는데 소파에서 떨어질까 봐 깨웠다."

꿈이었나. 시내는 얼굴을 찌푸리며 뻣뻣하게 굳은 뒷목을 풀어주었다.

"사장님이 이 시간에 웬일이세요?"

"오늘 술 들어오는 날이잖아. 참, 주문 전화 내가 받았다. 아무리 울리면 뭐 하나, 퍼질러 잔다고 정신이 없는데."

사장이 테이블 위에 올려놓았던 시내의 구형 휴대전화기를 흔들어 보였다. 사장의 말에 시내의 얼굴이 단번에 환해졌다.

"정말이요?"

"응. 649호. 내일부터 배달해 달래. 계좌번호 불러줬어. 또 한 건 하셨구만. 이렇게 열심히 돈 벌면서, 이왕이면 핸드폰 하나 바꿔라. 이게 핸드폰이냐? 무기지, 무기."

놀려대는 사장의 말에 콧방귀를 뀌며 시내는 휴대전화기를 빼앗듯 받아 들었다.

"아직도 잘 터지는 걸 왜 바꿔요? 그럴 돈 한 푼이라도 더 적금 부어서, 어서 내 가게 오픈 해야죠! 헉, 늦었다! 사장님 저 편의점 가요!"

뒤숭숭한 꿈자리 때문에 멍하게 막혀 있던 정신을 수습하며 시내는 몸을 일으켰다.

"하여간! 저 짠순, 아니, 짠돌이!"

탁탁탁— 아직 날이 채 밝기도 전의 이른 새벽, 경쾌한 도마 소리가 좁은 술집 주방 안에 가득 찼다. 구수한 된장찌게 냄새와 깨를 볶는 고소한 냄새가 입 안 가득 군침을 돌게 했다. 시내는 냄비에 졸이고 있는 장조림으로 시선을 돌렸다. 나무 주걱 끝으로 장조림 국물을 찍어 맛을 본 후 시내의 얼굴에 만족스러운 미소가 떠올랐다.

"장조림은 되었고……."

싸다는 소문을 듣고 가게에서 조금 떨어진 대형 마트에서 사 온 커다란 오징어채 봉투에서 쓸 만큼만 꺼낸 후, 봉투를 냉동고에 도로 넣었다. 팬에 올리브유를 두른 후 오징어채와 다진 마늘을 넣고 불을 줄이고 볶기 시작했다. 오징어채가 오그라들기 시작하자 고추기름과 간장, 참기름을 넣은 후 다시 볶았다. 곧 물엿까지 넣고 버무려 그 위에 고소한 냄새가 진동을 하는 통깨를 뿌렸다. 오징어채 볶음을 만드는데 채 십 분이 걸리지 않았다.

도시락에 보슬보슬한 밥을 담아내고, 어젯밤 잠들기 전에 무쳐 놓은 무생채와 쇠고기 장조림, 재래 김과 갓 만든 오징어채 볶음까지 덜어놓자 보기만 해도 먹음직스러운 도시락이 완성되었다. 시내는 만족스런 눈빛으로 메모지와 펜을 꺼내 들었다.

〈안녕하세요, 아줌마표 도시락입니다. 첫 도시락이 마음에 드실는지 모르겠습니다. 반찬이 입에 맞으셨으면 좋겠어요. 오징어채 볶음을 많이 넣었는데, 혹시라도 남는다면 잘게 다져서 주먹밥을 만들어 드셔도 쫄깃쫄깃해서 맛이 좋을 거예요. 그리고 장조림 국물은 버리지 마시고 무나 감자를 졸일 때 양념장으로 사용해 보세요. 귀찮으시면 그냥 팬에 찬밥이랑 살짝 볶아 드셔도 맛있어요. 맛있게 드시고 오늘 하루도 행복한 시간 보내세요.

추신, 빈 도시락 통은 집 앞에 두시면 수거해 가겠습니다.〉

메모를 도시락을 포장한 보자기 속에 집어넣은 시내는 만족스러운 듯, 손끝으로 보자기를 매만졌다.

어디에선가, 화음이 섞인 음악 소리가 들리기 시작했다. 책상에 엎드려 잠시 잠이 들었던 도윤은 귓가에서 맴도는 음악 소리에 손을 뻗어 휴대전화기를 찾았다. 하지만 슬라이드를 올려도 상대방에서는 묵묵부답이었다. 눈을 뜨며 액정을 바라본 도윤은 그제야 전화벨 소리가 아니라 현관 벨소리였다는 사실을 깨달았다.

"으음."

무거운 몸을 일으킨 도윤은 천천히 걸음을 옮겨 현관으로 다가갔다.

"누구세요?"

아무리 기다려도 대답이 없어, 도윤은 고개를 갸웃거리며 현관문을 열었다. 하지만 복도에 아무도 없자 도윤은 눈살을 찌푸렸다.

"아침부터 누가 장난……."

그때 고소한 냄새가 코끝을 맴돌더니, 위를 자극시키기 시작했다. 냄새를 따라 시선을 떨어뜨린 도윤은 분홍색 보자기에 싸인 네모난 모양의 물건을 발견하고 고개를 갸웃거렸다. 곧 그것이 자신이 주문했던 도시락임을 깨닫고 피식 웃음을 터뜨렸다.

"뭐야, 이 보자긴……."

다음부터는 초인종을 누르지 말고 그냥 집 앞에 두고 가라는 메모를 적어둬야겠다 생각하며 도윤은 도시락을 들고 집 안으로 들어섰다. 방금 잠에서 깨어 입맛이 없을 것이라 생각했지만 보자기 틈에서 풍겨오는 냄새를 맡자 자신도 모르게 군침이 돌고 있었다.

보자기를 풀어 도시락을 열자 갓 지은 따듯하고 기름진 쌀밥과 서로 섞이지 않도록 조심스럽게 싼 반찬들이 눈을 즐겁게 했다. 먹음직스러운 장조림, 정갈해 보이는 무생채, 빛깔 좋은 김과 고소한 냄새가 나는 오징어채 볶음. 그리고 손바닥만한 통에 따로 담겨진 호박과 두부가 맛깔스러워 보이는 된장찌개까지.

반신반의하며 주문했던 도윤이었지만, 기대 이상이라는 생각을 하며 수저를 집어 들었다. 깔끔한 외양만큼이나 실망시키지 않는 맛이었다. 전체적으로 약간 간이 맵다는 느낌이 들었다. 하지만 그것은 호텔 조리장이 만들어낸 음식 맛을 평가하는 호텔리어의 입장에서의 느낌일 뿐이었고, 평범한 서른한 살의 미혼 남자 민도윤의 입맛에는 썩 잘 맞는 음식 솜씨였다. 열심히 수저질을 하던 도윤은 보자기 틈에 끼워 있던 메모를 빌견하고 집어 들었다.

〈안녕하세요, 아줌마표 도시락입니다. 첫 도시락…… 맛있게 드시고 오늘 하루도 행복한 시간 보내세요. 추신……〉

오랜만에 든든한 아침 식사를 끝내고 도윤은 재빨리 출근 준비를 했다. 집에서 나와 엘리베이터에 오른 도윤은 아직도 붙어 있는 도시락 주문 전단지에 흘낏 바라보았다. 테이프가 떨어져 나가 한쪽 모서리가 팔락거리는 모습을 지켜보던 도윤은 가방을 바닥에 내려놓고 전단지를 원상태로 붙여놓았다. 엘리베이터에서 내리자마자 걸음을 바쁘게 움직이던 도윤은 갑자기 울리는 벨소리에 주머니에서 휴대전화기를 꺼내 들었다.

"민도윤입니다. 네. 통화 가능합니다. 호텔로 가는 중이었습니다. 그럼요, 물론이죠."

매일 사서 마시는 식수가 떨어져 밥을 먹고 물을 마시지 못했던 도윤은 주차장으로 가기 전에 편의점에 들렀다. 어깨와 귀 사이에 휴대전화기를 끼운 채로, 한 손으로는 가방을 다른 한 손으로는 냉장고에서 물병을 꺼내었다.

"네, 알겠습니다. 일단 호텔로 가서 뵙겠습니다."

도윤은 계산대에 물병을 올려놓았다.

"팔백 원입니다."

전화를 끊고 나서 지갑을 꺼내던 도윤은 자신을 뚫어지게 바라보다 '아!' 라고 소리치는 편의점 직원을 의아한 듯 바라보았다. 자신의 얼굴에 뭐가 묻기라도 했나 싶어 도윤은 손으로 얼굴을 쓰윽 매만졌다.

"어! 저번에, 저번에 엘리베이터에서……."

"네?"

도윤이 다시 되물었다. 그리고 지갑에서 지폐를 꺼내어 직원에게 건네며 머릿속으로는, 아직 잠이 덜 깬 얼굴과 부스스한 머리의 이 여자를 어디서 본 적이 있던가 떠올려 보았다.

"아 왜, 그때 왜…… 쩝. 아니에요. 여기 잔돈 이백 원 받으세요."

도윤은 여자의 눈가에 끼인 눈곱을 한심한 듯 바라보다 이내 돌아섰다.

"안녕히 가세요! 좋은 하루 되세요!"

어쨌거나 하루에 두 번씩이나, 아침부터 좋은 하루가 되길 빌어주는 사람이 있다는 것은 기분 좋은 것임은 틀림없는 사실이었다. 그게 비록 도시락을 만들어주는 솜씨 좋은 아주머니이거나, 쾌활한 편의점 직원이라고 해도.

물을 마시며 차에 오른 도윤은 시동을 걸며 가벼운 콧노래를 흥얼거렸다. 든든하게 채워진 배 때문인지는 몰라도 오랜만에 맞이하는 상쾌하고 즐거운 아침이었다. 호텔에 도착해 전 날까지 호텔에서 일어난 모든 일을 보고 받고 각 부서별 지배인들과 오전 미팅을 끝낼 때까지도 그 기분은 여전했다.

[이사님, 회장님께서 잠깐 뵙자고 하십니다.]

"알았어."

그 즐거운 기분이 순식간에 사그라지는 기분이었다. 도윤은 약간 긴장한 채 몸을 일으켜 회장실로 향했다. 엘리베이터에서 가장 높은 수의 층수의 버튼을 누른 도윤의 입술 사이에서 길게 한숨이 터져 나왔다.

재희와 자신이 한때 연인이었던 과거의 사실을 모르고 있는 노회장과의 마주침은 늘 긴장의 연속이었다. 그는 같은 학교의 친구, 그중 특별히 친했던 친구로만 알고 있었고 자신의 딸과 특별히 친한 '친구'가 호텔 도어맨으로 일하면서도 그가 이사장으로 있는 학교의 장학금을 놓친 적 없는 수재라는 사실에 만족했을 뿐이었다.

만약 재희에게 자신이 단순한 친구가 아니라 남자였다는 사실을 알았다면, 그가 어떻게 했을까. 자신이 메르디안 호텔에서 도어맨으로 일을 할 수 있었을까. 아무리 성적이 뛰어났다고 한들 장학금은 받을 수 있었을까. 지금의 이 자리에도 오를 수 있었을까.

그래서였겠지, 재희가 자신의 아버지에게 자신을 그저 '친구'로 소개했었던 것은. 하지만 그녀는 알고나 있었을까. 그녀가 노회장에게 자신을 '친구'로 소개했던 바로 그 순간, 노재희와 민도윤의 차이를 뼈저리게 느꼈다는 사실을. 도윤이 재희와 헤어져야겠다고 다짐했던 날이 바로 그날임을.

노 회장은 이혼녀가 된 자신의 딸에게 그가 어울린다고 생각할지도 몰랐다. 도윤 역시 만약 재희와 예전에 그저 친구 사이였다면, 그런 노 회장의 은근한 기대를 저버리지 않을지도 몰랐다.

"후우."

하지만 재희가 한 가지 간과한 사실이 있었다. 돈이나 배경은 없었지만 뛰어난 두뇌와 어디에 내놔도 빠지지 않는 외모, 거기에다 끈기까지 갖춘 스물한 살의 혈기왕성했던 민도윤의 심장 속에서 팔딱거리던 자존심이 얼마나 크고 높았는지를. 재희가 '친구'라 소개했던 바로 그때 도윤은 재희의 '연인'이었고 그가 졸지에 '친구'로 전락하면서 자존심도 함께 무너졌다.

노크를 하고 회장실로 들어서자, 소파에 앉아 찻잔을 들고 있던 노 회장이 그를 반갑게 맞았다. 도윤은 허리를 숙여 인사를 한 뒤, 노 회장의 곁에 앉아 있는 젊은 청년을 응시했다.

"아, 인사하지. 이쪽은 재희한테 들은 적이 있지? 내 아들이야."

도윤은 가볍게 고개를 끄덕였다. 자신보다 서너 살 어려 보이는 청년은 크고 밝은 미소를 지어 보이며 소파에서 몸을 일으켰다.

"이 녀석 한번 보라고 불렀지. 이번에 호주에서 학위 받고 들어왔어. 자네가 처음부터 차근차근 가르쳐 주게. 내일부터 연회팀 코디네이터로 시작할 거야."

"안녕하세요. 민 이사님 말씀은 아버지나 누나한테 많이 들었습니다."

쾌활하고 웃음기 섞인 목소리로 입을 열며 청년은 도윤에게 악수를 청하듯 손을 내밀었다.

"노희락이라고 합니다."

"VIP 빌라 연회장 중에서 루비 룸, 크리스털 룸은 내부 발코니 확장 공사에서 빼도록 해. 그리고 공사 시안은 내일까지 맞춰달라고 하고. 내일 오후에 각 팀별 미팅 잡아줘."

[네, 이사님.]

"그럼 수고."

전화를 끊고 난 후 도윤은 차에서 내렸다. 칠흑같이 어두운 주차장을 가로질러 엘리베이터로 걸어가던 도윤은 피곤함에 목 뒤, 딱딱하게 굳은 부분을 손으로 마사지했다.

"하아……."

코트 속으로 스며드는 차가운 바람에 도윤은 입김인지 한숨인지 모를 숨을 뿜어냈다. 그는 이렇게 피곤한 채 집에 도착해도, 자신이 편하게 잠을 이룰 수 없다는 사실을 알고 있었다. 엘리베이터에 오른 도윤은 육층 버튼을 누르려다 잠시 멈칫했다. 그리고 무슨 생각이 들었는지, 손끝으로 지하 이층 버튼을 꾸욱 눌렀다.

가볍게 한잔하고 들어가면, 잠이 잘 오겠지. 그 어떤 잡념 없이, 잠을 잘 수 있겠지.

술을 많이 마시는 타입은 아니었지만, 간단히 한 잔 정도 마시면 긴장이 풀리고 피곤이 덜어지곤 해 한국에 돌아오기 전에는 퇴근 후 호텔 칵테일 라운지를 즐겨 찾았었다.

오피스텔 건물의 모던한 느낌이 그대로 살아 있는 지하 술집은 부담스럽지 않을 정도로만 고급스럽고 아늑했다. 호텔 바와 칵테일 라운지를 드나들 때마다 도윤은 그 화려함과 고급스러움, 그리고 특급호텔이라는 사실 때문에 일반 고객의 접근성이 현저히 떨어지는 사실에 대한 방안을 늘 고민했었다. 이번 발코니 확장 공사가 끝나면, 호텔 바와 칵테일 라운지 등의 인테리어를 바꾸도록 건의를 해볼까 하는 생각이 머릿속에 스치고 지나갔다. 화려함은 줄이고 모던하고 감각적인…… 어느새 일에 빠져 있는 자신의 모습에 도윤은 쓴웃음을 지으며 바에 앉았다.

"어서 오세…… 아!"

코트를 벗어 옆 의자에 올려놓으려던 도윤은 바 안에서 자신을 맞이한 바텐더의 나지막한 소리에 고개를 들었다. 잠시 고개를 갸웃거리던 그는 이내 바텐더의 얼굴을 알아보았다.

"편의점……."

"이번에는 기억하시네요."

장난기가 가득하며 반짝거리는 눈빛과 그리 어울리지 않는 화려한 유니폼, 바 위로 손님에게 술잔을 건네려면 까치발을 해야 하는 자그마한 키, 눈곱조차 떼지 않은 편의점에서보다는 상태가 좀 낫다는 생각을 하며 도윤은 예의상 말문을 텄다.

"아침에는 편의점, 밤에는 바에서 일을 하나 봐요."

"네. 뭐 드릴까요?"

"버번 콕."

바텐더의 얼굴에 난감함이 스치고 지나가자 도윤은 고개를 갸웃거렸다.

"왜요? 무슨 문제 있어요?"

"사장님이 지금 급한 일이 있어서 나가셨거든요."

"버번 콕은 만들기 쉬울 텐데. 그쪽은 바텐더 아니에요?"

바텐더는 조심스럽게 고개를 끄덕였다.

"전 원래 서빙만 하는데 갑자기 사장님이 급한 일이 있으셔서 나가시는 바람에……."

지금 그에게 술을 줄 수 있는 사람은 이 바텐더뿐인데 그녀는 버번 콕을 만들지 못한다고 말하고 있었다.

"그럼 맥주 한 병."

"네!"

무슨 술이든 취기에 잠들 수 있는 것이라면 상관없다는 생각을 하며 도윤은 바텐더가 가져다준 맥주병을 손에 움켜쥐었다. 방금 냉장고에서 꺼낸 듯 손끝이 아릴 만큼 차가웠고 물기가 배어 있었다. 기울인 맥주병 입구에 입을 대고 살짝 고개를 젖혀 꿀꺽꿀꺽 한 번에 반쯤 비워 버렸다. 자신도 모르게 꽤 갈증을 느끼고 있었던 모양이었다. 맥주병을 다시 바 위에 올려놓은 바로 그 순간, 휴대전화가 울렸다.

'재희' 라고 반짝거리는 액정을 물끄러미 내려다보던 도윤은 전화를 받지 않고 휴대전화기를 뒤집어 그대로 멀찌감치 떨어진 바 위에 올려놓았다.

"전화 왔는데요."

컵을 닦던 바텐더가 조심스럽게 말하자 도윤은 고개를 가로저었다.

"받지 않아도 되는 전화예요."

"건 쪽에서는 안 그럴 텐데……."

"네?"

"아, 아니에요. 그냥 뭐 건 사람은 뭐든 이유가 있으니까 전화를 했을 테고. 그러니까, 안 받아도 되는 전화는 없다 그냥 그런 말이라고요."

그녀는 바텐더가 될 소질이 전혀 없다. 바텐더란 술을 잘 만드는 것만큼이나, 침묵의 미학, 혹은 센스있는 수다가 필요한 직업이다. 도윤은 떨떠름한 표정으로 입을 열었다.

"받고 싶지 않은 전화예요. 그쪽도 그런 전화는 있을 것 아니에요. 달갑지 않은 전화."

"당연히 있죠. 어디든 돈 들어간다는 전화는 다 달갑지 않아요."

전혀 생각하지 못했던 바텐더의 대답에 도윤은 어이가 없다는 듯 빈 웃음을 터뜨렸다. 재희 생각을 하고 있을 때 웃음이라니, 도윤은 스스로도 믿기지가 않아 고개를 설레설레 흔들었다. 정확히 말하자면 젊은 아가씨가 돈 이야기에 진저리를 치는 우스운 모습이 재희의 생각을 순간적으로 몰고 가버린 것이었다.

"아침 저녁으로 일하면 피곤하지 않아요?"

"뭐, 이 정도는 거뜬하죠."

꼭, 십 년 전의 자신을 보는 것 같았다. 학교에 다니며, 잠 잘 시간 밥 먹을 시간을 아껴가며 일을 해야 했던 자신의 모습과 비슷했다. 그런데 그때 자신의 표정도, 이 바텐더 아가씨처럼 활기에 넘치고 즐거워 보였는지는 의문스러웠다.

"돈 벌기 힘들죠?"

도윤은 병에 남은 술을 다시 한 번에 비워내 버렸다. 닦은 컵을 정리하던 바텐더가 그의 말에 고개를 흔들었다.

"돈 버는 게 뭐가 힘들어요. 내 팔 한 번 더 움직이고, 내 다리 한 번 더 움직이면 되는데. 사장님은 몸이 피곤한 게 힘든 거라 생각하세요? 저는 몸이 피곤한 게 오히려 좋던데요? 몸이 피곤하니까 잠도 잘 자고, 밥도 잘 먹고 오히려 좋아요. 몸 힘든 그거, 그거 마음이 힘든 것에 비할까."

"나."

뭐가 거슬리는지 중간에 말을 끊자 시내는 눈을 동그랗게 뜨고 도윤을 바라보았다.

"사장님 아니거든요."

"아, 그거야 뭐 다 인사치레로 하는 거죠. 대한민국에 절반은 김 사장, 이 사장, 박 사장 아닌가요 뭐. 아, 사장님 오셨네. 큭. 진짜 사장님이요. 다행이다, 다른 손님 또 와서 모르는 거 만들어달라고 하면 어떡하나 했더니만……."

만들 줄 아는 게 있긴 한 거야, 속으로 중얼거리는 도윤의 눈과 마주치자 시내는 배시시 웃어 보이고는 얼른 바에서 빠져나가 버렸다. 혼자 남은 도윤은 지갑을 꺼내어 맥주병 아래에 팁을 포함한 돈을 끼워놓았다. 그리고 짧은 한숨을 내쉬었다.

"맞아, 그 말이. 그래서 내가 이제까지 미친놈처럼 일했나 보다."

선잠에 빠졌던 도윤은 또다시 눈을 떴다. 잠을 잘 수 없다고 해서 짜증스럽다거나 피곤하지는 않았다. 아니, 짜증스럽고 피곤하다고 해도 이미 만성이 되어버려 느끼지를 못하는 것일지도 몰랐다. 별로 제 기능을 다하지 못하고 있는 숙면 침대에서 몸을 일으킨 도윤은 서재로 향했다. 잠이 안 올 때는 일이 최고였다. 책상 위의 서류들을 다시 정리해서 가지런히 놓고, 컴퓨터를 부팅시키고 부산하게 일을 시작할 준비를 하던 도윤은 무엇인가 허전함을 느끼고 고개를 이리저리 돌렸다.

"……전화기."

아까 잠자리에 들어가기 전에 곁에 없어서, 당연히 책상 위에 올려놓은 줄로만 생각했던 휴대전화기가 보이지 않았다. 얼굴을 찌푸린 도윤은 거실로 나가 집 전화기를 집어 들고 자신의 휴대전화기 번호를 꾹꾹 눌렀다. 곧장 숨 죽인 여자 목소리가 건너편에서 들려왔다.

"전 핸드폰 주인인데 그쪽은 어디시죠?"

[저기요.]

"여보세요?"

기어들어 가는 건너편의 목소리에 도윤이 큰 목소리로 되물었다.

[쉿! 목소리가 너무 커요.]

도윤의 눈이 커졌다.

[아까 오셨던 손님 맞죠? 핸드폰 놓고 가신 그 사장님이요.]

잔뜩 긴장한 듯한 건너편 목소리의 주인공은 침을 꿀꺽 삼켰다. 그제야 도윤은 자신이 지하의 술집에 전화기를 놓고 온 사실을 깨달았다.

[쉿! 조용히 해주세요. 여기에, 도둑이 들어왔거든요. 지금 숨어 있는 중이라 조용히 하셔야 해요.]

영문을 알 수 없는 그녀의 말에 도윤의 눈썹이 위로 치켜 올라갔다.

"집에 도둑이 들었다고요?"

그런데 이렇게 태평스럽게 전화를 받고 있다고?

[아니요. 가게요. 전 지금 주방에 숨어 있어요.]

순간 어이가 없어졌지만, 한편으로는 걱정도 앞섰다.

"괜찮아요?"

[경찰에 신고했으니까 곧 올 거예요. 전화기는 내일 찾으러 오시면 드릴게요. 그럼 전 조용히 해야 하는 관계로 이만 끊겠습니다.]

"여보세요?"

이미 상대방이 전화를 끊어버렸다는 사실을 깨닫고 도윤은 눈을 몇 번 깜빡거렸다. 새벽 다섯 시가 가까워오는 시간, 술집에 도둑이 들었고 종업원인 여자는 부엌에 숨어 도둑을 지켜보면서도 긴장한 기색 이외에는 두려움을 찾아볼 수 없다? 자신이 지금 얼마나 위험한 상황인지 모르는 것인지 정말로 겁이 없는 것인지 알 도리가 없었다. 그녀 말대로 나중에 전화기나 찾으러 가기에는 뭔가 찜찜하다.

"후."

짧은 한숨을 내쉰 도윤은 두터운 옷을 챙겨 입고 집을 나섰다. 아마 같은 건물만 아니었더라면 절대로 나가지 않았을 것이란 생각을 한다. 엘리베이터를 타고 지하 이층 버튼을 누르며, 도윤은 뭔가 무기가 될 만한 것을 집어와야 했던 것은 아닐까 후회했다. 하지만 다행히도 엘리베이터에서 내리자 이미 가게 문이 활짝 열려 있고 정복차림의 경찰들이 도둑으로 의심되는 두 남자를 가게에서 끌어내고 있었다.

"훔칠 게 없어서 술을 훔치냐! 응?"

"그게 아니라니까요!"

옥신각신 다투는 그들을 지나쳐 가게 안으로 들어선 도윤은 흐트러진 가게 안의 테이블을 정리하는 시내의 모습에 걸음을 멈추었다.

"아욱, 술만 훔쳐갈 놈들이 도둑 왔다 간 티는 내고 싶었던 거야 뭐야. 왜 쓸데없이 자꾸 테이블만 괴롭히냐고. 치우는 내가 괴롭다, 괴로워."

"흠!"

도윤의 헛기침에 시내가 움찔하며 돌아섰다.

"엇! 사장님! 아니, 웬일이세요?"

모르는 사람주제에, 오버스럽게 느껴질 것 같아 차마 걱정되어서 왔다는 말은 하지 못하고, 도윤은 어깨를 으쓱거렸다.

"전화기 찾으러 왔어요."

도윤은 자신도 모르게 쓸데없는 말을 덧붙여야 했다.

"같은 건물이니까."

"네."

휴대전화기를 건네주며 시내는 빙긋 미소를 지었다.

"부엌에 들어가면서 주머니에 사장님 전화기밖에 없었거든요. 제 전화기는 가방에 있고. 사장님 전화기 없었으면 큰일날 뻔했어요. 신고도 못하고. 정말 감사합니다. 큰 신세졌어요. 기회 되면 꼭 갚을게요."

두 사람 사이에 그럴 일이 있을 턱이 없는 것을 알기에 시내는 헛 공약을 하듯 큰소리를 뻥뻥 쳤다.

"겁나지 않았어요?"

"그러게요. 겁이 나더라고요."

도윤이 시내를 머리끝에서 발끝까지 훑어보았다.

"얼굴은 전혀 겁나는 얼굴이 아닌데?"

"그냥 도둑질만 하려는 것 같았어요. 지난번에도 저놈들 짓 같았고. 아, 똑같은 일이 있었거든요. 신고를 안 했더니, 이것들이 우리 가게를 지네들 술 창고로 봤는지. 뭐, 사람 해할 마음이 있었으면 문 닫은 가게에 도둑질하러 왔겠어요?"

도윤은 자신도 모르게 고개를 설레설레 흔들었다.

"다행히 밥하느라 주방에 있었기에 망정이지."

아, 밥…… 중얼거리며 도윤은 시내에게서 돌아섰다. 알지도 못하는 사람, 게다가 그다지 위험스러운 상황이라고 인지하지도 못하는 여자 때문에 이날 새벽에 찾아온 것이 새삼 머쓱해졌던 것이다.

"안녕히 가세요! 다음에 꼭 신세 갚을게요!"

시내의 크고 우렁찬 목소리를 뒤로하고 가게를 나온 도윤은 엘리베이터에 올라탔다. 육층 버튼을 누르고 나서야, 아직도 다섯 시를 가리키고 있는 손목시계를 확인하고 다시 한 번 중얼거렸다.

"밥?"

흰 선 안에 반듯하게 차를 주차시킨 도윤은 조수석에 놓아 둔 두꺼운 서류 뭉치와 책들을 한 팔에 끌어안고 차에서 내렸다. 쉬는 날이었지만 잠깐 들린다는 것이, 호텔에 한번 들어서면 쉬는 날이든 뭐든 밀린 일은 처리하고 와야 직성이 풀리는 성격이다.

후우, 짧은 한숨을 내쉰 도윤은 다시 한 번 책을 가슴 쪽으로 치켜올린 후 엘리베이터를 향해 걸음을 옮겼다.

"도윤아."

마치 전기에 감전이라도 된 사람처럼 도윤은 그 자리에서 굳어 버렸다.

"오늘 쉬는 날 아니었어?"

재희는 그녀의 고급 세단 앞에 몸을 기대고 있다 도윤을 바라보며 몸을 일으켰다.

"일이 있어서. 무슨 일이야?"

도윤은 은근하게 퍼져 오는 술 냄새에 얼굴을 살짝 찡그렸다.

"술 마시고 운전한 거야?"

"아니야. 대리로 왔어."

딱딱한 말투로나마 건네준 말이 자신을 걱정해 주는 거라 생각된 모양인지, 재희의 얼굴이 환해졌다.

"나……."

재희가 다시 입을 열자 도윤은 그녀에게 고개를 돌렸다.

"올라가도 돼?"

주차장의 싸늘한 바람이 주위를 맴돌다 가슴 한쪽으로 천천히 스며드는 기분이었다.

"술 마셨는데 집에 일찍 가서 쉬는 게 좋을 것 같아."

"아니야, 안 쉬어도 돼. 나 그냥……."

재희처럼 당당한 여자가 나약해지는 것을 보고 싶지 않았다. 도윤은 차갑게 그녀의 말을 도중에 잘라 버렸다.

"미안. 집에 누가 오기로 했어."

거짓말이라는 사실을 재희가 눈치 챌 것이며 재희가 눈치 챌 것이라는 사실도 도윤은 알고 있었다. 거짓말이 어디까지 가나 볼 작정인 듯 재희가 물었다.

"누가 오는데?"

"그것까진 네가 알 것 없잖아."

"여자?"

도윤은 심리게임을 하듯 재희의 표정을 읽어보려고 노력했다. 거짓말이라는 것을 알면서도 지속되는 대화, 마치 자신에게 '미안, 거짓말이었어. 올라가자' 라는 말을 듣고 싶은 사람마냥 집요해지는 질문. 도윤은 입꼬리를 치켜올렸다.

"그래. 여자."

순간 눈빛이 가볍게 흔들리는가 싶더니, 이내 재희는 피식 웃음을 터뜨렸다. 그런 거짓말까지 하고 싶니, 그녀의 눈빛은 그렇게 말하고 있었다.

"그래? 여자? 여자……. 여자."

재희는 뒤돌아서 걷기 시작했다. 비틀거리는 걸음에 도윤은 잠시 술에 취한 그녀를 데려다주어야 했던 것이 아닐까 하는 갈등을 겪었지만, 어느새 재희는 주차장을 완전히 빠져나가 버리고 말았다.

엘리베이터에 오른 도윤은 육층 버튼을 눌렀다. 이제 팔이 아파오기 시작했다. 묵직한 책과 서류들의 모서리가 팔꿈치 안쪽을 날카롭게 짓누르고 있었다. 붉은색 생채기가 나 따끔거렸지만, 도윤은 얼마의 시간이 지나면 그 생채기가 사라진다는 것을 알고 있었다.

주차장인 지하 삼층에서 오르기 시작한 엘리베이터가 일층에서 멈추어 섰다. 엘리베이터 문이 소리없이 열리고 누군가 올라탔지만 도윤은 책 모서리만을 지그시 노려보고 있었다.

"아! 안녕하세요!"

이제는 그리 낯설지만은 않은 쾌활한 목소리가 들리자 그제야 도윤은 고개를 들고 엘리베이터에 오르는 바텐더, 아니, 편의점 아르바이트생을 바라보았다. 몸서리 처지게 쌀쌀한 날씨에도 불구하고 붉게 상기된 두 뺨과 웃음기로 밝은 두 눈은 봄날의 햇살처럼 따듯한 바람을 품고 있었다.

"들어오시는 길인가 봐요. 전 이제 편의점 아르바이트 끝나고 잠깐 일이 있어서 올라가는 길인데. 다시 지하에 일하러 가야 하지만요."

말이 없는 도윤의 모습에 시내는 입술을 삐죽 내밀었다. 엘리베이터가 이층에서도 잠깐 멈추어 서자 그녀는 흘낏 도윤을 바라보더니 이내 그의 가슴께까지 쌓인 책 중의 몇 권을 덜렁 덜어주었다. 도윤의 의아한 시선으로 시내를 내려다보았다.

"많이 무거워 보여서요. 표정이……."

시내가 짐을 덜어준 덕에 편해진 한쪽 팔로 도윤은 자신의 얼굴을 쓰윽 매만졌다. 그리고 다시 입을 열었다.

"그쪽은 늘 즐겁네요."

"생각하기 나름이죠. 웃으면 좋은 일만 있는 거고, 그렇게 찌푸리고 있으면 안 좋은 일만 있는 거고."

다시 침묵이 흘렀다. 도윤은 더 이상 입을 열지 않고 가만히 옆 거울을 응시했다. 그러다 자신이 지난번에 붙여놓은 도시락 전단지가 또다시 나풀거리며 뜯어져 있는 것을 발견했다. 도윤은 책을 옆구리에 끼워 잡은 다음, 두 손으로 정성스럽게 전단지를 붙여놓았다. 반듯하게 붙여진 전단지를 바라보며 희미하게 미소를 지은 도윤은 고개를 돌리다 자신을 빤히 바라보는 시내의 눈이 마주쳤다. 눈을 동그랗게 뜬 그녀의 얼굴에 도윤은 조금 머쓱해지는 기분이었다.

"왜요?"

"아니, 뭐 그냥요."

엘리베이터가 오층에서 멈추어섰지만 타는 사람도 내리는 사람도 없었다. 도윤은 고개를 갸웃거리며 닫힘 단추를 꾹 눌렀다. 육층에 도착하자 도윤은 자신과 함께 엘리베이터에서 내린 시내에게서 책을 받아 들었다.

"고마워요."

도윤의 목소리에 그녀는 고개를 가로저었다.

"뭐 오래 들고 있지도 않았는데……. 무거울 텐데 얼른 가보세요."

책을 가슴에 안고 집으로 향하던 도윤은 무슨 생각에서인지 살짝 고개를 젖히고 뒤를 돌아보았다. 하지만 이미 엘리베이터의 문이 닫히고 아무도 없었다.

집에 들어선 도윤은 책과 서류들을 소파에서 던지듯 내려놓고 부엌으로 걸어가 냉장고 문을 열었다. 물병을 꺼내어 벌컥 들이킨 후, 냉장고 문을 닫으려다 손을 뻗어 오늘 아침에 배달되어 온 도시락 통을 꺼내 들었다. 뚜껑을 열자 매콤한 양념의 닭 요리가 반쯤 남아 있었다. 도윤은 싱크대 서랍을 열어 아침에 도시락과 함께 온 메모지를 찾아 들었다.

〈안녕하세요, 아줌마표 도시락입니다. 오늘은 닭감자 조림을 해보았는데 입맛에 맞으실지 모르겠네요. 혹시 아침에 드시고 남으면 냉장고에 넣어두셨다가 저녁때 팬에 부어 뜨거운 불에 데우면서 찬밥과 함께 볶아 드세요. 그럼 오늘 하루도 활기차고 즐겁게 보내세요.〉

잠시 메모지를 내려다보던 도윤은 싱크대 안쪽에서 거의 새것이나 다름없는 팬을 꺼내 들고 가스레인지 위에 올려놓았다. 종이에 적힌 대로 남은 양념까지 팬에 쓸어 붓고 아침에 먹다 남은 밥과 함께 볶기 시작했다. 곧 집 안 가득히 매콤한 양념 냄새가 퍼지기 시작했다.

도시락을 만드는 아주머니가 어떤 사람인지는 몰랐다. 하지만 '꼭 냉장고에 넣어……', '남으면 팬에 데워……', '행복한 하루 보내세요' 등등 잔소리로 느껴질 만큼 반복되는 그 말 한 마디 한 마디에서도 배려가 깃들어 있어 도윤은 마음이 훈훈해졌다. 자신이 한 번도 받아보지 못한 엄마의 정이 이런 것일까. 도시락을 배달시켜 먹길 잘했다는 생각을 하며 간단히 식사를 끝낸 도윤은 소파에 던져 놓았던 책을 집어 들고 서재로 향했다.

도시락 때문에 순간 긴장이 풀렸던 마음은 책상에 앉자 다시 단단해지며 냉기가 흐르기 시작했다. 그리고 오랫동안 책을 읽어야 할 때만 간간이 쓰는 검은색 뿔테 안경을 찾아 쓰고 노트북을 마주했다.

"그래? 여자? 여자……. 여자."

"그만 하자, 노재희. 이젠 정말 그만 하고 싶다."

재희의 존재는 언제나 그렇듯, 도윤의 가슴을 무겁게 짓누른다.

재희가 자신을 찾는 날에는 특히 더 그랬다. 한숨을 내쉬며 책을 덮은 도윤은 책상에서 일어나 겉옷을 챙겨 들었다.

바 안에 들어선 도윤은 바를 향해 걸어가다 잠시 걸음을 멈추었다. 누구와도 말 상대를 하고 싶지 않았고, 그러기에 그 여자는 너무 말이 많다. 도윤은 가까운 테이블에 자리를 잡고 앉았다.

"어서 오세요."

자신을 맞이하는 삼십대 초반의 호리호리한 남자가 낯이 익다고 생각한 순간, 지난번 스치듯 보았던 가게의 사장 겸 바텐더라는 것을 깨달았다. 바텐더는 황급히 바에서 나와 도윤에게 메뉴판을 건네주었다. 그녀가 아니라는 사실에 안도하며 메뉴판을 집어 들었다. 손가락으로 메뉴판 위를 톡톡 치며 무엇을 마실까 고민을 하던 도윤은 곧 결정을 내리고 주문을 할 생각으로 고개를 들었다. 그때 주방으로 이어진 바 안쪽 작은 문이 열리더니 그녀가 불쑥 튀어나왔다.

"야참 만들어 왔으니까 이제 가르쳐 주세요!"

뭔가 마음에 들지 않는 듯 불만 섞인 목소리로 입을 연 그녀는 바텐더 앞에 둥글고 넓은 접시를 내려놓았다. 포크를 집어 든 바텐더는 접시 위에 고추장 양념과 먹음직스럽게 버무린 낙지와 소면을 한꺼번에 돌돌 말아 입 안으로 쏙 가져갔다.

"와, 진짜 맛있다."

"이제 가르쳐 주는 거죠?"

"다 먹고."

"그런 게 어디 있어요? 와, 진짜 치사해."

"칵테일은 아무나 만드냐? 저기 손님 왔으니까 뭘 주문하는지 잘 봐."

"씨이~ 어!"

바텐더와 입씨름을 하던 그녀가 고개를 돌리다 자신을 발견하고 눈을 동그랗게 뜨자 눈이 마주친 도윤은 할 수 없이 고개를 살짝 끄덕여 아는 척 인사를 건네었다.

"여기서 또 보네요! 주문하실 거죠?"

"오늘은 버번 콕 되죠?"

"그럼요."

시내가 얼른 바텐더에게 돌아가 버번 콕을 만들어달라고 하는 것을 바라보며 도윤은 편안히 어깨를 소파에 기대었다. 한 잔만 마시고 올라가 운 좋게 졸음이 오면 잠을 자고 아니면 일을 할 참이었다.

많이 마시는 것만 알코올 중독이 아니라, 소량이라 해도 마시지 않으면 잡생각을 버릴 수 없는 것도 중독은 중독이겠지.

도윤은 시내가 내려놓는 버번 콕을 집어 들다 그녀를 흘낏 올려다보았다.

"고마워요."

"시내야, 나 맥주 창고에 좀."

바텐더가 나가 버리자 작은 술집에는 도윤과 시내 두 사람만 남았다.

"시내예요, 조시내."

술을 입가에 가져다 대던 도윤은 푸훗, 하고 도로 잔을 내려놓았다. 그리고 난데없이, 너무나 자연스러운 목소리로 자신의 이름을 이야기하는 시내의 모습에 눈썹을 치켜떴다.

"민도윤입니다."

도윤의 목소리에는 네 이름은 별로 궁금하지도 않았다는 투의 무뚝뚝함이 절절이 배어 있었다. 필요성도 없이 서로의 이름을 알게 되자 둘 사이에는 약간의 어색함이 맴돌았다. 시내는 쓴웃음을 지어 보이며 비어 있는 바 안으로 들어가 바텐더가 먹다가 둔 야참거리를 치우기 시작했다.

낮게 깔리는 음악을 들으며 도윤은 술잔을 손가락 사이에 쥐고 천천히 돌리기 시작했다. 둥근 원을 그리며 퍼져 나가는 검은색 알코올을 지그시 내려다보았다.

"저기……."

시내의 목소리에 도윤은 고개를 들었다. 그녀는 도윤의 테이블 위로 둥글고 긴 술잔을 슬그머니 올려놓았다. 도윤은 잔 안에 담긴 검은색 액체가 출렁거리는 것을 한 번, 시내의 얼굴을 한 번 번갈아 바라보았다.

"이거요. 맛 한 번만 봐주시면 안 될까요."

도윤의 의아한 눈빛에 시내가 얼른 덧붙였다.

"사장님이 적어놓은 레시피 보고 대충 만든 건데 잘했나 못했나 뭐 맛을 알아야 결론을 내리든지 할 텐데……."

칵테일 만드는 방법을 가르쳐 달라고 바텐더와 실랑이를 벌였던 것이었구나. 도윤은 내키지 않는 표정으로 고개를 끄덕였다.

그리고 자신이 마시던 술잔을 내려놓고 시내가 가져온 술잔을 집어 들어 한 모금 입에 머금었다. 진한 코크 맛이 혀끝으로 찌르르 전해져 왔다. 도윤은 약간 긴장한 듯 자신의 대답을 기다리는 시내를 올려다보았다.

"괜찮네요."

"진짜요?"

"그런데……."

좋아하는 표정이 역력하던 시내의 얼굴이 다시 굳었다.

"코크 맛이 많이 나요. 난 알코올이 약한 쪽을 더 좋아하기 때문에 입에 맞지만, 술 맛이 강한 걸 좋아하는 손님들에게는 그냥 음료수 같을 텐데. 그리고 버번 콕은 이 잔보다는 여기 낮고 넓은 잔 있죠? 이걸 올드 패션 글라스라고 하는데 버번 콕이나 잭 콕은 대부분 이 잔을 사용해요."

자신이 처음으로 만들어낸 버번 콕이 그다지 썩 좋은 평가를 받지 못하자 잠시 실망하고 있던 시내가 도윤의 설명에 호기심으로 눈을 빛냈다.

"올드 패션 글라스?"

조용하게 마시고 싶었던 자신의 작은 바람이 물 건너가자, 도윤은 짧은 한숨을 내쉬고 칵테일 잔들이 천장에 거꾸로 매달려 있는 바 쪽으로 시선을 옮겼다. 그리고 가장 끝에 매달린 잔부터 손가락으로 가리켰다.

"저기 역삼각형 깔대기 모양인 것이 칵테일 글라스예요. 잔을 기울이지 않아도 쉽게 마실 수 있어서 칵테일에 많이 사용하죠.

저기 둥근 기둥 모양에 다리가 좀 짧은 잔은 고블렛 글라스라고 하는데 롱드링크나 맥주, 알콜 없는 칵테일에 많이 써요."

시내는 도윤의 입, 손가락, 잔을 번갈아 바라보며 설명을 듣느라 정신이 없었다. 간혹 고개를 끄덕이며 바에서 일을 하고 있는 자신보다 훨씬 자세한 것을 알고 있는 도윤을 향해 감탄사를 내뱉기도 했다.

"와, 사장님은 어떻게 그걸 다 알고, 아니, 안다고 해도 어떻게 다 외우고 있는지 그게 더 신기하네요."

시내의 목소리에서 미심쩍은 빈정거림이 느껴지자 도윤의 얼굴이 실룩거렸다.

"잘난 척하는 것 같아요?"

"뭐, 조금요."

너무나 솔직한 시내의 대답에 도윤은 어이가 없어 입을 살짝 벌리고 한참 동안 그녀를 바라보았다.

"그래도 사장님이 좋으신 분이란 건 알아요."

좋은 사람? 도윤은 처음 듣는 그 수식어가 무척 어색하게 느껴졌다. 자신에게는 그 말이 어울리지 않는다는 것을 알고 있었기 때문이다.

"무슨 근거로?"

"그냥요. 사람을 보면 각각 포스가 있잖아요. 쳐죽일 나쁜 놈, 그럭저럭 나쁜 인간, 그냥 괜찮은 자식, 꽤 괜찮은 사람, 그리고 좋은 분."

손가락으로 하나 하나 짚어가는 시내의 모습을 바라보던 도윤은 자신을 '좋은 분'이라고 칭하는 그녀와의 자리가 한없이 불편해졌다.

"이만 가봐야겠어요."

지갑을 꺼내어 지폐 몇 장을 테이블 위에 올려놓은 뒤, 도윤은 테이블에서 몸을 일으켰다. 황급히 사라지는 도윤의 뒷모습을 지켜보며 시내는 키득거렸다.

"왜 사람들은 자기가 좋은 사람이라는 걸 감추고 싶어할까. 그걸 이용당하기 싫어서 그런 건가?"

도둑이 들었던 날도, 그가 일부러 찾아와 주었다는 것을 알고 있었다. 그리고 아무도 손도 대지 않는 도시락 전단지를 도로 붙여놓는 긴 손가락도 보았다. 다른 사람에게라면 몰라도 저 사람은 자신에게 두 번이나, 좋은 사람이라는 걸 들키고 말았다. 그 자신마저도 숨기고 싶어하는 비밀을 알게 된 것 같아 시내는 빙그레 미소를 지었다.

4차선 도로에서 호텔 방향의 일방통행 길에 들어서며 도윤은 운전대를 잡지 않은 한 손으로 목 뒤쪽을 마사지하듯 주물렀다. 신호에 걸려 잠시 차가 멈추었을 때, 매너모드로 해놓고 미처 다시 바꾸어놓지 않은 휴대전화기가 주머니 속에서 진동하기 시작했다. 휴대전화기를 꺼내던 도윤은 밝게 빛나는 재희의 목소리에 잠시 주춤했다.

"여보세요."

[나야.]

도윤은 잠시 숨을 들이마셨다.

“잘 들어갔니?”

[응, 덕분에. 나 이따 차 가지러 오피스텔로 갈 거야.]

비아냥거리는 것인지, 진심인 것인지 알 수 없는 ‘덕분에’ 라는 어중간한 어조에 도윤은 눈을 치켜떴다.

“그래.”

잠시 말이 없던 재희는 큰 결심이라도 한 듯 한숨 소리와 함께 다시 말을 이었다.

[그런데…… 그 여자 안 보여줄 거야?]

여자? 도윤은 하마터면 재희에게 되물을 뻔했다. 이내 자신이 그녀에게 여자가 생겼다는 말을 했다는 사실을 깨달았다. 그리고 그것이 거짓말임을 알면서도 묻는 것은, 도윤이 어떻게 나올지 보기 위해서라는 것도 눈치 챘다.

[우리 꽤 친한 사이잖아. 나도 예전에 결혼하겠다고 하고서 제일 먼저 너한테 내 남편 보여줬었고.]

꽤 친한 사이, 이번에는 확실히 비꼬는 듯한 그녀의 말투에 도윤은 입술을 질끈 깨물었다.

오래전, 그는 일방적으로 재희에게 헤어지자고 했었다. ‘차이’ 라는 단 한 마디로는 이별을 납득하기 어려워했던 재희는 시간이 지나면 도윤이 돌아올 것이라 믿었다. 하지만 도윤은 더 이상 재희를 친구 이상으로는 대하지 않았고, 체념한 재희는 도윤 이외에 세상의 다른 남자들은 모두 똑같다며 선을 보고 집 안에서 흡족해 하는 상대를 만나 결혼을 했다. 그녀의 말대로 재희는 결혼 결심을 한 후 상대 남자를 도윤에게 소개시켰다. 물론 친구라는 이름으로. 도윤은 알고 있었다. 그 남자에게 가지 말라고, 결혼하지 말라고 자신이 붙잡아주기를 그녀가 원했다는 것을.

[보여줘. 난 봐야겠어.]

"노재희."

[차 가지러 가서 전화할게.]

처음부터 그런 거짓말은 하지 않는 게 좋았다. 그랬으면 이렇게 골치 아픈 일은 없었을 테니까. 도윤은 창가에 서서 호텔 밖을 내려다보았다. 호텔 앞에 인공적으로 만들어놓은 유럽풍의 분수대에서 물줄기가 뿜어져 내리고 있었다. 자신의 입김으로 인해 창이 뿌옇게 변할 만큼 오랫동안 서 있던 도윤은 숨이 트일 수 있도록 타이를 느슨하게 풀어놓았다.

도윤은 로비로 내려가 당직 매니저에게 오후에 도착한 VIP 손님들에 대해 각별한 주의를 주고, 주말의 호텔 창립 파티 준비에 대한 보고를 받았다. 창립 파티 생각을 하자 도윤은 목을 타고 오르는 신음 소리를 꾹 억눌러 참아야 했다. 이런 공적인 자리에서는 재희와 그녀의 아버지를 피할 도리가 없었기 때문이다.

주차장으로 내려와 차에 올라탄 후에야 도윤은 마음의 결심이 서기 시작했다. 이대로 지낸다는 것은 더 이상 억지에 불과했다. 지난 십 년간, 두 사람은 길고 지루한 숨바꼭질을 해왔다. 도윤은 도망치기에 바빴고, 재희는 끈질기게 쫓아오기에 바빴다. 하지만 도망치는 것도 이제는 지쳐 버렸다. 부담스러운 재희의 미련을 치워 버리고 싶었다. 머릿속에서는 마치 사업적인 일을 처리하듯, 재희의 미련을 정리할 수 있는 가장 효과적인 방법을 떠올리기 시작했다. 그리고 곧 그의 명석한 두뇌는 태연한 척 재희에게 여자를 소개시키라는 결론을 들이밀기 시작했다. 말로는 어렵지 않은 카드였다. 하지만 어디서 어떻게 지금 당장 여자를 구해온단 말인가. 그의 타 들어가는 마음만큼이나 빠른 속력으로 도로를 질주하던 자동차가 곧 오피스텔 지하 주차장으로 들어섰다.

차에서 내려 엘리베이터로 향하던 도윤은 어디에선가, 역할대행 서비스를 해주는 회사가 있다는 것을 보았던 기억을 떠올려 냈다. 하지만 곧 고개를 내저었다. 아무리 능숙한 배우라 하더라도, 보도 못한 사람을 수시간 만에 애인인 척하는 것은 도윤 자신에게 무리였다.

엘리베이터에 올라타 육층 버튼을 누르려던 그의 눈에 R이라고 적힌 버튼이 들어왔다.

로비? 도윤의 한쪽 눈썹이 치켜 올라갔다. 로비…… 편의점? 도윤의 나머지 한쪽 눈썹마저 치켜 올라가자, 약간 못마땅하던 표정이 환한 웃음으로 변해 버렸다. 이 상황에 웃을 수 있는 것이 신기했다.

편의점, 이라고 작게 중얼거리며 도윤은 로비로 올라가 빠른 걸음으로 편의점으로 향했다.

"꼭 신세 갚을게요!"

늘 행운은 자신을 피해간다고 생각해 왔다. 한 번도 '타이밍'이라는 것에 기대본 적 없는 도윤이었다. 그런데 처음으로 재희를 완전히 떨쳐 버리겠다는 결심을 한 순간, 거짓말처럼 자신을 도와 줄 수 있는 사람이 곁에 있는 타이밍이란. 실없는 웃음이 터진 것은 어쩌면 당연한 일인지도 몰랐다.

"사장님!"

입구 쪽 진열장에서 물건을 진열하고 있던 시내가 편의점에 들어서는 도윤을 바라보며 제법 아는 척을 했다. 자신의 존재에 대한 사람들의 이목을 신경을 써본 적 없었던 도윤이었지만 누군가 자신을 향해 반색을 하며 반기는 것이 나쁘지만은 않다는 생각이 들었다.

"퇴근하시는 길인가 봐요."

"네."

도윤은 굳은 결심과 단호한 발걸음으로 편의점까지 찾아오기는 했지만, 시내의 얼굴을 마주하자 갑자기 말문이 막혀 버렸다. 할 말을 찾지 못한 도윤은 괜히 냉장고 앞으로 걸어가 작은 물병 하나를 꺼내 들었다. 뒤에서 자신을 의아한 듯 바라보는 시내의 시선이 잘 닦아놓은 냉장고 유리문에 비쳤다. 고개를 갸웃거리던 시내는 이내 뒤로 돌아 계산대 안으로 들어섰다. 짧게 숨을 들이쉰 후, 도윤은 물병을 손에 꽉 쥐고 뒤돌아서 시내를 향해 걸음을 옮기기 시작했다.

"저번에도 물 사서 드시던데. 난 물 사 먹는 돈이 제일 아깝더라."

그에게서 물병을 받아 들고 계산을 하며 시내가 중얼거렸다. 그리고 그에게 물병을 돌려주며 빙긋 웃어 보였다.

"안녕히 가세요! 나중에 저녁때 술 한 잔 생각 있으시면 가게에 놀러오시고요!"

"그때."

도윤의 딱딱한 목소리에 시내의 눈이 동그랗게 커졌다.

"그때, 신세 갚는다고 했죠?"

어쩌려고! 문제없다고? 걱정 말라고? 입구 쪽에서 눈을 떼지 못하며 시내는 혼잣말로 중얼거렸다. 그에게 신세를 갚겠다고 한 쪽은 자신이었고, 한 시간쯤은 그의 애인 행세를 한다고 해도 별다른 문제가 없을 것만 같았다. 하지만 막상 자신이 거짓말을 해야 한다는 바로 그 대상이 도윤과 함께 저 문으로 들어설 시간이 되자 심장이 뛰기 시작했다.

드라마에서 누가 남의 애인인 척 연극할 때에는 여유있게 웃으면서 잘도 하던데, 시내는 벌써부터 얼굴이 발그레 달아오르기 시작했다. 일이 잘못되거나 자신이 잘해내지 못하여 거짓말이라는 것이 들통났을 땐! 괜히 남의 일에 끼어들어 창피란 창피는 다 당하고 우스운 꼴만 될 것이다.

"그냥, 무조건 친한 척만 해요."

"그래, 그까이 꺼 뭐. 친한 척은 내 전문이잖아."

스스로 기합을 넣어 뛰는 심장을 진정시킨 시내는 잔을 들고 물을 한 모금 마셨다. 바로 그 순간 바의 자동문이 양쪽으로 스르륵 열리며 도윤이 모습을 드러냈다.

'흡!'

물을 채 넘기기도 전에 화들짝 놀란 시내가 입가에 흐르는 물기를 유니폼 소매 자락으로 얼른 닦아냈다. 그리고 도윤의 뒤로 들어서며 바 안을 훑어보는 세련미가 풍기는 여자에게 시선을 던졌다. 그녀가 바로 자신이 거짓말을 해야 할 대상임이 분명했다.

"흠, 음."

자신 못지않게 긴장한 표정이 역력한 도윤의 얼굴을 마주하자, 오히려 시내는 기분이 차분해졌다. 조금은 재미있다는 생각이 들어서였는지도 모른다.

"왔어?"

바에서 돌아 나온 시내가 도윤의 앞에 서며 빙그레 미소를 지었다. 순간 그의 뒤에 서 있던 여자의 눈썹이 꿈틀거리는 것을 시내는 놓치지 않았다.

"오늘 친구 데리고 온다더니, 이분인가 보네. 안녕하세요. 와, 되게 미인이시다."

부산스럽게 말하며 고개를 꾸벅 숙여 보이는 시내에게 재희도 얼떨결에 고개를 살짝 끄덕여 보였다. 하지만 못마땅함과 의심이 잔뜩 섞인 그녀의 표정은 변함이 없었다. 시내는 얼른 도윤과 재희를 구석 테이블로 이끌었다. 술집에는 여전히 손님이 없었지만 혹시라도 사장이 쓸데없는 소리를 해서 들통날까 조심스러웠던 것이다.

"뭐 시원한 거라도 드셔야죠. 뭘로 가져다 드릴까요?"

"난 됐고. 재희 넌?"

"나도 됐어."

딱 잘라 거절하는 재희의 태도에 머쓱해진 시내는 쓴웃음을 지었다. 그녀는 시내에게도 흘낏 시선을 던졌다.

“됐어요, 난. 물이나 한 잔 주세요.”

물 두 잔을 쟁반에 담아 다시 그들의 테이블로 걸음을 옮기는 시내는 다시 한 번 숨을 들이마시고 내뱉었다. 물 잔을 테이블 위에 올려놓고, 시내는 자연스럽게 도윤의 옆 자리에 앉았다. 재희의 질투 어린 시선에 시내는 마치 그 자리에 앉는 것이 큰 특권처럼 느껴질 정도였다. 싸늘해지는 분위기에 도윤은 갈증을 느끼고 물 잔을 집어 들었다.

“오빠한테서 이야기는 많이 들었어요. 오래된 친구라고.”

푸훗, 놀란 도윤은 짧게 기침을 하자 시내는 방긋방긋 웃으며 손수건을 꺼내어 그에게 건네었다.

“그래요? 미안한데, 난 조시내 씨에 대한 이야기는 이번에 처음 들어서 조금 놀랍네요.”

“뭐, 미안할 것까지야. 어쨌거나 이렇게 만나니 반갑고 좋네요. 우리 오빠, 만날 혼자 다녀서 친구 하나 없는 줄 알았더니 이렇게 예쁜 친구도 있고. 오빠! 이제 가게에 왕따처럼 혼자 놀러오지 말고 같이 놀러와.”

도윤은 여전히 쿨럭쿨럭 기침을 해댔다. 시내는 재희에게서 시선을 떼지 않은 채 팔꿈치로 도윤의 옆구리를 쿡 찔렀다.

“시내는 지금 일하는 중이거든. 그러니까 얼굴 봤으면 더 이상 방해하지 말고…….”

“조시내 씨.”

도윤의 말이 채 끝나기도 전에 재희가 그 말을 잘라내며 입을 열었다. 그녀의 음성에 시내는 입술이 바싹 말라오는 것을 느꼈다.

"네?"

"도윤이 여기 이사 온 지 얼마 안 됐는데 굉장히…… 친한 것 같네요."

의심이 아니라 단정 지어 말하는 듯한 재희의 말투에 시내는 순간 고민에 빠졌다. 하지만 이내 천천히 입을 열었다.

"사람하고 사람이 만나는 데 있어서 시간이 중요한가요 뭐. 오래 알아왔다고 해서 더 친해지고 가까워지는 것도 아닌 인연도 있는데."

별 뜻 없이, 짧은 시간 안에 연인이 된 자신과 도윤을 옹호하는 말을 한 것뿐이었는데 재희의 얼굴이 붉게 상기되자 시내는 실수한 것이 아닐까 하는 생각에 눈을 질끈 감았다. 하지만 이내 옆에 앉아 있던 도윤의 낮은 목소리가 들려와 눈을 떴다.

"그래. 시간이 무슨 상관이고, 얼마나 얼마만큼 아는 게 뭐가 중요해."

순간 시내는 자신의 앞자리에 앉아 있는 이 여자와 도윤이 어떤 사이일까 궁금해졌다.

"그럼 뭐가 중요해?"

"재희야."

"두 사람 첫눈에 반하기라도 한 거야? 말해봐요, 조시내 씨. 도윤이 보고 첫눈에 반했어요?"

조롱기 섞인 말투에는 '거짓말하는 거 다 알아. 그래, 얼마만큼 하나, 어디까지 가나 보자' 라는 뜻이 드러나는 것 같았다. 시내는 도윤을 흘낏 바라보았다. 자신에게 주어진 권한이 어디까지일까, 거짓말을 어느 선까지 해야 하는지 물어보지 못했다는 생각이 머릿속을 스치고 지나갔다. 그래, 무조건 친한 척! 무조건이라고 했으니 내 마음대로겠지 뭐.

"아니요."

너무도 침착한 부정의 목소리에 도윤은 시내에게 시선을 돌렸다.

"저는 아직까지 한 번도 누구를 첫눈에 좋아해 본 적이 없어서, 아니, 적어도 없다고 생각하고 있어서 첫눈에 반한다는 게 어떤 감정인지 어떤 느낌인지 모르겠네요. 하지만 언니 말씀대로, 만난 지 보름밖에 안 돼서 반했다고 좋아한다고 하는 것도 웃기잖아요. 저는요, 오빠를 처음 봤을 때…… 오빠는 기억 못하지만 우리는 엘리베이터 앞에서 처음 봤거든요. 오빠와 부딪쳐서 넘어졌어요. 영화처럼."

시내는 잠시 말을 멈추고 혼자서 키득거렸다.

"영화에서는 손도 내밀고, 붙잡아주고, 일으켜 주고. 그렇게 주인공들이 첫눈에 반하는데. 오빠는 미안하다는 말만 덜렁 하고 엘리베이터 타고 휙 가버리는 거예요. 그런데 내가 어떻게 오빠한테 첫눈에 반했겠어요. 그냥 뭐 저런 사람이 다 있나, 바쁜 일이 있는가 보다 그렇게 생각하고 말았지. 근데 우리가, 오빠랑 저랑 영화에서처럼 호들갑스럽게 일으켜 주고 사과하고 그렇게 지나갔으면 그 뒤에 편의점에서 우연히 만났을 때 이 사람을 기억하지 못했을 수도 있겠다는 생각이 들었어요. 뭐, 거창하게 꼬이고 꼬이는 것만 운명인가요. 나처럼 투박스러운 사람이 그냥 부딪치고 지나간 사람을, 그것도 오빠처럼 무덤덤한 사람을 기억하는 게 첫눈에 반하는 것만큼이나 운명적인 거죠. 안 그래, 오빠?"

동의를 구하는 듯한 시내의 천진스러운 눈빛이 자신에게 향하자 도윤은 자신도 모르게 피식 웃음을 터뜨렸다. 그 작은 웃음 하나로 인해 세 사람 사이에서 팽팽하게 늘어지고 있던 긴장감이 순식간에 사라져 버렸다.

"오빠는 나한테 좋은 사람, 오빠한테 나는 좋은 사람. 이제 시작하는 사람들한테 이 정도면 과분한 거죠. 안 그래요, 언니?"

이번에는 재희에게 동의를 구하려는 듯했지만 가늘게 떨리는 그녀의 입술 끝을 발견한 시내는 도중에 입을 다물었다. 상기된 채 자신을 노려보고 있던 조금 전의 그녀 모습에 괜한 심통이 났었는지도 모른다. 어떻게 첫눈에 반할 수 있냐는 그녀의 말이 마치 '너 같은 여자에게 첫눈에 반하는 건 있을 수 없다' 라고 들렸기 때문이다. 하지만 이내 상처로 바뀐 그녀의 표정은 시내를 움찔하게 만들었다.

"좋은 사람."

재희가 조용히 중얼거렸다. 그러다 큰 결심이라도 한 사람마냥 고개를 번쩍 들었다.

"조시내 씨, 도윤이한테 들었다고 했죠. 나 도윤이 오래된 친구예요. 늘 일에 파묻혀 살아왔기 때문에 이 사람한테 친구라고는 아마 나밖에 없을 거예요. 나 민도윤의 하나밖에 없는 친구 자격으로, 조시내 씨 눈여겨볼 생각이에요."

단호한 그녀의 목소리에 시내는 침을 꿀꺽 삼켰다. 자신과 도윤의 사이를 믿지 못해서 하는 말인지, 아니면 정말로 믿고서 하는 진심의 말인지 가늠하기가 어려웠기 때문이다.

"그렇다고 기분 나빠하지 말아요."

재희의 시선을 따라 시내 역시 도윤에게 고개를 돌렸다. 그는 아무 말 없이 물을 마셨다.

"우리는 친구니까, 그것도 아주 오래된."

"눈여겨본다는 건……."

"주말에 호텔 창립 파티 있어요. 아, 알고 있었죠? 그렇게 중요한 자리를 도윤이가 이야기하지 않을 리 없으니까."

달칵, 도윤이 테이블 위로 잔을 소리 나게 내려놓았다. 그리고 시내를 위해 무엇인가 먼저 말을 꺼내려는 찰나 시내가 입을 열었다.

"언니도 알다시피, 우리 오빠가 말이 그렇게 많은 사람이 아니잖아요. 이제야 알았네요. 주말에 바쁘냐고 물어보더니, 그거였어? 진작 이야기하지 그랬어."

어, 오버인가. 시내는 웃음을 터뜨리며 도윤의 어깨를 툭툭 치다 싸늘한 두 사람의 분위기에 이내 입을 다물었다.

"도윤이가 호텔 임원으로 발령받은 이후 처음으로 열리는 회사 공식 행사예요. 도윤이에게 가장 좋은 사람이라는, 시내 씨가 참석하는 건 당연한 거죠?"

순간 할 말을 찾지 못한 시내가 입을 살짝 벌린 채 재희를 마주 보았다. 어떤 대답을 해야 할지 몰라 도윤을 돌아보려는 찰나, 바 안에서 사장이 큰 소리로 시내를 불렀다.

"시내야!"

"저기, 잠깐만요……."

재희 모르게 안도의 한숨을 내쉬며 시내는 얼른 테이블에서 벗어났다. 살짝 두 사람만 남은 자리를 돌아보았지만, 입을 여는 사람은 없는 듯했다. 쌍꺼풀 없는 두 눈에 오늘따라 유난히 수심이 있어 보이는 도윤의 얼굴을 가만히 응시하며 시내는 얼굴을 찌푸렸다.

"뭐 한다고 손님 테이블에 앉아 있어?"

"그런 일이 있어요."

시내가 다시 두 사람을 돌아보았다. 도윤이 무슨 말을 하는 듯 입을 열었다. 한 손으로 바 위를 살짝 긁으며 그가 무슨 말을 하는 것일까 머릿속에 떠올려 보았다. 도윤이 말을 끝내자, 잠시 후 재희가 자리에서 일어났다. 그녀가 점점 자신에게 가까워오자 당황한 시내가 얼른 바 위의 걸레를 집어 들고 바를 닦는 척 부산스럽게 움직였다.

"벌써 가시려고요?"

"조시내 씨."

무슨 말을 꺼낼지 몰라, 재희가 입을 열 때마다 심장이 덜컥 내려앉는 기분이었다. 시내는 자신의 그런 초조한 마음이 그녀에게 들킬까 싶어 애써 웃음을 지어 보이려 했다. 아무래도 연기는 자신의 적성이 아니었다. 시내는 다음번에는 신세니, 갚는다느니 하는 말을 다시는 입 밖으로 꺼내지 않으리라 마음먹었다.

"민도윤, 조시내 씨한테는 좋은 사람이라고 했죠?"

도대체 두 사람에게 무슨 일이 있었던 것일까. 조시내 씨한테는, 이라니. 그녀에게는 아니라는 말일까. 재희의 말에 순간 알 수 없는 궁금증이 머릿속을 어지럽히기 시작했다.

"좋은 사람은, 좋은 사람으로 남는 게 가장 좋아요."

"언니에게는 도윤 오빠가 좋은 사람이 아니라는 말인가요. 하나밖에 없는 친구라면서, 오빠가 들으면 섭섭해하겠네요."

"정말로 아직은 좋은 사람, 그 정도인가 보네요. 조시내 씨 감정."

"네?"

"사랑이라는 건, 상대방이 늘 좋은 사람일 수가 없으니까. 그럼 또 봐요."

바를 나서는 재희의 뒷모습을 지켜보던 시내는 한참을 그 자리에 서 있었다. 늘 좋은 사람일수가 없다는 것, 자신도 알고 있었다. 저 사람도 차마 자신의 감정을 미워할 수가 없어, 그 감정을 몰라주는 상대방이 미워지는 것뿐일 게다.

"조시내 씨."

시내는 자신을 부르는 도윤의 목소리에 우울한 표정을 지워 버리고 얼른 뒤돌아섰다.

"오늘 고마웠어요. 그리고 주말에 그 이야기는 신경 쓰지 말아요. 내가 재희한테 시내 씨는 그날도 일해야 한다고 둘러댔으니까."

"아, 네."

말을 마친 도윤은 꾸벅 인사를 해 보이는 시내를 뒤로하고 술집을 나섰다. 물론 재희가 쉽게 믿지 않으리라고 생각했지만, 믿으라고 시내를 여자 친구라 소개시킨 것은 아니었다. 그저 내가 너에게서 이 정도로 벗어나고 싶다, 하는 자신의 마음만이라도 드러낼 수 있었으면 했고, 그것은 상당 부분 성공한 듯 보였다. 시내가 자신을 부르던 목소리가 귓가에 스치고 지나가자 도윤은 짧게 코웃음을 쳤다.

"오빠?"

각 부서별 지배인과 부장급 미팅이 아침에 잡혀 있었다. 미팅이 끝나고 나면 곧장 공사가 한창인 VIP 빌라 연회장으로 나가봐야 하는 도윤의 발걸음이 더욱 빨라졌다.

"좋은 아침입니다."

도윤은 각 부서별 지배인들이 모여 있는 미팅 룸에 들어서며 무뚝뚝하게 인사를 건네었다. 미팅을 시작하려 할 찰나 재희의 부친이자, 메르디안의 오너인 노 회장이 미팅 룸으로 들어섰다. 그러자 각자 보고 준비로 분주하던 지배인들이 일제히 자리에서 일어났다.

"아, 나 신경 쓰지 말고 회의들 해요."

가끔 예고없이 미팅에 참관하는 일이 종종 있었던지라 도윤은 가만히 고개를 숙여 보인 다음 자리에 앉았다. 최근 시작된 공사 일정에 대한 보고를 시작으로 도윤의 주도로 진행된 미팅은 한 시간 삼십여 분이 지나서야 끝맺음을 했다.

"식음료팀, 창립 파티에 쓰일 와인 여유있게 준비하시구요. 이번 창립 파티는 단순히 호텔이 설립된 날을 기념하고 축하하는 자리에 앞서, 우리 메르디안의 파티 연회를 포함하여 컨벤션 리셉션까지 수용할 수 있는 능력을 VIP 고객들을 모시고 선보일 수 있는 기회입니다. 각 부서별로 마지막까지 실수없이 진행하세요. 이만 하죠. 다들 수고하셨습니다."

직원들이 하나둘 빠져나가고 곧 노 회장과 도윤, 그리고 노 회장이 남아 있도록 지시한 희락, 세 사람만이 미팅 룸에 남았다. 도윤은 구석 자리에 앉아서 미팅 내용을 유심히 듣고 있던 노 회장에게로 다가갔다. 재희는 노 회장과 많이 닮지는 않았다는 생각이 퍼뜩 머릿속에 스치고 지나갔다. 도윤은 멀찌감치 떨어진 곳에서 자신과 노 회장의 대화가 끝나기를 기다리는 희락을 흘낏 바라보았다. 재희와 모친이 다른 배다른 동생인 희락 쪽이 훨씬 노 회장과 닮아 있었다.

"민 이사."

"네, 회장님."

일흔의 노 회장에게 재희는 눈에 넣어도 아프지 않을 귀한 외동딸일 것이다.

"자네 여자 친구를 만나고 왔다고 재희가 그러더군."

순간 도윤의 머릿속에 가장 먼저 떠오른 것은 재희가 어떤 의도로 노 회장에게 그 사실을 이야기했을까 하는 궁금증이었다. 그리 어렵지 않게 그 이유를 떠올릴 수는 있었지만, 그것이 재희의 의도라고 믿고 싶지는 않았다.

"호텔 일만으로도 바쁠 텐데. 어떤 여자이기에 몸이 두 개라도 모자랄 자네의 눈을 사로잡았는지 궁금해지는군. 창립 파티에 데려와서 사람들에게도 소개하고 내게도 보여주게나."

믿고 싶지 않았지만, 재희의 의도는 맞아떨어졌다. 그토록 시내를 창립 파티에 데려오고 싶어하는 이유가 뭘까. 이런 의리의리한 호텔 오너의 딸이라는 것을 과시하고 싶어서? 그래서 자신을 빼앗아갔다고 생각하는 시내에게 으스대기라도 하고 싶어서? 하지만 어제의 재희는 시내를 도윤의 여자 친구로 믿는 눈치도 아니었다.

"어제 재희도 그런 제안을 하더군요. 그런데 그 사람에게도 일이 있고, 제 일로 그 사람의 일을 방해하고 싶지가 않아서 재희의 제안을 거절했습니다."

도윤의 말에 노 회장은 섭섭함을 얼굴에 그대로 드러냈다.

"재희가 내심 섭섭해하는 눈치더군. 아, 알잖아. 그 녀석에게 친구라고는 자네밖에 없다는 거. 그런 자네한테 애인이 생겼다는 것만으로도 서운할 텐데."

노 회장은 잠시 말을 끊고 도윤의 표정을 읽어 내리듯 뚫어지게 그를 바라보았다. 도윤은 그 시선을 피하지 않고 받아들였다.

"사실 나도 재희 녀석에게서 그 소리를 듣고 섭섭한 기분이 들더군. 두 사람 마음은 둘째 치고 내가 내심 자네를 우리 재희 짝으로 생각하고 있었던 모양이야."

노 회장은 웃음기 섞인 목소리로 농담처럼 말했지만, 도윤은 웃지 않았다. 처음이었다. 그가 드러내 놓고 도윤을 자신의 사윗감으로 점찍어놓고 있었다는 사실을 말로 표현한 것은.

"목석같은 자네한테 여자가 생겼다는 걸 축하해도 모자란데 늙은이가 주책이군. 거, 크게 중요한 일만 아니라면 되도록 참석하도록 잘 말해보도록 하고 이만 나가보게. 희락아."

두 사람의 대화를 듣는 듯 마는 듯 한쪽에 서 있던 희락이 긴장한 표정으로 아버지의 부름을 받았다. 미팅 룸 문을 닫고 나오기 전, 도윤은 자신에게 대하던 인자한 노 회장의 목소리에 역정기를 느끼고 순간 움찔했다.

"그 아이를 찾고 있다고!"

"네, 아버지."

"이제 와 찾아서 뭐 하려고. 은경이는 알고 있는 게야?"

"은경이와는 별개의 문제예요. 아버지, 이해해 주세요. 저, 찾아야 해요. 찾아서……."

재희의 문제만으로 골치가 아플 노 회장에게, 고민거리는 그녀뿐만은 아닌 듯했다. 미팅 룸을 완전히 빠져나와 자신의 사무실로 돌아온 도윤은 책상 위에 널브러진 서류들로 손을 뻗었다. 하지만 곧 서류들을 챙겨 들던 그의 손이 허공에서 멈칫했다.

꿈꾸었었다. 스물, 두 손에 쥔 것은 아무것도 없었지만 가슴에 가득 찬 패기만으로도 무서울 것이 없었던 그 나이. 쥐뿔도 가진 것 없지만 그는 그 어느 누구도 무섭지 않았다. 게다가 하늘같이 높은 자존심이 그를 지탱해 주고 있었다. 그때 도윤은 밝고 사랑스러우며 당찬 아가씨, 노재희를 꿈꾸었었다. 그녀와 함께하는 미래를 의심하지 않았다. 조금 전, 노 회장이 지나가듯 말한 '재희짝'이 되리라 굳게 믿었다. 하지만 윤 회장의 입에서 그 말이 나오기까지 십 년이 걸렸다. 그것도 재희가 이혼녀가 되고 난 후에.
하지만 지난 십 년 동안 변한 것은 재희만이 아니었다.

"사랑이라는 건, 상대방이 늘 좋은 사람일 수가 없으니까."
왜 자꾸만 재희의 말이 귓가에서 맴도는 것인지 알 수가 없었다. 씻어놓은 잔의 물기를 닦으며 시내는 쩝, 입맛을 다셨다.
자신에게 있어 그런 상대는 누굴까. 지난 십 년간 한 번도 만날 수 없었던 희락일까. 머릿속에 희락의 이름이 스치는 순간 시내의 손길이 움찔했다.
하루아침에, 연기처럼 사라져 버렸던 희락이가 나에게 좋은 사람일까. 가장 힘들 때, 가장 필요로 했던 녀석이 도망치듯 사라졌다. 그런데도 희락이가 나에게 좋은 사람일까.
똑똑, 바를 두드리는 소리에 시내는 고개를 들어 사장을 바라보았다. 사장의 고갯짓에 시선을 돌린 시내의 눈에 이제 막 가게 안으로 들어서는 도윤의 모습이 들어왔다.
"오셨어요? 버번 콕이죠?"
도윤은 고개를 끄덕이며 바에 앉았다.
"사장님, 버번 콕 한 잔이요."
"잠깐 이야기 좀 하죠."
잔을 닦기 위해 다시 뒤돌아서던 시내는, 도윤의 무뚝뚝한 목소리에 움찔했다.
"겁나네요."
"뭐가요?"

시내가 짧은 한숨을 내쉬었다.

"사장님 입에서 또 신세 갚으라는 말 나올까 봐서요."

"잘하던데요 뭐."

그의 말은 칭찬인 듯하면서도, 아닌 것처럼 듣게 하는 요상한 힘까지 가지고 있다. 입술을 삐죽거리며, 시내는 사장이 바 안에서 내민 버번 콕을 도윤의 앞으로 밀어놓았다.

"하긴 했지만, 마지막에 가게를 나서는 그 여자 분 표정이 마음에 걸려요. 그분은 진심이신 것 같던데. 웬만하면 그냥 받아주겠다. 뭐, 사장님한테 아깝던데요?"

탁, 도윤이 잔을 소리 내어 바 위에 내려놓는 바람에 시내는 움찔하며 도로 타월을 집어 들었다. 자신의 말이 신경에 거슬렸는지, 오만상을 다 찌푸리며 도윤이 내뱉듯 입을 열었다.

"그 사장 소리 좀 안 할 수 없어요?"

괜히 자신에게 신경질을 부린다고 생각한 시내는 등을 돌리고, 중얼중얼 혼잣말처럼 투덜거렸다.

"그럼 뭐라 부르나? 계속 오빠라고 부르라는 소리야, 뭐야."

도윤은 입술을 일자로 꽉 다물고 한참 동안이나 말없이 시내를 바라보았다. 기세 좋게 뒤돌아섰던 시내는 뚫어질 듯한 도윤의 시선에 점점 기가 죽어 눈동자를 이리 쿵 저리 쿵 굴리기 시작했다.

"그래요. 그쪽이 나한테 갚는다고 했던 그 신세 이미 갚았어요."

도윤이 무슨 말을 꺼낼지 짐작한 시내는 황급히 고개를 내저었다.

"또 못해요, 난."

"왜요?"

"거짓말이잖아요. 제 얼굴을 보세요. 제가 어딜 봐서 그런 거짓말을 잘할 얼굴이에요? 전 마음이 약해서 못해요. 아직도 노재희씨 눈빛이, 제 양심을 쿡쿡 찌르고 있다고요."

어딜 봐서? 아주 몸 전체에서, 탁월하게 타고났던데! 도윤은 짧게 심호흡을 하고 시내의 머리끝에서 발끝까지의 모습을 차갑게 훑고 난 후, 다시 입을 열었다.

"계속 이야기 들어요. 그쪽이 나한테 진 신세는 갚았다고 말했어요. 그러니까, 지금부터는! 나를 도와주면 그 대가를 받을 수 있다는 뜻이죠."

시내의 눈썹이 치켜 올라갔다.

"대가요?"

"나도 마음 같아서는 상대를 바꾸고 싶지만, 알다시피 재희가 그쪽을 이미 만났기 때문에 그렇게는 못하죠."

마음 같아서는 바꾸고 싶다고? 시내의 볼이 실룩거렸다.

"됐어요! 내가 거짓말 못한다고 했지, 누가 대가 바란댔어요?"

"돈 버는 거 좋아하는 줄 알았는데. 아니었어요?"

돈! 순간 시내의 눈이 번쩍거리는 것을 도윤은 놓치지 않았다. 상대방의 약점을 아는 이상, 승자 쪽에서는 여유롭게 한 발자국 뒤로 물러나는 것도 이기는 방법 중의 하나다. 도윤은 손에 들고 있던 잔을 빙글빙글 원을 그리며 돌리다 이내 내려놓았다.

"정 싫다면 어쩔 수 없죠. 강요는 못하니까."

도윤은 어깨를 한 번 으쓱거려 보였다.

"특히, 돈 때문이 아니라 양심의 가책 때문에 못하겠다니, 더더욱 강요는 못하겠네요. 좋아요. 뭐, 재희에게는 새로운 여자 친구가 생겼다고 하죠. 갑자기 바람둥이가 되었다고 하겠지만 어쩔 수 없지."

도윤의 말을 들으며 시내는 침을 꿀꺽 삼켰다.

"찾아보면 한다는 사람은 많지 않을까. 할 일이라고 해봐야 파티에 함께 가서 맛있는 음식 먹고 하하 호호 몇 번 웃어주고. 친한 척 몇 번 하면 그뿐이니까."

"왜, 왜 그런 이야기를 여기서 하시는 거예요?"

듣지 않겠다는 듯 시내는 완전히 돌아서 버렸다.

"페이는, 한 이십만 원쯤?"

순간 시내의 등줄기가 뻣뻣하게 굳어버렸다.

"너무 적나? 한 삼십만 원은 줘야겠죠? 음, 특급 호텔에서 두세 시간 놀고 삼십만 원이면 적당…… 한가?"

"이것 보세요!"

시내가 소리치며 휙 도윤을 돌아보았다. 입술을 앙다물고 한참 동안 도윤을 노려보던 시내는, 이내 고개를 바 안의 사장에게로 돌려 소리쳤다.

"사장님, 저 내일 못 나와요!"

창립파티 준비로 부산스러운 연회장을 둘러보던 도윤은 문득 그 자리에 멈추어 선 채 휘황찬란한 빛을 내뿜는 천장의 인테리어를 지그시 바라보았다. 고급스러우면서도 적당히 현란한, 자신의 취향하고도 거리가 먼 무늬를 바라보고 있자니 걱정이 밀려왔다. 좋아하지 않는 취향이긴 하지만, 이곳은 자신의 일터이자 십여 년간 신물이 날 정도로 적응기를 거친 호텔이라는 공간이었다. 하지만 시내는 달랐다. 그녀를 끌어들인 것은 정말 잘한 일일까.

그때 휴대전화기가 울렸다. 사무실로 돌아가기 위해 엘리베이터로 걸음을 옮기며 도윤은 주머니에서 휴대전화기를 꺼내 들었다.

"네. 민도윤입니다."

[정말 이 카드 막 긁어도 되는 거예요?]

순간 도윤은, 전화를 건 사람이 누구인지 인지하지 못하고 '여보세요?' 하고 한 번 더 물어야 했다. 하지만 이내 대답을 듣기도 전에 누구인지 눈치를 채고 말을 이었다.

"누가 막 긁으라고 했습니까, 필요할 때 쓰라고 했지."

[그게 그 말 아니에요?]

엘리베이터 앞에 선 도윤은 지끈거리는 두통에 손바닥으로 이마를 감싸 쥐었다.

"창립 파티 때 입을 옷이나 머리를 만져야 할 때 쓰라는 거지, 막 긁으라는 소리는 안 했습니다. 그런데……."

도윤은 손목시계를 들어 시간을 확인했다.

"아직도 안 샀어요?"

[편의점 아르바이트가 이제 겨우 끝났어요. 그런데 이거 너무 재미없는 것 아니에요? 티비에서 보면 같이 옷 사러 가주고, 옷 입

고 나오면 휘파람도 불어주고 그러던데.]

키득거리는 시내의 웃음 소리에 도윤은 얼굴을 찌푸렸다.

"내가 그 카드를 준 건, 나를 위해서 이것저것 꾸미란 소리가 아닙니다. 난 그쪽이 누더기를 걸치고 와도 상관없어요. 다만."

도윤은 살짝 고개를 돌려 클래식한 호텔의 로비를 돌아보았다.

"나를 도와주다가 그쪽의, 있는지 없는지 모르는 자존심이 다치는 건 내가 바라는 일이 아니기 때문이에요. 그러니까 알아서 하고 와요."

그때 누군가 도윤에게 고개를 숙여 인사를 해 보이며, 엘리베이터를 기다리기 위해 그의 곁에 섰다. 도윤은 희락에게 가볍게 눈인사를 하고는 전화를 끊을 요량으로 입을 열었다.

"그럼 알아서 잘할 거라 생각하고, 나중에 호텔 앞에서 봅시다. 늦지 말아요. 일당에서 제할 테니까."

[그런 게 어디 있어요!]

빙긋 웃으며 휴대전화기의 슬라이드를 내린 도윤은 희락과 눈을 마주쳤다. 곧 엘리베이터 문이 열리자 두 사람은 차례로 엘리베이터에 올라탔다.

"말수도 적고, 잘 웃지도 않으시는 줄 알았는데, 여자 친구 분에게는 또 다른가 봐요."

희락이 재희의 동생이라는 사실을 의식하지 않을 수 없는 도윤은 마지못해 대답했다.

"같을 순 없겠죠."

"하긴. 누나가 섭섭한가 봐요. 지난번에 민 이사님 여자 친구 분을 소개받고 부쩍 우울해하는 것 같기도 하고. 왜, 친구들 사이에서도 친한 친구에게 다른 사람이 생기면 서운하고 그런 것 있잖아요."

도윤은 가볍게 고개를 끄덕였다. 그리고 화제를 돌리기 위해 입을 열었다.

"일은 할 만해요?"

"네, 재미있어요. 뭐, 공부하던 것과 실무가 또 다르긴 하지만요. 많이 가르쳐 주세요."

흰 이가 모두 드러나도록 웃는 희락의 모습에도 도윤은 경계심을 풀기가 어려웠다. 재희와 십 년을 넘게 알아왔지만 그녀의 동생은 늘 감춰진 인물에 불과했다. 도윤은 희락의 존재를 알게 된 십 년 전 어느 날을 떠올렸다. 엄마가 죽기를 기다렸다는 둥, 분개하며 눈물까지 글썽거렸던 재희. 그날은 열일곱의 소년이었던 희락이 처음으로 노 회장의 집에 들어가 살게 된 날이었다. 그리고 희락은 재희의 외가 쪽 압력에 의해 곧장 호주로 보내졌다. 하지만 어떻든 간에, 그는 재희의 하나밖에 없는 동생이었다.

희락은 엘리베이터에서 먼저 내리며 도윤에게 인사를 잊지 않았다.

"그럼 이따 파티 때 뵙겠습니다. 이사님을 웃게 만드는 그 여자분을 직접 뵐 수 있다고 생각하니 벌써부터 기대되네요."

호텔 앞에서 걸음을 멈춘 시내는, 쭈뼛쭈뼛 내키지 않은 손길로 자신의 옷차림을 다시 한 번 매만졌다. 옷이라고 해봐야 일 년에 한 번 살까 말까 하는 데다 돈 버는 데 온 정신이 팔려 유행과는 담을 쌓고 사는 시내는 옷가게 직원의 도움을 받아 원피스 하나를 겨우 고를 수 있었다.

오도독 돋아난 다리의 소름에 시내는 얼굴을 찌푸렸다. 유행 따르려다 얼어 죽기 딱 좋을 날씨다. 게다가 시내가 원피스 위에 걸치고 있는 거라곤 캐시미어 카디건뿐, 추위에서 그녀를 막아줄 것은 아무것도 없었다.

"멋 내려다 얼어 죽기 십상이지."

혼잣말처럼 '삼십만 원', '삼십만 원'을 중얼거리며 시내는 제자리에서 발을 동동 굴려 추위를 잊기 위해 애썼다. 호텔 정문의 회전문에서 도윤의 모습이 나타나자, 시내는 이제껏 마주쳤던 것을 모두 합한다 해도 지금처럼 반갑지 않을 것이란 생각이 들었다. 도윤은 몇 발자국 떨어진 곳에서 시내를 발견하고, 그녀를 머리끝에서 발끝까지 훑어보았다.

"어때요? 괜찮아요?"

처음 가게를 들어설 때보다, 거짓말 하나 보태지 않고 열 배는 더 여성스럽고 예뻐 보인다고 아부를 하던 옷가게 종업원을 떠올리며 시내가 자랑스럽게 턱을 치켜들었다. 하지만 돌아오는 것은 무뚝뚝한 도윤의 목소리였다.

"나쁘진 않네요."

도윤이 자신을 향해 손을 내밀자 시내는 입술을 삐죽이고는 자신의 손을 내밀어 붙잡았다.

"아니요. 카드요."

"네? 아, 난 또."

주머니에서 어젯밤 건네받았던 신용카드를 꺼내어 도윤에게 내밀었다. 도윤은 카드를 지갑에 넣고 나서 다시 그녀에게 손을 내밀었다.

"들어가요."

후우! 짧은 심호흡으로 긴장을 풀어낸 시내는 도윤의 손을 붙잡고 걸음을 옮겼다.

"잠깐 내 사무실에 들렀다 가야 해요. 긴장 풀어요."

"아, 네."

하지만 회전문을 통해 호텔 안으로 들어서자, 시내는 곧추세우고 있던 등이 뻣뻣하게 굳을 지경이었다. 미끄러질 듯 깨끗한 대리석 바닥과 고풍스러움과 모던함을 동시에 강조한 로비의 화려한 인테리어는 태어나서 호텔이란 곳을 처음 와본 시내의 기세를 꺾기에 충분했다. 그런 시내를 아는지 모르는지, 그녀의 손을 붙잡은 도윤은 자신에게 향하는 직원들의 인사를 받아주며 곧장 엘리베이터로 향했다.

사무실에 들어선 후 혼잣말처럼 '잠깐만……'이라고 중얼거린 도윤은 책상으로 가 서류 더미 속을 뒤지기 시작했다. 사무실 안을 둘러보던 시내는 그곳에 배어 있는 은근하고도 익숙한 향수 냄새에 간신히 긴장이 풀리는 것을 느꼈다. 도윤이 근처에 있을 때마다 기분 좋은 향이 콧속으로 스며들곤 했는데, 사무실은 그 향기가 완전히 배어 있어 이곳이 그의 사무실이라는 것을 눈 감고도 맞출 수 있을 것만 같았다.

"남자들이 향수 뿌리는 거 꼴불견이라고 생각했는데. 뭐, 나름대로 괜찮네요."

오늘 참석할 VIP 명단을 챙겨 들던 도윤이 시내의 목소리에 고개를 쳐들었다.

"난 향수 안 뿌리는데."

"에이, 냄새가 나는데."

고개를 돌리며 향기를 맡는 시내의 모습에 도윤도 덩달아 코로 숨을 들이키며 향기를 찾으려고 했지만 고개를 갸웃거릴 뿐이었다. 거울 앞에서 타이를 고쳐 맨 도윤이 빙글 돌아 시내 앞에 섰다. 이제 파티장으로 가자는 도윤의 말에 시내는 침을 한번 꿀꺽 삼켰다.

"별천지 아니에요. 조시내 씨와 똑같은 사람들이 모여서 술 마시고 수다 떠는 곳. 조시내 씨보다 잘난 사람도 없고, 못난 사람도 없어요. 그러니까 마음 편하게 가지고 식사도 하고 술도 마시고 누가 말 걸면 대답하고, 웃고. 오늘 저녁에는 내 여자 친구라는 것만 잊지 않으면 되는 거예요. 알았어요?"

비록 말투는 여전히 딱딱했지만, 시내는 도윤이 자신의 긴장을 풀어주기 위해 애를 쓰고 있다는 사실을 눈치 챘다.

단정하게 빗어 내린 머리칼과 부드러운 눈매, 유난히 더 빛이 나는 흰색 와이셔츠와 잘 어울리는 타이. 금빛 타이핀과 맞춤인 듯한 고급스러운 시계. 쭉 뻗은 다리를 돋보이게 하는 블랙 팬츠. 시내는 도윤의 머리끝에서 발끝까지 훑어본 후 고개를 끄덕였다.

"네."

그의 말대로 긴장할 필요 없었다. 시장통 한구석에서 반찬을 만들어 팔았던 적도 있었고, 나이가 어리다고 만만하게 보는 야채 도매상 여사장과 머리채를 붙잡고 싸운 적도 있었다. 도시락 반찬 맛이 마음에 들지 않는다며 사람들 앞에서 온몸에 국을 뒤집어쓴 적도 있었고, 배달하러 갔다 그 집 여고생 딸과 시비가 붙어 죽자 살자 싸운 적도 있었다. 그것들에 비하면 지금의 상황은 아무것도 아니었다. 게다가. 삼.십.만. 원.

"안 와요?"

"네! 가요."

도윤의 손을 잡고 사무실을 나서며 시내는 목과 눈에 힘을 꽉 주었다. 이미 연회장은 수많은 사람들이 들어서서 라이브로 연주되는 음악 소리와 함께 조곤조곤한 소음을 퍼뜨리고 있었다. 시내는 도윤과 맞잡은 손에 더욱 힘을 주었다.

도윤은 자신에게 아는 척을 하는 손님들과 간단한 인사를 나누면서, 지나가는 웨이터에게서 음료를 건네받아 시내의 손에 쥐어 주었다.

"별거 아니죠? 그냥 이렇게 인사나 하고, 음료수나 마시면 돼요."

"그분은요?"

순간 도윤은 걸음을 멈추었다.

"그분 때문에 오늘도 제가 필요한 거잖아요. 오.빠."

언제 긴장을 했었냐는 듯, 빙긋 웃어 보이는 시내의 모습에 도윤은 어이가 없어 피식 웃음을 터뜨렸다.

"어, 저기 있다. 이쪽으로 오는데요, 오빠? 와, 눈으로 사람 잡아 먹을 수 있으면 저 완전 한입거리밖에 안 될 것 같아요. 이거 생명위험 수당 같은 건 없어요?"

이제는 오히려 도윤의 긴장을 풀어주려는 듯 장난기 어린 목소리로 말하며 시내는, 도윤이 미처 말리기도 전에 재희를 향해 손을 번쩍 들었다.

"안녕하세요. 또 뵙네요."

"네. 안녕하세요."

차가운 재희의 목소리를 들으며 도윤은 뒤돌아서 그녀를 바라보았다. 비어 있는 호스티스의 자리를 채워야 하는 그녀의 역할에 맞게 화려하고 우아한 이브닝드레스를 차려입는 재희의 모습에 시내는 어깨를 으쓱거렸다.

"오늘 너무 예쁘세요. 오빠 봐요, 완전히 넋이 나갔잖아요."

시내는 투정을 부리듯 도윤의 어깨를 주먹으로 툭 쳤다. 도윤은 순간 눈을 부라렸지만 이내 쓴웃음을 지어 보였다.

"전 좀 어색하죠? 저, 이런 파티는 처음이거든요."

도윤이 연회장을 둘러보며 재희에게 물었다.

"회장님은?"

"곧 오실 거야. 시내 씨, 와줘서 고마워요. 저도 그렇지만, 저희 아버지도 도윤이를 굉장히 가깝게 여기시거든요. 도윤이한테 여자 친구가 생겼다니까 꼭 한 번 보고 싶다고 하셨는데. 그래서 바쁘다고 도윤이가 안 된다는 걸 아버지가 결국 설득해 주셨네요."

회장님, 아버지. 그 말에 어렵지 않게 재희의 위치를 실감했지만 시내의 표정에는 변화가 없었다. 도윤은 아무도 모르게 안도의 한숨을 내쉬었다.

"아, 저기 오시네."

'별거 아닌데 괜히 긴장했네' 라고 중얼거리며 시내는 재희가 손가락으로 가리킨 쪽을 향해 고개를 돌렸다. 연회장 안으로 날카로운 인상의 잘 차려입은 노년의 남자가 들어서고 있었다. 그 뒤를 이어 젊은 남녀 한 쌍이 들어섰다.

"이거 무슨 음료예요? 맛있……."

음료수를 홀짝이며 그 일행을 바라보던 시내의 손에서 떨어져 나간 음료 잔이 바닥을 향해 곤두박질쳤다. 깜짝 놀란 도윤을 비롯하여 요란한 파열음에 주위의 모든 사람의 시선이 시내에게로 모아졌다.

"락…… 락이."

도윤이 시내의 팔을 붙잡았다.

"괜찮아?"

"희락, 희락이…… 락아!"

머릿속이 멍해지는 기분이 들었다. 언젠가 한 번은 만나겠지, 살다 보면 우연히라도 지나치는 날이 한 번은 오지 않을까 하는 생각을 하곤 했었다. 길을 가다 우연히 마주치는 상상은 늘 달콤한 꿈으로 이어졌고 꿈에서라도 희락이를 보는 날에는 더욱더 힘이 나고는 했다.

희락이와 다시 만났을 때, 부끄럽지 않은 사람이 되어 있자. 열심히 살자. 희락이를 만나면 난 그런 절망 속에서도 이렇게 잘살아왔다, 꿋꿋하게 살았다. 그러니까 곁에 있어주지 못했다고 죄책감 느끼지 마…… 라고 말하고 싶었다. 그런 희락이가, 지금 눈앞에 서 있다. 키만 조금 더 컸을 뿐, 십 년 전 모습 그대로.

"시내……?"

"락아!"

희락 역시 믿기지 않는다는 듯, 눈을 몇 번 깜빡거렸다. 그리고 이내, 눈앞에 서 있는 사람이 시내가 틀림없다는 것을 깨닫고 나자 입술이 파르르 떨렸다.

"시내야!"

희락이 손을 뻗어 시내의 얼굴을 살며시 문질렀다.

"진짜…… 시내 맞구나."

거의 울상이 된 시내는 고개를 끄덕였다.

"도대체……."

도대체, 어디서 뭘 하고 있었던 거야. 약해지지 않기 위해, 무서움을 이기기 위해, 외로움을 이기기 위해 스스로를 더 강하게 만들고 악착같이 살았다. 하지만 희락을 보는 순간, 긴장의 끈이 풀리며 벽처럼 꼭꼭 쌓아두었던 서러움이 북받쳐 올랐다.

"어떻게 된 거야, 도대체 왜. 왜……."

너무나 오랜 시간이 지나 있었다. 해야 할 말을 많았지만, 머릿속이 새하얗게 비어버려 두 사람은 입술을 움찔거릴 뿐이었다.

"희락 씨."

희락의 뒤에서 들려오는 자그마한 목소리에, 시내는 그제야 자신이 도윤과 함께 온 파티장에 머물고 있음을 깨달았다. 그 목소리와 거의 동시에 도윤도 입을 열었다.

"두 사람, 아는 사이야?"

"아, 네. 아니, 응."

재희의 눈치를 한번 본 시내는 황급히 말을 바꾸고 희락의 등 뒤에서 나타난 목소리의 주인공을 멍하니 응시했다.

"아는 사람이에요?"

"내가 이야기했었잖아, 시내라고."

희락의 말에 다소곳한 여자가 '아!' 하는 탄성과 함께 얼굴이 환해졌다. 그리고 희락보다 한 걸음 더 앞으로 걸어나와 어리둥절한 표정의 시내의 손을 마주 잡았다.

"너무 뵙고 싶었어요. 희락 씨한테서 말씀 많이 들었어요."

시내는 희락과 여자를 번갈아 바라보았다. '누구……?' 입 모양으로 희락에게 물었지만, 희락은 그런 것 따위는 전혀 중요하지 않다는 듯 시내의 등을 감싸듯 안고 다시 한 번 길고 긴 안도의 한숨을 내쉬었다.

"얼마나 찾았는데. 이렇게 만나게 될 줄은, 이렇게 만나게 될 걸."

"희락아."

노 회장의 목소리에 희락이 고개를 돌려 부친을 바라보았다.

"그 아이가."

"네, 아버지. 시내예요."

아버지? 시내는 재희의 아버지이자 호텔의 오너라는 노 회장이 자신에게 고개를 한 번 끄덕여 보이자 얼떨결에 허리를 숙여 인사를 했다. 희락의 아버지라니, 시내는 기억하기조차 힘든 어린 시절부터 희락과 한집에서 살았지만 녀석에게 돌아가신 모친 이외의 가족이 있다는 사실은 전혀 몰랐었다.

"락아, 어떻게 된 거야?"

"이야기하자면 길어. 아마, 우리가 만나지 못한 만큼, 아니, 그보다 더 긴 이야기가 될지도 몰라. 그런데 넌 어떻게 여기에……."

그제야 희락은 여전히 시내의 등 뒤에 서서 두 사람을 내려다보고 있는 도윤을 발견하고 입을 딱 벌렸다.

"그럼 민 이사님의 여자 친구가…… 시내 너였단 말이야?"

여자 친구라니! 손을 흔들어 부인하려던 시내의 눈에, 호기심 가득한 시선으로 상황을 지켜보고 있는 재희가 들어왔다.

"아, 그게."

기다릴 만큼 기다렸다고 생각했는지, 도윤이 앞으로 걸어나와 희락의 품에서 빠져나온 시내의 팔을 살짝 붙잡았다. 그리고 노 회장을 향해 고개를 약간 숙여 인사를 건넸다.

"회장님, 창립 기념일 축하드립니다."

"고맙네. 그럼 시내 양이 자네의……."

노 회장의 시선이 자신의 딸에게 흘낏 향했다.

"네, 노희락 씨와도 인연이 있는 듯하네요. 두 사람에게 시간이 필요할 것 같은데, 난 괜찮으니까 조용한 곳에 가서 이야기 나누고 와. 끝나면 전화하고."

더없이 친절하고 다정한 연인처럼, 물론 일부러 연인인 듯 꾸며내려고 한 말이겠지만 시내는 도윤이 눈물 나게 고마웠다. 머릿속이 너무 복잡했고, 정리할 시간과 여유가 필요했다.

십 년 만에 희락을 만났는데, 희락에게 자신은 알지도 못했던 아버지가 존재하고, 그 아버지가 도윤의 친구인 재희의 아버지. 그런데 자신은 도윤과 연인인 척 파티장에……. 시내는 머리를 흔들었다.

"그래, 조용한 데 가서 이야기하자. 그게 좋겠어. 고맙습니다, 민 이사님. 은경아, 잠깐 시내와 시간을 좀 보내고 올게. 곧 돌아올게."

은경은 당연하다는 듯 고개를 끄덕였다.

"네, 그래요."

희락은 로비로 내려와 소파에 앉을 때까지, 시내의 손을 놓지 않았다. 모든 상황이 뒤죽박죽이기는 하지만 그나마 시내가 다행이라고 여기는 것은, 희락 역시 자신 못지않게 재회를 기뻐하고 있다는 사실이었다.

"아직도 믿기지가 않아. 너를 이렇게 만나게 되리라고는 정말 상상도 못했어."

희락의 말에 시내가 눈물이 어린 눈을 찡긋하며 입을 열었다.

"난 상상했었어, 우연히 만나는 거. 우연히 만나면 우리 서로 알아볼 수 있을까. 언젠가 한 번쯤은 스쳐 지나갈 수도 있겠지 하고."

"그랬어?"

"그런데 어떻게 된 거야? 아버지라니, 아까 그 회장님이 너희 아버지라는 말이야?"

어떻게 그런 일이 있을 수 있는지, 시내는 도대체 영문을 모르겠다는 표정으로 고개를 흔들었다.

"그리고 그때, 어떻게 된 거야? 정말 할머니 말대로 너 집 나가버린 거야? 그건 아니지?"

시내의 말에 희락이 퍼뜩 생각난 듯 '아!' 하고 소리쳤다.

"할머니는?"

순간 말문이 막힌 시내는 머뭇거리다, 중얼거렸다.

"돌아가셨어."

충격을 받은 듯 완전히 얼어버린 희락의 어깨를 툭툭 두드리며 시내는 훨씬 더 크게 웃음을 터뜨렸다.

"벌써 칠 년도 넘었어. 너 큰일났다, 나중에 할머니 만나면 무지하게 혼날걸? 할머니는 끝까지 너 가출한 게 틀림없다고 했거든."

"그럼 이제껏 혼자 살았어?"

고개를 끄덕이는 시내의 모습에, 희락은 탄식을 내뱉으며 다시 한 번 시내를 가슴에 안았다. 그리고 후회가 가득한 목소리로 '내가 있었어야 하는데……'를 끊임없이 중얼거렸다.

"너희 부모님 삼우제 날이었지, 그날이. 네가 한 끼도 입에 대지 않으려고 해서, 죽이라도 끓여놓으려고 먼저 집으로 왔었어."

벌써 십 년이나 지났건만, 희락은 아직도 생생하다는 듯 입을 열었다.

"그런데 집 앞에서 누가 날 기다리고 있었어. 아버지였어. 나도 그때까지는 내가 사생아인 줄로만 알았지. 엄마까지 돌아가셔서 너희 집에서 거두어주지 않았으면 정말 세상천지에 아무도 없는 고아인 줄로만 알았는데, 정말로 내 아버지였어. 나한테는 정말 충격이었고, 아버지는 그 길로 곧장 나를 데리고 서울로 왔어. 믿지 못하는 나한테 증거를 보여주겠다고. 그곳에서 엄마 사진, 엄마가 아버지한테 남긴 편지들을 봤어."

"그럼 정말로……."

완전히 얼이 빠진 시내가 말끝을 흘렸다. 자신의 이야기는 여기서 끝이 났다는 듯, 희락이 시내의 어깨를 붙잡았다.

"그날은 나도 정신이 없어서 전화를 못했지만. 다음날은 손가락이 아플 정도로 전화를 했는데, 받지를 않았어. 결국 아버지가 붙잡는 걸 뿌리치고 사흘 만에 다시 집에 내려갔는데, 집은 완전히 비어 있고. 동네 사람들은 할머니와 네가 도망갔다고…… 어디로 갔는지 아무도 모르고!"

아직도 그때 생각을 하면 눈앞이 깜깜하다는 듯, 희락은 진저리를 쳤다. 희락이 돌아왔었다, 할머니 말처럼 집을 나가 버린 것이 아니었다! 그렇게 믿고 있었지만, 그래도 마음 한편으로 원망이 웅크리고 있었던 모양이었다. 시내는 안도감에 몸을 떨었다.

"한 달 내내, 할머니와 너만 찾아다녔지만 넌 어디에도 없고……. 그러다 거의 쫓기듯이 호주로 떠나야 했어. 어떻게 된 거야? 정말로 도망쳤던 거야?"

"삼우제 끝내고 산소에서 내려왔는데, 장례식 때부터 죽치고 있던 빚쟁이들이 몰려와서 집을 난장판으로 만들었어. 가구며, 책이며, 돈 될 만한 건 다 가져가고. 아마 전화기도 가져갔을 거야. 할머니가 도망가야 한다고 했는데. 난 너랑 같이 가야 한다고, 기다려야 한다고 어떻게든 견뎌보려고 했는데. 빚쟁이들이 나 섬 같은 데 팔아버리면 어떡하냐고, 할머니가 자꾸 겁주고…… 넌 이틀째 소식도 없고……."

절대로 울지 않으려고 했다. 할머니의 장례식이 끝나던 그날부터, 자신에게 눈물은 끝이라고 다짐했었다. 울면 세상에 지는 거라고, 보란 듯이 잘살 거라고. 꾹꾹 참고, 누르고, 지워 버렸던 눈물이 아슬아슬하게 터져 나올 듯했다.

"빚쟁이들 피해서 할머니랑 서울로 도망쳤어."

희락의 품에 안겨 눈물을 흘릴 수 있다는 사실이 도저히 믿기지가 않았다. 울먹이는 자신의 등을 부드럽게 쓸어 넘겨주는 따듯한 손길도, '미안해' 라고 연방 중얼거리는 목소리도 모두 꿈만 같았다.

"지금은, 지금은 잘살고 있는 거지?"

시내는 눈물이 창피했던지, 주먹으로 얼굴을 쓰윽 닦아내며 고개를 끄덕였다.

"그럼."

"이제부터 걱정하지 마. 이제, 이제 내가 있으니까."

그때 희락의 등 뒤에서 은경이 머뭇거리며 나타났다. 가냘픈 몸매와 자그마한 얼굴, 그 위에 그린 듯 잘 어울리는 부드러운 미소에 시내는 천천히 희락에게서 몸을 떨어뜨렸다.

"저기, 희락 씨. 회장님이 부르세요. 손님들이 희락 씨를 보고 싶다고 하셔서."

그리고 은경은 시내에게도 말을 건넸다.

"두 사람 오랜만에 만나서 아직 하고 싶은 말이 많을 텐데, 미안해요."

마치 시간을 빼앗은 건 자신이라는 듯 은경의 진심 어린 사과에 시내가 고개를 흔들었다.

"아니에요. 괜찮아요."

희락이 빙그레 웃으며, 평소와 다름없이 유쾌한 목소리로 말했다.

"그래, 앞으로 시간은 많으니까. 이제 헤어질 일 없으니까."

그리고 문득 생각난 듯 희락이 은경의 팔을 잡아 이끌어 시내 앞에 데리고 섰다. 시내의 시선이 은경과 희락의 모습에서 번갈아 움직였다.

"정식으로 인사 못했지? 은경이는 내가 하도 시내 이야기를 많이 해서 이미 알고 있을 거고. 시내야, 인사해. 이쪽은 윤은경, 내 약혼녀야."

운전에 열중하던 도윤은, 흘낏 시선을 돌려 굳은 표정의 시내를 바라보았다. 연회장이 떠나가라 기뻐하던 것이 무색할 정도로 어두워진 얼굴색에 코끝을 찡그렸다.

"노희락 씨와는 어떻게 아는 사이예요?"

아예 도윤의 목소리가 귀에 들리지 않는 듯 시내는 묵묵부답이었다. 도윤은 운전대를 쥐지 않은 나머지 한 손으로 차창을 톡톡, 두드렸다. 그제야 시내가 흠칫 놀라며 도윤에게로 시선을 돌렸다.

"네?"

"노희락 씨와는 어떻게 아냐구요."

"아, 어릴 때 함께 컸어요."

"같이 살았어요?"

도윤의 물음에 시내는 고개를 끄덕였다.

"우리 집 단칸방에 세 들어 살았는데, 아줌마가 여섯 살 때인가, 일곱 살 때 돌아가셨어요. 이후로는 우리 집에서 같이 살았고……. 그때는 똑같이 반찬 가게집 아들, 딸이었는데."

시내는 어두운 표정을 애써 밀어내며 방긋 미소를 지었다.

"십 년 만에 만나니까, 재벌 2세가 되어 있네요. 신기하죠? 이래서 사람 일은 모르는 거라고 하는가 봐요. 그런데 나 오늘 잘했어요?"

화제를 희락에게서 벗어나려는 듯, 시내가 황급히 말을 돌렸다. 그녀의 말에 도윤이 양미간을 찌푸리며 대답했다.

"잘하긴. 내 옆에 있으랬더니, 내내 노희락 씨와 수다 떠느라 정신이 없었잖아요."

"아니, 그 정도는 이해해 줘야 하는 거 아니에요? 사장님도 십 년 만에 친구 만나 봐요. 안 반가운가!"

입술을 삐죽이며 투덜거리던 시내는 도윤의 차가 오피스텔의 지하 주차장에 들어서자, 길게 기지개를 켰다. 차에서 내린 시내는 '으하하아암' 괴상한 소리와 함께 입이 찢어져라 하품을 하고 도윤과 눈이 마주치자 민망한 듯 웃으며 입을 다물었다.

"어쨌든, 오늘도 고마웠어요."

엘리베이터를 기다리며, 도윤은 재킷 안주머니에서 미리 준비해 두었던 흰색 봉투를 꺼내 들었다.

"제가 더 고맙죠. 그동안 못 만났던 친구에다, 이렇게 돈까지 받았으니."

띠링, 맑은 소리와 함께 엘리베이터 문이 열리자 두 사람은 함께 올라탔다. 각각 지하 이층과 육층을 누른 후, 짧은 침묵이 흘렀다.

"그럼. 올라가서 쉬세요. 다음에 또 뵈어요."

먼저 엘리베이터에서 내리는 시내의 얼굴은 또다시 어두워져 있었다. 도윤은 무엇이라 말을 건네려다 말고 어깨를 으쓱거렸다.

"네. 다음에 보죠."

엘리베이터 문이 양쪽에서 닫혀오던 그 순간, 도윤의 시야에서 사라졌던 시내의 모습이 다시 나타났다. 그리고 불과 몇 센티미터 남겨두고 닫힐 뻔했던 문이 다시 열리자 도윤은 의아한 눈길로 시내를 바라보았다.

"친구도 만나고, 이렇게 두둑한 돈도 벌고. 기분 좋은데, 제가 한턱 쏠게요!"

밝은 목소리로 말하던 시내는, 도윤이 고개를 약간 비틀자 이내 쩝 하고 입맛을 다셨다.

"그래요. 술 한 잔 하고 싶은데, 같이 마실 사람이 없네요."

무뚝뚝한 표정의 도윤에게 시내가 한마디 더 덧붙였다.

"뭐, 싫음 말고."

다닥다닥, 규칙적인 도마질 소리가 열린 주방 문틈 사이에서 흘러나왔다. 바 의자에 엉덩이를 걸치고 앉아 있던 도윤은, 그 소리를 들으며 짧은 한숨을 내쉬었다. 어차피 자신도 술을 한 잔 해야 잠이 올 것 같아서 그녀의 제안을 받아들이긴 했지만, 가볍게 맥주나 칵테일 한 잔이면 충분하다고 생각했던 그와 달리 시내는 안주 거리를 만드느라 정신이 없었다.

"자, 나갑니다. 조시내표, 특급 해물 떡볶이! 음, 부제는…… 오징어가 가래떡을 만났을 때? 아니, 오징어 부인 고추장에 몸 담그다?"

해물이라고 해봐야 오징어를 썰어 넣은 것이 전부인 듯했지만, 냄새는 그럴싸했다.

"가만가만, 술이 빠졌네?"

도윤의 곁에 앉으려던 시내가 다시 몸을 일으키더니, 주방으로 사라졌다. 도윤은 바 안쪽에 가득 자리 잡은 술병들과 주방으로 사라진 시내를 번갈아 바라보았다. 이내 다시 나타난 시내의 손에는 반쯤 남은 소주 병 하나가 들려 있었다.

"그거, 마시자고요?"

"네. 왜요?"

"여기 널린 게……."

못마땅한 표정은 여전했지만 도윤은 말을 멈추고, 마지못해 고개를 끄덕였다. 맥주든 양주든 소주든 입 안으로 들어가면 어차피 다를 게 없다는 생각에서였다. 시내가 손을 뻗어 칵테일 잔 두 개를 꺼내어 도윤과 자신의 앞에 놓았다.

"뭐, 술이 따로 있나? 칵테일 잔에 넣어 마시면 칵테일이고 양주 잔에 넣어 마시면 그게 양주지. 자, 짠!"

늘 그랬지만, 시내는 도윤에게 말할 기회조차 주지 않고 수다스럽게 말을 늘어놓고 있었다. 쓸데없는 말을 늘어놓는 목소리에는 웃음기도 가득했고, 경박스럽게 느껴질 만큼 하이 톤의 어조였지만 도윤은 평소의 그녀와 다르다는 걸 눈치 채지 못할 만큼 둔하지는 않았다.

"카아악. 오늘 파티장에 있던 그 맛있던 술도 좋지만, 역시 술은 이 소주가 최고예요. 안 그래요?"

시내를 빤히 바라보며, 도윤은 자신의 손에 쥐어진 칵테일 잔을 들어 한 입에 털어 넣었다. 알싸한 소주 향이 입 안에 퍼지기 시작했다.

"여기요."

넉살 좋게 웃으며 시내가 포크로 떡볶이를 하나 집어 도윤을 향해 내밀었다. 붉은 양념이 뚝뚝 떨어지는 떡볶이를 바라보던 도윤은, 그녀의 손에서 포크를 낚아채어 쥔 다음 입에 밀어 넣었다.

"맛있죠? 그쵸?"

"먹을 만하네요."

시내는 코끝을 살짝 찡그렸다.

"거짓말. 맛있으면서……. 우리 엄마의 노하우로 만든 이 떡볶이가 맛없다는 사람, 스물일곱 평생 못 봤다, 난."

도윤은 쫄깃한 떡살을 씹으며 소주 병을 들어 시내와 자신의 잔을 차례로 채웠다. 반병밖에 남지 않았던 것이, 이제는 한 방울도 남아 있지 않았다.

"희락이도 참 많이 좋아했었는데."

잔을 들어 입으로 가져가던 도윤은 흠칫 손길을 멈추고 시내를 바라보았다.

"뭐든 잘 먹었어요. 엄마가 해주는 건 뭐든. 엄마도 그런 희락이를 너무 좋아했고, 가끔은 내가 친딸이 아니고 희락이가 친아들이 아닐까 하는 생각도 했으니까."

"섭섭했겠네요."

시내가 고개를 흔들었다.

"아니요. 희락이는 늘 외로워했어요. 아빠가, 엄마가, 할머니가. 그리고 내가 곁에 있는데도 늘 외로워했어요. 안 그런 척 웃지만, 안 그런 척 밝지만…… 난 희락이가 외롭다는 걸 알고 있었어요. 그래서 엄마를 양보하는 것쯤은 뭐."

그리고 싱긋 웃어 보인다. 그제야 도윤은 그녀가 웃는 것은 버릇이라는 걸 깨달았다. 그녀 자신도 모르는 버릇.

"내가 혼자가 되어보니까, 더 잘 알 것 같아요. 희락이가 얼마나 외로웠었는지. 그래서 가족을 찾게 된 거, 정말 잘된 일이에요. 아버지, 누나…… 그리고 앞으로 가족이 되어줄 은경 씨까지. 정말, 정말로 잘된 일이에요."

도윤이 중얼거리듯 덧붙였다.

"그리고 이제 그쪽까지 찾았으니까, 그렇겠네요."

"내가 무슨……."

시내는 이마 위로 헝클어진, 처음으로 미용실에서 다듬은 머리칼을 손으로 쓸어 넘겼다. 도윤은 고개를 약간 비틀고, 입꼬리를 치켜올렸다. 그런 도윤의 표정에 시내는 미간을 찌푸렸다.

"왜 그렇게 보세요?"

"좋아했죠?"

"네? 아, 아니에요!"

말까지 더듬는 것을 보니, 정곡을 찌른 게 틀림없었다. 이미 돌아오는 차 안에서부터 짐작하던 바였기에 도윤은 놀라지도 않았다. 그저 늘 능글맞게 웃던 시내가 당황하는 모습이 재미있고 색다를 뿐이었다.

"좋아했구만 뭐."

"아니라니까요!"

자신을 골려줄 심산이라는 것을 눈치 채고 시내 역시 지지 않겠다는 듯 응수했다. 조금 전 도윤의 표정을 흉내내듯 턱을 치켜들고, 두 팔을 팔짱까지 끼며 입을 열었다.

"그러는 사장님은, 누가 모를 줄 알아요? 노재희 씨 좋아하시잖아요!"

재미있다는 듯, 웃고 있던 도윤의 표정이 순식간에 굳어졌다.

"뭐라고?"

"뭐, 포기하게 만들고 싶어서 여자 친구가 생겼다고 연극을 해요? 아무 감정도 없으면 이런 연극도 필요없다는 거 몰라요?"

도윤의 뻣뻣하게 굳은 뺨에서 경련이 일었다.

"이것 봐!"

"이 사장, 아니, 이 아저씨가 은근히 계속 반말이네!"

시내를 매섭게 노려보던 도윤은, 잔을 집어 들어 마지막 한 잔을 그대로 털어 마셨다. 탁, 깨질 듯 세게 잔을 바 위에 내려놓은 도윤은 자리에서 벌떡 몸을 일으켰다. 끼이이익, 갑자기 밀쳐진 의자가 바닥에 끌리며 요란한 굉음이 싸늘해진 가게 안에 울려 퍼졌다.

"아무것도 모르면서, 말 함부로 하지 마."

경고처럼 차갑게 말을 내뱉은 도윤은 뚜벅뚜벅 가게를 빠져나가기 시작했다. 그의 모습이 완전히 사라지고 나서야 시내는 안도의 한숨을 내쉬었다. 엘리베이터의 도시락 전단지를 붙여주던 사람과 같은 사람이라는 것이 믿기지 않을 만큼 차갑게 변한 표정, 무시무시한 그의 표정에 내심 겁을 집어먹고 있었던 것이다. 긴장이 풀리고 나자, 시내는 다시 입술을 꽉 다물었다.

"먼저 시작한 게 누군데……."

자신의 술잔을 집어 들며 시내가 쓸쓸한 말투로 중얼거렸다.

"아무것도 모르면서."

메르디안 호텔의 도윤의 사무실에서 내려다보는, 해가 저물어 갈 때쯤의 도시는 기가 막히게 운치가 있었다. 팔짱을 낀 채, 책상에 기대어 창밖을 바라보는 도윤의 시선은 붉게 물들어가는 세상에 향하고 있지 않았다.

"아무 감정도 없으면 이런 연극도 필요없다는 거 몰라요?"

감추고 싶었던, 숨기고 싶었던 부분을 훤하게 드러내는 것도 모자라 무자비하게 후벼 파는 느낌에 숨이 막혔다. 자신이 먼저 시작한 것은 생각하지도 못하고 딱 그 고통만큼, 시내에게 화가 났다.

“뭘 안다고…….”

어쩌면 자신에게 화를 낼 수가 없어, 애꿎은 시내에게만 화살을 돌린다는 걸 스스로도 알고 있는지도 모른다. 도윤은 낚아채듯 재킷을 집어 들고 사무실을 나섰다. 복도에 서서 엘리베이터를 기다리고 있던 도윤은 자신을 부르는 목소리에 고개를 돌려 희락을 마주했다.

“아, 다행이다. 하마터면 놓칠 뻔했네요.”

“저한테 무슨 볼일이라도?”

때마침 도착한 엘리베이터 문이 열리자, 두 사람은 함께 올라탔다.

“누나한테 들으니까, 이사님이 사시는 오피스텔 지하에 있는 가게에서 시내가 일한다고 하더라고요. 제가 아직 서울 지리를 잘 모르거든요. 가시는 길에 함께 가려고요. 괜찮죠?”

재희에 관한 거라면, 그 어떤 작은 물건도 눈앞에서 치워 버리고 싶은 심정이었다. 더군다나 희락은 물건이 아니라 재희의 동생이다. 어쩔 수 없이 고개를 끄덕이면서도 도윤의 표정은 굳어 있었다.

“이사님께서 그 건물로 이사를 가시면서 시내를 만나게 되셨다고 들었어요. 사람 인연이라는 게, 정말 신기한 것 같아요. 그렇죠?”

“네.”

주차장에 도착한 도윤은 희락이 그의 차를 남겨두고 자신의 차에 오르는 것을 못마땅한 듯 바라보다 뒤따라 운전석에 올랐다.

"저도 집에서 나와 살 집을 고르는 중인데, 괜찮은 곳 있으면 추천해 주세요."

말이 많은 것은, 어쩌면 시내와 희락이 함께 지냈던 그 집의 가풍일지도 모른다는 엉뚱한 생각을 하며 도윤은 운전에 열중했다. 대답이 없는 도윤 때문에 머쓱한 기분이 들었는지 한참을 말이 없던 희락이 다시 입을 열었다.

"시내 생각만 하면 계속 가슴이 답답해요. 그나마 위안이 되는 건, 시내 옆에 이사님처럼 든든한 분이 계신다는 거예요."

"우리, 만난 지 오래되지는 않았어요."

"말 편하게 하세요. 호텔에서는 상사이시고, 누나의 친구에다, 시내의 남자 친구시잖아요. 우리 꽤 친하게 지내도 되는…… 그런 관계 아닌가요?"

또다시 도윤은 할 말을 없어서 입을 닫았다. 자신이 상사이기는 하나, 그는 엄연히 회장의 하나밖에 없는 아들이고. 친구라고 하기에는 재희와의 관계가 너무 애매하다. 게다가 확실한 건 조시내의 남자 친구는 더더욱 아니다!

"앞으로는 시내가 편하게, 즐겁게, 더 행복하게 살 수 있게 해줄 거예요. 꼭."

"그렇게 애틋하게 생각하면, 약혼녀가 섭섭해하지 않겠어요?"

도윤의 말에 희락은 강한 부정으로 고개를 흔들었다.

"엄연히 다른 감정인걸요. 은경이는 결혼할 사람이고, 시내는…… 내 가족이에요. 이런 말 누나 친구인 이사님께는 어떻게 들릴지는 모르겠지만 사실, 아버지나 누나보다도…… 가족처럼 느껴지는 사람이에요, 시내는."

진심 어린 희락의 목소리에 도윤은 작게 코웃음을 쳤다.

"좋아했죠?"

"네? 아, 아니에요!"

"좋아했구만 뭐."

"아니라니까요!"

조시내. 그쪽이나 나나 똑같아. 정말 똑같은 사람들끼리 만났네.

"시내 부모님은 나한테 부모님이에요. 그분들이 계시지 않았다면, 난 정말로 고아가 되었을 테니까. 그리고 시내는…… 유일한 내 형제이자 유일한 친구였어요. 시내가 웃는 걸 보면, 아무리 힘들고 외로워도 마음이 따듯해지곤 했거든요. 이사님도 그러시죠?"

동의를 구하듯, 말을 끊고 자신의 대답을 기다리는 희락 때문에 도윤은 마지못해 고개를 끄덕였다. 어느새 도윤의 자동차는 오피스텔의 주차장에 다다랐다. 생각보다 훨씬 더 가까운 거리에 희락의 입에선 허탈한 음성이 흘러나왔다.

"이렇게 가까이에 있었는데도 못 찾고 있었다니……."

"지하 이층이에요."

함께 엘리베이터에 오르며 도윤이 시내가 일하는 곳을 일러주었다. 그러자 희락이 눈을 동그랗게 뜬 채 도윤을 바라보며 물었다.

"함께 안 가세요?"

"네?"

"시내 안 보고, 그냥 가시게요?"

"사장님, 코로나 두 병이랑 벡스 한 병이요."

"오케이."

바에 기대어, 바 안의 사장이 냉장고에서 맥주병을 꺼내며 흥얼거리는 콧노래를 듣고 있던 시내는 가게 안으로 들어서는 도윤의 모습에 입술을 삐죽거렸다. 다시는 안 볼 사람처럼 버럭 화를 내고 나가더니 하루 만에 나타난 것이 조금 의외이기도 했다.

"흥, 사과라도 하러 왔나?"

그때 도윤의 등 뒤로 나타난 희락의 모습에 시내는 눈을 몇 번 깜빡거렸다. 정말로 눈앞에 비친 사람이 희락이라는 것을 깨달은 순간 시내는 벌떡 몸을 일으켰다.

"뭐 해? 맥주 나왔어. 시내! 야, 조시내!"

"네? 아, 네."

사장이 부르는 소리를 들었는지 희락이 쉽게 시내를 발견하고 손을 번쩍 들어 보였다.

"시내야!"

재빨리 맥주병을 손님 테이블에 가져다준 뒤, 시내는 도윤과 희락에게 다가갔다. 도윤은 머쓱한지 무슨 일인지 묻는 듯한 시내의 시선을 피해 버렸다.

"어쩐 일이야?"

"너 일하는 곳 한번 봐야 할 것 같아서 왔어."

그 의미를 덧붙이듯 희락의 시선이 어두침침한 조명의 가게를 재빨리 훑고 지나갔다. 시내는 다시 자신에게 돌아온 희락의 눈길에 섞인 안타까움을 느끼고는 어색하게 미소를 지어 보였다.

"전화라도 하고 오지. 이쪽으로 앉아."

시내는 도윤을 올려다보았다.

"앉…… 아, 오빠도."

"응? 아, 응."

아마 몇천 번을 들어도 시내의 입에서 흘러나오는 저 '오빠'라는 호칭에는 익숙해지지 않을 것만 같았다.

"일은 힘들지 않아?"

앉자마자 희락이 기다렸다는 듯 시내에게 물었다.

"아니, 힘들긴. 그냥 서빙만 하는데 뭐."

"그래도 밤에 일하는 건……."

밤에 술집에서 서빙하는 것만으로도 이렇게도 안타까운데, 낮에는 편의점에서까지 일을 한다면 어떤 표정을 지을지 궁금해진 도윤은 시내와 희락을 번갈아 바라보았다.

"앞으로는 좀 편하게 할 수 있는 일을 찾아보자. 내가 도와줄게."

"나 지금도 편해. 괜찮아. 걱정하지 마, 락아."

"내 마음이 안 편해서 그래. 너 이렇게 일하는 걸 내가 어떻게 보고만 있어? 아마, 아저씨 아줌마가 아시면……. 이제부터 천천히 생각해 보자. 일도 그렇고, 공부도 더 하고 싶으면 그것도 생각해 보고, 또……."

돈 좋아하는 그녀답지 못하게, 밝지 않은 시내의 표정에 도윤은 가볍게 고개를 비틀었다. 그것이 아무리 다른 이름으로 포장을 한다고 해도, 시내가 느끼는 지금 노희락의 시선은 동정일 수밖에 없다.

"또, 너 지금 사는 집도 내가 봐야겠어. 어떻게 살고 있는지……."

시내의 얼굴에는 당황한 모습이 역력히 드러났다.

"집? 그럴 필요까지는 없는데."

"무슨 소리야. 내가 너 사는 데 안 보고 어떻게 안심이 되겠어? 일 언제 끝나? 끝나고 바로 같이 가자."

"저기, 그게……."

이런 지하 술집에서 일을 하고 있다는 사실만으로도 한숨을 푹푹 내쉬는 희락 앞에서 차마, 이 가게에서 지내고 있다는 사실을 말할 수가 없어 시내의 심장이 바싹 타 들어가기 시작했다.

그때, 긴 한숨과 함께 섞여나오는 도윤의 목소리에 시내는 고개를 번쩍 들었다.

"그건 걱정할 필요가 없을 것 같네요, 노희락 씨."

될 대로 되라는 듯, 도윤은 자신에게 동시에 떨어지는 시내와 희락의 시선을 외면하며 무뚝뚝하게 말을 이었다.

"시내는 내 오피스텔에서, 아주 편안히, 안전하게, 잘 지내고 있으니까."

희락이 탄 택시가 저 멀리 사라져 더 이상 보이지 않자, 시내는 흔들고 있던 손을 턱 내려놓았다. 주머니에 손을 찔러 넣은 채, 시내의 곁에 서 있던 도윤은 집으로 돌아갈 생각으로 뒤돌아섰다.

"왜, 그랬어요?"

시내의 물음에 도윤은 걸음을 멈추었다. 시내가 터벅터벅 오피스텔 건물 앞에 놓인 벤치로 걸어가 앉았다. 도윤은 상체를 틀어 벤치에 앉아 발끝으로 땅바닥을 툭툭 치고 있는 시내를 물끄러미 바라보았다.

"그쪽 집에서 지내고 있다는 말이요."

"그럼, 가게에서 지내고 가끔 도둑과도 마주친다고 솔직하게 이야기해 주길 바랐어요?"

봄이 가까워온다고는 해도, 아직은 차가운 바람이 불었다. 날카로운 바람 한줄기가 몸을 훑고 지나가자 도윤은 얼굴을 찌푸렸다.

"뭐, 어쨌거나…… 고마워요."

그깟 말 한마디가 무슨 대수인가 싶어 어깨를 한 번 으쓱거린 후, 돌아서 건물 안으로 들어서려던 도윤은 다시 걸음을 멈추고 뒤를 돌아 시내를 바라보았다.

"안 들어가요?"

"먼저 들어가세요."

뭐라고 한마디 더 덧붙이려는 듯 입을 달싹거리던 도윤이, 끝내 입을 열지 않고 건물 안으로 사라지자 시내의 입에서는 기다렸다는 듯 나직한 한숨이 터져 나왔다. 다른 사람 앞에서는 잘 참아왔는데, 유독 도윤 앞에서는 나약한 모습을 드러내게 되는 상황들이 이어지는 것 같다.

꺼지지 않은 오피스텔의 불빛들이 자신의 발 아래를 환하게 밝히고 있었다. 시내는 다리를 쭉 뻗어 흔들었다. 혼자 살면서 절대로 기죽지 말자, 절대로 울지 말자, 절대로 슬프지 말자, 약해지지 말자고 스스로에게 했던 약속들이 하나씩 무너지는 것 같은 속상한 마음 때문인지 추위를 느끼지도 못하고 있었다. 더욱 가슴이 아픈 것은, 자신은 희락에게 당당하고 자랑스럽기 위해 그런 약속들을 했던 것인데 정작 그 녀석은 지금의 자신을 안타깝게 여기고 있었다. 안쓰러운 눈길로 자신을 바라보는 희락이의 시선이 날카롭게 가슴을 후벼 파는 것 같았다.

"그래. 넌 잘살아왔으니까, 그래서 나한테 미안하니까, 그런 것 알아."

하지만, 시내는 입 안으로 중얼거리며 살짝 눈을 감았다. 혼자서도 이만큼이나 잘살고 있었구나, 장하다 조시내, 멋지다 조시내, 기특하다 조시내……. 그렇게 말해주길 바라고 있었는지도 모르겠다, 락아.

눈꺼풀 위로 떨어지는 차가운 느낌에 시내는 천천히 눈을 떴다. 진눈깨비 같이 작은 알갱이 눈이 하늘에서 떨어지고 있다. 손을 뻗자, 손바닥 위로 떨어진 눈이 사르르 녹는다. 손바닥 위로 떨어지는 눈 알갱이만 한참 응시하던 시내의 얼굴에 미소가 떠올랐다. 이내 벌떡 일어난 시내는 두 팔을 쫙 펴고 그 자리에서 빙그르 돌았다.

"눈이다, 눈!"

잘 보이지도 않은 눈을 잡아 보려고 폴짝폴짝 뛰기도 하며, 혼자서 '펄펄 눈이 옵니다. 하늘에서 눈이 옵니다' 를 중얼거리며 노래를 부르기도 했다. 그리고 무슨 생각이 들었는지, 두 손을 모아 오피스텔 건물을 향해 소리를 치기 시작했다.

"동네 사람들! 눈이 와요! 이번 겨울 마지막 눈 구경하세요!"

뜨거운 물에 샤워하고, 진한 커피를 타서 서재로 들어서던 도윤은 어디에선가 시내의 목소리가 들리는 것 같아 고개를 돌려 방 구석구석을 돌아보았다. 밝은 하이 톤의 그 목소리가 귀에 맴돌 만큼 노이로제였던 걸까. 고개를 흔들며 책상 위에 앉으려던 도윤은 계속 들려오는 시내의 목소리에 머리가 지끈거리는 느낌이었다.

"하여간, 도움이 안 돼."

중얼거리며 뒷목을 마사지하던 도윤은 순간 몸이 굳어버렸다. 폭신한 회전의자를 돌려 창을 마주한 도윤은 눈을 동그랗게 뜨고 천천히 몸을 일으켰다. 코가 유리에 부딪힐 만큼 바싹 창가에 붙어선 도윤은 미친 사람처럼 뛰어다니는 시내의 모습에 입을 딱 벌렸다.

"왜 저래……."

"동네 사라아아암들! 눈이 와아아요."

육층, 유리창을 뚫고 들려올 정도로 우렁차고 쾌활한 그녀의 목소리를 들으며 도윤은 손에 들고 있던 머그컵을 들어 따끈한 커피를 한 모금 입에 담그었다. 얼마나 지났을까. 창밖을 바라보던 도윤은 피식 웃음을 터뜨리고 말았다.

다섯 시도 되지 않은 이른 새벽, 여느 때와 다름없이 가게 주방에서는 맛있는 냄새가 풍겨 나오고 있었다. 미리 준비해 둔 마늘종을 쓰기 쉽게 다듬고, 가게에서 술안주를 만들 때 쓰는 햄을 냉장고에서 슬쩍했다.

"다음에 돈 많이 벌면 다 채워 넣을게요! 사장님."

씨익, 미소를 지은 뒤 시내는 본격적으로 반찬을 만들기 시작했다. 팬이 달구어지자 올리브유를 살짝 부은 뒤 먹기 좋을 크기로 자른 마늘종을 넣어 볶았다. 마늘종에 반들반들 기름기가 더해져 매콤하게 익어가자 조금 전 훔쳐 낸 햄을 썰어 넣었다. 뜨거운 불에 볶아지는 틈을 타 간장과 설탕, 물엿으로 양념장을 만들었다.

"쩝, 음. 이 맛이야."

새끼손가락으로 양념장을 찍어 맛을 본 시내는 만족스럽게 고개를 끄덕였다. 그리고 만든 양념장을 마늘종과 햄 위에 뿌렸다. 마늘종이 완전히 익은 것을 확인하고서, 보기에 좋을 붉은 고추를 썰어 함께 볶고 참기름과 깨로 마무리를 지었다.

"오늘의 메인 반찬은, 새우튀김과 마늘종 햄 볶음! 음, 나날이 늘어가는 이 실력!"

자화자찬 혼자서 히죽거리며 반찬을 도시락 통에 담백하게 담아낸 시내는 메모지를 꺼내어 끄적거렸다.

"오늘도 맛있게 식사하시고…… 즐거운 하루……."

거침없이 써 내려가던 시내는 문득 무슨 생각이 들었는지, 펜을 멈추었다. 펜 끝을 입술로 질근질근 깨물던 시내는 이내 새로운 메모지를 꺼내어 다시 써 내려가기 시작했다.

〈아무리 속상하고 슬픈 일이 있어도, 즐겁게 웃으면서. 화.이.팅.〉

"아자!"

시내는 스스로에게 기합을 불어넣은 뒤, 한 손에 두세 개의 도시락을 한꺼번에 들고 주방을 뛰어나갔다. 주방에 남아 있는 나머지 도시락들을 모두 배달하려면 발바닥에 땀이 나도록 뛰어도 시간이 모자랄 참이라 더 이상 지체할 수 없었다.

한 층의 배달을 끝내고 다시 엘리베이터로 돌아가던 시내는, 제자리걸음으로 뛰며 자신 이외에는 단 한 사람도 없는 복도에 서서 빙긋 미소를 지었다.

"맛있는 식사하세요!"

꽝, 그녀가 찾아왔다는 비서의 말이 채 끝나기도 전에 재희가 사무실 안에 들이닥쳤다. 순간 움찔했지만 이내 냉정을 되찾은 도윤은 의자에서 몸을 일으켜 책상을 돌아 나왔다.

"정말이야?"

호기심 어린 눈으로 사무실 안의 동태를 살필 비서에게 소문 거리를 제공하고 싶지는 않아 도윤은 재희의 등 뒤로 걸어가 사무실 문을 닫았다. 꽤 천천히 움직였는데도 불구하고 문을 닫고 돌아설 때까지도, 재희는 그 자리에 서서 도윤을 노려보고 있었다.

"아침에 희락이한테 들었어."

"뭘?"

우습지만, 도윤은 정말로 몰라서 묻고 있었다. 하지만 이내 시내가 자신의 집에 머물고 있다는 거짓말 때문이라는 사실을 깨달았고, 재희가 이렇게 흥분한 채로 자신을 찾아온 이유도 그것 때문이라는 것을 눈치 챌 수 있었다. 하지만 여전히 모른 척하기로 했다.

"시내 씨가 네 오피스텔에 살고 있다는 거, 같이 살고 있다는 거…… 사실이야?"

재희의 음성은 떨리고 있었다.

"맞아, 그게 뭐 어때서? 사귀는 사람이잖아. 요즘 세상에 함께 지내는 거 손가락질 받을 일도 아니고."

재희가 손을 뻗어 도윤의 팔을 붙잡았다.

"정말, 진심으로! 좋아해서 조시내 씨 만나고 있는 거야? 아니잖아!"

도윤은 거친 손길로 그녀의 손을 떼어놓았다.

"내가 진심인지 아닌지 네가 어떻게 알아?"

"도윤아."

"네 잣대로만, 네 시선으로만, 네 마음으로만 보지 마. 나도 내 감정이 있는 사람이야. 아무리 친구라고 해도, 아무리 친한 친구라고 해도! 참견할 수 있는 일, 아닌 일이 있어. 네가 결혼할 때, 내가 그랬던 것처럼."

이를 악물고 한 마디 한 마디 뱉어내는 도윤의 목에 새파랗게 선명한 핏줄이 솟아올랐다.

"민도윤!"

내가 왜 결혼을 했는데, 내가 왜 너를 두고 결혼을 했었는데! 나를 먼저 외면했던 것은 너였잖아, 너한테 상처받았던 사람은 나란 말이야! 미처 하지 못한 그 말을 하듯 재희의 시선이 울분으로 가득 찼다. 억울한 듯하기도 했다. 하지만 도윤은 그런 재희의 시선을 외면할 수밖에 없었다.

"나 퇴근해야 해."

도윤은 책상으로 돌아가, 의자에 걸쳐 둔 재킷을 챙겨 입고 미처 검토하지 못한 서류 뭉치를 정리해 집어 들었다.

"나한테…… 왜 이래?"

재희를 지나쳐 사무실을 빠져나가려던 도윤은 잠시 걸음을 멈추었다.

"왜 이렇게, 왜 이렇게 모질게 구니?"

자신을 향한 재희의 감정이 사랑이라고 하기에는 너무 멀리 와 있고, 확신이 없었으며, 분노가 앞섰다. 그녀가 지금 자신에게 느끼고 있는 억울함을, 자신도 똑같이 그녀에게 느끼고 있기 때문이다. 깨어진 관계에 대한 책임을 서로에게 전가하면서도 미련 때문에 지리멸렬한 관계를 이어나가고 있는 것. 사랑이라고 하기에는, 이제 색이 바래졌다. 도윤은 단호한 목소리로 입을 열었다.

"네가 친구 이상의 욕심을 부리기 때문에, 내 행동들이 모질게 느껴질 뿐이야."

"도윤아."

"네 마음의 선만 잘 지켜."

재희를 혼자 남겨두고 사무실을 빠져나온 도윤은 다른 날보다 훨씬 일찍 퇴근을 하는 상사의 모습에 놀란 비서를 지나쳐, 곧장 엘리베이터로 향했다. 뜨거운 물에 샤워를 하고 침대에 눕고 싶었다. 언제나처럼 잠을 자지 못하겠지만 이 상황을 조금이라도 벗어나는 길은 혼자 남는 방법뿐이다.

지끈거리는 두통에 운전에 집중하기 어려웠던 도윤은 신호를 모두 무시하고 오피스텔을 향해 달렸다. 평소보다 훨씬 빠른 시간 내에 오피스텔에 도착한 도윤은 참을 수 없는 두통에 얼굴을 찌푸렸다. 어쩔 수 없이 육층을 누르는 대신, R이라고 적힌 버튼을 꾹 눌렀다. 띠링, 맑은 소리와 함께 엘리베이터의 문이 열리자 도윤은 긴 다리로 성큼성큼 편의점을 향해 걸음을 옮겼다.

"어서 오…… 아, 이 시간에 웬일이세요?"

초록색 조끼로 된 편의점 유니폼에 머리를 질끈 동여맨 시내의 모습을 마주하며, 도윤의 얼굴은 더욱 구겨졌다.

"혹시 여기 두통약도 있어?"

"잠시만요. 머리 아프세요?"

시내가 두통약을 가지러 간 사이, 도윤은 냉장고에서 차가운 냉수를 꺼내어 벌컥벌컥 마셨다.

"여기요."

시내에게서 두통약을 건네받아 몇 알을 꿀꺽 삼킨 뒤, 통증이 가라앉기를 기다렸다. 물을 계산대 위에 내려놓은 도윤은, 주머니에서 지갑을 꺼내어 약과 물 값을 지불했다. 그리고 걱정스러운 표정으로 자신을 바라보는 시내와 눈을 마주쳤다.

"괜찮으세요?"

도윤은 고개를 끄덕였다.

"얼굴색이 되게 안 좋아요. 무슨 일 있었…… 아니, 그런데 저번부터 왜 자꾸 은근슬쩍 반말이세요?"

시내는 따지듯이 말하며 주먹으로 계산대를 쿵 하고 쳤다. 하지만 그렇지 않아도 두통 때문에 심기가 불편해져 있던 도윤의 입에서 미안하다라든지, 실수였다라든지의 고운 말이 터져 나올 리가 없었다.

"억울하면, 그쪽도 말 놓든지!"

"흥! 놓으라면 누가 못할 줄 아나? 나이 차이도 별로 안 나는데. 그래, 말 놓지 뭐. 나이 좀 어리다고 막 반말하더니, 그래, 나이 어린 사람한테 반말 들으니 기분 좋겠다! 응?"

"뭐? 보자 보자 하니까……."

또 한차례 입씨름이 시작되려는 찰나, 편의점 문이 열리고 낯익은 남자가 얼굴을 들이밀었다. 오피스텔 관리인이라는 것을 기억해 낸 시내는 얼른 표정을 바꾸고 고개를 꾸벅 숙여 보였다.

"안녕하세요! 뭐 사러 오셨…… 락아!"

오피스텔 관리인과 함께 들어선 희락의 모습에 시내는 마른침을 꿀꺽 삼켰다.

"아는 사람이 지하 술집에서 아르바이트 하는 아가씨라고 해서, 내가 그 아가씨 낮에는 편의점에서도 일한다고 하니까 편의점이 어디냐고 가르쳐 달라고 하시잖아. 그래서 모셔왔지."

자신의 일은 끝났다는 듯 관리인이 편의점을 빠져나가자, 편의점 안은 도윤과 시내, 희락 세 사람만 남아 있었다. 시내는 희락의 긴 한숨에 안절부절못하며 두 손에 차는 땀을 셔츠에 닦아냈다.

"밤에는 술집, 낮에는 편의점…… 힘들지 않아?"

"아니야, 락아. 하나도 안 힘들어. 정말이야."

희락의 원망스러운 시선이 자신에게로 향하자 당황한 도윤은 헛기침을 몇 번 내뱉었다.

"이사님께서는 여자 친구가 이렇게 힘들게 일하는데, 그냥 보고만 계셨어요?"

"락아, 아니라니까. 오빠도 처음에는 힘들다고 말렸는데, 내가 괜찮다고 계속 일하겠다고 한 거야. 그렇지?"

시내는 대꾸를 하라는 듯, 도윤에게 눈짓을 보냈다. 마지못해, 그렇다고 말을 하려던 찰나 도윤은 무슨 생각이 들었는지 잠시 입을 다물고 생각에 잠겼다. 그리고 이내 다시 입을 열고 희락을 바라보았다.

"노희락 씨가 오랜만에 시내를 만나서 많이 안타까운 그 마음은 이해하는데요. 그런데 노희락 씨, 시내는 건강하고 젊은 사람이에요. 물론 다른 사람들보다 일은 좀 고될지는 모르지만, 열심히 살고 있고 또 그렇게 사는 걸 만족하는 사람 앞에서 계속 한숨이나 푹푹 내쉬는 건 절대로 도움을 주는 일이 아니라고 생각합니다. 난 시내가 일하는 거 찬성이에요."

"하지만 이사님……."

희락이 뭐라고 대답을 하기도 전에, 시내가 끼어들어 말을 잘라냈다.

"그만 해, 락아. 오빠 말 맞아. 나 정말 괜찮다니까. 그런데 넌 여기 웬일이야? 나 만나러 온 거야? 그런데 관리인 아저씨는 왜 만난 거야?"

화제를 돌리기 위해 시내는 희락에게 몇 가지의 질문을 한꺼번에 던졌다. 그녀의 마음을 읽어냈는지, 아닌지는 몰라도 희락은 마지못해 시내의 물음에 대답했다. 하지만 그 대답은 결코 시내가 예상했던 종류의 것이 아니었다.

"집 구하는 중이었어. 아무래도 내가 지내기에 본가는 좀 불편하니까. 이 오피스텔 정도면 혼자 지내기도 괜찮을 것 같고, 호텔에서도 가깝고. 또 너도 있잖아."

얼굴색이 새하얗게 질린 시내와 완전히 굳어버린 도윤이 서로의 눈길을 마주치며 눈을 크게 떴다.

"마침 비어 있는 오피스텔이 있어서 조금 전에 계약하고 오는 길이야."

사장님마저 퇴근해 버린 썰렁한 가게 안, 바 의자에 앉아 있는 도윤과 그런 그의 눈치를 살피며 곁에 앉아 있는 시내의 사이에는 벌써 삼십 분째 침묵이 흘렀다. 마실 거라도 가져오기 위해 몸을 일으키던 시내는, 천천히 흘러나오는 도윤의 목소리에 행동을 멈추고 뒤를 돌아 그를 바라보았다.

"어떻게 할 생각이야?"

희락이 당장 이사를 온다는 마당에, 시내라고 별 뾰족한 수가 있는 것은 아니었다.

"글쎄요…… 어쨌든 죄송하네요. 저 때문에 곤란해지셨잖아요."

도윤이 고개를 돌려 시내를 바라보았다.

"됐어. 도와준답시고 먼저 말을 꺼낸 건 나였으니까."

무턱대고 그런 말을 내뱉어낸 것은 자신의 잘못이었다. 희락이 재희의 동생이라는 사실을 조금 더 신경 썼어야 했다. 도윤과 시내의 입에서는 동시에 긴 한숨이 터져 나왔다.

"지금이라도 사실대로 이야기하죠."

어쩔 수 없다는 듯 시내가 중얼거렸다. 사실, 잘사는 집 외아들에 아름다운 약혼녀까지 데리고 나타난 희락 앞에서 한없이 작아질 수밖에 없었지만, 도윤처럼 번듯한 사람이 자신의 남자 친구라고 알고 있다는 사실이 그나마 희락 앞에서의 유일한 위안이었다. 그렇지만 이 상황에 위안을 삼자고 일을 더 크게 만들 수는 없었다.

"그건."

무슨 말을 하려다 도윤은 도중에 입을 다물었다. 십 년간 이어졌던 재희와 자신의 끈질긴 미련의 끈이 정리가 되고 있다. 지금에 와서 모든 것이 거짓말이었다고 밝힌다면 재희와 길고 긴 숨바꼭질이 또다시 시작될 것이 틀림없었다.

도윤은 눈을 질끈 감았다.

"안 돼."

계속 반말이네, 중얼거리면서도 지금 중요한 건 그게 아니라는 듯 시내가 다음 말을 삼켰다. 손가락으로 바 위를 문지르며, 다시 도윤에게 시선을 던졌다.

"안 되면 무슨 뾰족한 수라도 있나 뭐."

으으으, 괴상한 신음 소리를 내뱉으며 시내는 머리칼 속에 손을 집어넣어 마구 헝클어뜨렸다. 답답한 마음에 목이 마르는지 시내는 잔 두 개에 물을 가득 따라 가지고 나왔다. 한 잔은 도윤의 앞에 놓아둔 뒤, 자신의 몫으로 가져온 물을 벌컥벌컥 들이켰다.

"들어와, 집에."

푸훗, 발작처럼 터진 기침 때문에 입 안으로 흘러 들어가던 물이 밖으로 터져 나왔다.

"뭐라고요?"

"방법이 없잖아. 같은 오피스텔에 살면서, 가게에서 지낸다는 걸 감출 수 있을 거라 생각해? 그렇지 않아도 노희락 씨는 지금 그쪽의 생활에 온 관심이 쏠려 있는데……."

"잠깐만, 잠깐만."

주먹으로 입가의 물기를 스윽 닦아낸 시내가 도윤의 말을 중간에 끊어놓았다. '들어와, 집에' 그 이후의 말은 전혀 귀에 들어오지가 않아 머릿속이 복잡해졌던 것이다. 정리할 시간이 필요했다.

"지금 뭐라고 그랬어요? 집으로 들어오라니, 누구 집? 설마…… 그쪽 집?"

도윤은 고개를 끄덕였다.

"미쳤어요?"

버럭 소리치는 시내의 목소리에 도윤의 미간이 찌푸려졌다.

"그게 그런, 미쳤다는 소리 들을 만한 말이었나?"

"아니, 아무리 그래도 그렇지. 다 큰 처녀가 총각 혼자 사는 집에…… 그건 아니죠."

단호한 시내의 말에 도윤은 무미건조한 눈빛으로 시내의 머리끝에서 발끝까지 훅 훑었다. 시내는 도윤의 시선에 따라 자신의 발등까지 내려갔다, 이내 기분이 나빠져 고개를 쳐들고 그를 바라보았다.

"뭘 봐요?"

"같이 산다고 무슨 일이라도 있을 것 같아?"

"그걸 누가 알아요?"

도윤이 코웃음을 쳤다. 오버가 주특기라는 것은 알았지만, 사람을 어떻게 보고…….

"꿈도 커."

중얼거리듯, 아니면 일부러 들으라는 듯 말하는 도윤의 목소리에 시내가 발끈해 소리쳤다.

"뭐라고요?"

"눈곱만큼도, 불미스러운 일이 일어날 가망성은 없으니까. 괜한 헛꿈 꾸지 말란 소리야. 나도 눈이란 게 있으니까."

또다시 자신의 모습을 훑는 도윤의 시선에 시내는 입술을 앙다물고 그를 노려보았다.

"알았어요! 알았다고요! 그렇지만 아무리 그래도 그쪽 집에 들어가 사는 건……."

시내는 순간 말을 멈추었다. 지금 자신이 도윤의 제안을 마음 편하게 거절할 때가 아니라는 사실을 깨달은 것이다. 물론 도윤의 필요에 의해 그의 여자 친구 역할을 떠맡게 되긴 했지만, 그 덕분에 희락의 앞에서 덜 초라한 모습을 보일 수 있었다. 지금 사실대로 밝힌다고 해서 상황이 나빠지면 나빠졌지, 좋아질 리는 없다. 게다가 이 칙칙한 지하 가게 생활에서 벗어날 수 있다? 그것도 공짜로?

"만약 재희가 찾아오거나, 전화를 하거나…… 내 여자 친구 노릇을 해야 할 때가 있다면, 그때마다 일당 계산해 줄게."

돈까지 받으면서? 시내는 히쭉 웃음이 나려는 것을 꾹 참으며 표정 관리를 했다.

"아니 뭐, 내가 돈 때문에 그러나? 난 그저……."

"또 뭐?"

도윤의 목소리에는 이제 짜증이 섞여 있었다. 난방 기구를 모두 끈 후라 약간 한기가 도는 가게 안에서도 열이 오르는지 조금 전 시내가 떠다놓은 물을 한 번에 마셔 버리고 짧게 훅, 한숨을 내쉬었다.

"아직도 뭐, 내가 이상한 짓이라도 할 것 같아서? 각서라도 써줘?"

"아니요. 뭐 내가 아저씨를 못 믿어서가 아니라."

도윤이 눈을 부라렸다.

"사장님을 못 믿어서가 아니라."

"사장님 아니라니까."

"이사님을 못 믿어서가 아니라."

"자기 남자 친구한테 이사님이라고 부르는 사람이 어디 있나?"

"오빠를 못 믿어서가 아니라."

"낯간지러워."

"이것 봐요, 민도윤 씨!"

뭘 어쩌란 소리인지! 참다못한 시내가 버럭 소리를 질러 버렸다. 그리고 주먹으로 바 위를 탕, 내려치고는 고개를 끄덕이며 다시 입을 열었다.

"그래요, 같이 삽니다. 그런데 같이 살기 전에, 우리 호칭 정리나 한번 하죠. 그리고 계속 반말할 거야? 좋아, 좋다고. 그럼 같이 말 놓자. 됐지?"

도윤은 메르디안 호텔에서의 첫 국제회의를 이 주 앞둔 특급 연회실에 들어섰다. 다부진 표정으로 테이블 배치에 열중하고 있는 직원들을 만족스럽게 바라보던 도윤의 존재를 눈치 채고 희락이 다가왔다.

"이사님 오셨어요?"

"수고가 많네요. 모의 회의를 끝내면, 아무래도 지금보다 테이블 배치가 달라지는 점들이 많겠죠?"

도윤의 물음에 희락이 손에 쥐고 있던 배치도를 보면서 고개를 끄덕였다.

"아무래도 그렇겠죠. 백번을 들여다보고 있어도 보이지 않던 것이, 실행해 보면 문제점이 터지곤 하니까요."

"이번 회의, 우리 호텔로 끌어드리느라 애 많이 먹었어요. 메르디안과 똑같은 수준의 특급 호텔이면서 국제회의를 수십 번씩 치루어낸 곳에 비해 우리는 너무 늦게 출발한 단점을 보완해야만 다음번에는 로비 없이 회의를 개최하게 될 겁니다. 잘해야 해요."

마지막 말은 스스로에게 하는 중얼거림 같았다. 도윤의 말에 희락이 고개를 끄덕였다.

"우리나라는 국제회의에 있어서 신생국이라 가능성이 아주 커요. 오히려 침체기인 미국이나 유럽의 시장까지 넘볼 수 있을 겁니다. 걱정 마세요, 이사님."

푹신한 카페트 위로는 테이블을 옮기고 조명을 점검하는 호텔리어들과 국제회의 용역업체의 직원들이 활기차게 움직이고 있었다. 도윤과 희락은 배치도를 함께 보며 일에 관한 이야기를 몇 마디 더 나누었다. 갑자기 생각난 듯, 희락이 도윤에게 불쑥 말을 꺼냈다.

"저 오늘 이사 갑니다. 짐은 이미 다 들였고, 몸만 들어가요."

심드렁한 도윤의 목소리가 이어졌다.

"그래요?"

"그리고……."

잠시 망설이던 희락이 큰 결심이라도 한 듯 다시 입을 열었다.

"아버지한테 말씀 드렸어요. 호텔에 시내 자리 하나 내어달라고요. 제 일이면, 아버지한테 부탁 같은 거 절대 안 합니다. 보시다시피 저도 코디부터 시작하고 있고요. 하지만 시내는……. 아버지도 시내 부모님이 저를 보살펴 주신 은혜 때문에 허락하셨는데, 문제는 시내예요. 이사님께서 설득 좀 해주세요."

도윤이 무슨 말을 꺼내려하자 희락이 덧붙였다.

"시내가 일을 하는 것을 찬성하신다던 이사님 말씀도 잘 알고 이해합니다. 하지만 저도 이해해 주세요. 전 시내가 낮이며 밤이며 가리지 않고 저렇게 일하는 거, 못 보겠습니다. 교통사고로 부모님이 한꺼번에 돌아가시고, 저와도 떨어져야 했고, 유일한 혈육이던 할머니까지 먼저 보내고……. 시내를 만난 기쁨에 웃으면서도 그렇게 혼자서 힘들게 살았을 시내 생각하면 밤에 잘 때 벌떡벌떡 일어나요. 그러니까 이사님이 시내 좀 설득해 주세요. 이사님 말씀이라면 시내가 듣지 않을까요?"

진심 어린 희락의 말에 도윤은, 차마 자신의 말은 귓등으로도 듣지 않을 거라고 사실대로 이야기할 수 없었다. 희락을 물끄러미 바라보던 도윤이 마지못해 고개를 끄덕였다.

"이야기는 한번 해보죠."

희락의 얼굴이 금세 환해졌다.

"감사합니다. 사실, 시내의 건강도 걱정이 되거든요. 어릴 때부터 몸이 약했거든요."

도윤의 한쪽 눈썹이 치켜 올라갔다.

"누가요? 조시내가? 설마."

그럴 리 없다는 듯 단호히 고개를 흔드는 도윤에게 희락이 빙긋 미소를 지으며 말했다.

"정말이에요. 어릴 때부터 철마다 감기란 감기는 다 달고 살았고,

중학교 때부터 빈혈도 생겨서 아줌마가 얼마나 걱정을 했었는데요."

누가? 그 조시내가? 기운 센 천하장사, 무쇠로 만든 팔다리를 가진 그 여자가? 빈혈로 현기증을 일으키는 시내의 모습은 상상조차 되지 않는다. 지금은 전혀, 네버! 그렇지 않다고 말을 해주려던 도윤은 그만두었다. 아마 지금은 건강하다는 이야기를 들으면 그것도 걱정할 희락이었다. 말이 많은 것에 더해, 오버까지 그 집의 가풍이었나 보다. 피식 웃음을 터뜨리던 도윤은 전화벨이 울리자, 주머니에서 휴대전화기를 꺼내 들었다.

"네, 민도윤입니다."

[민 이사!]

순간 화들짝 놀란 도윤은, 시내인 것을 알면서도 전화기를 귀에서 떼고 액정에 뜬 번호를 다시 한 번 확인해야 했다. 도윤은 바로 앞에서 눈을 동그랗게 뜨고 자신을 지켜보는 희락을 의식해 억지로 쓴웃음을 지었다.

"아, 시내."

[물어봤어?]

두 사람 모두 말을 놓는 것에 동의를 하긴 했지만 들으면 들을수록 도윤은 억울해졌다. 아무리 생각해도, 나이가 네 살이나 많은 자신이 그녀에게 반말을 듣는 것이 그다지 공평하게 느껴지지는 않았지만 이미 합의를 본 이상 더 이상 왈가왈부할 수 없었다.

"아, 난 밥 먹었지."

[희락이한테 언제 이사 오는지 은근슬쩍 물어보라니까 무슨 말이야?]

"너도 밥 먹었지? 물론, 먹었겠지. 네가 어디 밥 굶고 다닐 애야?"

[여보세요? 전화가 잘못 걸렸나?]

"아니야. 아참, 노희락 씨가 오늘 오피스텔로 들어온다고 하네."

[정말? 벌써? 어떻게 해! 짐 하나도 못 옮겼는데 벌써 오후잖아!]

"맛있는 것 좀 해놔. 짐 정리하고 그러면 어디 뭐 먹을 정신이 있겠어? 뭐? 우리가 같이 사는 집 호수를 까먹었다고? 그 건망증 좀 어떻게 해. 오늘 아침에 나온 집이 어딘지도 몰라? 649호잖아. 비밀번호도 까먹었다고? 내 생일이잖아. 3월 30일. 공삼삼공. 이제야 생각이 났다고? 그래, 들어가. 나중에 보자. 끊는다."

탁, 전화를 끊고 도윤은 자신을 향해 빙긋빙긋 미소를 짓는 희락을 마주하며 등줄기에 땀이 주르륵 흐르는 것을 느꼈다.

"늘 생각하는 거지만, 역시 이사님은 다른 사람을 대할 때랑 시내를 대할 때가 정말 다른 것 같아요. 훨씬 더 다정하고. 이런 게 아마 사랑의 힘이겠죠?"

"뭐, 아마도."

사랑의 힘은 무슨, 입술이 바싹 마른 것 같아 도윤은 혀로 입술을 축였다.

"정말 다행이에요. 시내 옆에 민 이사님 같은 분이 계셔서 안심이 돼요."

도윤은 쓴웃음을 지으며 황급히 테이블 배치도로 시선을 돌려 버렸다. 그리고 희락이 눈치 채지 못할 정도로 가늘게 한숨을 내쉬었다.

"주방에 있는 것들도 가져갈 거야?"

옷가지가 들어 있는 가방을 집어 드는 시내의 모습에 사장이 물었다. 도시락 통들과 조리기구들을 말하는 것이었다. 잠시 고민에 빠졌던 시내는 이내 고개를 흔들었다.

"얹혀사는 주제에, 부엌까지 빌리는 건…… 좀 더 상황 봐서 가져갈게요."

"마음대로 해라. 오늘 일하러 안 올 거야?"

"그것도 상황 봐서요. 저 짐 놔두러 가요!"

'알바생이 만날 제멋대로야!' 하고 소리를 빽 지르는 사장의 목소리를 뒤로하고 큼지막한 가방을 들고 가게를 빠져나왔다. 엘리베이터에 올라 육층 버튼을 꾹 누른 시내는 도윤의 집으로 들어가는 것이 과연 잘하는 일인지 걱정이 스치고 지나갔다. 하지만 이내 머리를 흔들어 쓸데없는 잡념들을 모조리 지워 버렸다.

"그래. 희락이 앞에서 우스운 꼴 안 되고, 편한 집에서 지내고, 가끔 돈도 벌고."

시내는 어깨를 으쓱거리며 덧붙였다.

"나쁜 사람도 아닌 것 같고."

엘리베이터에서 내린 시내는 익숙하게 복도를 걸어가 그가 말한 호수 앞에 섰다.

"육백, 사십, 구 호."

중얼거리며, 시내는 눈을 깜빡거렸다. 처음 그에게서 호수를 들었을 때는, 급한 마음에 별다른 생각이 들지는 않았지만 막상 현관문 앞에 서자, 자신이 늘 도시락을 두고 가던 자리라는 사실을 깨달았던 것이다.

이내 큭 웃어버린 시내는 도윤이 가르쳐 준 비밀번호를 손가락으로 꾹꾹 눌렀다. 도시락에, 편의점 손님에, 술집 단골, 게다가 재희 앞에서의 아르바이트까지.

"인연은 인연인가 보다."

집 안에 들어선 시내는 낮게 휘파람을 불었다. 먼지 한 올 찾아볼 수 없는 거실은 그의 공간다웠다. 단조로운 듯 보이지만 고급스러운 테이블과 소파, 최대한 장식을 자제하고 푸른 색감만으로 심플함을 강조한 깔끔한 인테리어였다. 낮고 둥그런 유리 테이블 옆에 가방을 내려놓은 시내는, 거실을 한 바퀴 휘 둘러보았다. 벽 한쪽에 걸린 유일한 장식품이라 할 수 있는 작은 액자가 눈에 들어왔다.

"등대. 바다라……."

코끝을 찡그린 채 시내가 고개를 흔들었다.

"흥. 안 어울려, 안 어울려."

괜히 그 자리에 있지도 않은 도윤에게 심술을 부리고 나서야, 시내는 묵직하고 투박한 휴대전화기를 꺼내 들었다. 하지만 이내 테이블 위의 전화기를 발견하고 씨익, 미소를 지었다.

"뭐, 굳이 내 전화기 쓸 필요가 있어?"

전화기를 집어든 시내는 콧노래를 흥얼거리며 신호음을 기다렸다. 이내 무뚝뚝한 도윤의 목소리가 수화기 건너편에서 들려왔다.

[또 뭐?]

"아니, 나인 줄 어떻게 알고?"

[그럼 내 집에서 지금 전화를 걸 사람이 또 있나?]

"불과 삼십 분 전에는 그렇게나 다정하시더니. 음, 만난 지 얼마나 됐다고. 벌써 마음이 변했어, 변했어."

[장난치지 마. 짐은 다 옮겼어?]

시내는 발끝으로 가방을 툭 쳤다.

"난 어디 쓰면 돼?"

[서재 방 써. 괜히 아무거나 건드리지 말고. 나 지금 일하는 중이니까, 그만 끊어.]

"알았어. 나중에 봐."

뚝, 자신의 말이 끝나기도 전에 먼저 전화를 끊어버린 도윤 때문에 코끝을 찡그린 시내는 이내 어깨를 으쓱거리며 수화기를 내려놓았다.

"이러니까 정말 같이 사는 사람들 같네. 나중에 봐, 라니."

자신이 말해놓고도 민망했는지, 시내는 혼자서 몸을 움찔거렸다. 처음 문을 연 방은 침실이었다. 거실과 별다를 바 없이 허전하리만치 심플한 색조의 방에는 커다란 침대만 덩그러니 놓여 있었다.

"정말 잠만 자려고 작정한 방이네."

이 넓은 방을 괜히 썩히는 기분이 들어 혀를 끌끌 차며 시내는 옆방 문을 열었다. 두 팔을 벌려도 끝과 끝이 닿지 않을 것처럼 커다란 책상과 검은색 가죽 시트가 휘감긴 고급스러운 회전의자, 책상 앞쪽으로는 쿠션이 푹신한 긴 소파와 책장이 들어서 있었다. 그리고 책상 뒤쪽으로는 한쪽 벽면이 창으로 만들어져 있어 아직 채 지지 않은 햇살이 가득 방 안으로 들어왔다. 거실이나 침실보다 공을 들인 티가 역력했고, 시내 역시 그곳이 마음에 들었다.

"좋아, 서재! 넌, 합격이다."

당분간 필요한 옷가지들만 꺼낸 뒤, 가방을 책상 아래에 밀어놓았다. 책상 위에서 옷을 정리하던 시내는, 다른 곳은 기가 질리도록 깔끔한 데에 비해 책상 위는 온통 서류들이 어지럽게 늘어져 있다는 것을 깨달았다.

"집에서 일만 한다 이거지 뭐."

무슨 생각이 들었는지 시내는 서재를 빠져나가 부엌으로 향했다. 식탁 위에 얌전히 놓여 있는 자신의 도시락 통을 발견하고 얼굴을 찌푸렸다.

"먹고 나면 빨리빨리 내어놓아야지. 꼭 이렇게 한 발씩 늦는 사람 때문에 설거지를 두 번씩 해야 한다니까."

고개를 설레설레 흔들고는 뒤돌아서 냉장고 문을 열었다.

"뭐야, 이거 순…… 물이랑 음료수, 이건 술인가? 아니, 이 사람은 물만 먹고 사나? 와! 이건, 이렇게 예쁜 부엌에 대한 모욕이야, 모욕."

냉장고 문을 탁, 소리 내어 닫는 순간 '맛있는 거 해놔' 하던 도윤의 목소리가 귓가에 맴돌았다. 이사하고 뭐 먹을 정신이 있겠냐던 말도 덩달아 떠올랐다. 도윤의 집에 들어오자, 정말로 희락이 그녀의 곁으로 이사를 온다는 사실이 실감이 난다.

그렇게 그리워했던 락이, 열일곱 그때로 인연이 다하였다 하여도 죽기 전 언젠가 한 번은 꼭 만나고 싶었던 락이. 그런 락이가 이제 늘 눈을 뜨면 볼 수 있고 손 내밀면 만져 볼 수 있을 정도로 가까이에서 살게 된다. 실감하면서도, 믿기지가 않았다. 비록 예전에는 함께 살기도 했었지만 십 년을 넘게 함께 살았던 추억이, 십 년을 떨어져 지내는 동안 더욱 낯설어졌던 것 같다.

"후우……."

하지만 이제 늘 함께 있을 수 있다는 설렘이 마냥 기쁘게만 느껴지지가 않는다.

하루 종일 국제회의 준비를 점검하느라 정신없이 일에 매달렸던 탓에, 오피스텔 엘리베이터에 올라선 그 순간부터 아찔하리만큼 피곤함이 밀려왔다. 그러면서도 잠은 쉽게 오지 않는 만만치 않은 녀석이다.

손으로 뭉친 어깨를 풀어주며 엘리베이터에서 내린 도윤은, 뚜벅뚜벅 자신의 발걸음이 메아리치는 대리석 복도를 지나 오피스텔 앞에 멈추어 섰다. 비밀번호를 누르자, 띠리링 소리를 내며 잠금장치가 풀리는 소리가 신호처럼 터져 나왔다. 문을 연 순간, 당연히 어두울 것이라 생각했던 도윤은 환한 자신의 거실에 움찔했다. 그리고 그제야 시내가 자신의 집에 들어와 살게 된 것을 새삼 떠올려 냈다.

"왔어?"

자신의 집임에도 불구하고, 왠지 어색한 기분이 들어 쭈빗쭈빗 거실로 들어서던 도윤은 부엌 쪽에서 얼굴을 쑥 내미는 시내의 모습에 손가락으로 뺨을 살짝 긁었다.

"가게 일 하러 안 가?"

"아직 바쁜 시간 아니라서, 잠깐 빼달라고 했지."

도윤은 코끝을 맴돌던 구수한 된장찌개 냄새가 입 안에 침을 고이게 하고, 더 나아가 텅 비어 있는 것조차 망각하고 있던 위를 자극하고 있다는 것을 깨달았다. 시내를 따라 부엌으로 들어선 도윤은 소담하게 차려진 식탁에 눈을 동그랗게 떴다. 몇 가지 간단한 나물류와 김, 김치와 고등어자반. 그 옆에 가지런히 놓인 수저 세 개에 도윤은 시내에게 물었다.

"이게 다 뭐야?"

"뭐긴, 저녁이지. 흠, 냄새 죽이지?"

여기가 정말 자신의 집이 맞단 말인가? 식탁 위에 차려진 이 음식들은, 이 시간에 이 집 안에 맴도는 찌개 냄새는, 그리고 이 집에 도통 어울릴 것 같지 않은 이 여자는! 눈만 끔뻑거리는 도윤을 향해 시내가 된장찌개를 한 숟갈 떠서 내밀었다.

"맛볼래?"

"됐어."

칫, 투덜거리며 시내는 도윤에게 내밀었던 것을 자신의 입으로 쏙 가져갔다. 뭐야, 이건 마치……. 그때 시내가 빙글 뒤를 돌아 도윤을 의미심장한 눈길로 바라보았다.

"이러고 있으니까, 우리 꼭 정말 부부나 애인 같다. 그치?"

"뭐?"

순간 뜨끔한 도윤이 버럭 소리를 질렀다.

"무슨 그런 말도 안 되는!"

"그냥 농담한 걸 가지고, 버럭대긴."

도윤은 자신이 아직도 서류가방을 손에 쥐고 있다는 사실을 깨닫고, 부엌을 빠져나와 거실 소파에 가방을 내던지듯 올려놓았다. 부엌과는 전혀 다른 공간인 듯, 거실은 여느 때와 별반 다르지 않다는 사실에 왠지 모를 안도감을 느꼈다.

"손 씻어!"

부엌에서 소리치는 시내의 목소리에 등줄기에 소름이 돋아났다. '손 씻어' 라니. 서른한 살의 민도윤에게, 누구도 손 씻으라 마라 명령을 내리는 사람은 없었다. 이 끔찍하리만치 어색한 기분을 내내 감당해야 하는 것일까. 마른 입술을 혀로 축이며 도윤은 욕실로 향했다. 쏴아아아, 흐르는 물에 손을 담그고 나서야 도윤은 자신이 시내의 말에 고이 따르듯 손을 씻으러 온 것이 한심하게 생각되었다.

"그냥, 밖에 있다 들어왔으니까. 그래. 그래서……."

아무래도 손만 씻을 게 아니라, 세수라도 해야 정신이 들 것 같았다. 푸핫, 푸핫, 소리를 내며 빠르게 세수를 한 도윤은 얼굴에 흐르는 물기를 닦을 생각도 하지 않고 세면대 위의 거울을 지그시 바라보았다.

"지금 뭘 하고 있는 거야, 내가."

"화장실에서 고사 지내?"

그때 벌컥 욕실 문이 열리자, 도윤은 깊이 생각할 겨를도 없이 버럭 소리를 질렀다.

"지금 뭐 하는 거야!"

"아니, 손 씻으러 들어간 사람이 안 나오길래."

혀를 쏙 내밀고 다시 사라져 버린 시내를 향해 이를 갈던 도윤은 거칠게 타월을 꺼내 들어 얼굴을 대충 닦아냈다. 그리고 빠르게 욕실을 빠져나가 부엌으로 향했다.

"내가 너 안에 있는데 서재 문 벌컥벌컥 열고 들어가면, 좋겠어?"

"못 볼 꼴 보인 것도 아니면서, 괜히 그래! 알았어! 안 그러면 될 것 아니야. 하도 다른 사람이랑 같이 살아본 기억이 없어서 그런다!"

그건 도윤도 마찬가지였다. 한 마디 더 하려는 도윤을 피해 도망치듯 부엌을 나간 시내는 마치 자신의 전화기인 듯 도윤의 집 전화기를 집어 들어 번호를 꾹꾹 눌렀다. 그녀의 뒤를 따라나간 도윤이 얼굴을 찌푸렸다.

"내 말 아직 안 끝났어. 앞으로 지킬 건 지키면서 살자. 나도 너 있을 때는 서재 근처에도 안 갈 테니까……."

"쉿! 아, 락아."

아휴, 저걸! 한 대 쥐어박고 싶은 것을 간신히 참아내며 도윤은 시내의 얼굴이 환해지는 것을 지켜보았다.

"어디야? 다 왔다고? 아무리 이삿짐센터에서 다 해준다고 해도 따로 정리할 것도 많을 텐데, 밥이나 먹고 해. 밥해놨어. 찌개 방금 다 끓었으니까, 지금 와. 649호, 알지?"

신이 나서 다시 부엌으로 쪼르르 달려가는 시내의 모습에 도윤은 더 이상 할 말을 잃고 허탈한 표정을 지은 채 제자리에 섰다. 어색해할 필요도 없고, 이 상황이 부담스러울 필요도 없다. 그녀가 준비한 것들은 어차피 자신을 위한 것들이 아니었다.

"내 마음대로 락이 오라고 해서 화난 거 아니지?"

부엌에서 들려오는 시내의 목소리에 도윤은 소파에 앉으며 심드렁하게 대꾸했다.

"별로."

"대신 나중에 재희 씨 한번 찾아오면, 돈 안 받고 연극해 줄게."

아주 큰 선심 쓴다, 뉴스라도 볼 생각으로 리모컨을 찾던 도윤은, 벨이 울리자 '빨리도 온다' 라고 중얼거리며 몸을 일으켰다. 하지만 자신보다 한 발 앞서, 시내가 부엌에서 나와 현관문을 향해 달려갔다.

문을 열자, 희락이 빙긋 웃으며 현관 안으로 들어섰다. '왔어?' 하고 하며 자신에게 내뱉는 목소리와는 180도 다른 목소리로 반갑게 희락을 맞던 시내가 순간 굳어버리자, 도윤은 고개를 갸웃거리며 현관으로 다가갔다.

"안녕하세요."

새하얗고 단아한 얼굴의 은경이 희락의 뒤로 들어서는 것을 보며, 도윤은 완전히 얼어버린 시내를 힐끔 바라보았다. 할 말을 잃은 그녀의 모습에, 속으로 한숨을 내쉰 도윤은 어쩔 수 없이 앞으로 나서며 희락과 은경을 맞았다.

"어서 오세요."

그리고 도윤은 희락과 은경의 방향에서는 보이지 않게 손가락으로 시내의 옆구리를 쿡 찔렀다. 그제야 시내가 정신을 차린 듯 고개를 들고 쓴웃음을 지어 보였다.

"내가 갑자기 다른 생각을…… 죄송해요. 들어와, 락아. 들어오세요, 은경 씨."

"죄송해요. 이렇게 불쑥……."

오히려 잠시 놀라 서 있던 시내의 얼굴이 붉게 달아오를 정도로 미안해하며 은경이 희락과 함께 집 안으로 들어섰다. 시내는 고개를 흔들었다.

"괜찮아요. 어서 들어와요."

그리고는 황급히 부엌으로 들어가, 식탁 위에 수저를 하나 더 올려놓았다. 뒤따라 들어온 희락이 코를 킁킁대며 된장찌개 냄새에 빙긋 미소를 지었다.

"예전에…… 아줌마가 끓여주던 그 냄새랑 똑같다."

"배고프지? 어서 앉아."

도윤은 은경에게도 자리에 앉기를 권하며 찌개를 식탁 위로 옮겨놓는 시내를 물끄러미 바라보다, 이내 자신도 식탁 앞에 자리를 차지하고 앉았다. 시내가 뚝배기의 뚜껑을 열자 보글보글 맛있게 끓고 있는 된장찌개가 모습을 드러냈다. 진한 국물 위로 반듯하게 자리 잡은 호박과 두부가 군침이 돌 만큼 혀끝을 자극했다.

"난 그냥, 간편하게 하느라 찬이 별로 없다. 미안해요, 은경 씨. 온다는 이야기 들었으면 좀 맛있는 것도 많이 하고 그랬을 텐데."

"아니에요. 갑자기 찾아온 제가 죄송스럽죠."

된장찌개를 한 입 떠 넣은 희락의 감탄사가 은경과 시내의 어색한 분위기를 가로질렀다. 쓴웃음을 얼굴에 띤 채 곁에 앉는 시내를 바라보며, 도윤은 수저를 집어 들었다. 이 어색한 기운을 감지하지 못하는 사람은, 오랜만에 엄마의 손길이나 다름없는 음식을 맛본 희락밖에 없는 듯했다.

"맛있다, 정말. 맛까지 예전에 아줌마가 해주던 그 음식들 같아. 기분이 이상해. 어쩌면 다시는 먹지 못할 것 같았는데."

위로하듯 희락의 손등 위를 살짝 문지르는 은경의 흰 손을 멍하니 응시하던 시내는, 이내 털어버리려는 듯 큰 목소리로 분위기를 바꾸었다.

"이제 앞으로 시간 많잖아. 너 먹고 싶은 거 다 해줄게. 엄마 대신, 내가 다 해줄게."

은경에게로 시선을 돌린 시내가 빙긋 웃으며 장난기 어린 목소리로 말했다.

"은경 씨, 질투하지 마요."

"두 분 사이 다 아는데 질투는요. 희락 씨가 시내 씨와 다시 만나게 된 게 전 희락 씨보다 더 기쁜걸요. 처음 만났을 때부터 지금까지 쭉, 희락 씨에게 시내 씨 이야기를 듣고 지내서 그런지 시내 씨가 남같이 느껴지지가 않네요."

"희락이가 내 이야기를 어떻게 했는데요? 그러고 보니 두 사람 어떻게 만나게 되었는지도 궁금해요."

시내의 조심스러운 질문에 은경은 살갑게 눈웃음을 지어 보이며 쑥스러운 듯 웃고 있는 희락을 흘끔 바라보았다.

"호주에서 집안 어른들 소개로 처음 만났어요. 부담스러울 수도 있는 자리였는데, 희락 씨가 편하게 해줘서……. 첫 인상이 좋았어요. 서로 편한 친구처럼. 두 사람 모두 타지에 있으니까 외롭기도 하고 해서 자주 만나게 됐는데, 만날 때마다 희락 씨는 시내 씨 이야기를 했어요. 거의 어릴 때 이야기요. 같이 옹달샘 찾으러 산에 갔다가 길을 잃었던 일, 부모님께서 배달 나가신 틈에 가게에서 놀다가 불이 났던 이야기, 초등학교 때 신랑 각시라고 놀림받던 이야기, 중학교 때 수학여행 가서 발목을 접지른 시내 씨 때문에 수학여행 내내 희락 씨가 시내 씨를 업고 다녔던 이야기…… 셀 수도 없어요. 그런 이야기를 하는 희락 씨도 너무 즐거워했고, 그런 희락 씨 보면 나도 즐거웠고, 이야기를 듣다보면 시내 씨가 내 머릿속에 그려지는 거예요. 정말로 잘 아는 사람처럼. 그래도 이야기의 끝은 늘…… 시내 씨를 그리워하는 거였어요. 보는 제가 더 안타까울 정도로."

은경의 이야기를 묵묵히 듣고 있던 희락이 그녀의 말을 이었다.

"그럴 때마다 은경이가 위로해 줬어. 꼭 찾을 수 있을 거라고. 이렇게 그리워하니까 꼭 만나게 될 거라고. 은경이 말이 맞았어. 이렇게 같이 식탁에 앉아서, 서로 좋은 사람 옆에 두고 같이 밥 먹을 수 있다는 게 아직도……."

도윤은 자신에게 향하는 희락의 시선에 쓴웃음을 지었다. 어쩌다가 자신이, 이 자리에 함께 어울리게 되었는지 마치 자신의 의도와는 상관없이, 자신의 의지와도 상관없이 만들어지는 상황들이 어지러울 정도로 빠르게 지나친다.

"우리 이야기를 했으니까, 이제 네 이야기도 듣고 싶어. 민 이사님과의 이야기 말이야."

도윤과 시내는 동시에 눈이 마주쳤다. 네가 알아서 해, 난 몰라. 고개를 돌려 밥 먹기에 열중하는 도윤의 발등을 시내는 발로 지그시 눌렀다. 갑작스런 고통에 흡, 하고 도윤이 이를 악무는 소리가 들렸지만 아랑곳하지 않고 시내가 천연덕스럽게 입을 열었다.

"뭐, 특별할 게 있나. 오빠가 여기로 이사를 와서 만났지. 지난번에 재희 씨한테도 한번 말한 적 있는데 못 들었구나? 엘리베이터에서 우연히 처음 만났는데, 아니, 부딪쳤는데……."

씨익, 미소를 짓는 시내의 모습에 도윤은 고개를 돌려 버렸다.

"뭐, 그때 오빠가 나한테 첫눈에 반했다나 어쨌다나."

뭐라고 한마디 하려는 도윤의 발등을 더욱 세게 짓누르며, 시내가 말을 이었다.

"내가 편의점에서 일을 하고 있는데, 아니, 이 사람이 자꾸 들락거리는 거야. 내 모습을 한 번이라도 더 보겠다 이거지. 그뿐인가? 가게로도 허구한 날 찾아와 술 한 잔 하면서 어찌나 끈적한 눈길로 나를 쳐다보는지."

"정말?"

그 무뚝뚝한 민도윤 이사가! 믿기지 않는다는 듯, 호기심 가득한 시선으로 자신과 시내를 번갈아 바라보는 희락의 모습에 도윤은 속으로 이를 갈았다.

"민 이사님이?"

"그게 다 사랑의 힘이 아니겠니. 안 그래, 오오빠아?"

어이가 없어진 도윤은 수저를 쥔 손에 힘을 주고, 억지로 밥을 떠먹는 것으로 대답을 피해 버렸다. 그래, 첫사랑 앞에서 자존심 한번 세우고 싶은가 본데. 그쯤 도와주지 못할까 싶어 이를 갈면서도 참아 넘긴 것이다.

"내가 좋다는 데 어쩌겠어, 그냥 죽겠다는 남자 살리는 셈치고 뭐…….”

그런데 이 여자가 멈출 생각을 하지 않는다! 참다못한 도윤이 수저를 내팽개치고 시내를 노려보았다. 입 안에 우물거리던 밥알을 한 번에 꿀떡 삼키고 따지려들려는 찰나 시내가 얼른 화제를 돌려 버렸다.

“참! 동생이 이사를 왔는데, 재희 씨는 놀러 안 오려나?”

순간 말문이 막혀 버린 도윤이 입을 다물고 다시 슬그머니 수저를 집어 들었다.

“한번 오라고 해야지. 그때는 밥 말고 술이나 한잔해요. 다같이.”

희락의 말에, 시내의 얼굴이 환해졌다. 아마도 이 저녁 식사가 시작된 이후로 그녀가 진심으로 즐거운 순간은 지금이 분명했다. 재희의 출현이 곧 시내에게 돈벌이라는 사실을 떠올리며 도윤은 된장찌개가 입으로 들어가는 것인지 코로 들어가는 것인지 알 수가 없었다.

“그래! 그러자.”

아무래도 앞으로 그녀와 함께 사는 것이 순탄하지 않을 것 같은 예감에 도윤은 한숨을 내쉬었다.

탁탁탁탁, 거실 테이블로 옮겨놓은 노트북을 두드리며 도윤은 시계를 올려다보았다. 꽤 오랜 시간 집중해서 일을 했던 탓인지, 시간이 가는 줄 몰랐지만 어느새 시계는 열두 시를 가리키고 있었다. 피로해진 두 눈을 부비며 몸을 일으킨 도윤은 부엌으로 들어가 냉장고에서 물을 꺼내 들었다. 물병을 입에 대고 마시며 거실로 나오는 찰나 삑삑삑삑, 현관문의 잠금장치를 푸는 소리가 들리더니 한기와 함께 시내가 들어섰다.

"앗, 드러!"

눈이 마주치자마자, 뜬금없이 한다는 소리가 '더럽다' 라니. 도윤은 물병에서 입을 떼고 그녀를 바라보았다.

"내 물 내 마음대로 마시겠다는데, 무슨 상관이야?"

"그렇게 쪼잔하게 안 봤는데, 물까지 따로따로 마시자고? 그럼 아까 내가 만든 저녁은? 집에 그 흔한 뚝배기 하나 없어서 내 것으로 만든 데다 장까지 내가 봤는데. 잘만 먹더라."

일을 하느라 잠시 잊고 있었던 저녁 식사 때의 일을 그녀가 상기시키자, 도윤은 기다렸다는 듯 소리를 버럭 질렀다.

"엘리베이터에서 반해? 뭐? 끈적한 눈길? 죽는 사람 살려주는 셈치고 만나준다고?"

낡은 코트를 벗으며, 시내가 입술을 삐죽거렸다.

"그 정도도 못해주나? 좋아. 나중에 재희 씨한테는 내가 죽자 살자 쫓아다녔다고 해줄게. 그럼 되잖아!"

순간 도윤은, 문득 스친 생각에 눈을 부라렸다.

"잠깐만."

갑자기 한 발자국 다가서는 도윤의 모습에 시내가 몸을 뒤로 빼며 얼굴을 찌푸렸다.

"왜?"

"불공평하다고 생각하지 않아?"

시내는 도윤의 시선을 피하며 눈동자를 이리저리 굴렸다.

"서로 똑같이 애인 역할을 해주는데."

"그런데?"

"너도 재희 앞에서 내 여자 친구, 나도 노희락 씨 앞에서 네 남자 친구. 그런데 왜 나만 너한테 돈을 주지?"

정확하고 예리한 그의 지적에 순간 할 말을 잃은 시내가 눈만 끔뻑거렸다. 도윤은 두 손을 허리에 얹고 한 발자국 더 시내에게 다가갔다. 키가 큰 도윤이 다가서자, 시내는 위축된 마음을 드러내지 않기 위해 고개를 빳빳이 쳐들었다.

"안 그래?"

"내가 달라고 그랬나? 자기가 먼저 준대놓고 그래! 좋아, 좋다고. 나도 뭐 해주면 될 것 아니야. 그래, 밥! 밥해줄게. 점심이야 밖에서 먹는다지만, 아침 저녁은 내가 해주면 되잖아."

시내는 빙긋 미소를 지었다.

"도시락 시켜 먹는 것 같던데. 나 그 도시락보다 훨씬 맛있게 밥 해줄 수 있어."

시내의 말에 도윤이 코웃음을 쳤다.

"맛있게? 그게 맛있는 건가?"

"밥 한 그릇 뚝딱 다 비워놓고 왜 이제 와 딴소리야?"

"그거야 분위기상 여자 친구가 한 밥 당연히 맛있게 먹는 모습을 보여주려던 거고. 도시락보다 맛있는 밥? 네가 만든 것보다 훨씬 낫거든? 그러니까 밥 필요 없고, 너도 돈 내."

돈! 시내의 눈이 큼지막하게 커졌다.

"노희락 씨가 여기로 이사 왔으니까, 하루에 한 번씩만 마주친다고 해도…… 으흠, 내 월급보다 많겠네. 마주칠 때마다 삼십만……."

"아아아아아아아, 안 들려. 안 들려. 아아아아아아아, 안 들려."

시내는 두 손으로 양쪽 귀를 두드리는 동시에 입으로는 길게 소리를 내지르며, 슬금슬금 뒷걸음질치기 시작했다.

"삼십만 원. 노희락 씨와 마주칠 때마다 삼십만 원씩 내."

"아아아아아아, 안 들려. 안 들려. 뭐라고? 하나도 안 들려. 안 들린다니까! 아아아아아!"

그리고는 눈 깜짝할 사이에 서재로 들어가 버렸다. 툭, 문을 잠그는 소리에 어이가 없어진 도윤은 주먹으로 방문을 두드리기 시작했다.

"내 말 들었지?"

여전히 방 안에서는 '아아아아아아아, 안 들려' 라고 중얼대는 소리만 흘러나왔다. 고개를 설레설레 흔든 도윤이 방문을 두드리는 것을 포기하자, 이내 방 안의 중얼거림도 멈추었다.

"더러운 사람이 누군데, 들어와서 씻지도 않아?"

다시 거실로 돌아온 도윤은 노트북 앞에 앉았다. 쓰다 만 기획안을 마무리 짓기 위해, 모니터와 서류 뭉치를 번갈아 노려보았지만 몇 번의 입씨름으로 인해 정신이 산만해져서 집중을 하기 어려웠다.

"그냥 밥으로 떼워줘?"

일을 하는 중간에, 자신도 모르게 그 고민에 빠져 있던 도윤은 서재의 방문을 흘낏 바라보았다. 소파에 등을 기대어 다리를 쭉 뻗고, 두 손바닥으로 머리를 기대며 편하게 자세를 고쳐 잡고 앉았다. 새벽으로 들어가는 문턱, 늘 불이 꺼진 어두운 서재에서 모니터 불빛 앞에서 일에 집중하고 있던 시간이었다. 이 시간에, 집 안에 누군가가 있다는 것. 자신 이외의 존재가 집 안에 함께 있다는 사실을 어색하게 받아들이며, 도윤은 천천히 눈을 감았다.

철커덕, 쿵. 문소리에 도윤은 눈을 번쩍 떴다. 얼마나 시간이 지났는지 손목시계를 들어 확인한 순간 도윤의 눈썹이 치켜 올라갔다. 네 시 삼십 분! 그렇다면 네 시간이 넘는 시간 동안 한 번도 깨지 않고 잠을 잤단 말인가?

"말도 안 돼."

한 번도 이런 적이 없었다. 잠들기 직전의 모습 그대로, 고이 눈을 뜬 도윤은 믿을 수가 없어 몸을 일으켰다. 그리고 그제야 문소리에 잠에서 깼던 것을 떠올려 내고, 서재로 향했다. 밤에 문을 잠그어 버렸던 것을 기억해 낸 도윤이 거침없이 문고리를 비틀자 문이 힘없이 열려 버렸다. 새벽을 알리는 파란 빛줄기가 가득 들어찬 서재 안은 비어 있었고, 소파 위의 담요 한 장이 그곳에서 누군가 밤을 보냈다는 것을 유일하게 증명하고 있었다.

"이 새벽에 어딜 간 거야?"

분명 현관문이 열리는 소리를 들었음에도 불구하고 도윤은 혹시나 하는 마음에 욕실과 다용도실, 그리고 침실까지 문이란 문은 모조리 열어 시내가 있는지 확인해 보았다. 하지만 그녀는 어디에도 없었다. 고개를 갸웃거리며, 휴대전화기를 집어 들던 도윤은 이내 도로 내려놓았다.

시내가 새벽에 나갔든, 오밤중에 나갔든 자신이 상관할 일이 아니었던 것이다. 도윤은 입고 있던 티셔츠를 벗어 소파 위에 내던지고 욕실로 들어섰다. 샤워 부스 안에 들어가 부드럽게 쏟아지는 따듯한 물줄기에 몸을 내맡기자, 오랜만의 짧은 숙면이 훨씬 더 컨디션에 효과를 보는 것 같았다. 놀랍도록 가벼운 근육들과 늘 가느다랗고 날카로운 실들이 이리저리 얽혀 있는 것과 같이 복잡했던 머릿속이 시원하게 뻥 뚫린 느낌이었다.

타월로 머리를 말리며 기분 좋게 욕실을 나온 도윤은 다시 노트북 앞에 앉았다. 깜빡 잠이 들어버리는 바람에 하다 말았던 일을 마무리 짓기 위해서였다. 노트북을 두드리길 얼마간, 어느새 창밖에서는 아침 햇살이 간간이 스며들기 시작했다.

"아, 도시락."

도시락을 놓고 갈 시간이라는 걸 깨닫고는, 몸을 일으킨 도윤은 곧장 현관으로 향했다. 잠금 장치를 풀고 문을 연 순간, 차가운 아침 바람이 도윤의 벗은 상체를 날카롭게 휘감았다. 자신도 모르게 '흡' 숨을 들이쉬며 문을 완전히 연 순간, 도윤은 눈앞에 서 있는 시내의 모습에 눈을 크게 떴다. 시내의 손에 들린 분홍색 보자기로 도윤의 시선이 옮겨갔다. 이제 막 복도를 걸어왔는지, 그녀의 얼굴은 추위로 붉게 상기되어 있었다.

"벌써 일어났어?"

"그걸 네가 왜 들고 있어?"

"아, 이거? 뭐. 그게, 아니. 그냥 여기…… 바닥에 놓여 있더라고. 가지고 들어가려고 그랬지. 놔두면 누가 가져갈지도 모르고,

또 찬 데 오래 있으면 식을까 봐."

시내에게서 보자기 도시락을 빼앗듯 받아 든 도윤은 그녀를 못마땅한 듯 내려다보았다.

"얼른 들어가. 아, 추워. 춥다."

도윤을 안으로 떠밀며 함께 집 안으로 들어온 시내는 서재로 들어가 코트를 벗어 걸어두었다. 집 안으로 들어온 이후에도 한기가 쉽게 가시지 않는지 담요로 몸을 꽁꽁 싼 후, 도윤을 따라 부엌으로 들어섰다.

"어디 갔다 온 거야?"

"새벽 운동! 에, 혹시 걱정했어?"

보자기를 풀어헤치던 도윤이 눈썹을 치켜뜨자, 시내는 '농담이었어' 라고 중얼거리며 어깨를 으쓱거렸다. 도시락 뚜껑을 열자 갓 지어올린 듯한 고소한 밥 냄새가 부엌에 가득 퍼졌다. 이내 집에서 만든 듯한 소담한 찬거리들도 모습을 드러냈다. 도시락 안에는 잘 익은 김치와 참기름 냄새가 고스란히 배인 시금치나물, 간장으로 졸인 닭고기 야채 볶음과 오이소박이가 차례로 자리를 잡고 있었다.

식탁에 앉아 수저를 집어 들던 도윤은 자신을 빤히 바라보는 시내의 모습에 얼굴을 찌푸렸다. 그리고 이내 수저 한 벌을 더 꺼내어 그녀에게 내밀었다.

"먹어."

"됐어."

"그럼 쳐다보지를 말든지!"

저놈의 버럭증! 시내는 입술을 실룩거리며, 고개를 휙 돌렸다 이내 도윤이 밥을 먹는 틈을 타 돌아왔다. 그리고 밥을 숟가락 위에 한 가득 쌓아 올려놓고 입 안으로 밀어 넣는 도윤을 흐뭇하게 바라보았다.

"의외로 몸이 좋아, 음. 가끔 눈요깃거리가 되겠어."

"므어?"

입 안에 가득한 밥 때문에 제대로 발음하지도 못하며 되묻던 도윤은, 그제야 자신이 상체에 아무것도 걸치지 않은 상태라는 것을 깨달았다. 갑자기 목이 메인 도윤이 '캑캑' 거리면서도 거실로 돌아가 티셔츠를 주워 입었다. 부엌에 돌아온 도윤은 냉장고에서 물을 꺼내 들이켜 아직도 가슴 위에 체한 듯 남아 있는 것을 쓸어내렸다.

"여자가 음흉하기는!"

"자기가 옷을 입고 있는지 아닌지도 몰라? 바보 아냐? 하여간, 똑똑한 줄 알았더니 가만 보면 나사 하나 풀린 사람 같다니까."

"말 다 했어? 너 어제 삼십만 원……."

"와, 식겠다. 밥 먹다 말고 뭐 하는 거야? 얼른 앉아서 밥 먹어. 밥 먹고 출근해야지. 바쁜 사람이 이러고 있을 시간이 어디 있어?"

몸이 조금 더워지는지, 시내가 담요를 풀어헤치고 일어나 도윤을 다시 식탁에 앉혔다. 못 이기는 척 도윤은 다시 식사를 시작했다.

"정말로 내가 해준 밥보다 더 맛있어?"

도윤의 뺨을 실룩거리며 빈정거리듯 말했다. 하지만 심술궂기보다는 장난기 어린 표정에 더욱 가까웠다.

"내가 어제도 말했지? 네가 해준 밥보다 훨씬 맛있다고. 어디서 비교를 해?"

"오호, 그래?"

당연히 화를 내거나 펄쩍 뛸 거라 생각했던 시내가 뜻 모를 미소를 지으며 고개를 끄덕이자, 말을 해놓고서도 오히려 자신이 더 불안해질 정도였다. 피곤한 듯 손으로 어깨를 두드리며 거실로 나가는 시내를, 도윤은 의심스런 눈길로 쫓았다.

"열두 시 넘어서 들어오는 애가 아침 운동은 무슨. 돈독 올라서 새벽마다 신문 배달이라도 하나?"

호텔 일식 레스토랑에서 노 회장이 기다리고 있다는 일방적인 이야기를 들었을 때, 도윤은 애써 상한 감정을 추슬렀다. 그가 일하고 있는 호텔의 오너라는 직책으로서도, 친구의 아버지라는 사적인 관계에 있어서도 충분히 그럴 수 있는 입장인데도 불구하고 순간적으로 화가 치밀었다.

VIP 손님들이 찾는 룸으로 들어간 도윤은, 노 회장뿐만 아니라 다다미 위에 다리를 가지런히 하고 앉은 재희를 발견하고 순간 흠칫했다. 친구 이상의 감정은 더 이상 받아주지 않겠다고, 마음의 선을 잘 지키라고 그녀에게 소리쳤던 그날 이후 처음 마주하는 것이었다.

"뭐 하고 있어? 어서 들어와."

노 회장의 채근에 도윤은 어쩔 수 없이 다다미방 위로 올라섰다.

"회의 준비는 잘되어가나?"

"네, 회장님."

"희락이 그놈이, 제 몫은 다 하고 있는지 모르겠구만."

미리 주문을 해놓은 듯한 음식들이 방 안으로 들어왔다. 직사각형의 낮은 테이블 위에 한가득 차려지는 담백한 밑반찬들 사이로 메인 음식인 생선회가 정중앙을 차지했다.

"잘하고 있습니다."

"그렇다면 다행이고. 어서 들게."

그때까지도 아무 말이 없던 재희가 자신의 부친을 향해 고개를 돌려 입을 열었다.

"희락이가 조시내 씨 일자리를 부탁했다면서요?"

시내의 이름에, 도윤은 젓가락질을 멈추고 재희를 바라보았다. 그녀의 입에서 흘러나오는 그 이름이 너무나 차갑게 느껴져서 영 마음에 들지 않는다. 마치 다른 사람을 부르는 듯한 착각이 들 정도였다. 물론 자신이 투닥거리며 부르기는 하지만, 최소한 그녀 주위의 다른 사람들은 '시내'를 부를 때 그 속에 애정이 스며 있었다. 느끼할 정도인 희락이는 물론이거니와 은경, 편의점 사장, 경비 아저씨, 가게 사장까지도.

"그랬지."

도윤과도 무관하지 않는 관계라는 것을 알기 때문이었을까, 노회장은 자신의 딸에게 대답을 짧게 하고서 다시 도윤에게 말하듯 그에게 고개를 돌렸다.

"그 아가씨의 부모님께 내가 빚을 진 셈이니, 그 정도를 못해줄까. 다른 것도 원하는 것이 있으면 들어주고 싶은데 희락이가 다른 건 알아서 하겠다고 하더군."

원하는 것이라, 돈? 시내가 좋아하는 것을 떠올리자 도윤은 돈

밖에 떠오르지 않았다. 여전히 심기가 불편한 상태였지만, 아이러니하게도 웃음이 터질 것 같은 충동을 참느라 괴로울 지경이었다.

"빚은 빚이지만, 희락이가 호주에서 나올 때마다 시내 양을 찾는데 영 내키지가 않더군."

이유를 묻는 듯, 도윤이 고개를 들었다.

"파티 때 민 이사도 봤겠지만, 희락이 녀석한테는 이미 집안끼리 짝 지워주기로 한 아가씨가 따로 있거든. 희락이도 은경이를 마음에 두고 있고, 또 찾는다는 그 아가씨는 동기나 다름없는 친구라고 했지만…… 거, 늙은이 노파심이라고 해야 하겠지. 어찌되었든, 그 아가씨에게도 이리도 든든한 사람이 옆에 있으니 안심이 되면서도 한편으로는 그게 민 이사라는 게 내심 섭섭해."

도윤의 얼굴이 확 굳어졌다. 노 회장의 속셈이 점점 눈에 보일 정도로 노골적으로 변하고 있었다. 예전에는 그저 눈치만 조금씩 보였을 뿐인데, 어쩌면 시내의 존재가 노 회장을 다급하게 만들었는지도 모른다.

"아직도 재희의 짝으로 저를 생각하고 계십니까?"

분위기를 딱딱하게 만들어 심각한 상황에 이르고 싶지는 않았다. 도윤은 최대한 유머스럽게 보이기 위해 목소리에 웃음을 잔뜩 깔았다.

"허헛, 나야 늘 민 이사가 욕심이 나지."

"저 정도로 성이 차시면 안 되죠."

도윤은 재희의 매서운 눈길과도 피하지 않고 마주했다.

"예쁘고, 똑똑한데다 집안도 좋고. 저와 인연을 맺기엔 너무나 과분한 여자입니다."

생각하지도 못했던 도윤의 말에 노 회장이 잠시 할 말을 잃었다. 그때, 도윤에게는 여전히 말을 건네지 않았던 재희가 그를 똑바로 바라보며 입을 열었다.

"너도 젊고, 핸섬하고, 똑똑해. 능력도 있고. 나에게 과분한 남자야."

그녀가 빈정거리고 있다는 것을 알면서도, 도윤은 '고마워, 칭찬으로 듣지' 라고 중얼거리며 매끄럽게 그 말을 넘겨 버렸다.

"흠!"

그제야 두 사람 사이의 날카로운 분위기를 감지한 노 회장이 헛기침을 해 보였다.

"내 호텔이기는 하지만, 아직도 호텔에는 내 사람이 없어. 희락이야 아직도 멀었고, 민 이사가 내 사람이 되어주었으면 좋겠다는 욕심에 자꾸만 우리 재희를 붙이려고 했었나 보네. 늙은이 욕심이라고 생각하고 넘어가 주게."

도윤은 여유있는 미소를 잊지 않았다.

"전 재희가 제 친구가 아니었더라도, 메르디안에 있는 한 회장님의 사람입니다."

의도적으로 노 회장의 바람을, 그저 친구 사이로 격하시키며 태연스럽게 젓가락을 다시 집어 들던 도윤은 미처 매너모드로 바꾸어놓지 못해 요란스럽게 울리는 휴대전화기를 집어 들었다.

"죄송합니다."

전원을 누르려던 도윤은 자신의 집 번호가 액정 위에 뜬 것을 보며, 노 회장을 한 번 바라보았다. 잠시 짧은 생각에 잠겼던 도윤은, 노 회장을 향해 양해의 미소를 지어 보인 후 전화를 받았다.

"아, 나야."

[나 지금 세탁기 돌릴 건데, 세제를 못 찾겠네. 어디 있어?]

"밥? 지금 먹었지. 넌 먹었어?"

조금 전과 달리 부드러운 도윤의 목소리에 재희와 노 회장의 시선이 그에게로 향했다.

[뭐래는 거야. 또 희락이 옆에 있는 거야? 그런데 그 레퍼토리 좀 바꿔라. 뭔, 전화만 했다하면 만날 밥 타령이야. 밥 못 먹고 죽은 귀신이 붙었나. 응, 아니로만 대답해. 세제 다용도실에 없어?]

"응. 지금 회장님과 같이 식사하고 있어. 너도 밥 먹을 때 체하지 않게 꼭 천천히 꼭꼭 씹어서 먹고, 일도 쉬엄쉬엄 해. 무리하지 말고."

[다 쓴 거야?]

"응. 그래. 일찍 들어갈게."

[설마, 내가 사야 하는 거야?]

"아마도 그럴 거야. 그래, 들어가서 보자."

[나중에 청구할 거야.]

"나도 보고 싶어."

토할 것처럼 우우욱, 소리를 질러대는 시내의 목소리를 뒤로하고, 도윤은 슬라이드를 내렸다. 노 회장과 재희를 마주하며 의도적으로 만든 쑥스러운 듯한 표정과는 달리 쐐기를 박듯 단호한 목소리로 다시 입을 열었다.

"노희락 씨가 그러더군요. 제가 다른 사람들을 대할 때와 이 사람을 대할 때가 너무나 다르다고요. 아마도 저한테 어울리는 사람은 과분한 재희가 아니라, 이 사람인 듯싶습니다."

"좋냐?"

난데없는 사장의 질문에, 바에 턱을 괘고 앉아 있던 시내가 눈을 크게 떴다.

"뭐가요?"

"좋은 집에 살게 되니까 하루 만에 때깔이 달라졌네."

시내는 코끝을 실룩거리며, 손바닥으로 자신의 얼굴을 쓰윽 문질렀다.

"그 남자는 잘해줘?"

"잘해주긴! 구박만 해요."

"그렇게 야박하게 보이진 않던데? 그거, 말이 하숙이지 너 혹시 그 남자랑 그렇고 그런 거 아니야?"

사장에게는, 피치 못할 사정으로 도윤의 집에서 하숙처럼 얹혀 살게 되었다고 대충 둘러대었던 것이다.

"뭐가 그렇고 그래요? 자세하게 말을 해요. 그렇게 두루뭉술하게 말하면 내가 어떻게 알아들어요?"

"에이, 알면서."

"그런 쓸데없는 데만 관심을 가지니까, 가게가 이 모양이죠. 이 시간에 다른 가게는 한창 피크일 텐데 우리는 만날 파리만 날려."

괜히 하는 일 없이 월급만 따박따박 받아가는 것 같아, 미안한 마음에 하는 말이었다.

"올 손님은 다 오게 되어 있어. 안 올 손님이 내가 고민한다고 해서 오겠냐?"

한심한 눈길로 사장을 바라보며 혀를 끌끌 차던 시내는 가게 안으로 들어서는 남자 손님들의 모습에 재빨리 몸을 일으켰다. 반가움이 가득 배인 목소리로 '어서 오세요'를 외친 후, 메뉴판을 들고 그들에게로 얼른 다가갔다.

"주문하시겠어요?"

발랄한 시내의 목소리에, 테이블 앞에 자리 잡은 세 남자가 동시에 그녀를 올려다보았다. 순간 시내는 험상궂은 남자들의 표정에 움찔했으나, 얼굴에서 웃음을 지우지 않았다.

"하하하하, 조금 있다가…… 하셔도 돼요. 그럼."

얼른 뒤돌아서 사장에게 돌아온 시내는 안도의 한숨과 동시에 가슴을 쓸어내렸다. 사장이 눈썹을 치켜뜨며, 시내와 커다란 테이블이 모자라 보일 정도로 커다란 덩치의 남자들을 번갈아 바라보았다.

"분위기 장난 아니에요. 주문, 사장님이 받으세요."

"나 심장 약해. 안 돼."

"난 여잔데?"

이럴 때만 여자냐, 콧방귀를 뀌며 외면해 버리는 사장을 향해 투덜거리던 시내는 흘낏 남자들을 향해 고개를 돌렸다. 주문을 하려는 듯, 자신에게 고갯짓을 해 보이자 시내는 스스로에게 기합을 넣듯 숨을 짧게 한번 쉬고 걸음을 옮겼다.

"주문하시겠어요?"

"여기서 제일 비싼 술이 뭐냐?"

순간 시내의 눈썹이 위로 치켜 올라갔다. 대뜸 반말로 말문을 튼 남자는, '네가 그런 표정을 지으면 어쩔 건데' 하는 얼굴로 몸을 소파에 기대듯 파묻었다. 돈 벌기가 쉽지 않다는 것도, 세상이 그리 만만하지 않다는 것도, 만나게 되는 사람들이 모두 좋은 사람이 아니라는 것도 닳고 닳도록 듣고 보고 알고 있던 사실이었지만 그래도 화가 치밀어 오른다. 시내는 애써 미소를 지으며 메뉴판 하단을 가리켰다.

"이 술이 저희 가게에서는 제일 비싸거든요."

"그럼 이걸로 가져와."

그래, 제일 비싼 술! 매상을 위해서라면 반말쯤이야 뭐 그리 대수인가 싶어 시내는 얼굴을 활짝 폈다. 메뉴판을 건네받으며 시내는 친절하고 부드러운 목소리로 대답했다.

"네. 안주는 주문하지 않으시고요?"

"왜, 안주 안 시키는 손님은 술 시키면 안 되나?"

"네? 아니요. 그런 뜻이 아니라…… 술 가져다 드릴게요."

입술을 쑥 내밀고 돌아온 시내는 사장에게 주문한 술 종류를 일러주고, 바에 살짝 기대었다. 마치 작정하고 시비를 거는 듯한 남자의 태도가 영 마음에 들지 않았던 것이다. 손님만 아니었으면 자신의 두 배쯤 되는 몸집이나 험상궂은 얼굴 따위 상관없이 한바탕 했을지도 모른다.

"시내야."

이제 막 퇴근을 하는 참인지, 가게 안으로 희락이 들어서자 시내는 찌푸리고 있던 미간을 얼른 풀어냈다. 스물일곱이라는 나이가 무색할 만큼, 정장을 입은 희락의 모습은 십 년 전 교복 차림의 소년처럼 앳되어 보였다. 눈이 마주치면 늘 웃는 얼굴도, 웃으면 눈가에 작은 주름이 생기는 것도 변함없는 십 년 전의 희락이다. 희락의 눈에 자신은 어떻게 보일까. 늘 깔깔대고 웃으며 뛰어다니던, 그 열일곱의 시내로 보일까.

"이제 퇴근하는 길이야?"

"응. 바쁘니?"

시내가 손가락으로 살짝 홀 안을 가리켰다.

"보시다시피 한가해. 뭐 줄까? 한 잔 마실래?"

"그럴까?"

"잠시만, 이것만 가져다주고 올게."

마음에 들지 않는 손님들이 주문한 양주와 잔, 음료와 얼음 등이 세팅되어 있는 쟁반을 사장에게서 건네받으며 시내가 말하자 희락이 고개를 끄덕였다. 희락이 바 의자에 앉는 것을 보며 시내는 남자들의 테이블로 향했다. 마음에 들진 않지만, 애써 미소를 지으며 테이블에 쟁반을 올려놓은 시내는 살갑게 말까지 붙였다.

"뭐 더 필요하신 것 있으세요?"

담배를 입에 물고 있던 남자는 시내의 물음에, 담배를 손에 들고 그녀의 얼굴에다 '후우' 하고 숨을 내뿜었다. 매캐한 담배 연기가 모락모락 퍼져 나갔다.

"됐어."

참자. 남의 돈 벌어먹기가 쉽지 않다는 걸 누구보다도, 뼈저리게 잘 알고 있잖아. 이런 인간들은 죽을 때까지 그냥 이렇게 사는 거라고, 불쌍한 인생들이라고 생각하고 넘겨.

순간적으로 먹었던 나쁜 마음을 희락이의 얼굴을 보며 정화시키리라 생각하며, 시내는 황급히 돌아섰다. 두어 발자국 겨우 떼었을까, 등 뒤에서 들려오는 남자의 고함 소리에 시내는 걸음을 멈추었다.

"야!"

깜짝 놀라 일어난 희락과 눈이 마주치자, 시내는 놀란 마음을 수습하며 아무 일도 아니라는 듯 웃어 보였다. 하지만 상황이 그리 좋지 않은 것을 눈치 챈 사장이 바 안에서 돌아 나오는 것을 보며 시내는 남자들을 향해 몸을 돌렸다.

"무슨 일이세요?"

"이거 순 사기꾼들 아니야?"

이쯤 되자, 아무리 좋은 게 좋은 거라고 웃고 넘기려던 시내의 목소리도 날카로워질 수밖에 없었다.

"무슨 말씀이세요?"

기세 좋게 따지듯 묻는 시내도, 남자가 양주병을 집어 들어 바닥에 내팽개치자 순간 움찔했다.

"물 섞은 가짜 술 팔아먹으면 얼마나 남냐?"

"가짜 술? 그게 무슨 말이에요? 이게 왜 가짜 술이에요?"

주먹이라도 한 대 날릴 듯한 표정으로 내려다보는 남자와 치려면 쳐봐라 입술을 앙다문 시내 사이를, 사장이 달려와 가로 막아섰다.

"뭔가 오해가 있으신 것 같습니다, 손님."

"오해? 오해는 무슨, 네가 여기 사장이야? 응? 사장이냐고! 사장이면 장사를 똑바로 해야 할 것 아니야!"

남자가 사장을 거칠게 밀치자, 시내가 허리에 손을 얹은 채 남자에게 어깨를 들이밀며 따지기 시작했다.

"아니, 이 사람들이 보자 보자 하니까 말이야. 아까부터 시비 걸려고 작정을 한 모양인데, 뭐 하는 사람들이야, 당신들!"

"이 여자가 돌았나. 지금 해보자는 거야?"

"그래. 뭘 할 건데? 뭘 해볼 건데? 응?"

"아우, 이걸 그냥!"

곰발바닥처럼 두터운 남자의 손이 하늘에 치솟은 순간, 희락이 시내를 막아섰다. 몸집이 그보다 작긴 했지만 키는 엇비슷해 남자와 희락의 눈이 매섭게 부딪혔다.

"연약한 여자를 상대로 지금 뭐 하는 짓입니까?"

"넌 또 뭐야?"

"락아, 넌 빠져. 이런 사람들은 네가 상대할 가치도 없어."

"이 기집애가 지금 뭐라고 지껄이는 거야?"

희락의 손을 가볍게 쳐낸 남자가 다시 한 번 내려칠 듯한 기세로 주먹을 흔들었다. 희락의 얼굴이 일그러지는가 싶더니, 남자의 근육과 살집으로 부푼 복부를 향해 주먹을 들이밀었다. 잠시의 충격이 있었는지, 남자의 얼굴이 굳어졌지만 이내 희락을 향해 주먹을 휘둘렀다. 순식간에 테이블 위로 희락이 내팽개쳐졌다.

"락아! 사장님, 경찰 불러요!"

희락이 쓰러지는 것에 아연실색한 시내가, 성큼성큼 쓰러진 희락에게 다가서는 남자를 향해 달려들었다. 빽, 주먹이 뺨을 강타하는 소리였는지 아니면 그 후에 자신의 목이 옆으로 넘어가며 들린 소리였는지 알 수 없을 정도로 시내는 정신이 혼미해졌다.

"시내야!"

희락이 비틀거리는 시내를 붙잡았다. 희락의 눈이 매섭게 빛나더니 남자를 향해 달려들어 한데 엉켜 싸우기 시작했다. 경찰에 신고를 한 사장과 남자의 일행들까지 싸움에 합세하자, 가게 안은 온통 난장판이 되었다.

가게 안으로 들어선 도윤은 고함 소리와 테이블이 부서지는 모습에, 눈을 크게 떴다. 이내 희락이 남자에게 주먹 세례를 받는 것을 발견하고는 가방을 내던지고 달려와 남자를 희락에게서 떼어 놓았다.

"노희락 씨, 괜찮아요? 무슨 일이에요?"

희락의 대답을 기다리지 않고, 도윤은 씩씩거리며 서 있는 우락부락한 남자를 향해 날카로운 눈빛으로 물었다.

"지금 뭐 하는 겁니까?"

"넌 또 뭐야?"

아수라장이 된 가게 안을 둘러보던 도윤은 비몽사몽 정신을 못 차리며 바닥에 앉아 있는 시내를 발견하고, 황급히 다가가 그녀를 일으켰다.

"괜찮아?"

도윤의 등장에 멈춰진 싸움을 틈타, 흠씬 얻어맞고 있던 사장이 얼른 몸을 빼고 도윤의 곁에 섰다.

"괜히 시비 거는 놈들이에요. 가짜 술이라니! 그게 말이나 돼? 아무리 장사가 안 되어도 그런 짓은 안 한다고!"

마치 일러바치듯 늘어놓는 사장의 말에, 도윤은 힘없이 고개를 푹 숙이고 있는 시내를 자신에게 기대게 하고 남자들을 마주하며 섰다.

"무슨 일인지는 모르겠지만, 그게 어떤 일이든 남의 가게를 이 지경으로 만든 건 이해할 수가 없습니다. 만약 오해한 부분이 있다면, 그건 경찰서에 가서 풀죠."

"이 아저씨가 말귀를 못 알아듣네. 가짜 술이라잖아! 가짜 술! 물 탄 술!"

"그 술병을 왜 깨냐고! 안 깼으면 진짜 술인지 아닌지 알 것 아니에요?"

침착하고 동요없는 도윤의 존재가 든든했던지 사장이 흥분을 가라앉히지 못하고 바락바락 소리를 치기 시작했다. 남자가 다시 한 번 주먹을 휘두를 듯 눈을 부라리자, 도윤은 사장의 어깨를 붙잡았다. 쓸데없는 주먹다짐은 그만두고, 이성적으로 일을 처리하자는 뜻이었다.

"진짜 술이든 아니든, 경찰서 가서 말씀하세요. 경찰 불렀어요?"

사장에게 물으며, 도윤은 시내의 상태를 보기 위해 그녀의 뺨을 살짝 들어올렸다. 뺨 윗부분에 생채기와 함께 붉은 기운이 맴돌고 있었다. 벌써부터 살짝 부풀어 있는 것으로 보아, 시간이 더 지나면 멍과 함께 눈가까지 부어오를 것이 분명해 보였다.

"아니, 여자 얼굴을 이 지경으로……."

입을 꾹 다문 도윤 대신 사장이 혀를 끌끌 차며 시내의 얼굴을 들여다보았다. 시내는 뺨을 실룩거리며 실눈을 뜨고, 도윤을 바라보았다.

"아프다."

아직도 가쁜 숨을 몰아쉬며 남자를 노려보고 있던 희락이, 시내의 목소리에 얼른 그녀에게로 다가왔다. 말없이 시내를 내려다보던 도윤은 희락에게 시내를 맡기듯 그녀를 떠안겼다. 곧 경찰이 올 것이라는 사실을 알고 있는 남자의 일행들은 시내에게 관심이 쏠린 때를 틈타 가게를 빠져나가려다 도윤과 맞닥뜨렸다.

"어디 가십니까?"

다소 위협적이기까지 한 남자의 덩치에도 눈 하나 깜짝하지 않고 도윤은 남자의 어깨를 붙잡고 막아섰다.

"사람을 저 지경으로 만들었으면."

듣는 사람이 소름끼칠 정도로 차가운 도윤의 목소리였다.

"최소한."

키가 약간 더 큰 도윤이 고개를 숙여 남자의 얼굴 가까이로 무표정에 가까운 얼굴을 들이밀었다.

"사과는 하고 가야지."

"그럴 줄 알았어. 어쩐지, 처음부터 시비 거는 꼴이 이상하더라니."

터벅터벅, 파출소를 나서며 시내가 중얼거렸다. 그녀의 뒤로 희락과 도윤이 차례로 따라 나왔다. 앞서 걸어가던 시내가, 갑자기 획 뒤돌아서자 도윤과 희락이 흠칫 놀라 걸음을 멈추었다.

"동네 양아치들 주제에 의리랍시고 복수한 거야, 뭐야?"

처음부터 시비를 거는 듯한 말투와 가짜 술 운운하던 것까지 모두 계획적이었다. 그들은 지난번 두 번이나 가게의 술을 훔치러 왔던 도둑들과 어울려 다니던 동네 양아치들이었던 것이다.

"유치장에 가두는 게 아니라, 끌고 가서 가게 청소를 시켜야 하는 건데! 그걸 누가 치워!"

아직도 분이 덜 풀렸던지 파출소를 향해 고래고래 소리를 지르던 시내는, 앙칼진 시선으로 도윤을 쏘아보았다.

"아니, 와서 정리가 좀 되는가 싶었는데 거기서 왜 또 싸움을 일으키냐고! 왜!"

중간에 도윤이 끼어들기 전부터 희락의 꼴은 말이 아니었지만, 도윤이라고 해서 희락보다 더 나을 것도 없었다. 늘 단정하던 옷차림은 엉망으로 흐트러져 있었고, 타이는 아예 어디론가 사라져 버렸다. 눈가에는 생채기가 나 피가 말라붙어 있었고, 뺨은 부풀어 있었다.

"말려야 할 사람이 싸움을 더 크게 만드니?"

"그만 해."

뺨이 아픈지, 손목으로 살짝 누르며 도윤이 툭 내뱉었다.

"가게가 그 꼴이 됐는데……. 사장님한테 미안해 죽겠네, 진짜."

가게의 기물파손 문제로 아직도 파출소에 남아 있는 사장이 걱정되어, 시내는 떨어지지 않는 발걸음을 옮기려 애를 썼다. 시비를 먼저 건 쪽은 상대방이었지만, 두 번의 싸움 모두 희락과 도윤이 먼저 주먹을 날린 터라 보상받기는 어려워 보였다.

"그리고…… 달려들었으면 이기든지!"

희락과 도윤은 동시에 고개를 먼 산으로 옮겨놓았다.

"둘 다, 쪽팔리지도 않냐?"

소리를 지르다 맞은 뺨이 아픈지, 시내는 얼굴을 찌푸렸다.

가게로 돌아온 시내는 성한 것이 별로 없는 테이블이나 벨벳이 뜯긴 소파, 유리 조각들이 튄 바닥을 바라보며 긴 한숨을 내쉬었다.

"어째, 손님들한테 서빙하는 것보다 대청소하고 부러진 테이블 다리 치우고 소파 시트 가는 일이 더 많은 것 같아."

내 팔자야, 라고 중얼거리며 부러진 테이블을 한쪽으로 치우려고 들어올리던 시내는 그 속에서 더러워진 도윤의 타이를 발견하고 고개를 설레설레 흔들었다. 그리고 문가에 뻣뻣하게 서 있는 희락과 도윤을 향해 고개를 돌렸다.

"안 도와줄 거야?"

시내는 두 사람에게 다가와 손에 든 타이를 도윤에게 건네주었다.

"시내야…… 이 일 계속해야겠어?"

희락의 입에서 무슨 말이 흘러나올지 이미 예상하고 있었던 시내는 말없이 도윤을 바라보았다. 어깨를 으쓱거린 도윤이, 타이를 주머니에 쑤셔 넣고는 먼저 올라가보겠다며 뒤돌아섰다. 엘리베이터를 향해 걸어가는 도윤의 뒷모습을 바라보는 시내에게 희락은 다시 입을 열었다.

"지난번에는 도둑까지 들었다며, 또 오늘 같은 일이 다시 일어나지 말란 법도 없잖아. 술 마시러 오는 사람들 상대하는 거, 마음에 많이 걸려. 걱정이 돼."

"오늘 일보다 더한 일도 많았어."

희락을 안심시키려던 것이 오히려 더 그의 다짐을 굳건하게 하는 말이 되고 말았다. 안타까움으로 번진 희락의 얼굴을 바라보며 시내는 혀를 깨물고 싶은 심정이었다.

"호텔에 마련한 일 하면 안 돼? 그냥, 좀 편한 일 하라는 거. 그거 하나만 바라는데, 그게 그렇게 들어주기 힘든 부탁이야?"

"락아, 난."

"괜찮다는 말은 하지 마. 그래, 넌 괜찮을지도 몰라. 내가 싫단 말이야. 내가 싫다고."

제발……. 희락의 마지막 중얼거림에 시내는 무슨 말을 해야 할지 몰라 시선을 피해 버렸다. 그녀라고 해서, 좀 더 편하면서 쉬운 일을 하고 싶지 않은 것은 아니었다. 하지만 최소한 희락의 동정이 섞인 일자리는 피하고 싶었다.

"네가 잘살고 있으리라고 기대한 건 아니었어."

묵묵히 내뱉는 희락의 말에 시내는 다시 그에게로 시선을 돌렸다.

"부모님 돌아가시고, 빚 때문에 쫓기고 있었을 거고, 거동이 쉽지 않은 할머니까지 계셨으니까. 편안하게, 잘살고 있을 거라고 생각한다면 그건 내 욕심이었겠지. 그렇게 생각했다면 내 걱정만 덜어보려는, 내 속만 편해보자는 심정이었겠지."

"락아."

"내가 거기에 있어야 했는데, 곧장 네게 갔어야 했는데. 아무리 아버지라고 해도 붙잡을 때 곧장 뿌리치고 왔어야 했는데. 전화통화가 되지 않았던 그날 바로 돌아왔어야 했는데……. 네가 힘들게 살고 있을 거란 생각과 죄책감으로 잠이 안 오는 날이면…… 그래, 내 마음 편하자고 그런 생각들을 했었어. 너를 다시 만나게 되면, 최소한 고생했던 지난날처럼 살게 하지는 말자. 나를 만나서…… 마음도 편하게 몸도 편하게 살게 해주자 그렇게 결심했어, 시내야. 나, 나 자신한테 했던 약속 지키게 해줘."

어려웠다. 다시는 돌아가고 싶지 않은 시간들이었다. 도망치듯 떠났던 집, 희락이의 부재, 당장 먹고 살 일이 막막해졌던 그 기억을 떠올리면 지금도 시내를 두렵게 만들곤 했다. 열일곱 살의 조시내는 눈앞이 깜깜했고, 절망했었다. 하지만 그런 그녀를 점차 절망에서 건져 주었던 것은, 다시 만날 희락에게 부끄럽지 않은 사람이 되기 위한 다짐이었다.

"시내야, 돈을 주겠다는 것도 아니야."

오늘 같은 일은 아무렇지도 않게 넘길 수 있는 용기를 가지고.

"일자리일 뿐이라고."

웃으면서.

"부담 가지지 마."

밝게.

물끄러미 희락을 바라보던 시내는, 이내 빙긋 웃어 보였다. 그리고 애가 타는 희락의 어깨를 주먹으로 툭툭 두드렸다.

"생각해 볼게."

"정말? 긍정적으로?"

시내는 고개를 끄덕였다.

"그래. 아주, 긍정적으로. 그럼 됐지? 아, 피곤하다. 아무래도 청소는 내일 해야겠어. 너도 얼른 올라가서 쉬어야지. 오늘 욕조에 몸 푹 담그고 있어. 안 그럼 내일 아침에 손가락 하나도 꿈쩍 못할 테니까."

엘리베이터에서 희락이와 헤어지고 집에 들어서자, 거실 창 앞에 앉아 있는 도윤의 뒷모습이 눈에 들어왔다. 코트를 벗어 소파에 내던진 시내는 그의 곁으로 다가가 털썩 주저앉았다. 서재와 마찬가지로 한쪽 벽면이 모두 유리로 만들어진 거실 창밖으로 짙은 어둠이 깔려 있었다.

"어째, 별이 하나도 없냐."

중얼거리며 시내는 도윤을 흘낏 바라보았다.

"나."

그제야 도윤이 그녀를 바라보았다.

"그냥, 호텔에서 일할까 봐."

도윤은 시내에게 이야기를 잘해달라던 희락이 떠올랐다. 자신이 자리를 피해준 이후, 그 말이 오갈 것이라 짐작은 하고 있었다.

"생각없어 보이더니."

시내의 대답을 기다리지 않고 도윤이 말을 이었다.

"잘 생각했어. 편의점이나 가게에서 일하는 것보다는 힘들지는 않을 거고, 월급은 더 많을 테니까."

더 이상 시내가 입을 열지 않자, 도윤 역시 그 이야기를 다시 꺼내지 않았다. 자연스럽게 침묵이 이어지는 동안, 두 사람은 창밖으로 시선을 던졌다.

"큭."

내내 심각한 표정을 짓고 있던 시내가, 갑자기 익살스러운 표정을 지으며 몸을 일으켰다. 그녀의 웃음소리에 도윤은 고개를 들어 부엌으로 사라지는 시내를 물끄러미 바라보았다. 이내 부엌에서 나와 도윤의 옆에 자리 잡고 앉은 시내의 손에는 달걀 두 개가 쥐어져 있다.

"뭐야?"

시내가 자신에게 달걀 하나를 내밀자 도윤이 달걀과 시내의 얼굴을 번갈아 바라보았다.

"우리 둘 다, 아주 가관이다."

시내의 시선을 따라, 창밖으로 다시 시선을 던지던 도윤은 이내 그녀가 창밖이 아니라 유리에 비친 두 사람을 보고 있다는 사실을 깨달았다. 왼쪽 뺨의 윗부분이 똑같이 부풀어 올라 눈 주위가 뭉친 듯 퉁퉁 부어 있었다.

"최소한 사과는 하고 가야지."

도윤의 말투를 흉내내며, 시내는 낄낄거리며 웃기 시작했다. 민망해진 도윤은 달걀을 쥐고 애꿎은 뺨만 세게 문지르다 이내 짧은 신음 소리를 내뱉었다.

"그렇게 멋지게 말을 했으면 이겨야지."

"그 덩치랑 상대해서 이길 수 있는 민간인이 있을 것 같아?"

"자신없으면 덤비지를 말든지."

도윤 역시 주먹다짐을 막고, 경찰이 오기를 기다리려고 했었다. 하지만 정신도 못 차릴 정도로 얻어맞은 시내의 모습에, 순간 가슴 저 밑에서 뜨거운 응어리 같은 것이 불쑥 치솟아올랐다. 아무리 힘세고 빽빽거리는 시내라고 해도 여자는 여자인데, 남자가 맞아도 눈이 터질 것 같은 주먹으로 얻어맞았다고 생각하니 순간 이성의 끈이 풀리고 말았다. 도윤은 나름대로 그것을 의협심, 혹은 동거인에 대한 의리 정도로 정의 내리고 있었다.

"그 덩치가 하는 말 못 들었어?"

"무슨 말? 말을 하도 많이 해서."

"나더러 아저씨라잖아."

얼굴에 문지르고 있던 달걀을 손에 움켜쥐고, 시내가 어이가 없다는 듯 도윤을 바라보았다. 도윤은 그녀의 시선을 피하며, 달걀 문지르기에 여념이 없는 척 열심히 돌렸다.

"그래서 달려들었다고?"

"그래."

쯧쯧 혀를 차며 시내가 고개를 흔들었다.

"맞아, 맞아. 그렇지, 내가 깜빡했다. 이 사람 나사 하나 풀렸지. 낮에는 조이고 있다가 밤만 되면 풀리는 그 나사 좀 어떻게 해봐."

"너만 안 마주치면, 풀릴 리가 없다."

결국 두 사람 모두 작게 키득거리며, 다시 달걀을 얼굴에 문지르는 것으로 시간을 흘렸다. 문득 도윤은, 시내가 호텔에서 일을 하게 될지도 모른다는 사실을 새삼 떠올렸다. 어떤 일을 하게 될지는 모르지만, 하루가 멀다 하고 호텔을 드나드는 재희와 마주치지 않을 수가 없었다.

"내가 호텔에서 일을 하게 되어도 괜찮겠어?"

마치 자신의 생각을 읽어내기라도 한 듯 시내가 말을 꺼내자, 도윤은 순간 흠칫했지만 태연한 척 고개를 돌려 시내를 바라보았다.

"뭐가?"

"뭐, 이것저것. 재희 씨 문제도 있고. 그때 창립 파티 때문에 호텔 직원들 내가 다 여자 친구라고 알고 있을 텐데."

도윤은 어깨를 으쓱거리며 심드렁하게 대답했다.

"내 빽인가? 회장 아드님 빽인데 나랑은 상관없지. 내 신경은 쓰지 마. 그리고 재희는."

도윤은 잠시 말을 멈추었다.

"재희는…… 뭐. 하던 대로 해. 잘하잖아, 연기."

재희의 이름에 딱딱해진 도윤의 목소리를 의식하듯, 시내가 목소리를 드높여 장난스럽게 대꾸했다.

"내 연기야 일품이지. 그쪽 밥 타령 연기보다는 훨 낫지. 암."

"뭐?"

여차하면 내던질 수 있다는 듯 도윤이 들고 있던 달걀을 치켜들자, 시내가 얼른 자리에서 일어나 서재로 도망칠 자세를 취했다. 그러면서도 한 마디 덧붙이는 것도 잊지 않았다.

"이사라는 사람이, 쪽팔리게 그 얼굴로 어떻게 출근할래!"

와이셔츠 위에 타이를 매던 도윤은, 거울 속에 비친 자신의 멍 자국을 발견하고 얼굴을 찌푸렸다. 생각보다 멍이 심하지는 않았지만, 살짝 부어올라 누가 물어보면 아무런 일이 없었다고 대답하기는 곤란할 지경이었다. 아픈 곳은 얼굴뿐만 아니었다. 팔 근육은 움직일 때마다 욱신거렸다.

"고등학교 때도 안 해본 싸움을, 이 나이에……."

고개를 흔들며 침실에서 나오던 도윤은 이제 막 현관문을 들어서는, 시내를 발견하고 우뚝 멈추어 섰다. 이게 다 시내 때문이라는 생각에, 도윤의 못마땅한 시선이 자연스럽게 시내에게로 향했다.

"아침부터 왜 그렇게 쳐다봐? 자, 이거."

부엌에 들어선 도윤은 도시락을 식탁 위에 올려놓고, 분홍색 보자기를 풀어 헤치기 시작했다. 고소한 참기름 냄새가 도윤의 허기를 자극하고 있었다. 아침 식사는 늘 거르는 것이 습관처럼 되어버렸는데, 도시락을 먹기 시작하면서 신기하게도 똑같은 시간에 배고픔을 느끼게 된다.

"이 도시락 놓고 가는 사람 봤어?"

도윤이 서재를 향해 목을 길게 빼고 물었다.

"응?"

도윤의 목소리가 잘 들리지 않았는지, 대답이 없던 시내가 서재에서 나와 부엌에 들어서며 되물었다. 몇 시간 잠을 자지 못했을 텐데도, 시내는 생기가 넘쳤다. 방긋방긋 웃는 시내의 얼굴에 든 시퍼런 멍 자국에, 도윤은 큭 하고 웃음을 터뜨렸다.

"왜 웃어?"

"네 얼굴. 팬더가 와서 형님이라고 부르겠다."

손가락 자국까지 찍혀 누가 봐도 주먹질에 생긴 멍 자국이라는 눈치 챌 수 있을 것 같았다. 시내는 손바닥으로 자신의 뺨을 스윽 문지르며, 가늘게 실눈을 뜨고 도윤을 바라보았다.

"지금 웃을 입장이 아닌 건 알고 있지? 밥이나 먹어."

"아참, 이 도시락 놓고 가는 사람 혹시 봤어?"

물을 꺼내기 위해 냉장고를 향해 걸어가던 시내가 도윤의 물음에 몸을 움찔거렸다. 하지만 이내 태연스럽게 손을 뻗어 냉장고 문을 열고 물병을 꺼내 들었다.

"왜?"

"그냥. 경력 십 년인 아줌마가 만드는 도시락이라고 하는데, 배달은 누가 하나 싶어서."

순간 뜨끔한 시내는 찬물을 단번에 들이켰다.

"여자."

"그래?"

아이처럼 설레는 표정으로 도시락 뚜껑을 여는 도윤을 바라보며 시내는 그의 맞은편 자리에 앉아 턱을 괴었다. 조금 전 뜨끔한 표정은 온데간데없이 사라지고, 시내의 얼굴에는 장난기가 가득했다.

"되게 젊고 예쁘던데?"

찰진 밥알을 씹으며 만족스런 표정을 짓던 도윤이 '그래?' 라고 건성으로 되물었다.

"밥도 입맛에 딱 맞춰 해주고, 젊고, 예쁘고. 데리고 살면 좋겠지?"

아침부터 웬 실없는 소리냐는 듯, 도윤이 눈썹을 치켜떴다. 그리고 숟가락을 내려놓으며 식탁 한쪽에 밀쳐 놓았던 분홍색 보자기를 붙잡고 시내의 눈앞에 흔들어 보였다.

"다른 건 마음에 드는데, 센스가 좀 모자란 듯싶다."

"그게 뭐 어때서? 정감있고 좋구만!"

"솔직히 촌스럽다, 분홍색 보자기."

짐짓 진지한 도윤의 목소리에 푸른 멍 자국이 선명한 시내의 뺨이 실룩거렸다.

"혹시 알아? 뭐, 옛날에 할머니가 도시락을 싸주는데 꼭 분홍색 보자기에 싸줬었던 그런 추억이 있는지. 아, 몰라. 하여간 말참…… 정없이 하는 데는 뭐가 있다니까. 촌스럽다니."

"그런데 네가 화를 왜 내? 누가 너한테 촌스럽다고 그랬나?"

밥이나 먹으라며 자신의 손에서 보자기를 휙 빼앗아가는 시내의 행동에 도윤은 코끝을 찡그렸다. 별일이 아닌데 오버해서 화를 낸다, 만나면 그냥 넘어가는 법 없이 투닥거리게 되는 이유가 다 시내에게 있다고 생각하며 도윤은 다시 수저를 집어 들었다.

"어제 새벽에 가게 사장한테서 전화 오는 것 같더니."

거실에서 일을 하다가, 어렴풋이 서재에서 들려오던 시내의 전화 통화 목소리를 떠올려 낸 도윤이 물었다. 고개를 끄덕인 시내는 한숨을 내쉬며, 손가락으로 뺨을 살짝 긁적거렸다.

"가게 완전히 엉망이잖아. 지난번 도둑 들었을 때는 대충 떼우고 넘어갔는데, 이번에는 테이블하고 소파 갈아야 하니까 이참에 인테리어까지 손을 본다고 얼마간 휴업."

도윤은 시내를 흘낏 바라보며, 입을 열었다.

"어차피 호텔 일 하게 되면 그만두어야 하잖아. 편의점도 같이."

"그렇긴 하지. 잘되었는지도 모르겠어. 공사하는 동안 아르바이트생 구할 수 있으니까. 쩝, 어쨌든 간에 졸지에 나 일자리 잃었어."

시내는 혀를 쏙 내밀어 보였다. 피곤한지 하품을 하며 늘어지게 기지개를 켜는 시내의 모습에 도윤이 혀를 쯧쯧 찼다.

"가서 잠이나 자. 밥에 눈곱 떨어질까 겁난다."

또다시 하품을 하면서도, 시내는 여전히 붙박이처럼 도윤의 앞에 버티고 앉아 있었다. 손가락으로 식탁 위를 긁기도 하고, 밥을 먹는 도윤의 모습을 물끄러미 바라보기도 하고, 고개를 완전히 식탁에 파묻기도 하며 시간을 보낸 시내는 도윤이 식사를 끝내자마자 식탁에서 몸을 일으켰다.

"으으, 난 편의점 가기 전에 잠깐 눈이나 붙여야겠다."

가라고 할 때는 가지도 않더니, 도시락 뚜껑을 닫고 수저를 개수대에 넣으며 물을 틀던 도윤은 차가운 물줄기가 손등 위로 떨어진 순간, 고개를 돌려 서재로 사라지는 시내의 뒷모습을 바라보았다.

자신이 식사를 끝낼 때까지, 함께 자리를 지켜준 것이다. 도윤은 흐르는 물에 수저를 씻어 올려놓으며, 피식 웃음을 터뜨렸다. 하지만 곧이어 찾아든, 멍이 든 뺨의 통증에 얼른 웃음을 거두었다.

"나! 나나나! 나나나나나나! 쫘아! 나! 나나나! 나나나나나나! 쫘아!"

한쪽 손에는 청소기를 밀며, 나머지 한 손으로는 우스꽝스러운 제스처까지 취해가며 유행하는 노래와 춤을 따라하던 시내는 도윤의 침실 안으로 들어섰다.

"뭐야, 청소할 것도 없잖아."

여전히 썰렁하기 그지없는 침실, 밤에 잠을 잤는지조차 의심스러울 정도로 주름 한 점 없이 깔끔한 침대 시트까지. 시내는 청소기를 붙잡은 채 침실을 들여다보며 얼굴을 찌푸렸다. 이내 윙잉잉, 요란하게 돌아가는 청소기 소리와 시내의 흥얼거리는 노랫소리로 싸늘하리만치 허전했던 도윤의 침실이 금세 생기가 돌았다.

구석구석 있는 먼지, 없는 먼지를 쓸어낸 후, 돌아서 방을 나서려던 시내는 문득 걸음을 멈추고 침실을 돌아보았다.

킁, 킁. 점점 익숙해지고 있어 깨닫지 못했던 향기가 시내의 코끝에 아스라이 맴돌았다. 돈 삼십만 원에 호텔 창립파티에 가게 되었던 그날, 추위와 긴장으로 온몸이 꽝꽝 얼어버렸던 그때, 도윤의 사무실 안에 부드럽게 스며 있던 그 향기는 참 따듯했고 기분이 좋았다.

"남자들이 향수 뿌리는 거 꼴불견이라고 생각했는데. 뭐, 나름대로 괜찮네요."

"난 향수 안 뿌리는데."

향수도 뿌리지 않으면서, 어떻게 이렇게 좋은 냄새가 가는 곳마다 배일 수가 있는 거지? 시내는 손등을 들어올려 자신의 몸에서 나는 냄새를 맡아보았다. 그것도 모자랐는지 팔과 옷까지 들춰 냄새를 맡아보았으나, 도윤의 향기처럼 좋은 냄새는 나지 않았다.

"스킨을 좋은 걸로 쓰나?"

고개를 갸우뚱거리며 도윤의 침실을 나선 시내는 청소기를 내려놓고, 다용도실을 청소하기 위해 발걸음을 돌렸다. 그때 테이블 위에 올려놓은 휴대전화기의 단음 벨소리가 요란스럽게 울렸다.

"여보세요."

[나야, 시내야.]

전화기에서 흘러나오는 희락의 목소리에 시내의 얼굴이 단번에 환해졌다.

[어디야?]

"집이지. 넌?"

[나도.]

시내의 눈이 동그랗게 커졌다.

"출근 안 했어?"

[토요일이잖아. 왜? 민 이사님은 출근했어?]

하여간 못 말리는 일 벌레, 중얼거리며 고개를 끄덕이던 시내는 이내 통화 중임을 떠올리고 대답했다.

"응."

[잠깐 산책 나갈까 생각 중인데, 같이 가자. 시간 괜찮겠어?]

"그럼, 로비에서 보자."

희락은 다정하게 덧붙이는 말도 잊지 않았다.

[따듯하게 입고 나와.]

전화를 끊고 나서 곧장 코트를 집어 든 시내는 현관으로 달려가 집을 나섰다. 로비에서는 이미 희락이 먼저 나와 기다리고 있었다. 엘리베이터에서 내리는 시내의 모습을 발견한 희락이 환하게 미소를 지으며 손을 살짝 들어 보인다.

"어디로 갈까?"

"여기 길 건너에 작은 공원 있어."

건물을 나서자 제법 찬 공기가 습격하듯 몰려들었지만, 한기가 느껴질 정도가 아니라서 오히려 상쾌했다. 오피스텔에서 멀지 않은 공원으로 걸음을 옮기며, 시내는 자신이 지금 희락과 함께 있다는 사실이 믿기지 않아 자꾸만 그를 올려다보았다. 그런 시내의 시선을 부드럽게 감싸주며 가만히 웃기만 하던 희락이 먼저 입을 열었다.

"뭐 하고 있었어?"

"청소. 편의점까지 그만두고 나니까 할 일이 없어서."

"응. 참 오늘 누나가 집에 오기로 했어."

아, 중얼거리듯 대답하던 시내는 짐짓 가슴을 쓸어내리는 시늉을 해 보였다.

"다행이다."

"뭐가?"

"아무리 피가 섞인 누나라고 해도, 열일곱 살이 되어서야 처음 만나게 되었는데. 겉돌지 않고 피하지 않고, 재희 씨가 너의 가족이 되어준 것 같아서."

시내의 말에 희락은 빙긋 미소를 지었다.

"참! 나 호주에 있을 때 누나가 호주로 오기도 했었는데, 그때 난 누나가 오는 이유가 나 때문이 아니라 민 이사님 때문이라고 생각했었어."

"그게 무슨 말이야?"

"난 한국 들어올 때까지 민 이사님을 뵌 적이 없지만, 민 이사님이 잠깐씩 호주 메르디안 호텔에서 근무했다고 들었거든. 누나가 호주에서 친구를 만난다고 했는데, 그게 민 이사님이었어. 호주까지 찾아와 만나는 친구니 보통 사이는 아닐 거라고 짐작했었는데…… 얼마 후에 누나가 한국에서 다른 남자와 결혼을 했거든."

결혼! 시내의 눈이 동그랗게 커졌다.

"그래서 뭐, 아 사귀었던 것이 아니구나, 했었지."

그럼, 다른 남자와 결혼하기 위해 그 당시 도윤을 버렸던 걸까? 시내의 얼굴이 일그러지기 시작했다. 그래 놓고서, 도윤과 다시 한 번 잘해보겠다고 자꾸 그 사람 앞에 나타나는 건가? 그제야 시내는 가짜 여자 친구까지 만들면서 재희에게서 벗어나고 싶어하던 도윤의 마음이 이해가 되기 시작했다.

두 사람은 토요일 오후를 산책으로 느긋하고 여유롭게 시간을 보내는 사람들 사이로 걸음을 옮겼다. 시내는 애써 아무렇지도 않은 듯한 목소리로, 장난처럼 희락을 향해 입을 열었다.

"은경 씨, 사랑하니?"

예상하지 못했던 시내의 질문에 희락의 하얀 얼굴에 홍조가 떠올랐다.

"사랑이라…… 잘 모르겠어."

모르겠다는 희락의 말에 시내는 우뚝 걸음을 멈추었다. 그리고 혼잣말처럼 중얼거렸다.

"모르겠다고?"

"은경이를 좋아해. 내가 힘들 때마다 외로울 때마다 슬플 때마다 늘 곁에 있어줬고 나도 은경이가 힘들 때, 외로울 때, 슬플 때 곁에 있어주고 싶다는 생각을 했어. 그것만으로 우리는 평생을 함께 할 수 있는, 서로에게 좋은 사람이 아닐까…… 생각하고 있어. 아, 널 다시 만나게 되니까 좋은 점이 또 있었네. 이렇게, 아무에게도 할 수 없었던 내 마음속 이야기들을 할 수 있는 사람이 생겼다는 것."

천천히 걸음을 옮기던 희락은, 여전히 그 자리에 우뚝 서서 움직일 줄 모르는 시내를 뒤돌아보았다. 그리고 어서 오라는 듯 미소를 지어 보이고는, 한 발자국 떨어진 곳에서 그녀에게 손을 내밀었다.

"그만 돌아가자. 누나가 와 있겠어."

희락이 내민 손을 물끄러미 바라보던 시내는, 이내 찬 공기에 서늘해진 손을 들어 희락의 따듯한 손과 마주 잡았다.

어린 시절의 그날처럼, 추억에 젖은 듯 손을 잡고 오피스텔로 걸어가는 두 사람의 얼굴에는 어느새 평온을 되찾았다. 희락의 걸음에 맞추어 시내는 살짝 뛰어보기도 하고, 희락이 시내의 걸음에 맞추어 걸음을 늦추기도 했다.

"누나도 오는데, 오늘 우리 집에서 술 한 잔 할 거지?"

"응? 아, 그래. 그래야지."

로비로 들어서며, 시내는 얼른 떨떠름한 표정을 지워 버리고 옅은 웃음을 지어 보였다. 하지만 그것도 잠시뿐, 엘리베이터 문이 열리면서 주차장에서 함께 올라온 듯한 도윤과 재희를 발견하고 시내의 표정은 굳어버렸다.

"누나, 민 이사님. 두 사람 같이 왔네요?"

"오다가 만났어."

결혼! 예쁘장한 재희의 얼굴을 확! 한 대 쳐버리고픈 충동을 애써 억누르며 시내는 희락의 손을 놓고서 얼른 엘리베이터에 올라탔다. 그리고 도윤의 팔에 자신의 팔을 슬그머니 끼워 넣었다. 도윤과 재희의 시선이 동시에 도윤의 팔을 붙잡은 시내의 손으로 향했다.

"토요일인데도 일하고, 피곤하지?"

"조금."

보란 듯이 재희를 향해 시내는 빙긋 미소를 지어 보였다.

"오빠와는 주차장에서 만났나 봐요?"

하지만 얄밉게도 재희의 얼굴에는 여전히 여유있는 웃음이 머물고 있었다.

"네. 희락이와 다정하게 손까지 잡고, 어디 다녀오는 모양이에요?"

"산책 다녀왔어."

시내 대신 희락이 대답하는 순간, 엘리베이터가 육층에서 문이 열렸다. 시내의 팔이 걸려 있는 통에, 어색하게 어기적거리듯 엘리베이터에서 내린 도윤이 뒤돌아서 희락과 재희를 바라보았다.

"난 좀 피곤한데. 오늘은 노희락 씨 이사한 집 보러 왔으니까, 놀다가 돌아가."

도윤의 말에 재희가 뭐라고 대답할 겨를도 없이, 시내가 얼른 그의 말을 바꾸었다.

"아니요!"

도윤의 팔을 더욱 꽉 붙들어 매며, 시내는 말을 이었다.

"이따가 올라갈게요. 같이 술 한 잔 해요, 우리. 그런데 언제 올라갈지는 모르겠네요. 우리는, 둘만 집에 있으면 왜 그렇게 시간 가는 줄 모르는 건지. 그렇지, 오빠? 그럼 나중에 봬요. 나중에 봐,

락아."

엘리베이터 문이 닫히기 전에, 입술을 질끈 깨무는 재희의 얼굴을 확인한 시내는 통쾌한 웃음을 터뜨렸다. 탁, 문이 닫히자마자 시내의 손길을 뿌리친 도윤은 그녀의 웃음소리에 고개를 흔들었다.

"너 왜 그래?"

"내가 뭐?"

"그렇게 가고 싶으면 너 혼자 노희락 씨 집에 가."

현관문을 열고 들어서는 도윤을 따라 집 안에 들어간 시내는 얼굴을 잔뜩 찌푸리고, 침실에 들어가는 직전의 도윤을 붙잡았다. 재킷이 늘어질 듯 꽉 움켜쥔 시내의 손과 그녀의 얼굴을 번갈아 바라보던 도윤은 이내 재킷까지 벗어버렸다.

"이따가 같이 올라가."

"그럼 너도 올라가지 마. 나중에 물어보면, 집에서 둘이 노느라 시간 가는 줄 몰랐다고 하면 되잖아."

그의 타박에도 불구하고 침실 문가에 서서 타이를 풀어내는 도윤을 바라보는 시내의 시선은 부담스러우리만치 동정의 빛이 역력했다. 졸지에 자신이 사랑하는 여자를 다른 남자에게 빼앗겨 버린 비련의 남자 주인공이 된 까닭을 알 리 없는 도윤은 무심하게 시내를 방에서 쫓아내려 했다.

"안 나가? 나 옷 갈아입을 거야."

"올라가. 올라가서, 재희 씨 앞에서 당당하게 연애 한번 해보자고."

"지금도 충분해. 오버하지 마."

도윤은 시내의 등을 떠밀었다. 그리고 문을 닫아버리려는 찰나, 시내의 말에 도윤은 흠칫 놀라 그녀를 바라보았다.

"같이 안 올라가면, 나 혼자 올라가서 다 이야기해 버린다. 우리 아무것도 아니라고. 나 돈 주고 여자 친구 역할 하게 한 거라고. 서른하나에, 호텔 이사라는 사람이 원조도 아니고 돈으로 여자 친구나 사고 말이야. 사람 꼴 진짜 웃기게 되겠다. 그치?"

"너!"

"싫음 같이 올라가."

시내를 죽일 듯 노려보던 도윤은 이내 어쩔 수 없이, 이를 갈며 문을 꽝 닫아버렸다. 방 안에서 들려오는 투덜거림을 무시한 시내는 만족스러운 결과에 콧노래를 흥얼거리며 소파에 앉았다.

도윤을 남겨두고 훌쩍 시집을 가버렸다는 노재희! 배신당한 민도윤! 한 편의 드라마처럼 시내의 머릿속에 무한한 상상을 불어넣었다. 시내는 굳게 닫힌 도윤의 침실 문을 바라보며 가볍게 고개를 흔들었다.

"쯧."

"이게 뭐야?"

집 안으로 들어서는 시내와 도윤을 맞으며 희락이, 시내의 손에 들린 커다란 봉투를 받아 들었다. 달그락, 병들이 부딪치는 소리에 봉투를 열어보자 소주가 대여섯 병이 담겨 있었다. 현관에서부터 약간은 못마땅한 표정을 짓고 있던 도윤을 바라보며 희락이 다시 물었다.

"웬 술이에요?"

도윤은 시내를 향해 고갯짓을 했다. 그녀가 사 온 것이라 자신은 잘 모르겠다는 뜻이었다.

"지난번에 보니까, 재희 씨는 와인을 좋아하시는 것 같은데. 난 이 소주 체질이거든."

구조는 똑같은 오피스텔이었지만 희락의 집은 조금 더 활기가 넘쳤다. 은경의 손길이 구석구석 닿았을 것이 분명했다. 희락은 소주 병들을 거실 한쪽에 만들어놓은 미니 바 위에 올려놓았다. 그곳에서는 이미 재희가 앉아 와인 잔을 쥐고 있었다.

소주 병을 봉투에서 꺼내며, 희락은 고민스러운 표정을 지어 보였다.

"그런데 소주에 안주할 거리가 없는데, 어쩌지?"

희락의 물음에 시내의 대답은 명쾌했다.

"만들면 되지. 냉장고에 뭐 있어?"

적당한 것이 있을지 모르겠다며, 시내와 함께 부엌으로 사라지는 희락의 뒷모습을 바라보던 도윤은 자신에게 와인을 담긴 잔을 내미는 재희에게로 다시 시선을 돌렸다. 그녀에게서 잔을 받아 들어 바에 앉기는 했지만 술잔을 입에 대지는 않았다.

"왜? 시내 씨와 함께 있다 보니 취향이 소주로 바뀐 거야?"

"몰랐어? 난 원래 소주 좋아해. 너와 함께 있을 땐, 네가 마시지 않으니까 나도 마시지 않았던 것뿐이야."

차가운 도윤의 말에 순간 재희의 눈빛이 흔들렸다. 그렇지만 이내 평정을 되찾고 손가락 사이에 쥔 와인 잔을 가볍게 돌렸다. 붉은 기가 도는 액체가 출렁거리는 것을 보며 도윤은 자신의 잔을 내려놓았다.

"그런가? 난 너에 대해서 다 안다고 생각했는데, 그렇지도 않은가 봐."

네가 보고 싶고, 알고 싶어하는 부분만 잘 아는 거겠지. 도윤은 그 말을 목구멍 안으로 삼켜 버렸다. 재희는 요란하게 음식을 만들며 깔깔대는 웃음소리가 터져 나오는 부엌을 고갯짓으로 가리켰다.

"두 사람, 잘 어울리지 않아?"

도윤의 입꼬리가 비꼬듯 치켜 올라갔다.

"은경 씨가 들으면 섭섭해할 이야기네."

"그만큼 떨어져 지냈으면, 잊고 지내도 될 만한데. 그렇게 서로를 그리워하고 찾고 싶어했다잖아. 뭐, 지금은 친구라고 남매 같은 사이라고 말하기는 하지만 앞으로는 어떻게 될지 모르는 거 아니겠어?"

재희의 말에 도윤 역시 부엌을 흘낏 바라보았다. 무엇을 만드는지, 냉장고 문이 열렸다 닫혔다 도마를 꺼내었다가 넣었다가 정신없고 분주한 소리가 연방 들려왔다. 간혹 희락과 시내의 즐거운 듯한 목소리가 들려왔지만, 무슨 이야기를 나누는지는 정확히 들리지 않았다.

도윤은 재희를 향해 빙긋 웃으며 고개를 살짝 비틀었다.

"노희락 씨와 시내가 앞으로 어떻게 될지도 모른다라……. 내가 시내 옆에 있는데, 그런 일이 일어날까?"

"누군가 옆에 있다고 해서, 감정이 막아지는 건 아니잖아?"

"누가 옆에 있는지가 중요하겠지."

어디서 그런 자신감이 흘러나왔는지, 도윤 자신도 믿기지가 않았다. 부엌에서 나오는 희락과 시내를 바라보며, 도윤은 무뚝뚝하지만 단호한 목소리로 말을 이었다.

"네가 아는 내가 어떤 사람인지는 모르지만, 이제 나 그렇게 만만하게 내 사람을 빼앗기는 그런 남자 아니야."

그 말은 과거 재희를 사랑했던 사실마저도 부인하는 말과 다름없었다. 붙잡아주길 바라며 자신을 바라보던 재희를 다른 남자와 결혼하던 그 순간까지도 외면해 버렸던 도윤이었다. 그런 그가 지금은 빼앗기지 않겠다고 말하고 있었다. 재희는 가느다란 손목에 핏줄이 솟을 정도로 세게 와인 잔을 붙잡았다.

"소주 안주에는 역시 매콤한 국물이 최고지."

김치와 참치를 넣어 만든 찌개 냄비를 그다지 어울리지 않는 은빛 미니 바 위, 와인 병 옆에 올려놓으며 시내는 완전히 굳어버린 재희와 도윤의 분위기를 눈치 챘다. 희락과 시내마저 바에 앉자, 네 사람은 창을 등지고 나란히 앉은 모습이 되었다. 시내는 도윤과 희락의 잔에 소주를 따르고 자신의 잔에도 넘치듯 가득 따랐다. 그리고 잔을 가볍게 치켜들었다.

"락이의 독립을 축하하며!"

"고마워."

빙긋 웃으며 시내의 말을 받던 희락은, 여전히 싸늘한 도윤과 재희의 태도에 눈을 크게 떴다. 재희는 미동도 없이 와인 잔을 노려보고 있었고, 도윤은 시내가 따라놓은 소주잔을 집어 들어 단번에 입 안으로 털어 넣었다.

"누나, 민 이사님이랑 싸웠어?"

"아니."

시내가 미처 도윤의 빈 잔을 채우기 전에, 도윤이 자신의 손으로 직접 술을 따라 다시 마셨다. 이번에도 남김없이 모두 털어 넣은 것을 바라보며, 시내의 표정도 찌푸려졌다.

"천천히 마셔. 국물도 좀 떠먹구."

시내는 도윤의 손에 숟가락을 쥐어주었다. 쉽게 풀어지지 않는 딱딱한 분위기가 어색했던지, 희락이 소주잔을 집어 들었다. 그리고 시내와 함께 지냈던 옛날이야기를 화제 삼아 입을 열었다.

"시내야 기억나? 우리 중학교 때, 아줌마 몰래 부엌에서 소주 훔쳐 먹었던 것 말이야."

아무런 말 없이 소주만 연거푸 마시는 도윤을 걱정스런 눈으로 지켜보던 시내는 희락의 말에 고개를 끄덕였다.

"그럼."

희락은 아직도 눈에 선한 그때 일을 그리고 있는지, 잠시 허공에 시선을 멈추었다. 하지만 이내 도윤에게로 고개를 돌리며, 빙긋 미소를 지어 보였다.

"민 이사님, 그때 시내가 얼마나 웃겼는지 모르시죠? 술에 취해서, 얼굴이 벌게진 채로 방으로 엉금엉금 기어가서 곧장 곯아떨어졌다니까요."

"그랬어요?"

희락의 말에 대꾸를 하긴 했지만 도윤의 목소리에는 흥미가 없는 듯했다. 그가 혼자서 비워낸 소주 병이 한쪽이 치워지고, 어느새 새 소주 병을 옆에 세웠다. 가게에 자주 올 때부터 술을 즐겨 마신다는 것은 알고 있었지만, 늘 한두 잔뿐이던 그가 걱정스러울 정도로 술잔을 기울이는 것을 보며 시내는 희락의 말이 귀에 들어오지 않았다.

"아줌마, 아저씨한테 들키면 안 되는데, 숨을 쉴 때마다 술 냄새가 방 안에 퍼져서 그 냄새 없애느라 한겨울에 창문 열고, 선풍기 틀고 뛰어다니던 것만 생각하면……."

희락의 말을 잘라내며, 재희가 몸을 일으켰다.

"나 먼저 일어나야겠어."

"벌써?"

희락과 시내가 동시에 그녀를 따라 일어났지만, 도윤은 그녀에게 눈길도 주지 않은 채 여전히 소주잔만 바라보며 앉아 있을 뿐이었다. 그런 도윤을 내려다보는 재희의 눈길은, 미처 하고 싶은 말을 다 하지 못했다는 듯 답답해 보였다.

"도윤이가 나한테 화가 난 게 있는 모양이야. 술 그만 마시게 하려면, 내가 일찍 사라져 주는 게 좋을 것 같아서."

그제야 도윤이 고개를 들어 재희를 바라보았다. 안주도 없이 갑자기 소주를 쉴 틈 없이 들이켜서 그랬는지, 도윤의 눈이 붉게 충혈되어 있었다. 재희를 향한 그의 시선이 어찌나 무시무시했던지 시내는 그가 무슨 말을 꺼낼지 더럭 겁이 날 정도였다. 하지만 도윤은 끝내 재희에게 아무런 말도 하지 않고 고개를 돌려 버렸다.

"그럼, 다음에 또 봐요. 조시내 씨."

"네."

재희가 먼저 자리를 떠났지만 그렇다고 분위기가 바뀐 것은 아니었다. 결국 도윤은 혼자서 소주 세 병을 금방 비워 버렸고, 시내는 그런 그를 물끄러미 바라볼 뿐이었다.

"괜찮아?"

시내의 목소리에 얼굴까지 새빨개진 도윤이 피식 웃음을 터뜨리며 손을 내저어 보였다. 그것이 괜찮다는 뜻인지, 괜찮지 않다는 뜻인지 아니면 상관하지 말라는 건지, 신경 쓰지 말라는 뜻인지는 알 수 없었다.

"난 그만…… 먼저 가서 쉬어야겠어."

"같이 가."

비틀거리며 일어나는 도윤의 팔을 붙잡으며 시내도 몸을 일으켰다. 하지만 도윤은 시내의 손을 떼어놓았다. 억지로 웃어 보이려는 도윤의 표정은, 술기운에 달아오른 얼굴로 인해 안쓰러울 지경이었다.

"아니야. 옛날이야기 하면서…… 노희락 씨와 좀 더 놀다가 와."

취한 것이 분명했지만, 그것을 숨기려고 그가 얼마나 노력하고 있는지 시내는 그의 조심스러운 걸음걸이로 눈치 챘다. 힘들게 현관까지 걸어간 도윤은, 이내 문밖으로 모습을 감추었다. 자리에 도로 앉던 희락은, 시내가 여전히 현관을 향해 몸을 돌린 채 서 있는 것을 올려다보았다.

"미안해, 락아."

시내는 한쪽에 벗어둔 코트를 집어 들었다.

"오빠가 많이 취한 것 같아서, 내가 내려가야 할 것 같아."

섭섭한 표정의 희락을 향해 미안하다는 듯 웃어 보인 후, 시내는 황급히 희락의 오피스텔을 빠져나왔다. 엘리베이터를 타고 집으로 돌아오는 동안 시내는 짧은 한숨을 내쉬었다.

재희가 얄미워서, 화가 나서 그녀 앞에서 도윤과의 다정한 모습을 보여주고 싶어 그를 끌고 올라왔지만 자신이 잘못 생각했던 것인지도 모른다. 재희와 마주하는 것이 고역일지도 모를 도윤을, 내켜하지 않는 그를 억지로 데리고 와서 결국 이렇게 취하게까지 만든 것은 재희가 아니라 자신의 탓이었다.

아무렇게나 내던져 놓은 듯한 신발을 한쪽으로 치워놓고 현관에 들어섰다. 허물처럼 벗어놓은 외투가 거실 한쪽에 떨어져 있었고, 침실 문은 열려 있었다. 시내는 술 냄새가 진동을 하는데도 가시지 않는 도윤 특유의 향기를 맡으며 침실로 들어갔다. 덩그러니 놓인 침대에, 역시나 덩그러니 엎드려 누워 있는 도윤의 널찍한 등이 눈에 들어왔다. 완전한 무방비 상태로 드러난 그 뒷모습이 유난히 쓸쓸하고 외롭게 느껴진다.

"……미안해."

잠이 든 것은 아니었는지, 시내의 목소리에 도윤의 등이 움찔했다.

"내가 억지로 함께 가자고 해서. 내켜하지도 않았는데."

이 방만큼이나, 덩그러니 놓인 침대만큼이나 아무것도 없어 보이는 도윤의 뒷모습은 시내의 마음을 착잡하게 만들었다. 시내는 천천히 걸음을 옮겨, 침대 머리맡에 앉았다. 눈을 뜨지 않은 도윤의 입술 사이에서 술 냄새가 섞인 가느다란 한숨이 터져 나왔다. 그리고 묵묵히 이어진 도윤의 목소리.

"네 잘못이 아니야."

엎드려 있어서 그랬는지, 아니면 잠시나마 잠이 들었다 깼기 때문인지 도윤의 목소리가 두 줄기로 갈라져 나왔다.

"뭐가 그렇게 괴로운지, 물어봐도 돼?"

물어보기는 했지만 시내는 '아니' 라는 도윤의 대답을 예상하고 있었다. 하지만 도윤은 아무런 말도 하지 않았다. 시내는 그것을 물어봐도 된다는, 예스라는 대답이라고 생각했다.

"뭐가 그렇게 괴로워?"

길고 짙은 검은 속눈썹이, 파르르 떨리는가 싶더니 도윤이 천천히 눈을 떴다. 몇 번의 깜빡임, 그리고 두 눈은 다시 감겼다.

"아직도…… 재희 앞에서 초라함을 느끼는 나 자신."

한 번 다친 상처가 아물지 않은 것, 그래 놓고 아문 척 지낸 것, 곪아가고 있는 것을 모른 척한 것. 다시는 다치고 싶지 않아서, 그런 상처를 받고 싶지 않아서 곪아 터져 버렸는데도 불구하고 여전히 모른 척하고 있는 것. 이 모든 것이 도윤의 가슴을 짓누르는 괴로움이었다.

"절대 아니야."

도윤은 단호한 시내의 목소리에 다시 눈을 떴다.

"뭐가?"

"초라하지 않다고. 내가 보기에, 초라한 건 재희 씨 쪽이지. 절대로 아니야. 왜 초라해? 하나도 안 초라해. 당당하고, 멋지고, 좋은 사람이야. 그저 지금은, 지금은 가슴에 남은 게 조금 있어서…… 아프게 하는 것뿐이야."

십 년 세월 동안, 희락이를 그리워하면서 생겨 버린 사랑보다 깊은 내 감정처럼 말이야. 희락이를 사랑했다기보다 누군가 기다릴 사람이 있다는 사실이 기쁘고 위안이 되기 때문에, 나 스스로 만들어놓은 사랑 비슷한 감정이 가슴에 남아 있어서 그래. 사랑이 아니기 때문에 힘들지 않은 것은 아니니까. 사랑이라고 생각하며 지내온 시간만큼, 사랑 때문에 괴로워하는 것처럼, 사랑 비슷한 것도 그렇게 힘들게 하니까.

"더 이상 재희 앞에서 그런 느낌 받고 싶지 않아. 더 이상은……."

시내는 손을 뻗어, 도윤의 등을 가만히 쓸었다. 외로운 사람에게 보내는 위로의 손길은 보내는 사람도 받는 사람도 심장을 울렁거리게 만들었다. 너무나 오랫동안 혼자였던 가슴이, 익숙하지 않은 다른 사람의 손길에 놀랐기 때문인지도 모른다. 하지만 손길이 만들어놓는 따스한 바람은 심장을 어루만지고 위로하고, 또 위로한다. 괜찮아. 괜찮아. 괜찮아 라고.

"괜찮아, 괜찮아질 거야."

등을 쓰다듬는 손길은 두 사람을 하나의 실로 엮어놓은 듯했다. 도윤은 눈을 뜨고 머리맡에 앉은 시내를 바라보았고, 시내 역시 도윤을 내려다보았다. '괜찮아' 라고 중얼거리던 시내는 충혈된 그의 눈을, 눈물을 참느라 달아오른 코끝을, 살며시 벌어진 그의 입술을 바라본다.

"괜찮아."

자신이 무슨 짓을 하고 있는지, 시내는 고개를 숙이면서도 자각하지 못했다. 도윤의 입술에 자신의 작은 입술을 맞추는 순간, 따스한 온기와 소주의 알싸한 향이 훅 덮쳐 왔다. 그제야 시내는 자신의 행동을 깨닫고 몸을 빼고 싶었지만, 맞닿은 도윤의 입술은 눈물이 날 만큼 부드러웠다.

"아."

시내는 겨우 입술을 떼어내었지만, 도윤의 치켜뜬 눈을 마주하지 못했다.

도윤에게 키스를 했다! 미쳤어! 조시내, 돌았구나! 이내 시내의 얼굴은 술을 많이 마신 도윤의 얼굴보다 더욱 새빨개지기 시작했다. 완전히 얼이 빠진 도윤의 표정을 흘낏 확인한 시내는 그 자리를 모면하기 위해 황급히 몸을 뒤로 뺐다.

"저기, 난 그만 방에 가서……!"

몸을 일으키던 시내는, 그의 등을 쓰다듬던 팔을 붙잡아 가볍게 당기는 도윤의 손길에 균형을 잃었다. 도윤은 시내의 어깨를 가뿐히 받아주며, 다른 한쪽 손으로는 그녀의 머리를 감싸 안고 입을 맞추었다.

도윤의 입술은 조금 전처럼 부드러웠지만, 집요하기도 했다. 간지럽게 시내의 입술을 감싸기도 했고, 혀끝을 입 안으로 슬쩍 밀어 넣기도 했다. 더운 숨을 시내의 목 안으로 전달해 주기도 했고, 혀로 입천장을 간질이기도 했다. 숨을 쉬는 것조차 잊고 키스에 열중하고 있던 시내는 가슴의 답답함을 느끼고서야, 눈을 번쩍 떴다. 그리고 황급히 몸을 일으켰다.

"나, 난 그만, 그만 가서 자, 자야겠다. 자, 잘 자."

여전히 침대에 누운 채로 자신을 올려다보는 도윤의 시선을 애써 외면하며, 시내는 황급히 그의 침실에서 빠져나왔다. 조심스럽게 문을 닫고 나서야, 헉헉 참고 있던 숨을 토해내며 가슴을 쓸어내렸다. 그리고 아직 덜 풀린 긴장감 때문에 어기적거리는 발걸음으로 서재로 향했다.

늘 바쁘게 몸을 움직였기 때문인지, 누우면 곧바로 코를 골며 잠에 빠져드는 것이 습관이었지만 시내는 지난밤 거의 뜬눈으로 밤을 지새웠다. 그녀는 익숙한 잠자리인 서재 소파에 누워서 말똥말똥한 눈으로 창문 너머로 새벽이 오는 것을 응시했다.

일요일이니까 도시락을 만들러 내려가지 않아도 된다. 도윤은 일찍 출근하는 편이니까, 출근할 때까지만 서재에서 쥐 죽은 듯 숨어 있어야지. 가만, 일요일이면…… 출근도 안 하잖아.

"이이이이러어언!"

이불을 머리끝까지 뒤집어쓴 시내는 몸을 마구 비틀었다.

"미쳤어, 미쳤어. 도대체 왜!"

어젯밤 일이 떠오르자, 시내의 얼굴은 점점 달아오르기 시작했다. 이내 주위의 공기가 뜨거워질 정도로 열이 오르자 이불을 뒤

집어놓으며 벌떡 몸을 일으켰다. 머리를 움켜쥐고 있던 단단한 손길, 감질나게 부드럽던 입술! 시내는 황급히 입가에 고이는 침을 손등으로 닦아냈다.

"앞으로 얼굴을 어떻게 봐! 아냐, 어쩌면……."

혼자서 소주를 세 병이나 비워냈으니, 필름이 끊겼을지도 모른다. 시내에게는 실낱같은 기대가 아직 남아 있었다.

"아니면 뭐라 그러면 딱 잡아뗄까? 꿈이라고, 그래. 꿈꾼 거라고……."

그때 침실 문이 열리는 소리에 시내는 황급히 다시 이불을 끌어안고 소파에 누웠다. 터벅터벅 움직이는 발걸음 소리는 부엌으로 향했다. 냉장고 문을 열고, 닫히는 소리. 벌컥벌컥, 무엇인가 시원하게 들이키는 소리까지 예민해진 시내의 귓가에 울렸다. 이내 다시 발걸음, 다행히 서재가 아니라 욕실로 향한 것이었다. 이후로 한참 동안이나 아무런 소리가 들리지 않자 시내는 슬그머니 일어나 서재 문을 향해 조심스럽게 발걸음을 옮겼다. 빼끔히, 얼굴만 내밀자 욕실에서 쏴아아아아, 물소리가 들려온다. 하지만 이내 툭, 물소리가 끊기자 시내는 뜨끔한 표정으로 소파로 달려와 다시 누웠다. 욕실 문이 열리는 소리 이후, 몇 번 거실과 침실을 가로지르는 발걸음 소리가 이어졌다.

제발, 제발 출근해라. 너 일하는 거 좋아하잖아!

발걸음 소리가 서재 문 앞에서 뚝 멈추자, 시내는 얼른 두 눈을 감아버렸다. 처음 이 집에 들어온 날, 자신이 서재에 있으면 서재 근처에도 오지 않겠다고 말했던 것을 도윤이 기억하고 있기를 바랄 뿐이었다. 삐걱, 문이 열리는 소리와 함께 시내는 입술을 실룩거렸다.

이씨, 거짓말쟁이. 나중에 두고 보자.

시내는 두 눈을 꼭 감고 숨을 죽였다. 다행히 완전히 굳어버린 시내를 눈치 채지 못할 정도로, 도윤은 문가에 잠시 서 있을 뿐이었다. 이내 조심스러운 손길로 거의 소리가 나지 않게 문이 닫히자, 참고 있던 숨을 토해내며 시내가 눈을 떴다.

"뭐야, 출근 안 해?"

거실에서 도윤의 움직임이 멈추어 버렸다. 이내 톡톡톡톡 노트북을 두드리는 소리가 들려오자, 시내는 괜히 애꿎은 소파를 주먹으로 쳤다. 나가자니 어제 일에 대한 후환이 두렵고, 기다리자니 언제까지 도망칠 수 없다는 사실이 시내를 압박해 온다.

그래. 매도 먼저 맞는 게 낫다고, 나중에 보나 지금 보나 어차피 봐야 하는 얼굴 피한다고 될 일이 아니지.

벌떡 몸을 일으킨 시내는 가볍게 가슴을 쓸어내리며 호흡을 가다듬었다. 그리고 살금살금 발걸음 소리를 죽여 다가가 조심스럽게 문을 살짝 열고 밖의 동태를 살폈다. 테이블 앞에 앉아 있는 도윤의 넓은 등짝이 눈앞에 아른거렸다.

흐읍, 순간 시내는 손가락 끝이 간질간질한 느낌에 숨을 들이켰다. 그리고 자신의 손을 들고 바라보았다. 이, 이 손으로 저 등짝을……. 침을 꼴깍 삼킨 시내는 부들부들 떨리는 손을 애써 외면해 버렸다.

"흠!"

짧은 헛기침과 함께 시내는 서재 문을 나섰다. 그녀의 인기척에도 불구하고 도윤은 뒤돌아보지 않았다. 시내는 몇 번이나 더 '흐음!' 소리를 냈지만, 도윤은 흘낏 고개를 돌려 그녀를 바라보고는 무표정으로 다시 일에 집중한다.

혹시, 정말로 술기운에 기억하지 못하는 것은 아닐까? 금세 시내의 얼굴에 화색이 돌았다.

"아하하하함, 아침밥이나 한번 해볼까……."

막 일어난 듯 늘어지게 기지개를 켜고 시내는 혼잣말치고는 꽤 큰 목소리로 중얼거렸다.

"고거 몇 잔 마셨다고 속이 쓰리네. 해장국을 끓일까."

여전히 노트북을 두드리는 데만 온 신경을 쏟고 있는 도윤의 모습에, 시내는 완전히 긴장이 풀리는 동시에 안도의 한숨을 내쉬었다. 콧노래를 흥얼거리며 부엌에 들어선 시내는 즐거운 마음으로 기꺼이, 도윤의 몫까지 밥을 하기로 마음먹었다.

다듬은 멸치를 물에 한소끔 끓인 후 거르고, 콩나물을 삶아 꺼낸 후 다진 파, 마늘, 소금, 깨소금, 참기름으로 양념을 했다. 참기름 냄새가 부엌 가득히 퍼지자, 뚝배기에 어제 먹다 남은 밥을 넣고 양념한 콩나물과 멸치국물, 그리고 콩나물을 삶았던 물을 넣고 팔팔 끓인다. 마지막으로 어슷하게 썬 대파와 고추를 넣고 새우젓으로 간을 한 시내는 맛을 한 번 보고 크윽, 요란스러운 감탄사를 내뱉었다.

"밥 먹어!"

뚝배기를 식탁 가운데 놓고, 덜어먹을 수 있는 그릇 두 개와 수저를 내려놓자 도윤이 부엌 안으로 들어왔다.

"이게 속 푸는 데는 최고야, 최고. 얼른 앉아."

말을 하지 않는 것을 제외한다면 평소와 다름없는 도윤의 표정에 시내는 기분이 좋아졌다. 그리고 깜빡했다는 듯, 냉장고에서 달걀 하나를 꺼내와 아직도 끓고 있는 뚝배기 안에 톡 깨뜨려 넣었다.

"저기……."

후르륵 시원하게 국물을 목 안으로 넘기는 도윤을 바라보며, 시내는 숟가락 끝을 이로 꽉 문 채 망설였다.

"뭐?"

도윤의 첫 마디였다. 툭 내뱉는 '뭐'. 완벽하다. 평소의 도윤이 틀림없었다.

"어제 술 많이 마셨지?"

"봤잖아, 네 눈으로."

"그렇지. 혼자서 세 병이면, 많이 마신 거지. 속도 쓰리고, 머리도 아프고 그렇지? 그리고 어제 일이 잘 생각이 안 난다거나 그렇고 말이야."

도윤은 눈을 치켜뜬 채 시내를 바라보다, 이내 건성으로 고개를 끄덕였다.

"맞아."

됐다. 시내는 감격에 겨운 미소를 지으며, 자신도 숟가락 가득 국밥을 펐다. 그리고 입으로 가져가려던 시내는, 맞은편에 앉아서 맛있게 먹는 도윤의 모습에 순간 멈칫했다. 숟가락이 들락거리는,

입술. 입술. 입술. 꿀꺽, 어찌나 침 넘기는 소리가 컸던지 도윤이 수저질을 멈추고 그녀를 바라보았다.

"뭘 봐?"

"보긴 뭘 봐? 나, 나는 별로 입맛이 없네. 먹고 설거지해. 요리는 내가 했으니까."

술이든 밥이든 혼자 먹는 사람이 쓸쓸해 보여 그게 누구였던지 곁에 있어주곤 했던 시내는 도윤이 식사를 끝내기도 전에 후다닥 식탁에서 몸을 일으켰다. 안된 마음은 둘째 치고, 앉아서 마주 보고 있다가는 심장이 터져 나갈지도 모른다.

"설거지?"

못마땅한 듯 되물으며 도윤이 탁, 소리가 나도록 숟가락을 식탁에 내려놓았다. 그리고 몸을 일으켜 시내를 향해 한 걸음 한 걸음 다가섰다. 눈을 끔뻑거리며, 뒷걸음질치던 시내는 결국 싱크대에 등을 부딪쳤다. 도윤의 얼굴이 더 가까이 다가올수록 시내의 눈에는 오로지 그의 입술이 점점 클로즈업되어 보이기 시작했다.

"지금은 생각이 잘 안 나는데."

"응?"

"설거지를 하다 보면, 생각이 날 것 같기도 해."

"뭐, 뭐가?"

"글쎄. 뭘까? 생각나면 말해줄게. 나와, 설거지하게."

뭐야, 아는 거야 모르는 거야. 기억하는 거야, 기억 못하는 거야! 잔뜩 찌푸린 얼굴로 도윤을 노려보던 시내는 끝내 검지로 도윤의 이마를 슬쩍 밀어냈다.

"됐어. 내가 할 거야."

"그래? 그래, 그럼."

개수대에 물을 틀며 이죽거리는 시내의 투덜거림을 뒤로하고 도윤은 부엌을 빠져나왔다. 태평스러움에 가까웠던 도윤의 표정이 소파에 이르러서야, 붉게 달아오르기 시작했다. 흘낏 뒤돌아 부엌에서 설거지를 하는 시내의 뒷모습을 바라본 도윤은, 자신의 행동이 훔쳐보는 것처럼 느껴져 움찔거리며 고개를 돌렸다. 뜨거워진 얼굴 옆으로 손부채를 흔들어 식히며, 도윤은 짧은 숨을 들이 내쉬었다.

"후우."

오전 내내, 서재에서는 인기척조차 들리지 않았다. 테이블 앞에 자리를 잡고 일을 하고 있던 도윤은 십 분에 한 번 꼴로 서재의 동태를 파악하느라 일에 집중하기가 어려웠다.

잊자, 술김에 한 실수야. 나도 남자니까. 게다가 먼저 자극시킨 건 저쪽이라고. 그런데 왜 그랬을까? 왜? 민도윤! 그럼 넌 왜 그랬어? 잠깐 돌았었나 보지. 잠깐, 아주 잠깐…….

잊어버리자고 해놓고서, 생각에 생각이 꼬리를 문다. 일이 손에 잡힐 리가 없었다. 도윤은 귀찮은 듯 서류를 손가락 사이에 끼우고 부채질을 하다 갑자기 서재 문이 벌컥 열리자 황급히 몸을 똑바로 세웠다. 일을 하는 척 노트북과 서류를 번갈아 바라보던 도윤은 시내가 현관으로 향하자, 물었다.

"어디 가?"

"장 보러."

운동화를 신으며, 시내가 도윤에게는 시선도 주지 않은 채 짧게 대답했다. 시내와 노트북, 그리고 서류 더미에 차례로 시선을 던지던 도윤은 이내 몸을 일으켰다. 그가 현관으로 점점 다가오자 시내는 또다시 움찔거리며 현관문을 움켜쥐었다. 여차하면 도망갈 자세였다.

"왜? 왜, 또?"

"아침도 해주고, 설거지도 해줬으니까. 운전해 줄게."

시내가 손사래를 치며 신발을 신으려는 도윤을 막아섰다.

"돼, 됐어. 혼자 가도 돼."

도윤의 눈썹이 위로 치켜 올라간다.

"그래? 난 그저…… 집에서 일을 하다 보니까, 지겹기도 하고 생각도 많아지고. 그러다 보니까 자꾸 어제 무슨 일이 있었던 것 같은 기억이 나기도 하고……."

"이씨, 알았어. 가자. 가줘. 가달라고. 됐지?"

어깨에 잔뜩 힘을 준 채 집을 나서는 시내의 뒷모습에 도윤은 슬쩍 미소를 지었지만 이내 지워 버렸다. 엘리베이터에 오른 두 사람은 밀폐된 좁은 공간에 함께 있다는 사실을 거의 동시에 느끼고, 묘한 침묵이 흘렀다. 숨소리, 시내의 숨소리가 귓가에 맴돌자 도윤은 자신도 모르게 슬쩍 그녀를 내려다보았다. 화가 난 듯, 꼿꼿이 치켜세운 얼굴 위로 유난히 붉은 입술이 시선을 사로잡는다.

돌았구나, 민도윤! 도윤은 얼른 고개를 들어 크게 심호흡을 했다. 처음에 집에 들일 때를 생각해. 절대로, 절대로 그럴 일이 없을 거라고 상상조차 할 수 없었잖아. 상대가 누군지 확실히 보라고, 조시내야.

"혼자 간다니까 귀찮게 따라붙기는."

시내의 중얼거림에 도윤은 코끝을 찡그렸다.

"그래. 귀찮게 내가 따라가면 안 되지. 난 그냥 도로 올라가서 일이나 해야겠다. 일을 하다 보면 또 무슨 생각이 나겠지. 뭐, 생각이 나면 자연스럽게 어제의 일도……."

꽝! 시내의 주먹이 엘리베이터 벽에 붙은 거울 위를 가로질렀다. 부글부글 끓어오르는 분노가 컨트롤할 수 없을 정도로 치밀어 올랐다. 분명 도윤은 기억하고 있으면서 그녀를 놀리고 있는 것이다! 그의 성격이라면, 두고두고 이 일을 빌미로 놀리고 괴롭힐 것이 분명했다.

"그래! 했다, 했다고!"

시내가 버럭 소리를 치자, 도윤이 움찔했다. 띠링, 소리와 함께 엘리베이터가 멈춰 섰지만 화가 난 시내는 그것조차 깨닫지 못하고 손가락을 치켜들어 도윤을 공격했다.

"키스, 했다. 그래, 내가 너한테 키스했어. 어제 조시내가 민도윤한테 키스를 했다고. 기억이 안 나? 웃기시네. 좀 좋게, 좋게 넘어가면 어디가 덧나? 그저 실수려니 하고 넘어가면 안 되냐고! 나만 했냐? 난 분명 뗐다, 입술! 그런데 그 다음에 다시 한 사람이 누구셔? 기억이 날 듯 말 듯한다고? 너 똑똑히 기억해라, 응? 머리 붙잡고 입술 물고빨고 한 사람이 누군데! 너, 민도윤이잖아!"

씩씩거리며 말을 끝맺은 시내가 몸을 돌린 순간, 엘리베이터 앞에 서 있는 수많은 사람들의 시선에 완전히 얼어붙어 버렸다. 일요일의 상쾌한 오전 시간을 근처 공원에서 산책으로 보내고 온 사람들은 제각각 다채로운 눈길과 흥미로 시내와 도윤을 번갈아 바라보고 있었다.

끔뻑끔뻑, 사람들과 시내와 도윤 사이에 몇 초의 짧지만 긴 침묵이 흘렀다. 하지만 이내 도윤이 손을 뻗어 여전히 굳어 있는 시내의 딱딱한 어깨를 붙잡고 자신의 품 가까이로 끌어당겼다.

"뭘 봅니까? 남자 여자, 연애하는 거 처음 봐요?"

"남자 여자, 연애하는 거 처음 봐요오오?"

카트를 앞으로 힘차게 밀며, 시내가 말끝을 비틀었다. 터벅터벅 시내의 뒤를 따르던 도윤은 자신을 흉내 내는 그녀의 말투에 얼굴을 찌푸렸다. 주말이라 오피스텔 근처의 대형 마트는 사람들로 북적거렸다.

"어떻게, 해도 꼭 그런 닭살 멘트를."

"창피한 거 무릅쓰고 도와줬는데, 돌아오는 말이 고작 그거야?"

걸음을 멈춘 시내가 획 고개를 돌려 도윤을 노려보았다.

"사람들 반응 봤어? 낄낄대고 웃고, 휘파람 불고…… 내가 창피해 죽는 줄 알았다! 내 앞가림은 내가 할 테니까, 도와줄 생각 말고 그쪽이나 잘하셔!"

뺨을 실룩거리던 도윤이 화제를 돌렸다.

"뭘 그렇게 많이 사?"

수북하게 쌓인 떨이 야채 코너에서 아무 생각 없이 쓸 만한 것들을 골라 카트가 반쯤 찰 정도로 집어넣던 시내는, 의아한 도윤의 말에 순간 움찔거렸다. 도시락을 만드는 사람이 자신이라는 것을 말할까, 잠시 고민하던 시내는 이내 고개를 흔들었다. 이 사람 성격에, '십 년 경력'이 다 뻥이라는 걸 알게 되면 환불해 달라고 할지도 모른다!

"싸잖아."

"먹기 전에 다 썩겠다. 그리고 냉장고에 다 들어가지도 않겠어."

"가게 주방 냉장고에 넣어둘 거야."

흙이 그대로 묻어 있는 커다란 양파를 집어 들어 오밀조밀 살펴보던 시내는 이어서 날아드는 도윤의 질문에 순간 얼어버린다.

"가게는 내일부터 본격적인 공사 들어간다면서, 주방은 써도 되는 건가?"

인테리어 공사! 깜빡 잊고 있었다. 공사가 시작되면, 주방을 쓸 수가 없다. 깜깜한 암흑이 그녀의 머리 위로 드리워지기 시작했다. 카트 안에 쌓인 야채들, 굳어 있는 자신을 의아한 듯 바라보는 도윤, 떨이 야채를 사기 위해 몰려든 인파에게 치이던 시내는 겨우 정신을 수습했다. 이제 방법은 하나밖에 없었다. 도윤에게 사실대로 말하고, 그의 부엌을 빌리는 수밖에.

시내가 갑자기 느끼한 미소를 지으며 다가오자, 도윤은 아침에 그녀가 했던 방법 그대로 검지로 시내의 이마를 툭 밀어냈다.

"왜 이래?"

"오늘, 저녁에 내가 맛있는 거 해줄까?"

"됐어."

"에이, 해줄게. 뭐 해줄까? 무슨 음식 좋아해?"

도윤은 갑자기 돌변한 시내의 태도가 부담스러울 지경이다. 다가오면, 한 발자국 뒤로. 또다시 다가오면 역시나 한 발자국 뒤로. 시내의 손길이 뻗어오자, 도윤은 결국 카트를 움켜쥐고 뒤돌아서 버렸다.

"다 샀으면 가."

"뭐 먹고 싶냐니까, 내가 만들어줄게."

시내는 키가 큰 도윤의 곁에 거의 매달리다시피 움직였다. 김치찌개, 해물탕, 카레라이스 등 다양한 음식들이 시내의 입에서 흘러나왔지만 도윤은 팔에 닿는 그녀의 손끝의 느낌에 집중하느라 그 말이 귀에 들어오지 않았다. 시내의 손길에서 전해지는 촉감은 어제 맞닿았던 입술만큼이나 부드러웠다.

"어! 시식이다, 시식!"

시식 코너가 보이자, 시내는 도윤을 붙잡고 있던 팔을 풀고 뛰어가 버렸다. 겨우 손가락 몇 개가 닿아 있었을 뿐인데, 사라지고 나자 허전한 기분을 느끼고 도윤은 그 자리에서 펄쩍 뛰었다. 자꾸 이런 쓸데없는, 음흉한 생각들이 이어진다면 빠른 시일 내에 시내를 집에서 내보내야 한다.

"혼자만 먹지 말고 신랑도 좀 줘. 아, 신랑이 잘 먹으면 사가는 거지."

시식용으로 담긴 밑반찬을 집어먹고 있던 시내는, 반찬 코너 안에서 일하고 있는 아주머니의 말에 이쑤시개를 툭 떨어뜨리고 말았다. 신랑? 고개를 흘낏 돌리자, 카트의 손잡이를 가볍게 쥐고 자신을 기다리고 있는 도윤이 눈에 들어왔다. 큰 키와 말쑥한 외모도 눈에 띄는 것이었지만, 긴 다리가 잘 드러나는 청바지와 간단한 티셔츠와 재킷, 그리고 적당히 헝클어진 머리칼로 카트를 밀고 있는 모습이 매력적이라는 사실을 시내는 인정하지 않을 수 없었다. 다른 이사진들에 비해 상대적으로 젊은 임원이라는 것을 의식해, 호텔로 출근할 때의 옷차림이 늘 클래시컬한 도윤이기에 오늘같이 편안한 진 스타일이 평소보다 훨씬 젊고 섹시해 보이는 것은 두말할 것도 없다. 주말 오후에 함께 카트를 밀며 장을 보고 있는 도윤과 자신이 부부로 보이는 것이 어쩌면 당연한 것일지도 모르지만, 시내는 괜히 쑥스러움을 느꼈다. 하지만 그것도 잠시뿐, 시내의 얼굴에는 금방 장난기가 맴돌았다.

"여보오오."

간드러지는 목소리에, 도윤의 표정은 완전히 일그러져 버렸다. 한 대 쥐어박을 듯한 표정으로 다가온 도윤에게 시내는 천연덕스럽게 웃으며 이쑤시개에 반찬을 찍어 그에게 내밀었다.

"반찬 맛 좀 봐, 자기야. 맛있으면 좀 살까?"

어이가 없다는 듯 자신을 내려다보는 도윤의 시선을 외면하며 시내는 이쑤시개를 자신의 입으로 가져가 한 입에 꿀꺽 넘겨 버렸다. 그리고 맛이 별로라는 듯 도윤을 향해 어깨를 으쓱거린다.

"음, 내가 만드는 게 더 맛있는 것 같아. 오늘 저녁에는, 내가 훨씬 맛있는 거 만들어줄 테니까 기대해, 여보오오오."

그리고 다시 도윤의 팔짱을 끼며 카트를 밀기 시작했다. 완전히 할 말을 잃은 도윤은 시내의 손에 끌려가다시피 걸음을 옮기다, 이내 두 사람의 뒷모습을 바라보고 있는 반찬 코너 아주머니의 떫은 표정을 발견했다.

"아직도 쳐다봐?"

"재수없다고 소금 뿌린다."

"진짜?"

자신의 팔을 꼭 쥐고, 키득거리느라 정신이 없는 시내의 얼굴을 물끄러미 내려다보던 도윤은 이내 고개를 흔들며 시선을 돌려 버렸다.

"짠!"

매콤한 냄새가 부엌 안에 가득 찼다. 도시락을 먹거나 물 마시러만 들어오던 공간이 시내가 집에 들어온 이후, 한시도 맛있는 냄새가 나지 않는 적이 없는 듯했다. 도윤은 조금 전 시내가 내려다놓은 김치찌개 냄비를 내려다보았다.

"락이 집에서 만든 것도 맛있었는데, 입에도 안 댔지?"

식탁에 앉아 김치찌개를 그릇에 퍼서 도윤의 밥그릇 옆에 놓아준 시내는 도윤이 대답을 하든 하지 않든 상관없이 쉬지 않고 재잘거렸다.

"그래, 그때 안 먹길 잘했어. 그땐 참치밖에 없어서 참치를 넣긴 했지만 김치찌개는 뭐니 뭐니 해도 이 돼지고기가 들어가야 해. 그것도 그냥 살코기만 있으면 안 돼. 적당하게 비계가 붙어서 기름이 약간 뜰 정도로 있어야 김치찌개가 참맛을 낸다 이 말이지."

묵묵히 밥을 먹는 도윤을 바라보며, 시내는 물었다.

"맛있지? 응? 맛있지?"

"밥이나 먹어."

"맛없다는 소리는 안 하네?"

툭툭거릴 때는 언제고, 마트에서부터 징그럽게 웃기만 하는 시내의 태도에 도윤은 왠지 모를 불안감이 스쳤다. 최대한 시내와 눈을 마주치는 것을 피하고, 허겁지겁 찌개와 밥을 떠 입에 밀어 넣었다.

"천천히 먹어."

물을 따라서 놓아주는 시내의 태도에, 결국 도윤은 참지 못하고 소리를 질렀다.

"야! 너, 왜 그래?"

"내가 뭐?"

몰라서 물어? 전혀 너답지가 않잖아. 도윤은 무슨 꿍꿍이를 가지고 있는지 모를 시내를 가만히 노려보다 수저를 내려놓았다. 눈을 동그랗게 뜨고 '다 먹은 거야?' 라고 묻는 시내에게 도윤은 배부르다고 말한 뒤 욕실로 향했다. 거울 속의 자신을 마주한 채 양치질을 하던 도윤은 이내 열심히 움직이던 칫솔질을 멈추었다.

혹시, 갑자기 과도하게 다정해진 이유가…… 어제 일 때문인가? 입가에 치약 거품이 치밀어 올라 세면대 위로 뚝뚝 떨어져 내렸다. 어젯밤 생긴 두 사람 사이의 그 친밀하고도 거북스러운 일 때문이라면……! 또다시 머릿속을 스치고 지나가는 시내의 입술. 도윤은 황급히 고개를 흔들어 그 선명한 환영을 지워 버렸다.

"양치질 했어?"

겨우 혼미해진 정신을 수습하고 욕실을 나서던 도윤은, 자신의 노트북을 멀찍이 밀쳐 놓고 테이블 위에 캔 맥주 몇 개를 올려놓고 갓 구운 듯 연기가 모락 피어오르는 오징어를 찢고 있는 시내의 모습에 걸음을 멈추었다.

"뭐 해? 앉아."

"뭐 하는 거야?"

"뭐 하긴. 술이나 한 잔 하자고."

일을 해야 한다고 중얼거리는 도윤의 말에도 불구하고, 시내는 캔 맥주를 따서 터져 나오는 거품을 춥춥 빨아 마셨다. 그리고 캔 맥주 하나를 손에 들고 도윤에게도 내밀었다.

"한 잔만 마시고 일해. 이렇게까지 술상 차려놨는데, 차린 사람 얼굴을 봐서라도 마시는 척이라도 좀 해라."

잔뜩 못마땅한 표정으로 시내의 맞은편에 주저앉은 도윤은 캔 맥주를 따서 벌컥벌컥 마셨다. 입 안에 텁텁하게 남아 있는 치약향 때문에 맥주 맛이 개운하지가 않았다.

"있지."

오징어 다리를 하나 집어 들어 도윤에게 내밀며 시내가 조심스럽게 말문을 텄다.

"아까 마트에서 그 아줌마가 뭐라고 그랬는 줄 알아?"

은근한 시내의 목소리에, 조금 전의 불안감이 다시 엄습하는 것을 느끼며 도윤이 떨떠름하게 입을 열었다.

"뭐라고 했는데?"

"우리가……."

우리? 눈썹을 치켜뜨며 다시 맥주를 홀짝였다. 두 번째 모금은, 그나마 첫 번째보다 훨씬 맛이 나았다.

"부부처럼 보인대."

"푸훗."

"웃기지? 나도 웃기더라고. 우리가 그렇게 친밀해 보일 수 있구나, 하는 생각도 들고. 실제로 우리가 쪼오금, 친해지긴 했잖아. 그렇지?"

어제 키스한 남자에게 팔짱을 끼질 않나, 여보야 자기야 불러대질 않나, 맛있는 것 만들어 준다고 은근한 눈길로 바라보질 않아. 이 여자의 의도가 도대체 무엇인지!

시내는 대답없는 도윤을 그다지 신경 쓰지 않으며 계속 말을 이어나갔다.

"내일이면 우리는 직장 동료까지 되니까 앞으로 더 친해질 일만 남았잖아. 그래서 더 늦기 전에 아무래도 말을 해야 할 것 같아서. 어제 일 때문에 조금 쑥스럽긴 하지만 지금 정도면 말을 해도 괜찮을 것 같고……."

마음의 준비를 하듯 숨을 고르는 시내의 모습을 바라보던 도윤은 더 이상 참지 못하고 벌떡 몸을 일으켰다.

"난 들을 이야기 없어."

"들어줘야 해. 난 솔직해지고 싶단 말이야. 도움도 받고 싶고. 그리고 이건 다른 누구도 아닌 민도윤만 해줄 수 있는 일이야."

도윤이 미처 피할 틈도 없이 시내가 그의 손을 덥석 붙잡았다.

완전히 굳어버린 도윤의 머릿속에서는 당장 손을 뿌리쳐야 한다고 경종이 울려댔지만, 그의 시선은 이어질 시내의 고백을 듣기 위해 그녀의 입술에 고정되어 있었다.

"사실 나."

쿠웅. 도윤의 심장이 덜컥 내려앉았다.

"사실 나 말이야. 나……."

도윤은 시내의 말을 따라하듯 '나' 하고 입술을 살짝 벌렸다.

"도시락 아줌마야."

도시락 아줌마야.

도시락 아줌마야.

머릿속에 요란하게 울리던 경종이 갑자기 뻐꾸기 소리로 변하는 순간, 잠시의 침묵이 두 사람 사이에 흐르고 지나갔다. 여전히 수습이 되지 않는 표정으로 도윤이 멍하게 되물었다.

"뭐?"

"매일 도시락 만드는 사람도 나고, 배달하는 사람도 나라고. 사실은 숨기려고 한 건 아니었어. 처음에는 나인 줄 모르고 맛있게 먹는 거 나중에 놀리려고 말을 안 했던 거고, 그 다음에는 십 년 경력 뻥친 거 때문에 화낼까 봐 말 안 했단 말이야. 그런데 가게 공사 시작하면 도시락 만들 곳이 없어. 그래서 말인데, 나 여기 부엌에서 도시락 만들어도 될……."

시내의 말이 끝나기도 전에, 도윤은 그녀의 손을 탁 쳐내고 성큼성큼 돌아서 침실로 들어가 버렸다. 뒤따라가려던 시내는 코앞에서 문을 꽝 소리 나게 닫아버리는 통에 결국 침실 안에 들어가지 못했다.

“화났어? 풀어라. 대신 내가 이 집 도시락은 돈 안 받을게.”

쿵쿵쿵쿵, 시내는 문을 두드렸다.

“민도윤! 정말로 화났냐? 남자가 치사하게, 그래. 먹고 살기 힘들어 뻥 좀 쳤기로서니 그렇게 화를 내? 그거 완전 뻥은 아니야. 열일곱 살 때부터 할머니랑 둘이서 산 거 알지? 나 그때부터 밥도 잘하고 반찬도 잘 만들고 했단 말이야. 그러니까 완전 사기는 아니다 뭐!”

그때 갑자기 침실 문이 열리며, 도윤이 얼굴을 내밀었다.

“화난 거 아니야. 그러니까 가, 시끄러워.”

“그럼, 나 부엌 써도 되지?”

최대한 불쌍하게 보이기 위해, 시내는 눈을 크게 뜨고 도윤을 말똥말똥 올려다보았다. 뭔가 크게 심기가 불편한지 도윤은 그런 그녀를 한참 동안이나 노려보다, 이내 포기한 듯 입을 열었다.

“지금도 네 마음대로 쓰고 있잖아? 새삼스럽게 무슨. 여기서 떠들지 말고 가, 신경 쓰여.”

다시 쾅, 문을 닫고 사라지는 도윤 때문에 시내는 코끝을 찡그렸다.

“하여간 성질머리 하고는. 뭐 어쨌든, 한시름 놨네. 쿡.”

다섯

"나 진짜 전화만 받으면 되는 거야?"

웬만한 일에는 눈썹 하나 깜짝하지 않지만, 오늘은 불안하고 초조한 맘을 가눌 길이 없다. 그런 시내의 마음을 아는지 모르는지, 운전대를 붙잡은 도윤은 심드렁하게 대답했다.

"노희락 씨가 그랬다며. 그냥 전화만 받으면 되는 자리라고."

"명색에 이사씩이나 되시는 민도윤 씨는 알 것 아닙니까. 사내 홍보실이라는 곳에 정말 전화만 받아도 되는 일자리가 있는 건지."

"있을 턱이 없잖아. 전화야, 지나가다 전화 벨소리 듣는 사람이 수화기만 집어 들면 되는 일이라고."

희락이 노 회장에게 부탁해서 만든 자리라는 부담과 한 번도 직장이라는 곳을 다녀본 적이 없는 탓에 막연히 두려움을 느끼고 있는 시내는 너무나 솔직하게 대답을 해주는 도윤을 못마땅한 듯 바라보았다. 그런 그녀의 시선을 무시하며 도윤은 말을 이어나갔다.

"영어가 능숙해서 리셉셔니스트를 시킬 거야, 아니면 호텔 일에 베테랑이라 컨시어지 일을 할 거야? 몸 편한 일 시켜주겠다고 데려가는 애한테 전문적으로 배운 사람들도 실전에 투입되면 힘들다는 F&B팀에서 서빙을 하게 할 수가 있어, 아니면 하우스키핑을 시킬 수가 있어? 남은 건 백 오피스인데, 학력이 되나 경험이 있나. 그나마 호텔 안쪽의 일만 맡은 사내 홍보실이 제일 만만했던 거지."

직설적으로 말을 하는 도윤이 얄미울 지경이었지만 틀린 말은 아니기에 시내로서는 도망치고 싶은 마음뿐이었다. 하지만 도윤의 차는 이미 호텔로 들어서고 있었다.

"빽으로 들어온 거, 어차피 사람들 다 알고 있으니까 편하게 일해. 네 팔자가 상팔자다."

"꼭 그렇게 말을 해야 속이 시원하냐?"

차에서 내리며 시내가 투덜거렸다. 호텔 안으로 향하는 회전문에 몸을 밀어 넣으며 도윤이 중얼거린다.

"정말로 부러워서 하는 말이야. 난 고등학교 졸업하자마자 벨보이 일을 시작해서 잠도 못 자고 몇 년을 일을 한 후에야 겨우 백 오피스에 들어설 수 있었는데 넌 호텔에 발을 들인 지 하루 만에 가는 거잖아."

"그래도 다른 사람들보다 훨씬 젊은 나이에 임원 달았잖아."

시내의 말에 도윤은 피식 웃음을 터뜨렸다.

"말만 이사지, 연회팀을 제외하면 실질적인 권한은 부서별 지배인 정도밖에 안 되는 위치야. 이마저도 메르디안이 컨벤션 사업을 이제 막 시작했기 때문에 주어진 자리이고."

연회니, 컨벤션이니 익숙하지 않은 단어들을 귓등으로 흘려보내며 시내는 호텔 안을 둘러보았다. 이른 아침인데도 불구하고, 호텔 안은 손님들과 직원들로 부산한 모습이었다. 다행히 도윤과 자신에게 향하는 시선을 느끼지 못하고 시내는 안도의 한숨을 내쉬었다. 엘리베이터로 향하던 도윤이 시내의 한숨 소리에 고개를 돌렸다.

"왜?"

"사람들이 다 쳐다볼 줄 알았거든. 아침부터 이사랑 같이 출근한다고."

"어차피 창립 파티 때 같이 왔기 때문에 다 아는데 뭐. 그리고 정말 안 보는 것 같아?"

다시 한 번 호텔 안을 휘 둘러본 시내는 고개를 끄덕였다. 띠링, 문이 열린 엘리베이터에 올라타며 도윤이 빙긋 미소를 지었다.

"진정한 호텔리어가 되려면 아직 멀었네. 그럼, 나중에 보자."

아직 자신이 올라타지도 않았는데 그대로 엘리베이터의 문을 닫으려는 도윤의 행동에, 시내가 얼른 열림 버튼을 꾹꾹 눌렀다.

"같이 올라가."

"이건 임원 전용 엘리베이터야. 어디서, 아직 수습도 못 뗀 주제에."

약올리듯 말하며 스르륵 닫히는 엘리베이터 문 사이로 도윤은 어깨를 으쓱거렸다.

"야!"

자신도 모르게 손가락을 치켜세우며 소리 지르던 시내는, 이내 그 곳이 자신의 새 직장임을 깨닫고 슬그머니 뒤를 돌아보았다. 사사삭, 본능의 귀가 도망치는 시선의 움직임을 깨닫고 예민하게 반응했다.

끙, 호텔이란 무서운 곳이구나. 안 보는 척하면서, 다 보잖아!

시내는 희락이 일러준 사내 홍보실을 찾아 문 앞에 섰다. 이사의 여자 친구, 게다가 회장 아들의 빽으로 호텔에 들어왔다는 사실까지도 모두 알고 있다는 사람들과 앞으로 잘 지낼 수 있을지 의문스러웠다. 드라마에서 보면, 낙하산은 무조건 왕따가 아니던가.

"정말 그 말이 맞네. 조시내, 상팔자다. 네가 언제부터 빽 같은 걸로 돈을 벌었다고. 큭."

사람들이 따돌리는 것이 괴롭다 한들, 끼니 걱정보다 괴로울까. 사람들 시선이 신경 쓰인다 한들, 월세가 밀려 주인집 눈치 보던 시절에 비할까. 정말 출세했네, 조시내. 아르바이트와 도시락 만들어 팔아서 밥 먹고 살고, 가게 차릴 돈을 저금하던 조시내가 이런 호텔 사무직으로 일하면서 돈을 다 벌고. 그래, 낙하산이든 왕따든 아무렴 어때.

"처음 뵙겠습니다!"

우렁찬 목소리로 인사를 건네며 들어서는 시내의 갑작스런 등장 때문에, 사무실 안은 순식간에 적막이 흘렀다. 이제 막 출근을 한 듯한 한 명의 남자 직원과, 동그란 테이블에 마주 앉아 수다를 떨고 있던 네 명의 여자 직원. 그리고 책상에 앉아 있던 나이 지긋한 남자 직원이 자리에서 벌떡 일어나 시내에게로 다가왔다.

"조시내 씨?"

"네. 조시내입니다. 잘 부탁드립니다."

"어이쿠, 부탁은 우리가…… 하하하. 자자, 여기들 봐요. 다들 들어서 알고 있겠지만 우리 사무실에 새로운 식구가 생겼습니다. 다들 살뜰히 일 가르쳐 주고, 잘 지내도록 하십시다."

시내는 지긋한 나이의 남자가 조금 전까지 앉아 있던 자리의 명패를 흘낏 바라보곤 다시 그에게로 고개를 돌리며 입을 열었다.

"전 과장님, 제가 나이도 한참 어린 아래 직원인데 말 놓으세요."

"어떻게 말을 놓겠습니까. 아, 그리고 조시내 씨 자리는 이쪽입니다. 어서 이리로……."

허리를 굽실거리는 전 과장의 태도에, 시내는 떨떠름한 표정을 지으며 그가 가리킨 책상으로 고개를 돌렸다. 광이 날 정도로 깨끗한 책상과 그 위에 덜렁 놓인 전화기 하나. 공상해 마지않던 책상 위의 서류도, 그 흔한 포스트잇도, 펜도 없다.

"저기, 제가 할 일은……."

"허허헛, 일은 천천히 하시고 우선 차라도 한 잔. 미스 김 여기 커피, 아니, 제가 직접 타오겠습니다. 앉아 계세요."

시내가 미처 말릴 틈도 없이 전 과장이 사무실을 쌩하니 나가 버렸다. 나머지 직원들 역시 시내가 들어왔을 때의 모습 그대로 얼어붙은 채 서 있었다. 잔뜩 긴장한 쪽은 시내가 아니라 그들이다.

"앉, 앉으세요."

시내가 손으로 앉으라는 시늉까지 해 보이자, 그제야 남자 직원은 송구스러워하며 자리에 앉고 여자 직원들은 테이블을 떠나 자신들의 책상에 찾아 들어갔다. 그리고 모두들 경직된 자세로 각기

일거리를 집어 들었다. 아직 상황 파악을 못한 시내는 뺨을 살짝 긁으며 자신의 자리라고 일러준 곳으로 다가가 살그머니 앉아보았다. 전 과장은 아직 돌아오지 않았고, 사무실 안에서는 숨소리조차 크게 나지 않는다. 할 일 없이 텅 빈 책상을 손바닥으로 살짝 두드리던 시내는 결국 묵직한 휴대전화기를 집어 들고 도윤에게 문자 메시지를 보냈다.

〈사람들이 이상해. 내 눈치만 봐. 과장이라는 사람은 내 커피 타러 갔고, 아직 출근 시간도 안 되었는데 직원들은 숨소리도 안 내고 일을 해.〉

얼마 후, 문자 기능을 알 것 같지도 않았던 도윤에게서 답장 메시지가 날아들자 시내는 반가운 마음에 얼른 읽어 내려갔다.

〈창립 파티에 이사와 함께 참석하고 회장 아들이 직접 자리를 만들어 줬다니까 재벌 2세쯤 되거나 미래의 메르디안 오너의 와이프라도 되는 줄 알았나 보지. 그냥 즐겨.〉

도윤의 문자 메시지에 시내는 다시 한 번 사무실을 돌아보다 얼굴을 잔뜩 찌푸렸다. 즐기라고? 도대체 뭘?

퇴근 시간이 되었음에도 불구하고, 누구 하나 자리에서 엉덩이를 떼는 사람이 없었다. 하루 종일 텅 빈 책상에 앉아 졸거나, 할 일 없이 손가락 장난만 하며 시간을 보낸 시내는 일분일초라도 빨리 사무실을 빠져나가고 싶어 좀이 쑤셨다. 하지만 곧, 그들이 퇴근을 하지 못하고 눈치를 보는 상대가 자신임을 깨달았다.

"저, 저기 퇴근들 안 하시나요?"

시내가 엉거주춤 몸을 일으키자, 기다렸다는 사람들이 안도의 한숨을 내쉬며 퇴근 준비를 하기 시작했다. 자신이 사무실을 나가기 전에는 아무도 먼저 나설 것 같지 않자, 시내는 한숨을 푹 내쉬며 사무실을 빠져나갔다.

즐기라고! 이렇게 할 일 없이 몇 시간을 보낸 적은 한 번도 없었다. 자신의 눈치만 보는 직원들 사이에 앉아 졸음을 참으며 책상을 지키고 있는 것은 거의 고문에 가까웠다!

시내는 아무 잘못도 없는 도윤에게 심통이 날 지경이었다. 휴대전화기를 꺼내 들어 도윤의 전화번호를 꾹꾹 누르던 시내는, 사무실에서 직원들이 함께 몰려나와 우르르 엘리베이터에 오르는 것을 돌아보았다. 사람들과 어울려 하는 일은 못해보았지만, 적어도 그녀가 꿈꾸던 그런 직장동료의 모습은 아니다.

[여보세요.]

"집에 안 가?"

[일 남았어. 먼저 가.]

"같이 가."

[우리가 언제부터 같이 다녔다고, 그냥 가.]

무뚝뚝한 도윤의 목소리에 시내는 코끝을 실룩거렸다.

"누가 같이 다니고 싶어서 그래? 마을버스 비 오백오십 원이 아까워서 그런다! 아니, 사람이 참 같은 말을 해도 꼭 정 떨어지게 하더라? 일이 남아 기다려야 할 것 같으니까 먼저 집에 들어가서 쉬어, 이렇게 말해도 되잖아?"

창립 파티 때 가본 적 있는 도윤의 사무실로 향하며 시내가 투덜거렸다.

[마찬가지 아닌가? 같은 말이라도, 버스 비 몇백 원 아깝다는 소리 대신 기다렸다 함께 들어간다는 말도 있잖아.]

빈정거리는 도윤의 말에 시내가 키득거리며 대답했다.

"아하, 우리 오빠, 같이 들어가자는 말을 듣고 싶었구나? 그럼, 그럼. 해주지. 오빠아아아, 오빠 일 끝날 때까지 시내가 기다릴 테니까 우리 같이 들어가자, 응? 응? 응? 으으으응?"

[돈 오백오십 원에 그러고 싶어?]

엘리베이터에서 내려 도윤의 사무실이 있는 층의 복도를 걸어가던 시내는 한층 더 코에 힘을 주고 말을 이었다.

"에이, 오빠아아. 자기야, 여보야…… 라, 락아!"

도윤의 사무실과 그리 떨어지지 않은 사무실에서 불쑥 나타난 희락의 모습에 시내는 화들짝 놀라 휴대전화기를 떨어뜨렸다. 이제 막 퇴근을 하던 참인지, 재킷을 팔에 걸친 희락이 시내 대신 바닥에 떨어진 휴대전화기를 집어 들어 그녀의 손에 다시 들려주었다.

"누가 복도에서 이렇게 닭살스런 애정 행각을 벌이나 했더니, 너였어?"

"하, 하, 하. 그게 말이지. 아, 잠깐만."

도윤과 통화 중이었다는 사실을 떠올린 시내는, 다시 휴대전화기를 귀에 가져다 대었지만 이미 전화는 끊겨 있었다. 도윤이 일부러 끊어버린 것인지, 아니면 냅다 내동댕이친 까닭에 끊긴 것인지는 알 수 없었다.

"안 그래도 첫 출근이 어땠었는지 전화하려고 했었는데, 행사가 얼마 안 남아서 정신없이 바빠. 아, 나보다 민 이사님이 더 바쁠 테니 그건 알겠구나?"

"응? 아, 뭐 그렇지."

집에서 허구한 날 노트북을 옆에 끼고 일을 하던 것이, 지금 희락이가 말한 그 행사라는 것 때문이었나? 잠시 다른 생각에 빠졌던 시내는, 이어지는 희락의 물음을 제대로 듣지 못하고 되물었다.

"응? 뭐라고?"

"오늘 일 어땠냐고."

"아, 일. 일이야, 뭐……."

기대에 가득 찬 눈빛으로 시내의 대답을 기다리고 있던 희락이, 갑자기 그녀의 등 뒤로 시선을 던졌다. 그와 동시에 등 뒤에서 느껴진 인기척에 시내 역시 고개를 돌려 뒤를 돌아보았다. 한 손 가득 서류들을 들고, 나머지 한 손에는 재킷과 역시 두툼한 서류 가방을 한꺼번에 쥔 채 서 있는 도윤의 모습에 시내는 눈을 동그랗게 떴다.

"퇴근하세요, 민 이사님?"

희락이 먼저 도윤에게 인사를 건넸다.

"네. 노희락 씨도 함께 있었네요."

희락에게 빙긋 미소를 지어 보인 도윤이 태연스럽게 고개를 돌려 시내에게 말했다.

"많이 기다렸어?"

"응? 아, 아니."

혹시 이 사람, 희락이 때문에 일부러 나와준 건가? 조금 전까지만 해도 오백오십 원에 그렇게 살지 말라고 타박을 주던 도윤의 180도 다른 태도에 시내는 눈을 동그랗게 뜨고 그를 바라보았다. 이내 희락이 시내에게 만족스러운 대답을 듣지 못했다는 것을 깨닫고 다시 입을 열었다.

"지금 시내에게 물어보는 중이었어요. 오늘 첫 출근이 어땠었는지요."

"그래요? 나도 궁금한데요? 어땠어? 첫 출근."

아까 말했잖아, 즐기라던 사람이 누군데. 시치미를 딱 떼고 물어보는 것 좀 봐. 뭐, 나더러 배우를 하라고? 점점 능숙해지는 도윤의 연기력이 남우주연상감이라는 생각을 하며 시내는 대답을 하려고 입술을 움찔거렸다.

'고문 같았어. 햇살 따듯하게 들어와 졸리지, 할 일 없어서 졸리지, 사람들이 내 눈치 보느라 말 한 마디 안 걸어주니까 졸리지. 그 졸음 참느라 고문 같았고, 졸다가 책상에 머리를 부딪쳤을 때는 창피해서 고문 같았어.'

솔직한 시내의 심정은 이렇게 울부짖고 있었다. 하지만 재회한 이후 처음으로 시내를 위해 무언가를 했다는 뿌듯함으로 반짝거리는 희락의 눈빛을 마주하자, 도저히 그 말을 꺼낼 수가 없다.

"아, 일. 일, 편하고 좋더라. 역시 회장 아들 파워가 다르긴 다른가 봐. 사람들도 친절하고, 책상도 크고 좋고. 이렇게 편하게 일을 하고 그렇게 많은 월급을 받아도 되는지 모르겠어."

시내는 자신에게로 향하는 도윤의 시선에 진심 어린 목소리로 얼른 한 마디 더 덧붙였다.

"꼭 남의 돈 날로 먹는 기분이야."

"편하다니까 다행이다. 정말 다행이야."

가슴을 쓸어내리는 희락의 모습에 시내는 거짓말에 대한 죄책감을 조금은 덜어버릴 수 있었다. 세 사람은 함께 엘리베이터를 타고 주차장으로 내려와 각자의 차에 올랐다. 도윤은 호텔 길을 빠져나가 큰 도로로 진입을 시도하며, 자신의 차 뒤를 따르는 희락의 세단을 룸 미러를 통해 흘깃 바라보았다.

"하는 일 없이 앉아 있는 게 적성에 맞나 봐?"

놀리는 듯한 도윤의 목소리에도 시내는 맞대응할 힘도 없다는 듯, 시트에 몸을 묻고 손을 내저었다. 새벽에 도시락을, 오전엔 편의점, 저녁에는 바에서 일을 할 때에도 이렇게 기진맥진하지는 않았었다.

"그래, 마음껏 즐겨. 네가 언제 과장이 타주는 커피를 마시고, 네 눈치만 보는 사람들 틈에 있어보겠냐?"

"그만 해. 지금 불난 집에 부채질 해? 즐기라고? 두 번 즐겼다가는 아주 사망하시겠어. 내가 상상했던 회사 생활은 이게 아니었어. 이게 아니라고!"

"네가 상상했던 건 뭔데?"

신호에 걸려 잠시 멈추어 선 도윤의 차 옆 차선으로 희락의 차가 정확하게 멈추어 섰다. 운전석에 탄 희락과 눈이 마주치자, 시내는 웃음을 지으며 손을 흔들어 보였지만 도윤에게 대답하는 목소리는 웃음과 거리가 멀었다.

"동료들하고는 일을 가르쳐 주면서 욕도 하고, 칭찬도 해가며 같이 점심 식사도 하고 저녁에는 회식으로 친목을 다지고. 일은, 적당히 활동성도 있으면서 내가 아니면 해결나지 않는 그런 중요한 일. 그런데…… 오늘 내가 한 일은 아무것도 없어. 전화만 받으면 된다고? 하다못해 전화 한 통도 없었다고!"

도윤이 키득거리자 시내는 차창 유리에 머리를 박기 시작했다. 쿵, 쿵, 쿵, 쿵. 머리가 부딪치는 횟수와 강도가 더 강해질수록 도윤의 웃음소리도 커졌다.

"하하하하."

"뭐가 웃기다고 웃어? 웃지 마. 하루만 더 있다간, 나 죽을지도 몰라. 만약에 나 죽으면 그때 꼭 산재로 처리해 줘야 해. 알았지, 민도윤 이사님?"

"전 과장님, 어떻게든 연줄로 만들어보려고 조시내 씨한테 아부하는 것 봤지? 그 여자가 대단한 사람이긴 한가 봐. 민 이사님 약혼녀라고 하던데, 오늘 아침에도 같이 출근하더라?"

"어머, 정말?"

오늘도 손수 모닝커피를 타오겠다는 전 과장을 말리고 자신이 커피를 가져오던 시내는, 열린 문틈으로 들리는 같은 사무실의 여직원들의 수다 소리에 흠칫 놀라 멈추어 섰다.

"살짝 지나가면서 들었는데, 민 이사님한테도 반말로 말해. 너, 너 거리기도 하고. 좀…… 막 대하는 것 같기도 하고."

"어머, 여자 쪽이 대단한가 보다. 하긴 노희락 씨가 직접 회장님한테 부탁해서 자리를 만들었다는데 그 정도는 되겠지."

"그런데 그런 사람치곤, 옷차림이 너무 소박하지 않니?"

시내는 커피가 든 머그잔을 높이 치켜들고 자신의 옷차림을 내려다보았다. 무늬가 없는 평범한 디자인의 검정 재킷은 새 직장을 위해 나름대로 거금을 투자해 인터넷에서 주문한 것이다. 소박하다는 말에 시내는 살짝 눈썹을 찡그렸다.

"그건 그래. 그래도 부럽더라. 민 이사님하고 같은 차를 타고 와서, 같이 걸어가다니."

시내는 이때다 하고, 열린 문을 살짝 밀치며 사무실 안으로 들어섰다. 조금 전만 해도 전 과장이 잠시 자리를 비운 틈을 타 소란스럽게 수다를 떨고 있던 직원들이 시내의 등장에 순식간에 경직되었다.

"부러워요? 뭐가요? 민도윤, 아니, 민도윤 이사님이랑 같은 차에서 내리는 게 부러워요?"

"아, 아니요. 죄송합니다."

거듭 고개를 숙이는 직원의 태도에 머쓱해진 시내가 중얼거렸다.

"사과를 받자는 게 아니라, 진짜 궁금해서 묻는 건데."

"전 다른 뜻이 있어서 그런 게 아니라요. 그냥 민 이사님이 워낙 호텔에서 인기가 많으시니까, 다른 사람들이 조시내 씨를 부러워한다는 뜻으로 한 말이었는데."

거의 울상인 채로 책상으로 돌아가는 직원들의 뒷모습에 허탈해진 시내는, 자신의 텅 빈 책상으로 돌아와 머그잔을 내려놓았다. 역시 오늘도 할 일 없이, 졸고 앉아 있어야 하는 건가. 깊은 한숨을 내쉬던 시내의 머릿속에 조금 전 여직원의 목소리가 떠올랐다.

누가 인기가 있다고? 민도윤이? 그것도 그냥 있는 것도 아니라, 워낙에 인기가 많다고? 말도 안 돼. 어딜 봐서? 그 사람이 키가…… 크지. 그렇다고 얼굴이…… 봐줄 만하지. 능력이…… 이사지, 참. 돈은…… 좀 벌지. 성격! 그래, 성격이 안 좋잖아. 매일 구박만 하고…….

그때 시내의 머릿속으로 조각조각난 장면 몇 개가 그림처럼 지나간다. 엘리베이터에서 도시락 전단지를 정성스럽게 붙여주던 모습, 도둑이 들었던 날 가게까지 찾아와 주었던 모습, 그녀를 위해 희락의 앞에서 함께 살고 있다고 거짓말을 해주던 모습.

그래, 뭐 성격…… 그만하면 됐지. 인정하긴 했지만 괜히 심기가 불편해진 시내는 휴대전화기를 집어 들고 도윤에게 문자 메시지를 보냈다.

〈좋겠다, 인기 많아서.〉

한동안 답장이 없다. 침묵은 무엇일까. 긍정의 표현? 엎드린 채로 책상 위에 올려놓은 휴대전화기를 물끄러미 바라보던 시내가 끝내 답장이 오기를 포기할 즈음에서야 갑자기 요란스럽게 진동하기 시작했다.

"내가 언제 전화하래?"

황급히 휴대전화기를 집어 들고, 목소리를 죽인 시내가 물었다.

하지만 쥐 죽은 듯 일에만 열중하던 직원들의 시선이 벌써부터 호기심이 섞여 날아든다.

[정말 할 일 없어서 별생각을 다 하는가 본데, 곧 그 무료함이 얼마나 행복한 것이었는지 후회하게 될 거야.]

"무슨 말이야? 여보세요? 여보세요? 야! 민도윤! 민도……."

"어머, 민 이사님인가 봐."

도윤의 이름을 외쳐 부르던 시내는 직원들의 수군거림에 입을 꾹 다물고 말았다. 도대체 그 말뜻은 무엇일까. 곧 이 무료함이 끝이 난다는 이야기인가? 무슨 말을 앞뒤 잘라먹고 자기 하고 싶은 말만 하고 끊어버리냐! 에이, 성격 좋다고 한 거 다 취소다. 속으로 투덜거리던 시내는, 이제 막 사무실에 들어서는 전 과장의 부름에 엉거주춤 몸을 일으켰다.

"조시내 씨, 부서가 변경되었네요. 다른 부서로 이동하셔야겠어요."

"네? 하지만 저, 어제 입사했는데요?"

"저도 참 아쉽습니다. 그런데 갑자기 내려온 이사님의 지시라, 뭐 따를 수밖에요."

이사님? 도윤이다. 그럼 조금 전의 말은 부서 이동을 뜻하는 것이었나?

여전히 시내의 머릿속에는 의문만이 가득했다. 단 하루 만에 불편한 상전을 내쫓게 된 직원들은 안도의 한숨을 내쉬었고 이 기회에 확실한 연줄을 만들고 싶었던 전 과장은 아쉬운 표정이 역력했다.

"그럼 제가 가야 할 곳은 어딘가요?"

"F&B팀, 한식당 조리부예요."

회의를 끝내고 자신의 사무실에 들어선 도윤은 서류를 책상 위에 집어 던지듯 올려놓고, 창가로 향하고 있던 회전의자를 자신을 향해 빙그르 돌렸다. 순간 의자에 앉아 있던 시내가 갑자기 몸을 확 일으키며 '워!' 하고 냅다 소리를 지른다.

"우하하하하. 움찔하는 것 좀 봐. 큭큭큭큭."

"너 지금 여기서 뭐 하는 거야?"

진저리칠 만큼 깜짝 놀란 도윤은, 민망함에 더욱더 크게 화를 냈다. 그리고 시내를 책상에서 끌어냈다.

"아울렛 매니저를 찾아가라는데, 아울렛 매니저가 누구야?"

"지나가는 직원 아무나 붙잡고 물어봐도 가르쳐 줄 텐데? 너 이렇게 이사 사무실 제 집 드나들듯 하면 정말 왕따당해, 왕따. 알지?"

"왕따나 은따나. 그런데, 나 왜 부서 바꾼 거야?"

조금 전 시내가 웅크리고 숨어 있던 의자에 털썩 앉으며 도윤은 컴퓨터를 부팅시켰다. 그와 동시에 휴대전화기를 집어 들었는데, 시내에게서 온 부재중 전화가 여러 통이었다. 아마 전화 연결이 되지 않아 사무실까지 올라온 듯했다.

"호텔 돈 날로 먹는 걸 두고 볼 수가 없어서."

"에이, 내가 하루만 더 하면 죽을지도 모른다고 하니까 겁났구나?"

"네가 죽든 말든."

중얼거리며 도윤은 수화기를 집어 들어 비서를 연결시켰다. 그사이 시내는 도윤의 책상 위에 널린 서류 종이를 한 장 집어 들었다.

“지금 나가는 조시내 씨, 한식당 지배인에게 데려다 줘.”

전화를 끊고 난 도윤은 시내의 손에서 서류를 휙 낚아챘다.

“나가면 비서가 지배인한테 데려다 줄 거야.”

“그럼 나 한식당에서 일하는 거야? 음, 내 음식이 맛있긴 했구나? 큭, 그렇지. 그 분야가 내 전문이긴 하지. 어쨌든 고마워.”

예상하지 못한 시내의 말에 도윤이 고개를 들었다. 쑥스러운 듯, 살짝 뒷걸음질을 치며 시내는 어깨를 으쓱거렸다.

“사실은 고맙다는 인사하려고 올라온 거야.”

도윤은 피식 웃음을 터뜨렸다. 어젯밤 내내 기운없이 유령처럼 거실을 돌아다니며 한숨만 푹푹 쉬는 모습보다는 훨씬 시내다웠다.

“호텔 돈 날로 먹던 직원, 이틀 만에 산재 처리까지 해줘야 하는 불상사가 없길 바라는 마음에 한 일이니까 고마워할 필요 없어. 그리고…… 아니야, 됐어. 나가봐.”

오늘 저녁쯤이면, 자신에게 고맙다고 한 말을 취소할지도 모른다는 말을 덧붙이려다 말았다. 시내가 완전히 뒤돌아서 사무실을 빠져나가려는 찰나, 비서의 보고도 없이 사무실 문이 벌컥 열리며 얼굴이 발갛게 달아오른 희락이 나타났다.

“락아!”

“너 한식당 조리부로 가는 거 정말이야?”

“응? 아, 그게…….”

화가 난 듯한 희락의 목소리에 시내는 할 말을 찾기 위해 눈동자만 우왕좌왕 굴렸다. 희락이 구해준 일자리에 만족하고 편안하다는 말을 한 것이 불과 어제였다. 그때 도윤이 책상에서 몸을 일으키며 시내를 향해 입을 열었다.

"먼저 나가봐."

시내에게 향하고 있던 희락의 시선이, 도윤에게로 향했다. 존경심과 친근함이 배제된 날카로운 시선은 처음이었다.

"민 이사님!"

"나가봐."

걱정스럽긴 했지만, 너무나 단호한 도윤의 목소리가 든든하기도 했다. 시내는 희락과 도윤을 번갈아 바라보다 이내 먼저 사무실을 나섰다. 책상을 돌아 나온 도윤이 소파에 앉자, 희락 역시 따라 앉으며 약간 높은 언성으로 입을 열었다.

"왜 시내를 조리부로 보내시는 겁니까! 홍보실의 그 자리, 시내를 위해서 특별히 마련한 자리라는 거 아시잖아요."

"전화만 받으면 되는 일, 특별하긴 하죠. 게다가 급하게 만든 자리라 아직 전화선까지 연결되어 있지 않으니 하루 종일 책상만 긁으면서 졸기나 하고, 그러면서 옆에서 열심히 일하는 직원들보다 많은 월급을 받으니까."

비꼬는 듯한 도윤의 말투에 희락은 잠시 주춤했지만 이내 다시 입을 열었다. 시내의 일에 있어서는 지고 싶지 않다는 마음이 드러나는 것 같아 오히려 마주하는 도윤이 부담스러울 지경이었다.

"민 이사님도 시내가 호텔에서 일하는 걸 동의하셨지 않습니까. 제가 시내의 부모님께 받은 은혜에 비하면 이건 아무것도 아닙니다. 시내는 이제 좀 편하게 살아도 괜찮아요."

"지금 내가, 시내가 하는 일 없이 받아가는 돈이 아까워서 이러는 것 같습니까. 노희락 씨, 뭔가 잊고 있는가 본데……."

부담스럽긴 하지만, 시내에 대한 희락의 열의는 묘하게 도윤을 자극하고 있다는 것을 부인할 수 없었다. 하지만 도윤은 희락처럼 그것을 겉으로 드러내 보이지는 않으며, 여유있게 미소를 지어 보였다.

"시내는, 내 사람입니다."

희락이 움찔했다.

"노희락 씨가 시내를 많이 안타까워하고, 도움을 주고 싶어하는 것은 충분히 이해하고 있습니다. 하지만 나도 누구보다 시내를 위해서 생각하는 사람이라는 걸 잊고 있나 보군요."

"조리부로 보내는 게 시내를 위한 거라고 생각하십니까."

"그럼 노희락 씨는 아무 일도 없이 우두커니 책상에 앉아 여덟 시간을 보내는 것이 시내를 위하는 일이라고 생각합니까? 노희락 씨가 그렇게 생각한다면, 그건 지난 십 년이 두 사람 사이에 얼마나 길었는지 증명하는 거겠죠. 적어도 내가 아는 조시내는 노희락 씨가 만들어놓은 편안하고 특별한 자리를 즐길 만한 사람은 아닙니다."

시내에 대하여 이렇게 명확하게 말할 수 있는 자신감이 있다는 사실에 도윤은 스스로에게 놀라고 있었다. 그러면서도 도윤의 말에 대답을 하지 못하고 입을 꾹 다무는 희락의 시선을 피하지 않고 똑바로 응수했다.

"어쨌거나."

무슨 말을 더 하려고. 이만하면 충분해. 그만 해, 민도윤. 도윤은 스스로에게 경고를 보냈지만, 이미 입을 제멋대로 지껄이고 있었다.

"일이 많아서 바쁠 텐데, 시내에게 신경을 많이 써줘서 고맙습니다."

자신이 희락보다 시내에게 더욱 가까운 사람이라는 사실을 여실히 드러내는 말이었다. 적지 않은 충격을 받은 듯 가볍게 고개를 숙여 보이고 뒤돌아서 사무실을 나가는 희락의 뒷모습을 바라보며 도윤은 한숨을 내쉬었다.

뭐야, 민도윤. 넌 가짜야. 시내의 거짓 연인. 진짜처럼 굴지 않아도 된다고!

도윤의 비서의 안내에 따라 한식당에 들어선 시내는, 발 아래로 파고드는 자그마한 자갈에 순간 흠칫했다. 이내, 동선을 따라 만들어진 식당 내부의 자갈길이라는 것을 깨닫고 감탄사를 내뱉었다. 널찍한 한식당의 내부는 전통적인 문양과 감칠맛 나는 색감으로 고급스럽게 치장되어 있었다. 바깥 홀은 앤티크 원목 테이블과 한지로 감싼 조명등으로 동, 서양의 고급스러움을 조심스럽게 조화시켰고, 더욱 안쪽으로 들어가면 룸 형식의 작은 공간에 좌식 테이블이 나타났다. 개량 한복을 입은 직원들이 손님 테이블 사이를 부지런히 움직이며 음식을 나르고 있어, 한식당 안은 고소한 음식 냄새로 가득했다.

"조시내 씨?"

자신을 부르는 목소리에 넋을 잃고 홀을 둘러보던 시내가 정신을 차리고 고개를 돌렸다. 역시 직원들과 똑같은 개량 한복 유니

폼을 입고 있는 여자는, 단아하게 머리를 틀어 올리고 액세서리를 최대한 줄인 소담한 인상이었다. 한식당 지배인이라고 자신을 소개한 그녀는 시내를 데리고 직원들이 들락거리고 있는 홀의 모퉁이를 돌아 주방으로 향했다. 익숙한 양념 냄새가 코끝을 자극하자, 시내의 얼굴이 더욱 환해졌다.

"앞으로 제가 이 주방에서 음식을 만들게 되나요?"

주방 안은, 홀에서 일하는 인원보다 훨씬 많은 사람들이 일사분란하게 움직이고 있었다. 얼룩 한 점 없이 새하얀 조리복과 하늘 끝으로 치솟은 조리모 차림의 사람들 모습에 시내의 얼굴에는 설렘이 가득 차 올랐다.

시내의 물음에 지배인은 잠시 머뭇거렸지만, 이내 입을 열고 대답해 주었다.

"앞으로 조시내 씨가 해야 할 일을 가르쳐 줄 사람을 소개시켜 드리죠."

반짝반짝 빛나는 각종 조리도구들과 그것을 능숙하게 사용하는 손길에 시선을 빼앗겼던 시내는, 순간 눈앞에서 번쩍거리는 날카로운 칼날에 흠칫 걸음을 멈추었다. 적어도 40㎝는 될 듯한 커다란 생선을 조리대 위에 올려놓고, 하늘을 향해 치솟아오른 칼날은 정확하게 생선의 목을 내려쳤다. 꿈틀, 목이 날아간 후에도 몸부림이 계속될 정도로 신선한 생선을 붙잡고 있던 남자가 지배인의 부름에 고개를 돌렸다.

"서 조리장."

핏물이 뚝뚝 떨어지는 칼을 손에서 놓지 않고 남자는 지배인과 시내를 번갈아 바라보았다.

"조시내 씨예요. 이번에 조리부로 옮겨왔는데, 메인 주방에서 일하게 될 거예요. 서 조리장이 일 좀 가르쳐 줘요."

"제가 직접요?"

남자는 못마땅한 표정을 굳이 숨기려 하지 않았다.

"네, 직접요. 조시내 씨, 이쪽은 앞으로 조시내 씨가 해야 할 일에 대해 가르쳐 줄 서윤수 조리장이에요."

지배인은 시내에게 그를 소개시켜 준 뒤, 윤수에게 다가가 귓속말로 무엇인가 중얼거렸다. 윤수의 일그러지는 표정으로 보아, 시내는 지배인이 그에게 난데없이 떨어진 이 '낙하산'에 대해 설명하는 것이라 짐작했다.

지배인이 주방에서 나가자, 윤수는 다시 조리대로 몸을 틀어 생선을 다듬기 시작했다. 꼬리에서 머리 방향으로 비늘을 벗겨내고 내장을 벗겨낸 후, 능숙하게 칼집을 냈다. 그리고 조금 떨어진 다른 조리사에게 손질한 생선을 넘겨주었다.

"홍합소스 도미구이. 소스 만들 때 버터 양 조절 잘해."

"네. 나중에 간 봐주실 거죠?"

윤수의 현란한 칼 솜씨에 탄복하고 있던 시내는 그가 갑자기 자신에게로 고개를 돌리자 흠칫 놀랐지만, 이내 특유의 넉살 좋은 웃음을 얼굴 가득 지어 보였다. 시내의 가슴은 기대로 한껏 부풀어 올랐다. 한눈에 봐도 그는 솜씨가 좋은 요리사였고, 지금 그의 곁에 있는 다른 조리사들처럼 배우면서 일을 할 수 있을 것이란 생각이 들었기 때문이다.

지금은 '십 년 경력' 전단지지만, 나중에 가게를 차렸을 때는 '전직 호텔 주방장이 만든 도시락' 이라고 쓸 수 있겠지?

"낙하산."

"네?"

"가서 옷부터 갈아입고 와. 야, 누가 남는 조리복 좀 가져다 애 줘라."

툭툭 내뱉는 말투, 낯설지가 않다. 시내는 윤수를 조리부의 민도윤이라 생각하며 코끝을 살짝 찡그렸다.

하여간, 어딜 가나 꼭 이런 애들 하나씩은 있다니까.

시내는 조리복으로 갈아입기 위해 탈의실로 향하며, 주머니에 있는 휴대전화기를 만지작거렸다. 나가라고 해서 나오긴 했지만, 도윤이 희락에게 뭐라고 말을 했을까 궁금했다. 희락이는 화가 많이 난 눈치였는데……. 설마 싸운 건 아니겠지? 전화를 한번 해봐? 이내 시내는 고개를 흔들었다. 우선 지금은 얼른 옷을 갈아입고 윤수에게 요리를 배우고 싶은 마음뿐이었다.

진짜 자신의 자리를 찾은 것 같아 즐거워진 시내는 콧노래를 흥얼거리며 옷을 갈아입었다.

"그래, 민도윤. 오늘 저녁 기대해라. 내가 스페셜하게 밥 차려 줄 테니까."

조리복, 위생 앞치마, 조리모까지 쓰고 거울 앞에 선 모습이 썩 잘 어울렸다. 벌써부터 일류 요리사가 된 듯한 기분에 시내는 터져 나오는 웃음을 손바닥으로 막으며, 제자리에서 폴짝폴짝 뛰었다. 다시 주방으로 돌아와 윤수 앞에 섰을 땐 시내의 얼굴은 기대감으로 완전히 발그레 달아올라 있었다.

"저 이제 뭐 할까요? 뭐든 가르쳐 주시면 열심히 잘 배울 자신 있는데."

시내의 모습을 머리끝에서 발끝까지 훑어보던 윤수는 휙, 손을 뻗어 그녀의 머리에서 조리모를 벗겨냈다. 그리고 눈을 동그랗게 뜬 시내에게 '따라와' 라고 중얼거리며 뒤돌아서 휘적휘적 걸어간다. 그가 멈추어 선 곳은 주방 한쪽의 개수대였다. 발 아래로는 슬쩍 흘러넘친 물기가 아직도 남아 있었다.

"오늘 할 일이야."

윤수가 손가락으로 가리킨 것은 개수대 한쪽에 쌓여 있는 음식이 닦이지 않은 설거짓감이었다. 이미 한 명이 설거지를 하고 있긴 했지만, 홀 쪽에서 트인 작은 통로로 끊임없이 그릇들이 쏟아져 나오고 있었다.

"설거지요?"

뒤돌아서 자신의 조리대로 돌아가던 윤수는 시내의 물음에 다시 뒤돌아서 그녀를 바라보았다. 그리고 쌓이고 쌓이는 그릇들을 향해 흘낏 눈짓해 보였다.

"난 주방에 지저분한 그릇들이 쌓여 있는 걸 제일 싫어해. 쌓이지 않게 해, 낙하산."

여섯

탁탁탁탁, 키보드를 두드리고 있던 도윤은 쥐죽은 듯 조용한 부엌을 한 번 뒤돌아보았다. 식사가 끝나고 나서 식탁 위의 정리하느라 그릇들이 부딪치는 소리가 들리는 듯했지만, 이내 다시 조용해진다. 의아해진 도윤은 살짝 몸을 일으켜 부엌으로 향했다.

"아, 목말라."

혼잣말처럼 중얼거리며 도윤은 냉장고 문을 여는 척하면서 개수대 앞에 선 시내에게 흘끔 시선을 던졌다. 저녁 식사의 설거짓감이 개수대에 쌓여 있었고, 시내는 그것을 가만히 노려볼 뿐이다.

"뭐 해? 제사 지내?"

"토할 것 같아."

시내의 말에 도윤의 눈썹이 위로 치켜 올라갔다.

"뭐라고?"

"설거지할 생각 하니까, 토할 것 같아."

그리고 입을 꼭 다물어 버린다. 도윤은 고개를 돌려 개수대 안을 들여다보며 비위가 상할 만한 것이 있는지 확인했지만 그릇 몇 개와 수저만이 얌전하게 물에 담겨 있었다.

"팔이, 팔이 안 올라가."

시내는 개수대 위에 턱 하니 손을 올려놓았지만 이내 아래로 떨어진다. 시내에게는 설거지가 낯선 노동은 아니었지만 몇 시간 동안 쉼없이 설거지만 한 것은 처음이었다. 팔 안쪽의 근육이 묵직해져 있었다. 아마도 내일 아침이면 아릿한 근육통을 견뎌야 할 것이다.

"그럼 놔둬. 나중에 내가 할 테니까."

물이 든 컵을 들고 부엌에서 빠져나온 도윤은, 다시 노트북 앞에 앉았다. 따라 나온 시내는 소파에 쓰러지듯 누우며 얼굴을 쿠션에 파묻었다. 이내 고개를 살짝 들고 길게 한숨을 내쉬자, 따듯한 입김이 도윤의 목 언저리까지 와 닿았다. 도윤은 애써 그 느낌을 무시하려고 손가락에 힘을 주자 노트북 키보드가 부서질 듯 흔들렸다.

"저기 있잖아. 조리장이면 높은 사람인 거야?"

"누구?"

"내가 일하게 된 주방의 서윤수 조리장 말이야."

"한식당 메인 주방 조리장이면, 과장급? 그건 왜?"

과장, 과장. 중얼거리며 시내는 바득바득 이를 간다. 그녀 앞에서 설설 기다시피 한 전 과장과 같은 직급이면서 윤수는 눈썹 하나 깜짝하지 않고 자신을 '낙하산'이라고 불러댔다. 그것까지는 아무래도 상관없었다. 무지막지한 양의 설거지를 시킨 이후로는, 자신 따위는 아예 존재감을 잊은 듯 행동했다.

벌떡 몸을 일으킨 시내가 등 뒤에서 어깨를 꽉 붙들자, 도윤은 움찔거리며 몸을 피하려고 했지만 그녀가 어깨를 무자비하게 흔들어대는 통에 쉽지가 않았다.

"나 요리하라고 주방에 보낸 거 아니었어? 아니었냐고!"

겨우 시내의 손을 떼어놓은 도윤이, 코끝을 찡그리며 입을 열었다.

"네가 도시락 좀 만들어 판다고 뭔가 착각하고 있는 모양인데, 호텔 주방이 아무나 들어가서 요리할 수 있는 곳인 줄 알았단 말이야?"

또다시 뒤에서 공격할까 싶어 도윤이 시내를 향해 몸을 돌리자 이번에는 어깨가 아니라 멱살이다. 시내는 도윤의 티셔츠 목 부분을 끌어 움켜쥐고 흔들어대기 시작했다.

"그럼, 다 알면서 보냈단 말이야? 너무하는 거 아니야?"

"숨 막혀, 이거 놔."

팔의 근육통이 시작되는지 이번에는 시내의 팔을 떼어놓는 것이 어렵지 않았다. 도윤은 늘어난 티셔츠를 내려다보며 얼굴을 더욱 일그러뜨렸다.

"하기 싫으면 홍보실로 돌아가든지."

"요리하게 해달란 말이야! 어차피 빽으로 들어온 거, 그래. 빽 좀 써서 나 바로 요리로 가면 안 될까나?"

멱살을 움켜쥘 때는 언제고, 시내의 태도가 재빨리 비굴모드로 전환된다. 시내의 비굴한 모습을 즐기기라도 하는 듯, 심술궂게 웃던 도윤이 손가락으로 그녀의 이마를 톡 건드렸다.

"내가 이야기했잖아. 나 그렇게 능력 많은 임원이 아니야. 내 능력은 자리를 옮겨주는 걸로 끝이라고."

약을 올리듯 말하는 도윤의 모습에 시내가 입술을 실룩거렸다.

"그럼 언제까지 설거지를 해야, 요리를 배울 수 있을까?"

"아마 주구장창 설거지만 해야 할걸."

"왜? 그런 게 어디 있어! 아니, 밑바닥에서부터 시작하면 차근차근 올라갈 수 있어야 하는 거 아니야?"

꿈에 그리던 요리는 고사하고 내내 설거지만 해야 한다는 말에 시내의 얼굴은 노래졌다가 이내 흥분으로 발갛게 달아오른다. 어찌나 표정에서 감정이 모두 드러나는지, 숨김없이 솔직한 시내가 귀엽게 느껴진 도윤은 웃음을 참기 위해 무진 애를 써야 했다.

"넌 그 시작부터가 틀렸다는 거지. 오늘 가자마자 설거지를 시켰다고 했지?"

입술을 불쑥 내밀며 시내가 고개를 끄덕였다.

"주방마다 디시워셔를 둬. 그릇만 닦는 직원이지. 그나마도 양식부에서는 세척기를 사용하고. 가끔 조리사 보조원들이 일손을 거들어주기는 하지만 주로 파트타임이 많아. 네가 말한 조리사로의 밑바닥의 시작은 조리사 보조원이지. 조리사 보조원은 조리도구를 손질하거나 재료 손질하기 시작하면서 곁눈질로 요리를 배우고 그 다음은 삼급 조리사, 이급 조리사, 일급 조리사, 부조리장. 그 위가 네가 말한 서윤수 씨 같은 조리장이야. 한마디로, 서윤수 조리장은 너를 조리사로 만들 생각이 없다는 거지."

그럼, 일을 그만두지 않는 한 파트타임처럼 죽어라 설거지만 해야 한다는 건가! 요리를 배울 수도 없고, 몸이 편한 것도 아니면서! 시내의 미간이 꿈틀거리기 시작했다.

"그만두고 싶으면 지금 그만둬. 어차피 하고 싶지 않은 일, 노희락 씨 제안을 거절하지 못해서 시작한 거니까. 게다가 노희락 씨는 지금 조리부로 옮긴 걸 탐탁지 않게 생각하고 있으니까 그만둔다고 해도 반대하지 않을 거야."

모든 건 네 뜻에 달려 있다는 듯, 어깨를 한 번 으쓱거린 도윤은 다시 일을 시작하기 위해 시내에게서 등을 돌렸다. 소파에 고개를 파묻었다 들어서 한숨, 또다시 파묻기를 반복하던 시내가 갑자기 도윤의 머리를 붙잡고 목을 뒤로 꺾었다.

"뭐 하는 거야?"

졸지에 고개를 소파에 기대게 된 도윤은 코앞에 나타난 시내의 얼굴에 당황할 수밖에 없었다. 빙그레, 미소 짓는 시내의 얼굴이 거꾸로 보인다. 도윤이 고개를 흔들수록, 시내의 손가락은 더운 옥죄어온다. 가깝게 보이는 시내의 얼굴은, 어쩔 수 없이 얼마 전에 벌어진 불의의 사고를 떠올리게 했다.

"난 네가 그렇게 웃으면."

마치 달콤한 고백이라도 하듯 도윤의 목소리는 그답지 않게 나

긋했다.

"웃으면?"

"그렇게 웃으면, 무섭다."

"뭐야? 아이, 오빠아아아. 그러지 말고, 나 부탁 하나만 들어주라."

왜 이제껏 손을 쓸 생각을 하지 못하고 고개만 흔들고 있었는지, 도윤은 스스로를 한심하게 여기며 손을 뻗어 시내의 팔을 붙잡아 자신에게서 떼어냈다. 목을 제자리로 돌려놓았지만 뻐근함은 여전했다.

"한식당 메인 주방에서 서윤수 조리장보다 높은 사람이 누구야?"

은근한 목소리의 시내가 정말로 무서울 지경인 도윤이다.

"주방장이지."

"그 주방장님한테 말해서 나 조리사, 아니, 조리사 보조로 만들어 주면 안 될까? 당신 이사잖아, 이사! 아무리 힘이 없다고 한들, 이사가 그렇게 말을 하는데 주방장이 듣지 않겠어?"

사람들이 연줄로 들어온 자신의 눈치를 본다고 불편해할 때는 언제고, 이제는 조리사가 되고 싶어 자신에게 빽을 써달라고 비굴한 모습을 보이는 시내가 어이가 없어 도윤은 고개를 흔들었다.

"네 능력껏 해. 혹시 알아? 지금처럼 조리장 앞에서 비굴하게 굴면 보조라도 시켜줄지."

"치사하다, 치사해. 그래. 더러워서 내가 부탁 안 한다!"

시내는 몸을 벌떡 일으켰다. 입술을 일자로 꽉 다물고 도윤을 노려보던 시내는 그의 곁에 쌓여 있는 서류 뭉치들을 발로 슬쩍 밀어 쓰러뜨리고 후다닥 부엌으로 사라져 버렸다.

"아후, 저걸."

쏴아아아아, 개수대에 물이 흐르는 소리에 도윤의 목소리가 잠겨 버렸다. 서류 뭉치를 다시 제대로 정리하던 도윤은, 일부러 그가 들으라는 듯 크게 소리 내어 낑낑거리는 시내의 목소리에 잠시 짧은 생각에 잠겼다. 하지만 이내 정신을 차린 도윤은 시내 때문에 낭비한 시간을 메우기 위해 재빨리 일을 시작했다.

국제회의를 목전에 남겨두고, 마지막 점검을 위해 관련 부서와 협력 부서의 담당자들이 모두 한자리에 모였다. 이번 국제회의의 최고 책임자인 도윤은 회의실에 들어서며, 사람들과 눈인사를 건네었다. 스치듯 지나가던 도윤의 시선이 불편한 심기를 얼굴에 그대로 드러내 보이는 희락과 마주쳤다. 도윤을 본 희락은 예의상 허리를 숙여 보이기는 했지만, 아직도 시내를 조리부로 보낸 것에 대해 마음이 풀리지 않은 것이 분명했다.

"각 협력 부서별 브리핑부터 시작하겠습니다."

도윤이 자리에 앉자마자 연회 코디네이터인 희락을 시작으로 릴레이 형식의 브리핑이 시작되었다. 그들이 내놓은 보고서를 쌓아놓고 차례로 넘기던 도윤은 한식 조리팀에서 내어놓은 메뉴 보고서의 상단에 적힌 이름을 보고 고개를 들었다.

"다음은 한식당 조리부의 서윤수 조리장의 메뉴 확정에 관한 브리핑입니다."

연회 주방은 따로 있었지만, 행사의 규모상 연회 주방에서 모든 서비스를 담당하기는 불가능했고 업장별 주방장의 협력으로 일이 진행되어 왔는데, 특히 이번 국제회의 같은 경우는 외국인들이 고객인 이유로 한식당의 특별 저녁 만찬이 프로그램에 포함되어 있었다.

자신이 직접 지정한 메뉴에 대하여 설명하는 윤수의 모습에, 그제야 도윤은 어제 시내가 말할 때 어렴풋이 떠올랐던 그의 얼굴을 확인했다. 자신보다 두어 살 많은 것으로 알고 있는 서윤수 조리장은 한식당 조리부의 메인 주방장이 직접 일을 가르쳤고, 그 실력에 있어서는 차기 총 주방장감이라고 소문이 자자했다. 도윤 역시 그에 대한 이야기를 들은 적이 있었다. 실력만큼 꽤나 건방지고 안하무인의 성격을 가졌다고. 소문이 사실이라면 시내가 그렇게 이를 갈 만하다.

회의가 끝나고 모였던 직원들이 회의실을 빠져나가기 시작했다. 직사각형의 회의 테이블의 중앙에 앉아 있던 도윤은, 피곤한 얼굴로 메뉴 매뉴얼을 정리하는 윤수를 바라보았다.

"서윤수 조리장님."

앞치마와 조리모만 벗은 조리복 차림의 윤수는 도윤의 부름에 고개를 들었다.

"네, 이사님."

"잠깐 이야기 좀 할 수 있을까요."

도윤은 모든 사람들이 회의실에 빠져나갈 때까지 기다렸다. 이윽고 회의실에 윤수와 자신 두 사람만 남게 되자 의자에서 몸을 일으켜 그에게 다가갔다. 윤수도 작은 키는 아니었지만 도윤과 눈을 마주치려면 시선을 약간 치켜세워야 했다.

"제가 사람 한 명 그쪽으로 보냈습니다. 아시죠, 누군지."

"그 낙하산 말씀이십니까."

역시나 도윤 앞에서도 거침없었다.

"네, 그 낙하산입니다. 그런데 디시워셔는 파트타임으로 인력을 충분히 보충하고 있다는데, 정직원을 그런 일에 써도 되겠습니까."

"설거지를 시키든 양파부터 까든, 그건 주방 일입니다."

자신의 영역에 침범하지 말라는 뜻이 분명했다. 도윤은 천천히 한 발자국 더 그에게 다가가 섰다. 주름 한 점 없는 세련된 정장의 도윤과 얼룩 한 점 없는 새하얀 조리복 차림의 윤수가 한 치의 물러섬없이 서로를 바라보았다.

"낙하산이라는 건, 어떤 의미로든 힘을 가진 사람에게 아주 중요한 사람이라는 뜻입니다."

"지금 압력을 주시는 겁니까?"

도윤은 빙긋 웃으며 윤수의 말에 대답했다.

"아니요."

도윤은 손을 뻗어 에이프런을 풀어 휘어진 윤수의 조리복 앞섶을 제대로 정돈해 주었다.

"부탁하는 겁니다."

회의실에서 나와 자신의 사무실로 돌아온 도윤은, 엉거주춤 무엇인가 할 말이 있는 듯한 표정으로 일어서는 비서의 모습에 눈을 치켜떴다. 그리고 자신의 방문이 살짝 열려 있다는 사실을 깨닫고 안을 들여다보았지만 아무도 없었다.

"누가 왔었나?"

"저기, 노재희 씨가 오셨다 금방 나가셨습니다."

"그래?"

그녀와 마주치지 않은 것을 다행이라 여기며, 방 안으로 들어가려던 도윤은 이어지는 비서의 말에 걸음을 멈추었다.

"약간 술에 취하신 것 같았어요."

술! 도윤은 눈살을 찌푸리며 손목시계를 내려다보았다. 그런데 재희는 이혼 후부터 대낮부터 술을 마시는 것이 완전히 습관이 되었나 보다. 도윤은 짧은 한숨을 내쉬었다.

"그런데……."

아직도 끝나지 않은 듯 비서가 걱정스럽게 중얼거렸다.

"조시내 씨가 일하는 곳이 어디냐고 물어보셔서, 가르쳐 드렸는데 괜찮을지 모르겠……."

순식간에 얼굴이 일그러진 도윤은, 비서의 말이 채 끝나기도 전에 손에 들고 있던 서류들을 바닥에 내팽개치고 사무실을 뛰어나갔다.

한 차례 쌓인 설거짓감을 해치우고 나서, 시내는 머리끝에서 목줄기로 주르륵 흐르는 땀을 손등으로 닦아냈다.

"그래. 내 발등 내가 찍었지."

그렇다고 홍보실로 돌아가고 싶다는 생각은 들지 않았다.

"그래, 누가 이기나 해보자고. 설거지? 까짓, 도시락 통 백 개 씻는다고 생각하면 되지. 그게 대수야?"

다시 하나둘 밀려드는 접시들을 바라보며 거품이 잔뜩 묻어 있는 수세미를 움켜쥐고 개수대에 손을 집어넣으려던 시내는, 주방 안으로 들어서는 재희의 모습에 눈을 동그랗게 떴다. 순간 자신이 잘못 본 것이라 생각하고 몇 번 눈을 깜빡거렸지만 잘못 본 것이라 하기엔 새하얀 조리복과 은빛 조리도구들 사이에 선 재희의 원색 원피스가 너무나 선명했다.

"재희 씨."

또각또각, 타일에 닿는 구두 굽 소리에 주방 안에서 일을 하고 있던 직원들의 시선이 하나둘 모여들기 시작했다. 말없이 다가온 재희에게서 약한 알코올 향이 풍겨 나왔다.

"여기는 어떻게……."

거품이 묻어 있는 시내의 앞치마와 수세미, 그리고 땀으로 번들거리는 시내의 얼굴을 번갈아 바라보던 재희의 입꼬리가 천천히 치켜 올라갔다.

"이건, 너무하잖아."

"재희 씨."

"빽으로 만들어준다는 자리가, 겨우 이거야?"

비웃음이 섞인 재희의 목소리에 시내는 잠시 입을 다물고 그녀를 바라보았다. 하지만 이내 손에 끼고 있던 고무장갑을 벗어 던지고 재희의 팔을 붙잡았다. 시내의 손이 닿자마자 내팽개치는 통에 재희는 자신의 힘에 못 이겨 물기가 남은 바닥 위에서 비틀거렸다. 시내는 재희가 넘어지기 전에 얼른 그녀를 붙잡았다.

"대낮부터 무슨 술을 이렇게……. 나가요, 재희 씨. 우리 나가서 이야기해요."

재희는 또다시 시내의 손을 뿌리쳤다. 그리고 그녀의 입에서 빈정거리는 음성이 또다시 흘러나왔다.

"오너 아들과 남매 같은 사이에, 민도윤 이사의 애인이나 되시는 분이 주방에서 이런 일이나 하고 계셔도 되나요?"

"재희 씨!"

"어떻게, 내 힘으로 다른 자리 구해줘요? 그럴까요? 얼마든지 말만 해요, 조시내 씨. 나도 그 정도는 할 수 있어요."

재희는 그녀보다 키가 작은 시내를 내려다보며 중얼거렸다. 이번에는 빈정거림이라기보다 위협에 가까웠다. 하지만 시내는 재희의 섬뜩한 시선을 피하지 않고 맞받아 노려보았다.

"일자리? 돈? 뭐든 말만 해."

대신 도윤이를 돌려줘, 시내는 재희가 하고 싶은 말이 무엇인지 눈치 챘지만 모르는 척 넘겼다.

"그만 하세요. 취하신 것 같네요."

또다시 시내와 재희 사이에 승강이가 벌어졌다. 시내는 붙잡아 부축하려 하고, 재희는 그런 그녀의 손을 뿌리쳐 대는 것이 몇 번이나 반복되었다. 이제 주방 식구들은 노골적으로 두 사람을 구경하고 있었다.

"뭐 하는 짓들이야!"

시내는 겨우 재희의 팔을 붙잡는 데 성공했지만 등 뒤에서 들려오는 윤수의 우렁찬 목소리에 화들짝 놀라 다시 놓치고 말았다. 회의에 참석한다며 오전 내내 보이지 않던 윤수가 어느새 돌아왔는지, 시내와 재희를 노려보며 뚜벅뚜벅 가까이 다가왔다. 그의 못마땅한 시선이 시내에게서 재희에게로 천천히 옮겨졌다.

"누가 직원도 아닌 사람을 안에 들여보냈어! 이 여자 당장 치워 버려."

윤수의 목소리에 재희가 길고 반듯한 눈썹을 치켜떴다. 당황한 사람은 여전히 못마땅한 표정의 윤수 대신 시내였다. 치워 버리라니, 자신에게 낙하산이니 뭐니 불러댈 때부터 사고 한번 치게 될 줄 알았다!

"당신 지금 뭐라고 그랬어?"

사실 호텔 안에서는 거리낄 것이 없는 데다, 술까지 취해 이성적인 판단을 잃은 재희였다. 비틀거리며 시내에게서 돌아선 재희는 윤수를 노려보며 한 발자국 앞으로 걸어나갔다. 순식간에 싸늘하게 변한 주방 안의 분위기에 시내는 얼른 두 사람 사이를 가로막았다.

"저, 저기 조리장님…… 제가, 제가 모시고 나갈게요. 죄송합니다."

재희를 붙잡으랴, 윤수에게 고개 숙여 사과하랴 정신이 없던 시내는 주방 안으로 뛰어든 도윤의 모습을 발견했다. 달려온 모양인지 도윤의 이마에는 송골송골 땀이 맺혀 있었고 얼굴은 약간 상기되어 있었다.

"노재희."

도윤이 분노와 흥분을 가라앉히려고 노력한다는 것을 눈치 채고 시내는 안도의 한숨을 내쉬었다.

"아하, 이게 누구야. 민도윤이잖아."

윤수를 바라보던 날카로운 눈빛이 대번에 사그라지며 재희는 도윤에게 걸음을 옮기다 결국 비틀거리며 그의 팔에 안기듯 쓰러졌다. 차갑고 무뚝뚝한 눈빛으로 재희를 일으킨 도윤은 윤수와 시내를 번갈아 바라보았다. 무엇인가 할 말이 있는 듯 시내에게서 오랫동안 시선이 머물렀지만 도윤은 가만히 고개를 한 번 끄덕이는 것으로 말았다. 시내는 그런 도윤의 제스처를 '나중에 이야기하자'로 이해했다.

"미안합니다, 서 조리장님."

"전 또, 이사님께서 제게 부탁할 사람을 한 명 더 보낸줄 알았습니다."

빈정거리는 듯한 윤수의 목소리에 시내는 눈을 동그랗게 떴지만 도윤은 아무 말 없이 재희를 데리고 주방을 나갔다. 도윤에게 몸을 기대는 재희의 뒷모습을 바라보던 시내는 코끝을 찡그리며 '칫, 저 여우' 하고 중얼거렸다. 이내 두 사람에게서 시선을 뗀 시내는 윤수와 눈이 마주치곤 어색하게 씨익 미소를 지었다.

"뭘 봐? 설거지나 해."

윤수가 뒤돌아서자, 시내는 그의 뒤통수에 대고 주먹을 흔들어댔다. 하지만 윤수가 갑자기 뒤를 돌아보는 통에, 허공에 치켜들고 있던 손이 그 자리에 얼어붙어 버렸다. 윤수는 시내의 손을 흘끼 올려다보고는 입을 열었다.

"끝나고 남아."

주차장에서 재희의 차를 찾아낸 도윤은 조수석에 그녀를 앉히고, 자신은 운전석에 앉아 시동을 걸었다. 고급 외제 승용차는 차 주인이 아님에도 불구하고 부드럽게 시동이 걸렸고, 곧 주차장을 매끄럽게 빠져나갔다.

"어디로 가는 거야?"

"집에 데려다 줄게."

얼음장처럼 차가운 도윤의 목소리에 재희는 키득거리기 시작했다. 이내 그 웃음소리가 점점 커져 차 안을 가득 채울 지경이 되자 도윤은 고개를 돌려 재희의 얼굴을 바라보았다. 웃음소리와 달리, 재희의 표정은 일그러져 있다.

"내가 조시내한테 무슨 짓이라도 할까 봐 그렇게 달려온 거니?"

한시라도 빨리 그곳에서 벗어나고 싶은 도윤의 마음을 아는지 모르는지, 길 건너 머리끝에 달린 신호등은 노란색에서 붉은색으로 바뀌었다. 도윤은 정확한 정지선 안에서 차를 멈추며 운전대를 꽉 움켜쥐었다.

"그래."

"내가 무슨 짓을 하겠어. 난 힘없어. 괴롭혀 주고 싶은데, 괴롭혀 줄 힘도 없다고. 희락이의 은인이라니, 아버지 힘도 빌릴 수가 없어. 게다가 머리카락 한 올 건드릴까 싶어 이렇게 달려오는 민도윤이 버티고 있는데 내가 무슨 수로 그 애를 괴롭히겠어?"

꽝! 도윤이 운전대를 내리치자, 재희는 몸을 움찔거렸다.

"알면서 왜 찾아갔어!"

"나만 이상한 사람 되는 것도, 꼴불견이 되는 것도 다 알아! 그래도 찾아가야 했어. 뭐라도 하지 않으면 정말 돌아버릴 것 같으니까."

뒤에서 들려오는 클랙슨 소리가 아니었다면 도윤은 신호가 바뀐 것도 모르고 그 자리에 남아 있을 뻔했다. 빠르게 앞으로 뻗어나가는 자동차 안에, 도윤과 재희는 동시에 입을 다물고 침묵을 지켰다. 하지만 침묵을 이기지 못하고 먼저 깨뜨린 사람은 또다시 재희였다.

"뭐라도 해야 할 것 같았어. 난 네가 아니니까."

무슨 뜻이냐는 듯, 도윤이 눈을 치켜떴다.

"내가 결혼한다고 했을 때, 넌 그저 '그래, 축하해' 이 말 한 마디뿐이었어. 얼굴에는 괴롭다고 써 있는데, 나를 붙잡고 싶어하는 네 마음 다 아는데! 고작, 고작 축하한다는 말이 다였어. 나라면, 추한 모습을 보이더라도 너한테 매달렸을 거야. 가지 말라고, 사랑한다고, 다른 사람 만나지 말라고 매달리고 또 매달렸을 거야. 너도 그럴 거라고 생각했어. 그래서 마음에도 없는 사람과 결혼한다고 했는데, 그러면 네가 나한테 다시 돌아올 거라고 생각했는데. 넌 아니었어."

도윤은 지나온 이야기는 또다시 거론하고 싶지 않았다. 돌이킬 수 없다, 이미 시간은 흘러가 버렸고 두 사람의 관계는 예전과 똑같아질 수도 새로 시작할 수도 없었다. 이 상황에 지난 과거에 매달린다면, 그건 미련일 뿐이다.

재희의 집 앞에 차를 세우며, 도윤이 중얼거렸다.

"아직도 모르겠니? 그래, 사랑했어. 그건 누가 뭐라고 해도 사실이야. 한때, 너는 내 전부나 다름없었어. 그런데 우리의 문제는 그거였어. 너와 난 사랑했지만 우리가 사랑하는 방법은 달랐고, 스스로의 방법만이 옳다고 생각하면서 눈곱만큼도 서로를 이해하지 않았다는 것."

묵묵히 말을 끝낸 도윤은 자동차 열쇠를 재희의 무릎에 올려놓고 차에서 내렸다. 고급 주택가가 밀집한 동네의 내리막길을 천천히 걸으며 도윤은 한 번도 뒤를 돌아보지 않았다.

"이걸, 다요?"

양파가 들어 있는 붉은색 그물망이 주방 바닥에 어른 허리 높이만큼 쌓여 있었다. 시내는 살짝이라도 건드리면 쌓인 양파들이 바닥으로 쓰러질 것 같아, 만져 보지도 못하고 눈만 말똥말똥 뜨고 윤수를 바라볼 뿐이다.

"다."

나쁜 놈! 시키려면 차라리 근무 시간일 때 시키지. 자기는 퇴근 준비까지 다 해놓고, 이제 와 이걸 들이밀어? 치밀어 오르는 불만으로 시내의 입술이 앞으로 불쑥 튀어나왔다.

"지금 퇴근 시간인데, 내일 출근해서 까면 안 될까요?"

조심스러운 물음에 윤수가 고개를 끄덕이자, 시내의 얼굴은 대번에 환해졌다. 하지만 이어지는 윤수의 목소리에 웃음기가 사라지고, 이전보다 더 표정이 일그러져 버렸다.

"내일 출근해서는 할 필요 없어. 그냥 설거지해."

양파를 다듬든, 내일 출근해서 설거지를 하든 마음대로 하라는 듯 어깨를 으쓱거린 윤수가 뒤돌아선 바로 그때, 시내의 머릿속에 도윤의 목소리가 스치고 지나갔다.

"조리사 보조원은 조리도구를 손질하거나 재료 손질하기 시작하면서 요리를 배우지."

"조리장님!"

시내는 자신도 모르게 커다란 목소리로 윤수를 불렀다. 주방을 나서려던 윤수는 귀찮은 듯 고개를 슬쩍 돌려 시내를 바라보았다. 시내는 가장 위에 쌓여 있는 양파를 집어 흔들어 보였다.

"할게요."

"마음대로."

심드렁하게 말하며 윤수가 나가 버리자, 주방 안에는 어마어마한 양의 양파와 시내만 남았다. 괜히 애꿎은 양파에 화풀이하듯, 시내는 손으로 양파망을 건드려 쓰러뜨렸다. 손으로 대충 세어보아도 망이 삼십 개가 넘는다. 망 하나에 양파가 열 개씩 들어 있다고 치면, 삼백 개!

"그래. 까라면, 까야지."

시내는 커다란 고무 대야를 끌어다가 물을 가득 채우고, 그 안에 양파를 쏟아 붓기 시작했다. 이렇게 하면 손이 많이 가지 않아도 깨끗이 껍질을 벗겨내면서도 매운 향을 방지할 수 있다는 것을 알고 있었던 것이다.

"삼십 개도 까봤는데, 삼백 개라고 못할까!"

찬물이라 손이 좀 시려오기는 했지만 시내의 손놀림은 능숙하고 빨랐다. 물에 담긴 양파를 들어올리면, 다른 한 손에 잡고 있는 칼로 끄트머리를 살짝 잘라내고 손가락으로 나머지 껍질을 깨끗하게 벗겨낸다. 시간이 지날수록 반복된 작업은 지루하고 집중력이 떨어져 머릿속에는 다른 생각들이 둥둥 떠다니기 시작했다.

그나저나 재희 씨를 데리고 어디로 가버린 거야? 아마, 술에 취했으니 집까지 데려다 주었겠지? 그냥 택시 태워 보냈으려나? 그런데 왜 연락이 없는 거야! 아무리 빽이든 뭐든, 남의 직장에서 그런 창피를 주었으면 사과라도 해야지……. 아니지, 재희 씨가 찾아온 걸 그 사람이 사과할 필요는 없는 건가?

툭, 다른 생각에 열중하느라 물기에 어린 손에서 까다 만 양파 하나가 바닥에 떨어져 떼구루루 굴러갔다. 바닥에 쪼그리고 앉아 있던 시내는 양파를 줍기 위해 몸을 일으키다 주방 안에 들어서서 자신을 내려다보고 있는 도윤의 모습에 깜짝 놀라 움찔거렸다.

"놀랐잖아! 인기척이라도 내야지."

시내는 가슴을 쓸어내렸다. 도윤은 자신의 발밑으로 굴러온 양파를 주워, 대야 속에 퐁당 던져 넣었다.

"이게 다 뭐야?"

"뭐긴. 양파 처음 봐?"

"서 조리장이 시킨 거야?"

시내가 고개를 끄덕였다.

"내가 설거지를 너어어어무 열심히 하니까, 예쁘게 본 거 아닐까? 내가 또 하면 뭐든 기똥차게 열심히 하잖아. 그래서 조리사 보조 시켜줄려고 하는데, 그냥 시켜주긴 쑥스럽고 하니까 양파부터 까게 한 거야. 그래, 그거야."

키득거리며 중얼거리는 시내의 모습에 도윤은 혀를 쯧쯧 차며 고개를 흔들었다.

"재희 씨는?"

조리대에 기대어 시내가 양파 껍질을 벗겨내는 것을 지켜보던 도윤은 그녀의 물음에 잠시 대답을 미루었다. 잠시 후, 도윤이 입을 열었지만 그것은 시내의 물음에 대한 대답이 아니라 사과였다.

"미안해."

"누군가 미안해하긴 해야지. 얼마나 쪽팔렸는지 알아? 무슨 싸움 구경이라도 난 것처럼 주방 사람들이 다 쳐다봤단 말이야."

말이 없는 도윤의 모습에, 시내는 한숨을 내쉬었다. 재희의 사과를 그가 대신하는 것도 마음에 들지 않았지만, 아무 잘못도 없이 사과를 해야 하는 그의 입장도 답답할 만했다.

"미안하면……."

시내는 물에 젖은 양파 한 개를 집어 들어 도윤을 향해 던졌다. 양파는 도윤의 재킷에 정확히 맞아 물 얼룩을 남기고 황급히 치켜든 그의 손바닥에 떨어졌다.

"까."

"내가 이걸 왜 까?"

"미안하다며. 딱 백 개만 까. 그럼 용서해 줄게."

얼굴을 찌푸리며 들고 있던 양파를 집어 던지려던 도윤은 물속에 잠겼다 나오는 시내의 부르튼 손을 발견하고 멈칫거렸다. 찌푸리고 있던 얼굴이 펴지며 도윤의 입가에는 작은 한숨이 맴돌았다. 그리고 이내 어쩔 수 없이 시내의 곁에 쪼그리고 앉았다.

"장갑 없어?"

"장갑 끼면 껍질이 잘 안 까져."

능숙한 시내의 손놀림을 볼 때면 그다지 어렵지 않은 것 같았지만, 자꾸만 손가락이 헛손질을 한다. 손가락에 힘을 주지 않으면 껍질이 잘 일어나지 않고, 너무 힘을 주면 새하얀 양파의 속살까지 손톱이 파고들어 가버렸다. 어느새 도윤은 양파 껍질 까기에 집중하느라 말을 잃었다.

"재희 씨랑…… 다시 잘해볼 생각은 아예 없는 거야?"

양파와 씨름을 하고 있던 도윤은 잠시 손길을 멈추고 시내를 바라보았다. 그리고 이내 대야에서 새로운 양파를 꺼내 들고 껍질을 벗기기 시작했다.

"없어."

단호한 도윤의 목소리에, 대신 사과를 하던 도윤에 대한 짜증이 어느새 밀려나 버렸다. 시내는 입술 사이로 비집고 나오는 웃음을 간신히 참으며, 괜히 투박스럽게 도윤을 구박했다.

"아니 양파를 까는 거야, 손톱으로 조각을 하는 거야? 좀 제대로 해! 제대로!"

다른 날과 다름없이 정확한 출근 시간, 직원 주차장에 차를 세운 도윤은 시동을 끄고 안전벨트를 풀다, 너무나 조용한 옆 좌석의 느낌에 고개를 돌렸다. 시내는 시트에 몸을 묻고, 고개를 창에 기댄 채 잠이 들어 있었다. 입을 약간 벌린 채 잠든 시내의 얼굴에 쿡, 웃음을 터뜨리던 도윤은 이내 얼굴에서 미소를 거두었다.

주방의 일은 별것 아닌 것처럼 보여도, 남자인 자신에게도 고된 노동이었다. 양파 수백 개를 손질하고, 또다시 새벽에 일어나 도시락을 만들어 배달했으니 아닌 척해도 힘들고 피곤한 것이 당연했다.

도윤은 시간을 확인하고 그녀를 깨우기 위해 손을 뻗다 이내 거두었다. 잠시 생각에 잠겼던 도윤은 시내를 흔들어 깨우는 대신 몸을 편하게 기댈 수 있도록 안전벨트를 풀어주었다.

까딱, 까딱. 도윤은 운전대를 손가락으로 가볍게 두드리며 시간이 흐르는 것을 지켜보았다. 늘 똑같던 출근 시간이 지나도 도윤의 표정엔 초조한 느낌이 전혀 없었고, 오히려 여유로 가득 차 있었다.

얼마나 지났을까. 끼이익, 주차장 안으로 들어서는 다른 자동차가 급커브를 하느라 타이어가 바닥에 긁히는 요란한 굉음에 시내가 눈을 번쩍 떴다. '다 왔어?' 라고 중얼거리며 시간을 확인하던 시내의 얼굴이 순식간에 굳어버린다.

"뭐야, 시간이! 이거 고장 났나?"

"시계는 정확해. 오는 길에 차가 좀 밀렸어. 사고가 났었나 봐."

대꾸하는 도윤의 목소리가 기가 막힐 정도로 천연덕스럽다. 시내는 거의 울상인 채로 차에서 뛰어내렸고, 도윤도 뒤따라 내렸다.

"그럼 깨우지! 뛰어서 오는 게 더 빨랐을 거 아니야. 아웅, 어제 겨우 양파 다 까놨구만 지각했다고 다시 설거지 시키면 어떡해! 씨이, 다 너 때문이야!"

자신의 말을 끝까지 듣지도 않고 호텔 안으로 뛰어들어 가는 시내의 뒷모습을 바라보던 도윤은 손가락으로 뺨을 슬쩍 긁었다. 천천히 임원용 엘리베이터에 오른 도윤은 조금 전 시내의 말을 다시 떠올리고는 혼잣말처럼 중얼거린다.

"너라니. 내가 네 친구냐."

고개를 설레설레 흔들며 자신의 사무실에 도착하자, 비서가 눈을 동그랗게 뜨며 도윤을 반겼다. 아침 일찍 올라온 결재 서류 뭉치를 한가득 가슴에 안고 도윤을 따라 그의 방으로 들어온 비서는 다른 날과 달리 조금 늦은 그의 출근이 의아했던 모양이었다.

"무슨 일 있으셨어요?"

"아니. 서류 그쪽에 놔주고, 나 커피 한 잔 부탁해."

방을 나서려던 비서가 갑자기 뒤를 돌아서며 코를 킁킁거렸다.

"이사님, 어디서 양파 냄새 안 나세요?"

순간 뜨끔했지만 태연한 표정으로 도윤이 되물었다.

"무슨 냄새? 난 아무 냄새 안 나는데. 그만 나가보지."

"네. 이상하다, 분명히 냄새가……."

끝까지 고개를 갸웃거리며 중얼거리던 비서가 문을 닫고 나가자 그제야 도윤이 안도의 한숨을 내쉬었다. 그리고 손을 들어 킁킁 냄새를 맡아보았다. 말끔히 씻는다고 했지만, 손톱에 파고든 양파의 지독한 향은 쉽게 사그라지지 않은 듯했다. 얼굴을 찌푸린 도윤은 괜히 손바닥을 재킷에 한번 닦아내고 서류를 집어 들었다.

"혹시, 제가 오늘 지각한 것 때문에 이러시는 거예요?"

만약 그렇다면, 내 민도윤을 가만두지 않으리! 윤수의 부름으로 개수대 앞에 선 시내는 윤수의 대답을 기다리며 도윤에 대한 분노를 불태웠다. 하지만 돌아온 것은 고개를 가로젓는 윤수였다.

"그럼요? 어제 그 많던 양파도 다 깠는데. 저 어제 몇 시에 퇴근한 줄 아세요?"

윤수는 어깨를 으쓱거렸다.

"양파를 다 까면, 설거지 말고 다른 일을 시켜준다고 내가 이야기했던가?"

"그건 아니지만……."

물론 양파를 다 손질하면 요리를 가르쳐 주겠다고 약속한 적은 없었다. 하지만 그렇지 않으면 도대체 왜 퇴근 시간이 지난 후에 일을 시키냐고! 무엇인가 뱃속에서 언제 터질지 모를 정도로 바글바글 끓어오르고 있다.

"질문 끝났으면 설거지나 계속해."

윤수의 등 뒤로 꽂히는 시내의 시선이 곱지 않다. 넌 민도윤보다 더한 놈이야, 서윤수! 입술을 삐죽이며 윤수를 향해 코끝을 실룩거리던 시내는 이내 길게 한숨을 내쉬었다. 여전히 설거짓감은 쌓이고 또 쌓인다.

"아참."

저만치 걸어가던 윤수가 고개를 돌리고, 시내를 바라보았다. 그새 마음이 바뀌었을지도 모른다는 작은 기대감에 윤수에게 향하는 시내의 눈빛이 반짝거렸다.

"끝나고 남아."

"또요? 이번에는 왜……."

시내의 질문이 끝나기도 전에 윤수는 자신에게 다가온 다른 조리사와 이야기를 나누기 위해 몸을 돌려 버렸다. 요리도 가르쳐 주지 않을 거면서, 또 왜 남으라는 것인가! 이번에는 뭘 시키려고! 시키려면 퇴근 시간 전에 시키란 말이야. 아, 돌아가고 싶다. 편의점으로, 가게로.

"후우."

고무장갑을 손에 끼우며 시내는 그릇을 집어 들었다. 음식 찌꺼기를 한쪽에 따로 버리고, 거품이 보글보글한 개수대 물에 담그고 수세미로 닦고 흐르는 물에 씻고, 또다시 그릇을 집어 들고.

비교적 한산한 오전 시간이 지나고, 간단하게 점심을 먹고 흐르는 땀을 닦을 시간도 없이 바쁜 오후까지 일을 치러낸 시내는 퇴근 시간이 가까워오자 거의 기진맥진했다.

"이대로 집에 가서 소파에 쓰러져 자고 싶다……. 그리운 서재 소파아."

기도하듯 간절하게 중얼거리던 시내는, 퇴근 준비를 끝내고 평상복 차림으로 자신에게로 다가오는 윤수의 모습에 입 안으로 욕지거리가 맴도는 것을 억지로 꾹 눌러 참았다. 착하게 살자, 착하게 살자. 릴렉스, 릴렉스. 워. 워.

"설거지 뒷정리는 다 끝났지?"

"네."

대답하는 시내의 목소리에는 불만이 가득했다. 어제도 생각한 것이지만, 윤수는 평상복보다 조리복이 훨씬 더 잘 어울렸다. 새하얀 조리복과 앞치마 아래로 늘씬하게 뻗은 다리, 이마를 가로지르는 높다란 조리모와 윤수의 날카로운—혹은 싸가지가 없는 듯한—눈빛도 어울렸다. 청바지에 티셔츠 차림에 하루 종일 쓰고 있던 조리모 때문에 눌린 머리를 한 윤수는 호텔의 유능한 요리사가 아니라 수업에 땡땡이치는 늙다리 복학생 같았다.

"그럼, 따라와."

윤수는 시내의 대답도 듣지 않고 무작정 앞서서 걸음을 옮겨 버렸다. 차마 말로 뱉어내지 못하고 입술 모양으로만 투덜거리며 시내는 윤수를 따라 주방을 나가 직원용 복도를 지나갔다. 두 사람이 도착한 곳은 주방 외에 따로 지정된 기물 저장소였다. 불을 켜자, 순간 번쩍 빛나는 느낌에 시내는 눈을 찡그렸다. 윤수가 멈추어 선 선반에는 도자기류의 식기들이 쌓여 있었는데, 정확히 알지 못하는 시내의 눈으로 봐도 다른 선반의 도자기류보다 고가임이 틀림없었다.

"이걸 닦으란 말씀은 아니시죠?"

"여기 있는 플레이트, 보울, 컵과 밑받침은……."

시내의 대답을 무시하고 말을 이어나가는 윤수는 손가락으로 널찍한 접시와 속으로 움푹 들어간 접시, 그리고 컵을 차례로 가리켰다.

"VIP용으로 아주, 아주 조심스럽게 다루어야 할 것들이야."

시내는 침을 꿀꺽 삼켰다.

"방법은 간단해. 작업대에 종류별로 세척기에 넣어서 세척하고, 물기 없이 닦으면 돼. 단 세척을 막 끝내면 굉장히 뜨거우니까 그것만 조심하고. 마른 헝겊으로 접시를 회전시키면서 닦고 가운데 부분을 닦을 때는 왼손에 헝겊을 감싸서 닦아. 그래야 지문이 남지 않겠지?"

참, 간단하기도 하다. 시내는 노골적으로 윤수를 노려보았다. 도대체, 내가 당신한테 뭘 그리 잘못했단 말이요! 말해봐! 응? 말해보라고!

"하하하하, 간단, 간단하네요."

"그렇지? 그럼, 수고."

윤수가 나가고 난 뒤, 저장소에 혼자 남은 시내는 고개를 휘이 돌려 주위를 둘러보았다. 새하얗고 가지런한 식기들이 무서울 정도로 반들거리며 그녀를 감싸고 있었다. 저 식기들은 분명 세척해서 정리해 둔 것이다.

"뭐야, 나더러 엿 먹으라는 거지. 이건."

그때 주머니에 넣어둔 휴대전화기가 진동하기 시작했다. 치밀어 오르는 짜증에 앞치마를 풀어 헤치는 것도 쉽지가 않았다. 겨우 전화기를 손에 쥔 시내는 휴대전화에 뜬 도윤의 이름에 전화를 받자마자 길게 한숨부터 내쉬었다.

"내가 웬만하면 조리실로 옮겨준 걸 계속 고마워하려고 했는데 말이야. 이건 아니잖아?"

[왜? 오늘도 양파야?]

시내는 조금 전 윤수가 일러준 도자기 접시를 하나 집어 들었다.

"아니. 하루 종일 설거지한 걸로 모자라서 오늘은 밤새 도자기나 닦으래. VIP용이라 비싼 거라네. 칫, 지가 비싸봤자지."

[음, 아무래도 서 조리장이 너를 시험해 보고 있는 것 같은데.]

도윤의 말에 시내의 눈이 동그랗게 커졌다.

"그럼 내가 시킨 일을 잘해내기만 하면 요리를 배울 수 있게 해줄 수도 있다는 거야?"

[그럴지도. VIP용 식기, 그것도 VIP용 도자기류는 스튜워드라고 따로 관리하는 직원이 있어. 꽤 고가거든. 그 일을 시킨 이유는 둘 중의 하나지. 잘해내는 걸 보고 보조라도 시켜주려는 건지, 아니면 깨뜨리는 실수를 빌미로 잘라 버리려는 것인지.]

시내는 접시를 살짝 흔들며 입술을 오물거렸다.

"이 조그만 게 얼마나 비싸길래?"

[플레이트 하나가 너의 한 달 월급쯤.]

순간 시내는 건성으로 들고 있던 접시를 꽉 움켜쥐었다. 침이 꼴깍 넘어가는 소리가 전화기 건너편까지 들렸던 모양인지, 도윤의 웃음기 섞인 목소리가 들려왔다.

[그럼, 열심히 닦아.]

"좀 도와주면 어디가 덧나냐!"

이미 전화가 끊겨 있음을 깨닫고 시내는 바닥에 털썩 주저앉았다. 앉아서 올려다본 선반 위의 그릇들은 더 어마어마해 보였다. 어림잡아 계산해 보아도, 가게를 내기 위해 붓고 있는 적금보다 액수가 크다.

"확, 훔쳐가 버릴까 보다."

시내를 도와 양파껍질을 까느라, 밀려 있는 일은 해도 해도 끝이 없었다. 문득 허기를 느끼고서야 고개를 드니, 시계 바늘이 열 시를 가리키고 있다. 서류와 컴퓨터 모니터만 바라보던 고개를 가볍게 주먹으로 두드리며 도윤은 휴대전화기를 집어 들었다.

시내의 손에서, 그릇들이 살아남아 있을까.

큭, 가볍게 웃음을 터뜨린 도윤은 이제는 완전히 외워 버린 시내의 전화번호를 꾹꾹 눌렀다. 마지막 번호를 누르려는 찰나, 예고없이 사무실 문이 벌컥 열려 도윤은 화들짝 놀라 휴대전화기를 책상으로 떨어뜨렸다.

"힘들어."

축 늘어진 어깨로 힘없이 사무실 안에 들어선 시내의 모습에 도윤은 얼굴을 찌푸렸다.

"노크."

"힘들어 죽겠는데, 노크는 무슨 얼어죽을."

이미 방 안에 들어선 시내는, 노크를 하듯 대충 주먹으로 문을 쿵쿵 두드리고는 곧장 소파로 다가가 쓰러지듯 누웠다.

"일하고 있었어?"

차마 그녀에게 전화를 하려던 참이라는 것을 말하지 못한 도윤은 고개를 끄덕이며 이미 읽어본 서류를 다시 집어 들었다. 꽤 시간이 지난 후에야 이미 검토가 끝난 서류라는 사실을 깨닫고 내려놓던 도윤은 규칙적인 숨소리에 소파로 고개를 돌렸다. 시내는 완전히 잠에 빠져 들었는지, 소파 위에 올려져 있던 팔이 털썩 바닥을 향해 떨어졌다. 도윤은 재킷을 집어 들고 책상을 돌아 나왔다. 소파로 다가와 무릎을 꿇은 도윤은 바닥으로 떨어진 시내의 팔을 올려주고, 엎드린 어깨 위로 재킷을 펼쳐 덮어주었다.

"확, 훔쳐…… 갈…… 보다……."

잠꼬대를 하는 시내의 모습에 도윤은 피식 웃음을 터뜨렸다. 날씨가 아직은 꽤 쌀쌀한데도 불구하고, 시내의 머리카락은 땀에 젖어 이마에 달라붙어 있었다. 도윤은 가볍게 손끝으로 시내의 머리칼을 쓸어 올렸다. 그리고 손바닥으로 가볍게 뺨에 번들거리는 땀을 한번 닦았다.

"음."

그 손끝이 귀찮았던지, 시내가 무의식중에 뒤척거리며 얼굴을 돌렸다. 그 바람에 시내의 얼굴이 정확하게 도윤의 얼굴 앞에 다가섰다. 도윤은 말없이 그녀의 얼굴을 응시했다. 피곤이 어린 얼굴로 잠든 시내가 완전히 무방비 상태에 놓인 아이같이 느껴져 도윤의 가슴 한구석을 가볍게 흔들어놓는 듯했다. 도윤은 이내 긴 한숨을 내쉬며 몸을 일으켰다. 책상으로 돌아가기 위해 한 걸음 앞으로 내디디던 도윤은 무슨 생각이 들었는지 우뚝 멈추어 섰다.

돌아선 도윤은 다시 시내 앞으로 뚜벅뚜벅 걸어와, 허리를 깊게 숙였다. 고된 일을 증명하기라도 하는 듯 메마른 시내의 입술에 스치듯 닿은 도윤의 입술이 부드럽게 움직였다. 하지만 누군가에게 쫓기듯 도윤은 재빨리 입술을 떼어내고 책상으로 돌아갔다. 서류에 집중해 보려고 했지만 시선이 자꾸만 소파에 있는 시내에게로 향한다. 도윤은 손가락으로 자신의 입술을 한 번 문지른 뒤 이내 다시 서류 종이를 붙잡았다.

그래, 내 이럴 줄 알았다. 쳇, 시험해 보는 거라고? 시내는 온종일 투덜거리면서도 땀이 나도록 열심히 움직였다. 하지만 역시나 그릇들을 건드리는 손길이 신경질적으로 거칠어질 수밖에 없었다. 흘낏 몸을 돌려, 정성스럽게 나물을 무치고 있는 윤수의 뒤통수를 노려봐 주는 것도 잊지 않았다.

"그래. 누가 이기나 해보자, 해보자고. 사람 잘못 봤어, 총각."

고무장갑을 끼고 있어도 손끝이 아릿하다.

"조시내 씨."

바쁜 오후 시간도 지났겠다, 이제 한시름 놓으려던 시내는 자신을 부르는 홀 직원의 부름에 고개를 돌렸다.

"손님이 찾아오셨는데."

손님이라는 말에, 시내의 머릿속에는 재희의 얼굴이 스치고 지나갔다. 혹시 그때 일로 사과라도 하러 온 것일까.

고무장갑을 벗어 던지고 주방에서 나온 시내는 사람들이 붐비던 홀에 제법 한산한 기운을 만족스럽게 만끽하고는 자신을 기다린다는 손님에게로 향했다.

"락아!"

도윤의 사무실에서 만난 이후로 희락 쪽에서도 전화가 없었고, 한식당 조리부로 옮긴 것에 대해 못마땅해하는 희락이와 얼굴을 대하기가 미안하기도 해서 시내 쪽에서 먼저 연락을 하지도 못했다. 스쳐서 듣기로는, 곧 있을 중요한 행사 때문에 도윤은 물론이

거니와 희락도 정신없이 바쁘다고 했다.

"바쁜데 불러낸 거니?"

"아니야, 좀 괜찮아졌어. 여기까지는 어쩐 일이야? 밥은 먹었어?"

희락은 고개를 끄덕이며 홀 안을 둘러보았다. 시내가 일하는 곳, 희락의 눈빛 속에는 아쉬움과 안타까움이 동시에 스치고 지나갔다. 희락이의 마음을 편하게 해주고 싶어서 호텔에 들어와 놓고서, 그의 기대를 무너지게 한 것이 미안해졌다.

"잠깐 나가서 이야기 좀 할 수 있을까?"

시내는 흘낏 주방을 돌아보았다.

"물어보고 올게."

희락을 홀로 남겨두고 주방으로 돌아온 시내는, 조리대 앞에 서서 다른 조리사와 이야기를 나누고 있는 윤수에게로 주춤주춤 다가섰다. 차마 그를 부르지 못하고 입 안으로만 웅얼거리던 시내를 먼저 발견한 사람은 윤수였다. 그는 개수대 앞을 흘낏 바라보고는 시내에게로 다시 시선을 돌렸다. 왜, 있어야 할 자리에 있지 않냐는 듯한 물음이 눈빛에 날카롭게 섞여 있었다.

"저기요, 조리장님…… 저 잠깐 나갔다 와도 될까요?"

"근무 시간이야."

난 근무 시간 이외에도, 피 터지게 일하고 있다고! 시내는 애써 쓴웃음을 지으며 다시 한 번 입을 열었다.

"바쁘지도 않고, 정말 잠깐이면 되는데."

무감각한 눈빛으로 시내를 내려다보던 윤수는 어깨를 으쓱거렸다. 그리고 터진 목소리에는 빈정거림이 묻어나왔다.

“다녀와, 낙하산.”

시내의 얼굴이 금세 환해졌다. 비록 목소리는 정떨어지게 싸가지가 없었지만 그래도 이렇게 쉽게 허락해 줄 거라 생각하지 않았던 것이다. 재빨리 앞치마를 벗어 던지고 주방을 나온 시내는 여전히 같은 자리에 서서 기다리고 있는 희락에게로 빠르게 다가갔다.

“오래 기다렸지?”

희락은 고개를 가로저으며 입을 열었다.

“밖은 그 차림으로 나가기에 쌀쌀할 것 같은데, 호텔 안에 좀 조용한 곳이…….”

적당한 곳이 생각났다는 듯, 희락이 먼저 앞장서서 걸음을 옮겼다. 엘리베이터를 타고 희락이 시내를 데리고 간 곳은, 객실이 없는 층이었다. 낯설지 않은 복도를 지나치던 시내는 이내 자신이 도윤과 함께 창립 파티에 지나왔던 그 복도라는 사실을 떠올려 냈다.

“어때?”

발이 허공에 붕 떠 있다고 느껴질 만큼 폭신한 카펫 위를 밟으며 시내는 연회실 안으로 들어섰다. 뛰어다녀도 될 만큼 널찍한 연회실 안에 동그란 테이블들이 배치되어 있고, 벽을 기준으로 하여 긴 단상이 세워져 있었다.

“곧 국제회의가 열릴 메인 회의장이야. 전기와 조명의 마지막 점검이 끝나고 D-day만을 기다리고 있지.”

도윤이 그토록 바쁜 까닭이, 바로 이 회의장에 있었다. 시내는 고개를 끄덕이며, 회의장 안을 둘러보았다. 희락은 회의장 안으로 뚜벅뚜벅 걸어가 단상에 엉덩이를 걸치고 앉았다. 그리고 시내를 향해 손짓해 보였다.

"앉아."

"이렇게 막 앉아도 돼?"

"그럼. 그래도 민 이사님한테 일러바치지는 마. 워낙 꼼꼼한 사람이라 먼지 한 올 묻는 것도 용납하지 않을 테니까."

농담까지 섞어 말을 하는 것을 보니, 정말로 이제 화가 풀린 듯했다. 시내는 희락의 곁에 자리를 잡고 앉았다. 잠시 어색한 침묵이 흐르자 하릴없이 허공에 뜬 다리를 가볍게 흔들고 있던 시내는 조용히 입을 여는 희락의 목소리에 그에게로 고개를 돌렸다.

"그날 화내서 미안해."

희락의 사과에 오히려 시내는 그에게 할 말이 없을 정도로 미안해진다. 무릎에 손바닥을 문지르며, 시내는 고개를 흔들었다.

"네가 내 걱정하는 거 다 아는데, 오히려 내가 더 미안하지."

"어때, 일은?"

버릇처럼 좋아, 라고 말하려던 시내는 순간 코끝을 찡그렸다. 근무 시간에는 설거지, 퇴근 후에는 윤수가 시키는 일들에 치여 시간이 어떻게 흘러가는지조차 모르고 있을 정도다. 시내의 표정에 희락이 눈을 크게 떴다.

"왜? 불편한 점이라도 있어?"

"아, 아니. 좋아. 괜찮아."

이내 안도한 듯 희락이 어깨에 준 힘을 풀었다.

"다행이다."

"그런데 할 이야기라는 게 뭐야?"

미안하다는 사과 한 마디를 하기 위해, 주방에서 일하는 사람을 데리고 나오지는 않았을 것 같았다. 머뭇거리는 희락의 표정에 시내는 더욱 의아해졌다. 혀끝으로 마른 입술을 한 번 축인 희락은 긴장한 빛을 드러냈던 것이 민망했던지 피식 웃었다.

"이제껏 이런 이야기 할 사람이 없었는데, 네가 옆에 있다는 게 실감이 나서 그런가."

"왜? 무슨 일 있어?"

"그냥, 마음이 이상해서. 사실은 나, 결혼…… 할 것 같아. 은경이와."

단상에 닿을 듯 말듯 흔들던 다리가 순간 굳어버리듯 멈추었다. 얼어버린 자신의 모습을 바라보는 희락의 눈길에, 시내는 얼른 억지로나마 웃음을 지어 보이려고 노력했다.

"축하해. 은경 씨한테도 축하한다고 전해줘. 날짜는 언제야?"

"5월쯤."

5월. 결혼하기에 딱 좋지. 춥지도 덥지도 않고…… 그 말들은 머릿속에 윙윙 맴돌 뿐이다.

"아직 실감이 잘 안 나. 모르겠어. 좀 이른 것 같기도 하고, 갑작스럽게 날짜가 정해진 것도 걸리고, 또 너도……."

"나?"

되묻는 시내의 목소리가 가볍게 떨렸지만, 희락은 눈치 채지 못했다.

"이제야 너한테 제대로 가족 노릇 해줄 수 있는데, 내가 책임져야 할 다른 가족이 생겨 버리면 혹시라도 소홀해질지도 모르잖아. 지금도 너 일하는데 빨리 찾아와 봤어야 하는데, 요즘 일이 많은데다가 결혼 문제로 양쪽 집안 어른들을 뵙느라 정신이 없었어."

여동생이나 다름없이 함께 자란 시내를 이제껏 혼자 내버려 두었다는 죄책감이, 희락에게는 생각했던 것보다 훨씬 더 큰 짐이 되어 어깨를 짓누르고 있는지도 몰랐다. 시간이 지나면서 처음보다 몇 배로 불어난 시내의 그리움처럼, 희락의 죄책감도 본질보다 시간이 덧붙여 놓은 부담이 훨씬 더 많은 자리를 차지하고 있나 보다.

"난 신경 쓰지 마, 락아."

"어떻게 그래."

"정말이야. 그러지 마."

희락에게 묵묵히 내뱉는 말은 진심이었다. 하지만 진심으로 말을 한다고 해서, 가슴이 아프지 않은 것은 아니다.

"그래. 너와 나는 가족이지만…… 또 아니기도 해. 하지만 은경 씨는 달라. 그 사람한테는, 나한테 일 퍼센트도 나누어 주는 것 없이 백 퍼센트 줘야 하는 거야. 나 때문에 마음에 걸리는 게 있다면 은경 씨는 뭐가 되겠어. 그리고 락아, 네 말처럼 우리는 가족이니까 네가 은경 씨와 결혼한다면, 나는 또 다른 가족이 생기는 거잖아. 안 그래?"

이제는 윤수가 따로 말하지 않아도, 시내는 설거지 뒷정리를 끝내고도 옷을 갈아입지 않았다. 고무장갑을 벗어 허공에 탈탈 털어 물기를 날리고, 개수대 한쪽에 가지런히 놓은 시내의 얼굴은 어두웠다.

"오늘은."

심드렁하게 발끝으로 물기를 닦아낸 바닥을 툭툭 치는 시내의 표정에 조리복을 갈아입고 선 윤수가 입을 열다 멈추었다. 하지만 이내 어깨를 한 번 으쓱거릴 뿐, 한 손에 들고 있던 네모난 수세미를 그녀에게 내밀었다. 아직 겉봉투를 뜯지 않은 새것이었다.

"주방 벽 청소요?"

"그래."

"네, 네."

"그럼……."

"수고하라고요, 네. 네."

자신의 말을 뚝뚝 끊어내며 수세미를 꺼내 드는 시내를 못마땅한 듯 내려다보던 윤수는 뒤돌아서 주방을 걸어나가다, 이내 우뚝 멈추었다. 그리고 다시 시내에게로 다가왔다. 수세미를 물에 적시고 세제를 찾던 시내는 고개를 돌려 윤수를 올려다보았다.

"하기 싫으면 안 해도 돼."

"누가 하기 싫다고 했어요? 한다고요."

사실 그가 시키는 일이 마음에 들지는 않지만, 지금 자신의 기분이 엉망인 까닭이 윤수 때문이 아니라는 것을 알면서도 시내는 말이 곱게 나가지가 않는다. 윤수는 입을 꾹 다문 채 그녀를 내려다볼 뿐이다.

"열심히, 일, 하겠습니다, 조리장님. 됐죠?"

비꼬는 듯한 시내의 목소리에도 윤수는 말없이 그저 청바지 주머니에서 담배를 한 개비 꺼내 들고 입에 물었다. 오히려 시내의 눈썹이 치켜 올라갔다. 주방이 금연 지역이라는 사실을 모를 그가 아니었다.

"도대체 넌 뭐냐."

"네?"

"낙하산이잖아. 회장 아들이 데리고 들어올 정도로 빵빵하잖아, 너. 충분히 편한 곳으로 옮길 수 있잖아. 지금 힘들지? 그럼 가, 괜히 열심히 일하는 사람들 신경 쓰이게 하지 말고."

열심히 일을 하면, 기회를 줄 것이라고 생각했다. 그런데 그게 아니다. 이 사람은 그저 자신을 힘들게 해서 다른 곳으로 쫓아버리려는 심산일 뿐이다!

"괜히 열심히 일하는 사람?"

희락이의 결혼 소식에, 윤수의 정확한 속내까지 알게 된 시내는 이제껏 꿋꿋이 견뎌왔던 의지가 금이 가는 것을 눈앞에서 지켜본다. 속이 상하고, 서러워서 차 오르는 눈물을 억지로 참아내기 위해 목소리가 더 거칠어졌다.

"당신 눈이 삐었어? 당신 눈에는 빽이나 연줄 꼬리표만 보이고 이건 안 보여?"

시내는 손바닥을 치켜들어 윤수의 눈앞에 흔들었다.

"나도, 나도! 잠도 못 자고 손이 부르틀 정도로 일하고 있어. 괜히 열심히 일하는 사람들 신경 쓰이게 하지 말라고? 나도 그중에 하나야. 그냥 놀고 있는 게 아니야. 나도! 하고 있다고, 나도 하고 있단 말이야! 눈이 있으면 좀 보라고!"

이게 아니야, 시내는 입술을 질끈 깨물며 손에 쥐고 있던 수세미를 바닥에 내팽개쳤다. 그리고 윤수가 뭐라고 이야기할 새도 없이 주방을 나섰다. 그대로 마주하다가는, 이제껏 잘 참아왔던 눈물을 잘 알지도 못하는 사람 앞에서 터뜨릴지도 모른다는 생각 때문이었다.

조리복 차림으로 호텔 복도에 나타난 시내의 모습에, 사람들의 시선이 모여들었다. 순간, 시내는 어디로 가야 할지 몰라 흠칫 걸음을 멈추었다. 방향 감각을 잃은 것은 아니었다. 다만 자신의 자리가 어디인가에 대한 혼란이 닥쳤던 것이다.

처음부터 호텔은 맞지 않는 옷을 입은 듯 불편했다. 조리실로 옮겨지게 되면 괜찮을 줄 알았다. 하지만 역시 그곳에서도 조시내는 괜히 열심히 일하는 사람을 신경 쓰이게 하는 존재에 불과했다. 모든 것이 희락의 마음을 편하게 해주고 싶었기 때문이지만 결국 희락에게 있어 자신은 부담거리였다. 녀석은 그것을 깨닫지도 못하고 있지만.

"너 지금 여기서 뭐 하는 거야?"

지금 그녀에게 있어 가장 익숙한 사람이 되어버린 도윤의 목소리가 등 뒤에서 들려오자 그제야 시내의 흔들리는 시선이 멈췄다. 도윤은 조리복 차림의 시내를 못마땅한 듯 바라보며 걸음을 옮기다, 눈물이 그렁그렁한 얼굴을 발견하고 눈을 크게 떴다.

"너 왜 그래! 무슨 일 있었어?"

성큼성큼 곁으로 다가온 도윤은 시내의 팔을 붙잡았다. 울음을 참는 어린아이처럼, 시내의 입술이 앞으로 불쑥 튀어나왔다.

"씨이…… 참으려고 했는데."

시내는 자신도 어쩔 수 없이 뚝뚝 떨어지는 눈물을 손등으로 훔쳐 냈다. 자신을 단단히 붙잡은 도윤의 손길에서 느껴지는 따스한 느낌이 가슴까지 치닫자 시내는 서러움의 눈물을 제어하기가 힘들어졌다.

"왜 이렇게, 눈물이 나는 거야……."

사무실 문이 열리자마자, 시내는 도윤의 팔을 뿌리치고 책상 앞으로 달려갔다. 그리고 그의 회전의자를 창가 쪽으로 돌리고서 앉아버렸다. 그런 시내를 물끄러미 바라보던 도윤은 불을 켜기 위해 손으로 벽을 짚었다.

"불 켜지 마."

시내의 목소리에 울음이 섞여 있어 도윤은 일부러 더 태연한 척 심드렁하게 물었다.

"왜?"

"영화나 끅, 드라마도 안 봐? 끅, 이럴 때는 그냥 불 끄는 거야. 끅."

어찌나 울음을 참는지 이제는 딸꾹딸꾹 딸꾹질까지 한다. 짧게 한숨을 내쉰 도윤은 결국 그녀의 말처럼 스위치를 찾는 것을 포기하고 어둠이 깔린 사무실 안으로 들어섰다. 창밖에서 쏟아지는 다른 건물의 네온사인 불빛만이 침묵과 끅끅거리며 시내가 울음을 참는 소리와 함께 사무실 안으로 가만히 드리워진다. 도윤은 시내가 차지한 자신의 의자 대신, 소파에 털썩 주저앉아 두 손에 깍지를 꼈다 풀기만을 반복했다.

여자가 우는 모습을 처음 본 것은 아니지만 지금처럼 난감하고 초조한 적은 없었다. 게다가 울지 않으려고 애를 쓰는 모습은 화가 날 정도로 딱하기만 하다. 결국 도윤은 자리에서 일어나, 뚜벅뚜벅 구두가 바닥에 밟는 소리가 요란하도록 시내에게 다가갔다. 휘익, 도윤이 회전의자를 자신의 앞으로 돌리자 진동하는 힘이 강했던지 바람을 가르는 소리가 스쳤다.

"왜 울어? 무슨 일이야?"

그것은 시내에게 물을 것이 아니라, 스스로에게 던져야 할 말이다. 그냥 진정이 되길 기다릴 것이지 왜 알고 싶어하는 거야. 왜! 도윤은 미간을 찌푸리며, 눈물과 콧물이 범벅이 된 시내의 얼굴을 내려다보았다.

"손수건."

엉망인 자신의 꼴이 창피하긴 했나 보다. 마치 처음부터 자신의 것이었던 양 당당하게 손수건을 요구하는 시내의 모습을 어이가 없으면서도 상황이 상황이니만큼 도윤은 별다른 말대꾸 없이 주머니에서 손수건을 꺼내어 그녀의 손에 쥐어주었다. 손수건이 눈물 콧물로 젖어 들어가는 것을 끝까지 지켜본 후 도윤이 다시 입을 열었다.

"무슨 일이야?"

여전히 묻는 목소리는 투박스럽다.

"아무것도 아니야."

이미 그렇게 대답할 것을 예상하고 있었다. 그러나 이대로 그냥 물러설 도윤도 아니었다.

"조시내가, 아무것도 아닌 일에 울고 짜고 할 사람이야?"

도윤을 노려보는 시내의 입술이 불만으로 실룩거린다. 이내 시내는 손에 꽉 움켜쥐고 있던 손수건을 도윤을 향해 정확히 집어 던졌다. 하지만 구겨진 채로 말려 있던 손수건은 도윤에게 닿지 못하고 바닥에 툭 떨어졌다.

"정말 드라마도 안 봤구나?"

이번에는 도윤의 뺨 근육이 실룩거린다.

"왜, 거기서는 울 때 불 켜지 말라는 것 말고도 또 시키는 일이 있어?"

"여자가 울면 남자는 묵묵히 울음을 그치기를 기다리면서 등을 토닥거려 줘야 한다고. 신경질이나 팍팍 내면서 왜 우냐고 버럭버럭 소리 질러대지는 않는다고. 이 버럭쟁이야."

시내의 말에 도윤이 코웃음을 쳤다.

"내가 너한테 남자야? 네가 나한테 여자야?"

"위로는 못해줄 망정, 됐어. 내가 무슨 말을 해…… 왜 하필 이 인간 앞에서 눈물이 터져 가지고는!"

"네가 보는 드라마에서는 눈만 마주치면 마음이 읽히는지는 몰라도, 나는 그런 능력이 없어서 네가 말해주지 않으면 왜 우는지 짐작조차 못하고, 또 이유도 모르면서 위로할 수 있는 눈치도 없어."

그 성격에, 이유를 알게 된다 하더라도 잘도 위로라는 것을 해 주겠다! 시내의 미심쩍은 눈빛을 뒤로하고 도윤은 말을 이어나갔다.

"우리는 남자 여자가 아니라, 그냥 사람이야. 귀로 듣지 못하고 눈으로 보지 못하면 아무것도 모르는 사람이라고. 말 안 할 거야? 안 할 거면 내 앞에서 울지도 마."

자신이 조금 오버한 것 같은 기분이 들어, 도윤은 회전의자에서 걸음을 돌렸다. 그녀 말대로 진정하길 기다리는 쪽이 훨씬 모양새가 나을 뻔했다. 여자의 눈물에, 순간적으로 욱하는 감정을 참을 수 없었던 모양이다.

"내 자리가…… 어디인지 모르겠어."

시내의 목소리에 도윤은 사무실 한가운데에서 발걸음을 멈추었다.

"나는…… 희락이가 좋은 사람 만나서 결혼하게 된 걸 정말로 잘되었다고 생각해. 축하한다고 했던 말, 정말로 진심이었어. 알고 있으니까, 내가 희락이를 좋아하는 것은 내 감정이 아니라 내 외로움이 제멋대로 쌓아나갔던 감정이니까. 그런데 그렇다고 해서, 좋아하지 않는 것은 아니잖아. 그런 락이가, 나 때문에 결혼이 고민스럽다는 말을 들을 때…… 그게 다 녀석이 느끼는 부담이라는 걸 알면서도 내심 좋아하는 내가 너무너무 미련하고…… 죄짓는 것 같아. 남매라는, 친구라는 이름으로 뻔뻔스럽게 락이의 부담을 즐기게 되는 건 아닐까. 호텔도 그래. 내 길이 아니야, 이것도 욕심 중의 하나일 뿐이었어. 사람들 시선을 신경 쓰지 않고 나만 열심히 하면 모든 게 다 잘될 거라는 그런 생각은 어리석었어."

겨우 진정이 되는가 싶더니, 다시 마음속 이야기를 풀어놓자 시내는 다시금 목이 메인다. 그 말을 듣고 있는 도윤의 가슴도 답답해졌다.

"늘 웃고 있지만, 실없는 농담이나 하고 있지만. 그래, 누구 말처럼 나도 사람이야. 사람들이 낙하산이라고 손가락질하는 거, 쳐다보는 거 다 신경 쓰여. 가슴도 아프고 화도 나."

다리를 의자 위에 올려, 무릎 사이에 고개를 파묻고는 이제 도윤을 신경 쓰지 않고 엉엉 울음을 터뜨렸다. 흔들리는 등이 어찌나 서러워 보이는지, 도윤은 차마 바라보지도 못하고 고개를 돌려버렸다. 꽤 오랜 시간 사무실이 떠나갈 정도로 울고 있지만, 잦아들 기미는 보이지가 않았다. 결국 도윤은 손수건 대신 티슈를 몇 장 쥐고 시내에게 다가섰다.

"닦아."

고개를 들지도 않은 시내는 손만 뻗어 티슈를 낚아챘다.

"그래, 울어. 그렇게 울고 나야, 속에서 응어리진 게 풀리든 터지든 하겠지."

그렇게 말해놓고서도, 도윤은 혀끝으로 '울지 마'라는 말이 맴도는 것을 깨달았다. 티슈를 받아놓고서도 꺽꺽대며 우느라 손에 쥐고만 있는 시내의 모습에 도윤은 한숨을 푹 내쉬었다. 그리고 시내의 손에서 티슈를 다시 받아 들고, 그녀의 어깨를 붙잡아 일으켰다.

“얼굴 봐라. 네가 말하는 그 드라마 여주인공들은 다 예쁘게만 울던데, 넌 왜 이래?”

티슈로 눈가에 그렁그렁한 눈물과 뺨의 얼룩, 콧물까지 닦아냈지만 이내 다시 고이고 뚝뚝 떨어지는 눈물에 소용없는 일이 되어버리고 말았다. 티슈를 다시 가지러 가려던 도윤을 붙잡은 것은 시내였다.

“됐어. 끅. 어어엉엉어. 끅. 닦아봤자 소용없어. 아마, 좀. 끅. 어어어엉. 끅 오래 걸릴 거야. 이, 이 말 한 마디만 해도 돼? 끅.”

도윤이 고개를 끄덕였다.

“끅. 엉어엉. 나 사실은, 많이 안 괜찮아. 끅! 만날 괜찮다고, 안, 안 힘들었다고…… 그거 다, 다 거짓말이야.”

혼자서 살아온 지난날이 얼마나 힘들었냐고 묻던 희락의 앞에서조차, 괜찮았다고 대답했었다. 눈물을 참기 위해서, 스스로에게조차 괜찮다고 힘들지 않았다고 거짓말들을 늘어놓고는 했었다. 하지만 사실은, 전혀 괜찮지 않았다는 것을 누군가는 알아주었으면 했다.

“그래.”

아무도 모를 것 같았던, 그래서 더 서러웠던 시내는 이미 다 알고 있다는 듯 무심하게 대답하는 도윤의 목소리에 더욱 크게 울음이 터진다. 그동안 참고 참았던 눈물이, 홍수처럼 쏟아져 내렸다.

이제 이유를 알았으니, 위로를 해주어야 했다. 하지만 도윤은 위로하는 방법을 모른다. 누구에게도 그런 위로를 해본 적 없었다. 잠시 망설이던 도윤은 손을 뻗어 시내의 머리를 가만히 쓰다듬었다. 그리고 고개를 끌어안아 자신의 왼쪽 어깨에 묻게 했다. 위로의 침묵과 함께 눈물은 여전히 쏟아져 흘렀고, 눈물로 인해 도윤의 옷은 천천히 젖어들었다.

좌악. 벽을 향해 물을 쏟아 붓자 거품이 말끔하게 씻겨 내려갔다. 시내는 마른 수건을 들어 벽에 남아 있는 물기까지 모조리 닦아낸다. 새하얗게 번쩍거리는 주방 벽을 흐뭇하게 바라보던 시내는, 마지막으로 대걸레를 집어 들었다. 주방엔 온갖 조리도구들이 널려 있는 탓에 바닥의 물기는 위험할 뿐만 아니라 위생에도 치명적이었다.

"나, 나나나, 나나나나나나 쏴!"

콧노래를 흥얼거리던 시내의 입에서 본격적인 노랫소리가 터진다. 대걸레를 바닥에 붙이고 주욱, 미끄러지듯 밀던 시내는 크고 네모난 은빛 조리대를 지나치다 그곳에 비친 자신의 얼굴을 발견하고 우뚝 걸음을 멈추었다. 스테인리스 조리대 위로 울렁울렁 쭈그러들었다가 넓게 퍼지는 얼굴, 어찌나 울었던지 뺨을 부풀어 오랐고, 눈은 퉁퉁 부어 있다.

"아주, 가관이다. 볼만해, 조시내."

쯧쯧, 혀를 찬다. 부루퉁한 뺨을 손가락으로 쿡 한번 찔러본 시내는 이내 피식 웃음을 터뜨렸다. 정말 이렇게 속 시원하게 울어본 적이 언제던가. 소리 내어 펑펑 울었던 기억은 부모님이 돌아가셨던 그때가 마지막이었다.

생각에 잠겨 있던 시내는, 등 뒤에서 들리는 헛기침 소리에 흠칫 놀라며 고개를 돌렸다. 단추를 푼 조리복 차림에 한쪽 손에는 머플러와 조리모를 쥐고 주방 안에 들어선 윤수가 눈을 가늘게 뜨고 퉁퉁 부은 시내의 얼굴을 내려다본다.

"아, 안녕하세요. 조리장님."

못마땅한 윤수의 표정으로 보아, 눈이 있으면 좀 보라고 빽빽 소리를 질러대던 어제의 일을 고스란히 떠올리고 있음이 틀림없다.

"일찍 나오셨네요."

윤수의 시선이 번쩍거리는 타일 벽과, 물기 없이 닦인 바닥, 그리고 시내의 손에 들린 대걸레를 차례로 지나갔다. 그리고 다시 자신의 얼굴로 윤수의 시선이 돌아오자, 시내는 달싹거리는 그의 입술에 온 신경을 집중시켰다. 당장 '나가' 라고 할까, 아니, 재희에게 했던 대로 '치워' 버리라고 할지도 모른다.

"그 정도 부르튼 손으로 엄살 피우려면, 지금 나가."

"네?"

시내의 눈이 동그랗게 커졌다. 윤수는 머플러를 순서대로 접어 조리복 위에 묶고, 조리모를 탁 털어 각을 세운 뒤 정확히 머리 위에 썼다.

"특히 한식은 특성상 다듬고, 만지고, 버무리면서 손맛을 사용해야 해. 그런데 손 관리 그따위로 할 거라면 마음가짐부터 다시 하라고."

"조리장님……."

시내는 멍하니 윤수를 바라보며 그의 이름을 중얼거리듯 불렀다.

"너한테 심하게 일을 시켰다고 생각하지 마. 물론 연줄로 들어온 게 마음에 안 들었던 건 사실이지만, 보조든 뭐든 이 주방에 처음 들어온 녀석들치고 더하면 더했지 너만큼 안 한 놈 없어. 뭐……."

윤수는 다시 한 번 주방을 휙 둘러본다.

"꼼꼼한 맛은 있네."

부은 빰이 웃음 때문에 실룩거리자, 시내의 얼굴은 만화 주인공처럼 우스꽝스러웠다. 못 봐주겠다는 듯 혀를 쯧 차던 윤수도 그 모습에 어이가 없다는 듯 피식 웃고 말았다.

"뭐 해, 영업 시작 전에 기본양념 만들어두려면 마늘 고추 양파 다듬어야지."

"네!"

우렁차게 대답한 시내는 신이 나서 식재료 창고로 달려갔다. 필요한 재료들을 고르다가 무슨 생각이 들었는지 마늘 망을 도로 내려놓고는, 휴대전화기를 꺼내 들었다. 꾹, 꾹 번호를 누른 시내는 전화기 건너편에서 들려오는 희락의 목소리에 잠시 입을 다물었다. 여보세요, 시내야? 재차 자신을 부르는 소리를 듣고서야, 이내 시내는 쾌활하게 입을 열었다.

"응. 나야. 아직 출근 전이지? 밥은 먹었어? 아침밥 꼭꼭 챙겨 먹어. 아, 무슨 일 있어야만 전화를 하나…… 가족한테. 그냥 결혼 소식도 듣고 했는데 그냥 넘길 수가 없어서. 저녁에 은경 씨랑 같이 집에 와. 지난번에는 제대로 못해줬는데 오늘은 정말 맛있는 거 많이 해줄게, 축하하는 의미에서. 내 선물. 그래. 알았어, 나중에 보자."

오피스텔 현관문 앞에 선 도윤은, 비밀번호를 누르기 위해 잠금 장치에 손을 가져가다 멈추었다. 시내와 마주하면 무슨 말부터 꺼내야 할지 고민스러웠기 때문이다.

"설마, 또 우는 건 아니겠지."

지금에 와서야 말이지만, 어정쩡하게 시내를 품에 안고 서 있었을 자신의 모습은 우스꽝스럽기 그지없다. 팔로 안은 것도, 완벽히 맞닿은 것도 아닌 어중간하게 뒤틀린 몸, 어디에 둘까 고민하듯 허공에서 헛손질하던 팔. 더욱 그를 곤란하게 했던 것은, 울고 있는 시내의 존재감이 너무나 가까이에서 느껴진다는 것. 잠이 든 시내에게 충동적으로 키스했을 때도, 그리고 어제도 단지 자신이 본능에 앞서는 '남자' 이기 때문이라고 넘겨 버렸다. 분위기 파악도 못한다고, 꾹꾹 눌러 담았지만 부끄러울 정도로 시내와 몸이 맞닿아 있다는 것이 의식되었다.

"맞아. 남자는 다 늑대라는 말."

도윤은 고개를 설레설레 흔든다. 비밀번호를 누르고, 열린 문을 지나 현관으로 들어서자 부엌에서부터 맛있는 냄새가 풍겨왔다. 물만 마시러 들어가던 부엌의 변화가 이제는 익숙해져 버린 듯 도윤은 자연스럽게 오늘의 메뉴는 무엇인지 궁금해했다.

"왔어?"

기름진 냄새와 함께 시내의 목소리가 부엌에서부터 흘러나왔다. 도윤은 재킷을 벗어 거실 테이블 위에 올려놓고, 곧장 부엌으로 향했다. 시내의 표정이 밝아 보여 도윤은 남모르게 안도의 한숨을 내쉬었다.

"이게 다 뭐야?"

치이익, 기름이 물에 닿기라도 했는지 요란한 소리를 내며 튀어 오르는 것을 피하며 시내는 눈이 휘둥그레진 도윤을 바라보았다. 식탁 위에는 기름지고 손이 많이 가는 잔치음식들이 입 안으로 들어갈 모든 준비를 끝낸 채 올려져 있었다.

"잡채에, 튀김에……."

"그뿐인 줄 알아? 짠!"

시내가 기름이 끓는 팬 옆에 얌전히 놓인 냄비 뚜껑을 열어 보인다. 그곳엔 양념에 절인 고소한 쇠고기 냄새가 코끝에 맴돌아 허기를 자극시켰다. 이제껏 시내가 그에게 만들어준 반찬들 중에 고기 반찬은 손에 꼽을 정도였기에 도윤은 고개를 갸웃거리다, 이내 뒤돌아서 버렸다.

"어디 가?"

"케이크 사러."

"뭔 뚱딴지같은 소리야?"

새우튀김을 팬에서 꺼내어 기름종이 위에 올려놓던 시내가 미간을 찌푸리며 묻자 현관을 향해 걸음을 옮기려던 도윤이 어깨를 으쓱거리며 대답했다.

"내 생일은 아직 좀 남았고, 네 생일 아니야?"

"아닌데."

그럼 이게 다 뭐야, 하는 눈빛으로 도윤이 다시 식탁을 둘러본다. 혹시 어제 일로 자신에게 고마움을 표현하려던 것일까. 도윤은 괜히 으쓱한 기분이 들어 웃음이 입술을 비집고 나오려는 것을 꾹 참았다. 의기소침해 있지 않은 것만으로도 안심했는데, 이렇게 진수성찬을 준비하기 위해 미리 퇴근을 해버린 시내가 귀엽게 느껴지기까지 했다.

"그럼, 어디 맛이나 볼까."

탁, 포를 뜬 명태에 밀가루와 달걀 물을 입혀 노릇노릇 구워낸 명태 전을 집어 드는 도윤의 손등을 때리며 시내가 얼굴을 찌푸렸다.

"어디서! 좋은 말 할 때 손 떼라."

"먹으라고 만든 거 아니야?"

"먹긴 먹어야지. 그런데 초대한 주인공보다 먼저 음식에 손을 대는 건 예의가 아니지."

도윤의 눈썹이 위로 치켜떠졌다. 자신의 생일도, 그렇다고 시내의 생일도 아니고 자신에게 고마움의 표현하기 위한 만찬도 아니라고? 그럼 도대체 이 식탁의 주인공이 누구란 말인가.

시내가 다시 입을 열기 직전에, 오피스텔 가득히 벨소리가 울려 퍼졌다. 다 저녁에 올 사람이 없는데, 중얼거리며 부엌을 나선 도윤이 현관으로 걸어가 문을 열었다. 그리고 문 앞에 나란히 선 희락과 은경의 모습에 순간 멈칫했다.

"안녕하세요, 민 이사님."

지난번 그의 사무실에서의 언쟁 때문에 서먹한 희락 대신 은경이 도윤에게 인사를 하며 부드럽게 미소를 지어 보였다. 도윤은 인사 대신 고개를 끄덕이며, 집 안으로 들어오라는 뜻으로 몸을 한쪽으로 비켜 세웠다.

"왔어?"

부엌에서 뛰어나오며 시내가 두 사람을 반갑게 맞았다. 식탁에 차려진 만찬의 주인공이란, 희락이를 뜻하는 것이었나? 도윤은 뺨을 살짝 실룩거리며 못마땅한 시선으로 시내와 희락을 번갈아 바라보았다.

"왔어요, 은경 씨?"

처음 희락이 은경을 데리고 이 집에 들어섰을 때와는 사뭇 다른 시내의 모습에, 찌푸리고 있던 도윤의 눈가에서 점점 주름이 사라졌다. 그녀가 올 줄 알고 있었다는 것은, 시내가 직접 은경을 초대했다는 뜻이기도 했다.

"희락 씨한테서, 시내 씨가 나까지 초대해 주었다는 말을 듣고 얼마나 좋았는지 몰라요. 고마워요, 시내 씨."

"뭘요. 오늘 초대한 이유가 두 사람 결혼 축하한다는 의미였는데 당연히 은경 씨까지 초대해야 하는 거죠. 배고프죠? 얼른 손 씻고 와요, 락이 너도."

도윤이 그녀의 표정을 읽을 틈도 없이, 시내는 훌쩍 뒤돌아서 부엌으로 돌아가 버렸다. 은경이 손을 씻기 위해 욕실로 향하자 둘만 남은 도윤과 희락 사이에 어색한 침묵이 흘렀다.

"저기, 민 이사님."

도윤은 먼저 침묵을 깨고 자신에게 말을 건 희락을 물끄러미 바라보았다.

"그때는 제가 언성이 높았어요. 죄송합니다."

도윤은 아무런 말 없이 묵묵히 희락이 말을 이어나가기를 기다렸다.

"민 이사님 말, 틀린 것 하나 없는데. 제가 시내 일에는 조금 민감해지다 보니…… 어쩌면 정말로 저보다 더 시내를 생각해 주시는 분이 민 이사님인데 말이죠."

그리고는 어색하게 웃어 보인다.

"괜찮아요. 그리고…… 결혼 축하합니다."

쑥스러운 표정을 지어 보이면서도, 희락은 도윤이 내민 손을 맞잡았다.

"아직 꽤 시간이 남았는걸요 뭐."

"뭐 해, 찌개 끓어."

시내의 재촉에 욕실에서 나온 은경과 희락, 도윤이 함께 부엌으로 들어섰다. 식탁 다리가 부러질 정도로 가득 차려진 음식에 은경의 진심 어린 칭찬과 요리를 잘하는 것에 대한 부러움이 연방 터져 나왔다. 나란히 앉아, 시내의 '조리부 고군분투기'를 들으며 화기애애하게 식사를 시작한 네 사람의 사이에서 웃음이 흐른다.

"서윤수 조리장 그 사람, 딱 조리부의 민도윤이라니까."

왜 애꿎은 자신을 걸고 넘어지냐는 듯, 찌개를 떠먹던 도윤이 눈살을 찌푸렸지만 별다른 말은 하지 않았다. 사실 희락과 은경 앞에서 유쾌하게 웃음을 짓는 시내의 모습에 안도하느라 그녀의 이야기를 제대로 듣지 못했기 때문이기도 했다.

"서윤수 조리장, 그 사람 이야기는 들은 적 있어. 지난번 회의 때도 봤고. 아, 그때 민 이사님이 서 조리장과 따로 남아서 이야기를 나누시던 것 같은데. 혹시, 시내 부탁을……."

도윤이 얼른 커다란 왕 새우튀김 하나를 희락의 밥그릇 위에 올려주며 그의 말을 중간에 잘라 버렸다.

"이거 맛있네. 많이 들어요, 노희락 씨."

의심스런 눈길로 자신을 바라보는 시내의 시선을 외면하며 도윤은 입 안 한가득 튀김을 밀어 넣고 우걱우걱 씹어 넘겼다.

"정말로 조리장님 따로 만났어?"

탁, 도윤은 숟가락을 식탁에 내려놓고 의자를 뒤로 빼며 자리에서 일어났다. 이제 막 식사를 끝낸 희락과 은경의 시선이 동시에 그에게로 향했다.

"술 한 잔 해야지. 술 없지? 술 사가지고 올게."

"있어. 맥주, 소주 다 사다 놨어."

어딜 도망가려고, 시내가 빙그레 웃으며 몸을 일으켰다. 그리고 냉장고 문을 열고 종류별로 꽉 들어찬 술병을 보여주었다. 코끝을 찡그린 도윤이, 뒷걸음질치며 다시 입을 열었다.

"축하하는 자리에 샴페인을 빼놓을 수 없잖아. 내가 나가서 사 올게."

"제가 가서 사 올게요."

희락이 덩달아 몸을 일으켰다. 하지만 도윤은 못 들은 척 곧장 현관으로 걸어가 버렸다. 잠시 망설이던 시내가 목에서 앞치마를 풀어 식탁 위에 올려놓았다. 그리고 의아한 눈길로 자신을 바라보는 희락에게 말했다.

"같이 다녀올게."

"너도?"

고개를 끄덕이며, 이번에는 은경을 바라본다.

"미안해요, 은경 씨. 손님들만 내버려 두고."

은경은 시내의 마음을 안다는 듯 의미심장하게 미소 지었다.

"아니에요. 설거지해 놓고 있을 테니까 천천히 데이트하다가 와요."

엘리베이터에 올라탄 도윤이 일층 버튼을 누르자 문이 다시 닫히려는 순간, 손바닥 하나가 양쪽 문 사이를 가로막는다.

"윽. 아파."

문이 다시 열리며, 바람같이 달려온 시내가 덜렁 엘리베이터 안에 올라탔다. 도윤은 자신을 뒤따라온 시내의 모습에 또다시 윤수의 이야기를 입에 올릴까 싶어 입술이 바싹 말라왔다. 네 일은 네가 알아서 하라고 투박스럽게 말을 해놓고, 윤수를 따로 만난 이유가 뭐냐고 물으면 뭐라고 대답해야 할지 난감하다.

"손님들만 내버려 두고, 왜 나와?"

"은경 씨가 등 떠밀더라고, 둘이 데이트나 하라고."

자신도 피곤하다는 듯 시내는 어깨를 으쓱해 보였다. 엘리베이터가 일층에 도착하자, 도윤은 기다렸다는 듯 시내를 남겨두고 편의점을 향해 성큼성큼 걸음을 옮겼다. 그러나 이내 자신의 셔츠를 꽉 붙드는 시내의 손길에 고개를 뒤로 젖혔다.

"저기 샴페인 안 팔아."

"뭐?"

도윤은 시내가 손으로 가리킨 편의점과 그녀를 번갈아 바라보았다.

"내가 저기서 일했었잖아. 저긴 샴페인 안 팔아."

도윤의 대답을 듣지도 않고, 시내는 먼저 걸음을 돌렸다. 오피스텔 건물을 빠져나오자, 제법 찬바람이 발걸음 근처에 머문다. 이내 찬 기운은 위쪽으로 치고 올라와 어깨까지 가볍게 떨렸다. 시내는 흘낏 고개를 돌려 도윤이 자신의 발걸음에 맞추는 것을 바라보았다.

"미안해."

"뭐가."

"내 집도 아닌데, 마음대로 사람들 초대해서."

"뭐, 네 마음대로 하는 게 어디 하루 이틀이냐."

주머니에 손을 찔러 넣으며 걷는 도윤의 걸음 소리가 차가운 밤공기에 실려 상쾌하게 들려왔다. 오피스텔 근처의 다른 편의점으로 향하며 시내는 두 팔을 뻗어, 크게 기지개를 켰다.

"그러게. 그러고 보니, 우리의 동거가 하루 이틀이 아니네?"

"동거? 어감이 안 좋아."

마음에 들지 않는다는 듯, 도윤이 손가락으로 콧등을 슬쩍 긁었다. 편의점에 도착한 도윤은 샴페인을 찾아 계산대 위에 올려놓고 뒷주머니에서 지갑을 꺼내 들었다. 그때, 시내가 샴페인 옆으로 아이스크림 두 개를 턱하니 올려놓는다.

"같이 계산해 주세요."

"날씨도 추운데, 무슨 아이스크림이야."

도윤의 말에도 아랑곳하지 않고 시내는 편의점을 나서자마자, 아이스크림 포장을 벗겨내고 입에 물었다. 그리고 포장을 뜯지 않은 아이스크림을 도윤에게 내밀었다가, 그가 받기도 전에 도로 손길을 거두었다.

"아, 날씨도 추운데 우리의 민도윤 이사님은 당연히 안 드시겠지?"

손을 내밀던 도윤이, 입술을 실룩거리며 그녀를 노려본다. 그제야 큭큭 웃어대며 시내가 포장을 뜯어 그의 손에 아이스크림을 쥐어주었다.

트레이닝 바지에 기름때가 묻은 티셔츠, 질질 바닥에 끌리는 슬리퍼 차림에 입에 아이스크림을 문 여자와 검은색 정장 바지와 재킷을 벗은 셔츠 차림에 한쪽 팔에 샴페인 병을 든, 역시 아이스크림을 입에 문 남자가 짙게 어둠이 깔린 오피스텔 건물들 사이를 터벅터벅 걸어간다.

"고마워."

네모난 하드 모양의 아이스크림이 아래쪽부터 녹기 시작하자, 손을 옆으로 돌려 아랫부분의 한쪽 모서리를 베어 물던 도윤은 시내의 목소리에 고개를 돌렸다. 하지만 시내는 자신이 그 말을 한 사람이 아니라는 듯 아이스크림을 먹으며 여전히 정면을 응시할 뿐이었다.

"쪽팔리긴 하는데, 그렇게 울고 나니까 알겠더라. 그동안 내가 얼마나 울고 싶었었는지."

"창피한 건 알아?"

"그러니까 지금 얼굴도 못 쳐다보고 이야기하고 있잖아."

탁, 도윤이 걸음을 멈춘 것도 모르고 걸어가던 시내는 이내 자신이 홀로 걸어가고 있음을 깨닫고 뒤로 돌아섰다. '왜?' 하는 표정으로 바라보는 시내의 시선을 물끄러미 받아내던 도윤은 천천히 걸음을 옮겨 시내에게 다가섰다.

도윤은 샴페인을 그녀의 품에 안겨주고, 시내의 손에 자신의 아이스크림을 쥐어주었다. 그리고 두 손으로 바람에 차가워진 시내의 두 뺨을 가만히 감싸 쥐고 그녀가 자신을 똑바로 바라보도록 고정시켰다.

"고맙다는 말은 눈을 보면서 해야지. 그리고……."

잠시 말을 멈춘 도윤의 시선이 시내의 이마에서, 콧등으로 천천히 옮겨갔다. 그의 시선에 따라 시내의 심장박동수가 세차게 빨라지기 시작했다. 이내 아이스크림이 묻어 있는 입술 근처에서 시선이 멈추자, 시내는 침을 꿀꺽 삼켰다.

한참 동안 말없이 시내를 바라보던 도윤이, 순간 피식 웃음을 터뜨리며 손가락으로 시내의 이마를 툭 건드렸다.

"뭘 기대하는 거야? 고마우면, 네가 들고 가라고."

긴장이 풀린 시내는, 자신을 휙 지나쳐 오피스텔 건물로 들어가는 도윤의 뒷모습을 멍하니 지켜보다 이내 그 자리에서 펄쩍 뛰었다.

"누가, 뭘! 뭘 기대했다고! 이상한 사람이야, 진짜."

일곱

엄격하기 그지없는 서윤수 조리장이 책임지고 있는 메르디안 호텔 대중 한식당 조리부 메인 주방에서 이제껏 영업 시간에서는 한 번도 들려온 적 없는 콧노래가 흥겹게 울려 퍼졌다. 주방 직원들은 그 색다른 변화에 놀라면서도, 혹여 언제 날아들지 모를 윤수의 역정 소리에 긴장하고 있었다. 하지만 콧노래의 주인공은 다름 아닌, 윤수의 곁에서 마늘을 까고 있는 시내였다. 윤수는 무표정으로 그 노랫소리를 묵묵히 받아내고 있었다.

"와, 조리장님 그렇게 안 봤는데…… 역시 빽이 무섭긴 무섭구나."

"그러게 말이야."

둘 이상 모였다 하면 뒷담화인 사람들의 수군거림을 아는지 모르는지, 시내는 콧노래를 멈추고 손에 배인 마늘 냄새를 킁킁거리며 맡아보았다.

"어째, 내 손에는 매일 양파 아니면 마늘 냄새만 나는지 모르겠다. 돈도 많은 호텔에서 깐 마늘 사다 쓰면 어디가 덧나나?"

"네가 건의하면 되겠네. 이 주방에서 제일 높은 사람, 너 아니야?"

"난 조리장님이랑 이제 아주아주 잘 지내보기로 마음먹은 사람이거든요? 그러니까 제에발 좀 배배 비꼬지만 마세요!"

탁, 까던 마늘을 제자리에 놓고 손을 씻는 시내의 모습에 윤수의 눈썹이 위로 치켜 올라갔다. 그런 그의 시선을 모른 척 앞치마까지 풀어 벗어버린 시내는 선반에 넣어둔 동그란 도시락 통을 꺼내어 들었다.

"너 지금 뭐 해?"

시내는 입술을 실룩거리며 정확하게 정오를 가리키고 있는 주방의 벽시계를 바라보았다.

"점심 시간이잖아요. 일은 죽어라 많이 시키면서 밥은 제때 먹여줘야 하는 거 아니에요? 자, 그럼 이 주방에서 제일 높은 사람은 식사하러 갑니다."

뭐라고 소리치는 윤수의 말을 들은 체 만 체 주방을 빠져나온 시내는, 도시락을 품에 꼭 안고 엘리베이터에 올랐다.

"사람이 밥을 먹고 살아야지."

점심 식사 약속이나 특별한 일이 없으면, 호텔 베이커리에서 샌드위치를 주문해서 점심을 해결한다는 도윤의 말에, 시내는 아침에 도시락을 싸면서 하나 더 만들어두었던 것이다.

"하여간 그 인간은 내가 없으면 사람답게 못 산다니까."

도윤의 사무실로 향하는 시내의 발걸음은 가벼웠다. 점심 식사를 하러 갔는지, 비서도 자리에 없었다. 도윤은 노발대발할 테지만 놀라는 그의 귀여운 표정을 보고 싶어 시내는 노크도 없이 문고리를 움켜잡았다.

"왁! 놀랐……!"

도시락을 들고 사무실 안으로 뛰어든 시내는, 소파에 가득히 앉아 있는 직원들과 책상에 기대어 서서 서류를 들고 사람들에게 무엇인가 지시를 내리고 있는 도윤의 모습에 그 자리에서 굳어버렸다. 사무실 안에서 회의 중이던 모든 사람들의 시선이 그녀에게로 쏟아졌다.

"하, 하, 하. 일하는…… 중이네. 그, 그럼 난 이만."

시내는 억지로 입꼬리를 올려 쓴웃음을 지으며 슬금슬금 뒷걸음질을 쳤다. 문고리를 잡고 사무실을 완전히 빠져나가려던 시내의 발걸음을 붙잡은 것은, 무뚝뚝하게 내던지는 도윤의 목소리였다.

"됐어. 안 나가도 돼."

그리고는 손목을 들어 시계를 한번 보고, 소파에 앉아 있던 사람들에게 시선을 던졌다.

"다들 점심 먹고, 오후에 다시 시작하죠."

도윤의 일하는 스타일을 맞추느라, 뱃속에서 울리는 허기의 외침을 애써 무시하고 있던 사람들의 표정이 동시에 환해졌다. 사람들이 빠져나가고 사무실에 도윤과 자신만 남게 되자, 잔뜩 긴장하고 있던 시내의 어깨에서 스륵 힘이 풀렸다.

"자기만 그렇게 살면 되지 꼭 같이 일하는 사람들까지 같이 고생해야 직성이 풀리니? 딱이다, 딱. 저기 주방에서 일하는 민도윤이랑 여기 민도윤이랑 정말 하는 짓까지 똑같아요."

민망함을 털어버리려 시내는 큰 목소리로 투덜거리며 서류를 한쪽으로 치우고, 그 위에 도시락을 올렸다. 여전히 팔짱을 낀 채 책상에 기대어 있던 도윤이 천천히 몸을 일으켰다.

"그럼 그렇게 살게 내버려 두지, 그러는 넌 왜 바리바리 싸들고 찾아와?"

도윤의 말에 시내가 입술을 삐죽거린다.

"나 아니면 버럭쟁이를 누가 챙겨주겠어? 뭐 해, 안 먹어?"

돌아서서 책상 위에 놓인 서류들을 살펴보는 도윤의 행동이 못마땅해 시내가 수저를 탁, 소리 내어 테이블 위에 올려놓는다.

"사람들 점심 먹고 오면 곧장 회의 시작해야 하니까 지금 읽어 둬야 해. 잠깐이면 돼. 먼저 먹고 있어."

오후의 햇살을 받아 도윤의 새하얀 셔츠가 눈이 부시다. 날씨가 더울 리도 없는데 셔츠를 접어 올려, 서류를 집어 든 팔에서 단단함이 물씬 풍겨져 왔다. 수저를 집어 들며 흘끔흘끔 도윤을 바라보던 시내는 의미심장하게 씨익 웃고는 소파에서 일어나 살금살금 그에게 다가갔다. 조금 전 사무실에 들어설 때의 창피함을 만회하고 그의 귀여운 표정을 보고야 말겠다는 소정의 목적을 달성하기 위해, 시내는 뒤돌아선 도윤의 등 바로 뒤로 바싹 다가섰다.

그리고 손을 들어 어깨를 내려치려는 순간, 도윤이 갑자기 휙 뒤돌아선다.

"흡!"

동시에 흠칫 놀란 두 사람의 어깨가 가볍게 부딪쳤다. 내려다보는 도윤의 시선, 샴페인을 사러 다녀오던 길 심장이 멎을 만큼 떨리던 그것과 같다. 바싹 말라오는 입술, 침이 꿀꺽 목 안으로 넘어간다.

"아! 바, 밥, 밥 먹어야지."

뒤돌아서려던 시내는, 자신의 팔을 붙잡는 도윤의 단단한 손길에 완전히 얼어붙어 버렸다. 천천히 다가오는 도윤의 입술이 살짝 벌어졌다. 그 입술 사이에서 터지는 입김의 따스함이 느껴질 정도로 가까워졌다. 어느새 시내의 팔을 붙잡고 있는 손에서 힘이 스륵 풀리고, 도윤은 손가락으로 가볍게 시내의 팔 안쪽 부드러운 살갗을 문질렀다. 긴장을 풀라는 듯, 도윤의 입술이 가볍게 뺨에 닿는 순간 시내는 눈을 감았다.

술도 마시지 않았고, 상대방이 잠이 든 상태도 아니었다. 왜라는 이유에 더 이상 다른 변명을 할 수도 없었다. 그렇다고 도윤은 지금에 와서 멈출 생각은 추호도 없었다. 시내의 입가에서 맴돌던 도윤의 손가락이 뺨으로 옮겨가고, 뺨에 맞닿아 있던 입술이 시내의 입술을 부드럽게 감쌌다. 장난치듯 아랫입술을 살짝 깨물자, 입술 사이가 벌어졌고 도윤은 혀끝을 살그머니 내밀어 비집고 들어갔다. 두 사람 모두 능숙하지는 않지만, 순식간에 세상이 멈춘 듯 열중했다. 도윤이 장난치듯 부드럽게 파고들면, 시내는 질 수 없다는 듯 손으로 도윤의 턱을 붙잡고 고개를 돌리며 장난을 쳤다. 키스 중간에 잠시 입술이 떼어지기라도 하면 간간이 웃음이 터졌지만, 이내 다시 입술이 맞닿아 금방 웃음소리가 사그라졌다. 마지막인 듯 아쉽게 입술을 떼어낸 도윤은 가만히 시내를 내려다보며, 무슨 말을 먼저 꺼내야 가장 어색하지 않을 수 있을지 고민에 잠겼다.

"우리……."

쪽, 도윤은 다시 한 번 가볍게 자신의 입술을 훔치고 돌아서는 시내의 행동에 입을 다물고 그저 피식 웃음을 터뜨렸다.

"뭐 해? 밥 먹자, 밥."

바쁘지 않은 오후 시간을 틈타 윤수는 조리사들을 비롯한 주방 직원들을 모아놓고 며칠 남지 않은 국제회의 때의 메뉴에 대해 이야기하기 시작했다. 직원들 틈에는 시내도 한 자리 차지하고 있었지만, 윤수의 목소리가 제대로 들리지 않는 듯 멍한 표정이다.

"연회 주방에서 대부분의 메인 요리를 담당하겠지만 인력이 부족해서 아마 우리가 많이 도와야 할 거야. 한국의 전통 음식 체험이 기본적인 콘셉트로 12첩 반상의 가장 기본적인 흰밥과 맑은 장국으로 시작해……."

퇴근 후에는 같은 차를 타고 가야 하고, 또 집에서 종일 보는 그 얼굴을 볼 때마다 이렇게……. 그렇지, 우린 집에서 늘 같이 있지. 그것도 단둘이, 키스까지 한 남녀가 한 집에 밤새도록 함께……!

탁탁, 윤수가 손에 들고 있던 긴 나무 주걱으로 조리대를 내리쳤다. 그리고 시내를 향해 고갯짓을 했다.

"야, 야. 누가 재 좀 치워라. 건드리면 얼굴 터질 것 같아서 부담스러워 못 봐주겠다. 몸은 왜 또 저렇게 꽈대냐?"

와하하하, 사람들이 동시에 웃음을 터뜨렸다. 마치, 자신의 생각을 다른 사람에게 들키기라도 한 듯한 기분에 철면피라 불리는 시내도 당황할 수밖에 없었다. 건드리면 터질 것 같다는 시내의 얼굴은 더욱 빨개졌다.

"저한테 신경 끄시고 하시던 말씀 계속하세요, 서윤수 조리장님."

이런 창피를 준 윤수에게 향하는 목소리가 곱지 않았다. 시내는 차가운 손바닥을 뜨거운 얼굴에 가져다 대고 식히며 윤수를 노려보았다.

"후식은 한과와 과일, 화채와 떡으로 준비할 거야. 자세한 종류는 아직도 우리 한식 조리부 주방장님과 연회 주방의 주방장님, 총 주방장님과 조율중이고. 메인 요리에 참여하지 않는 조리사들은 후식을 서브해 줘야 해. 이번 국제회의는 아주 중요한 행사라는 것, 다들 알고 있을 거야. 연회팀이 총력을 다해 준비하는 것이고, 여러분들이 모두 잘 아시는……."

윤수는 어깨를 으쓱거리며 시내를 바라보았다.

"민도윤 이사님이 총 책임을 맡아 진행하시는 행사에다……."

또다시 사람들의 시선이 그녀에게로 쏟아진다. 시내는 모른 척 고개를 돌려 허공으로 시선을 내던졌다.

"회장님까지 굉장한 관심을 두고 있어. 하지만 그 높은 분들의 관심은 신경 쓰지 마라. 그저 우리는 우리 음식을 먹어줄 손님만 생각하면 돼. 아무리 하찮은 일이라도, 자신이 맡은 일은 후회가 없도록 해."

윤수가 말을 끝내자, 사람들은 가기 자신의 자리로 돌아가기 위해 뿔뿔이 흩어졌다. 시내는 오전에 다듬어놓은 마늘들을 동그랗게 움푹 패인 바가지 안에 넣고, 마늘 다지기를 찾아 갈기 시작했다. 손잡이를 돌릴 때마다 으깨어진 마늘이 다지기 안에 쌓인다.

"우리……."

우리, 우리 뭐. 뭐라고 말하려고 했던 걸까. 그때는 당황해서 밥 먹자고 둘러대기는 했지만, 과연 도윤이 무슨 말을 하려고 우리라는 단어를 입에서 떼었을까 궁금해지기 시작했다. 혹시, 설마…… 사귀자고? 순간 손잡이에 힘을 너무 주는 바람에 마늘 다지기가 위태롭게 덜컹거렸다.

"아예 다 부숴 버리지 그래."

얼굴이 발갛게 달아오른 채 무시무시한 힘으로 손잡이를 돌리고 있는 시내의 모습에 혀를 끌끌 차며 윤수가 투박스럽게 말했다.

"하하하하. 이거 편하네요. 되게 편하다, 그냥 돌리기만 하면 마늘이 다져지네. 하하하하."

머쓱함에 괜히 크게 웃어 보이던 시내는, 자신의 말을 받아주기는커녕 한심한 듯 바라보는 윤수의 표정에 쓴 입맛을 다셨다. 하지만 지금 윤수의 빈정거림이 문제가 아니었다.

시내는 도윤과 같이 도시락을 먹으면서도 밥알이 입으로 들어가는지 코로 들어가는지도 모를 정도였다. 밥을 다 먹자마자 식사를 끝내고 돌아온 직원들 때문에 얼떨결에 사무실에서 밀려 나오는 바람에 어색한 침묵이 끝나 버렸지만 당장 퇴근 후에 다시 얼굴을 마주해야 했다.

"아아아아, 민망해."

두 손으로 뺨을 감싸고 발을 구르는 시내의 모습에, 윤수는 '쇼를 해라' 라고 하며 이죽거렸다.

시내의 고민은 퇴근할 때까지 이어졌다. 탈의실에서 옷을 갈아입고 나온 시내는 주방 조리대 한쪽에 몸을 기대고서 주방 직원들이 하나둘씩 사라지는 모습을 지켜보았다. 주방에 혼자 남게 되자 시내는 침을 꿀꺽 삼키고 손에 쥐고 있던 휴대전화기를 내려다보았다.

그냥 모른 척 집에 혼자 가버릴까? 아니야. 어차피 집에서 봐야 하는데, 혼자 가버리면 오히려 나중에 더 어색해지지 않을까? 그냥 아무 일도 없었다는 것처럼 행동할까? 조시내! 이건 아무 일이 아니라고! 키스, 머릿속에 또다시 점심 시간의 달콤했던 키스가 떠오르자 시내의 얼굴에 헤벌쭉 미소가 피어오른다.

"아, 좋긴 좋았는데. 아니지, 아니지. 뭐야, 변태 조시내! 정신 차려!"

불과 얼마 전만 해도 희락이 때문에 울고불고했으면서. 조시내, 네가 지조없이 이러면 안 되지. 그때 손에 쥐고 있던 휴대전화기가 요란스럽게 진동하자, 시내는 화들짝 놀라 몸을 일으켜 세웠다. 순간 도윤이 아닐까 긴장했지만 액정에 뜨는 번호는 낯선 번호였다.

"여보세요."

[시내 씨?]

그제야, 시내는 '아' 하고 작게 소리쳤다.

"은경 씨, 웬일이에요?"

[잠깐 일이 있어서 호텔에 들렀다가 시내 씨 얼굴이라도 보고 가려고 왔죠. 퇴근했어요? 전 지금 로비에 있는데.]

잠시 망설이던 시내는, 곧 내려가겠다고 말한 뒤 전화를 끊었다. 머리 싸매고 어떻게 마주하나 고민하는 것보다 오히려 잘되었는지도 모른다. 고개를 한 번 크게 끄덕인 시내는 주방을 나서 호텔 로비로 향했다. 블랙과 아이보리가 섞인 푹신한 소파에 기대어 앉아, 얇은 잡지를 넘기고 있던 은경이 시내를 발견하고 손을 번쩍 들어 보인다.

"시내 씨."

눈웃음으로 인사를 대신하며 은경의 가까이로 다가선 시내는, 그녀가 내려놓은 잡지가 웨딩잡지임을 단번에 알아보았다.

"결혼 준비하러 다니는 거예요?"

"아니요. 그냥 테이블 위에 있길래 봐두는 거예요."

시내는 희락의 모습을 찾기 위해 고개를 이리저리 둘러보았다. 하지만 열심히 지나치는 호텔 손님과 직원들 사이 어디에서도 희락의 모습을 찾을 수 없었다.

"락이는요?"

"안 불렀어요. 오늘은 시내 씨랑 둘이서만 놀고 싶어서요."

웃을 때 눈가에 가만히 주름이 잡히는 은경의 모습에 순간 시내는 할 말을 잃었다. 부드러운 말투와 진심 어린 눈빛은 은경의 가장 큰 무기였다. 그런 그녀 앞에서는, 누구도 그녀의 말에 반박하거나 부정하거나 거절하기는 힘들 것 같다. 희락이도 그렇게 생각하고 있을까.

"혹시 민 이사님과 벌써 선약이 있는 거예요?"

시간이 지나서 마주치면 쑥스러움이 덜어질지도 몰라. 결심한 듯 시내는 은경의 물음에 고개를 흔들었다. 단번에 얼굴이 환해진 은경은 시내의 팔에 팔짱을 끼며 웃음을 터뜨렸다.

"가요, 쇼핑도 하고. 맛있는 밥도 먹고 놀아요."

은경은 부잣집 딸로 고이고이 자라왔으나 시내가 생각했던 것보다 훨씬 소탈했다. 쇼핑을 하자는 말에 내심 백화점에서 명품 옷을 고르고 카드를 내미는 은경을 상상했던 시내는, 자신의 팔짱을 낀 채 명동 거리를 누비는 은경의 자연스럽고 즐거운 표정에 점점 긴장이 풀렸다.

"이렇게 친구랑 길거리를 돌아다니는 거, 너무 오랜만이에요. 고등학교 졸업하자마자 호주로 유학을 갔었거든요."

"나도 그래요."

친구와 손을 잡고 길을 누비고 다녔던 적이 언제였는지 기억조차 가물가물하다. 시내는 옷가게 앞에 걸려 있는 앙증맞은 디자인의 티셔츠를 발견하고 쪼르르 달려가는 은경의 뒷모습을 바라보았다.

"시내 씨, 이거 시내 씨한테 잘 어울릴 것 같아요. 귀여운 게……."

은경은 시내의 몸에 티셔츠를 대보이고는 만족한 듯 고개를 끄덕였다.

"아저씨, 이거 주세요."

"아니에요, 은경 씨. 사려면 제가 사야죠."

가방에서 지갑을 꺼내려는 시내의 팔을 가로막으며 은경이 얼굴을 밉지 않게 찡그렸다.

"내 선물이에요. 뭐, 정 부담스러우면 어차피 결혼할 때 시내 씨 몫으로 생각하고 있던 예단 비에서 빼면 되죠. 큭."

결국 은경은 시내의 손에 티셔츠가 담긴 종이 가방을 쥐어주고야 말았다.

꽤 오랜 시간 다리품을 팔고 난 후 시내와 은경은 가까운 카페에 들어가 차와 케이크를 주문했다. 젊은이들이 많이 지나는 거리의 카페답게 실내의 분위기도 밝고 음악은 명쾌했다. 주문한 차와 케이크가 나오자, 저녁을 걸렀던 두 사람은 맛있게 나누어 먹고는 입가에 묻은 크림을 보고 서로 깔깔대고 웃음을 터뜨렸다.

"아, 좋아요. 이런 친구가 꼭 있었으면 좋겠다고 생각했는데. 그리고 그 사람이 시내 씨라서 더 좋은 것 같아요."

빈 접시에 포크를 내려놓고 시내는 찻잔의 손잡이를 붙잡았다. 따끈한 녹차 향이 코끝에서 부드럽게 맴돌았다. 한 모금 입에 담자 조금 깔깔하고 텁텁한 맛이 케이크의 단맛을 씻어가 버린다. 찻잔을 내려놓은 시내가 은경을 바라보며 빙긋 미소를 지었다.

"나도 희락이 곁에 있는 사람이 은경 씨처럼 좋은 사람이라서, 너무 좋아요."

"사실은요."

아직 말을 꺼내지도 않았으면서, 지레 미안한 표정부터 짓는 은경의 모습에 시내가 고개를 갸웃거렸다.

"처음에는 얼굴도 모르는 시내 씨를 좀 미워했었어요."

"저를요?"

은경이 고개를 끄덕였다.

"호주에서…… 희락 씨를 처음 만났을 때부터 난 그 사람이 참 좋았는데. 희락 씨는 늘 시내 씨 이야기만 하고, 걱정하고, 그리워하니까 괜히 질투가 좀 나더라고요. 그렇지만 이미 호주에 있을 때 그 마음은 버렸어요. 아무리 내가 그곳에 발을 들여놓으려 노력해도, 희락 씨에게 있어 시내 씨 자리는 아무도 빼앗지 못할 그런 부분이었어요. 그걸 깨달았을 때, 난 차라리 그 사람이 빨리 나타나 주었으면 했어요. 나도 희락 씨만큼 그 사람을 좋아하고 사랑하고 아끼자……. 희락 씨 속의 그 자리를 내 것으로 완전히 가지지 못할 바에야 세 사람 모두 함께 설 수 있는 자리로 만들자고. 그렇게 생각했기 때문인지 시내 씨를 처음 보았을 때부터 좋았어요. 그리고 내가 상상했던 만큼 시내 씨가 밝고 좋은 사람이기도 했고요."

상대방이 자신에게 향하는 감정에 따라, 상대방을 향한 자신의 감정이 결정된다는 말이 맞는 것 같았다. 시내도 희락의 곁에 서 있는 은경을 처음 보았을 때, 당혹스럽고 마음 한구석이 짠하기는 했지만 그녀가 밉지는 않았었다.

"우리 정말 좋은 친구로 그렇게 지내요, 시내 씨."

고개를 끄덕이던 시내는 문득 든 생각에 '아' 하고 말을 꺼냈다가 다시 입을 다물고 말았다. 망설이는 표정이 역력하자 은경이 의아한 표정으로 물었다.

"왜요? 무슨 할 말 있어요?"

"아, 뭐 중요한 건 아니구요."

말을 꺼내기를 어려워하자, 은경이 뭐든 괜찮으니 말해보라며 시내를 재촉했다.

"이건 제 친구 이야기인데요."

"친구요?"

"그 친구가 연애를 많이 해보지를 못해서 고민을 하더라고요."

은경이 재미있다는 듯 '그래서요?' 하고 되물었다.

"어떤 남자를 만나게 되었는데……. 아, 그게 뭐 사귀거나 그런 건 아니고 편의상 가깝게 지내고 있는 남자였는데…… 얼떨결에 그 친구가 남자한테 키스를 한 적이 있대요."

"그래요? 그래서요? 어떻게 되었는데요?"

눈을 동그랗게 뜨고 흥미롭게 맞장구치는 은경의 모습에 시내는 조금 더 용기를 내어 말을 이었다.

"그때는 유야무야 넘어갔는데. 글쎄, 이번에는 남자가 먼저…… 그, 키스를 했다고 하네요."

"어머! 정말이요?"

"아직 그 이후로 서로 얼굴을 못 봤는데, 마냥 안 보고 살 수도 없는 상황에 있는지라 이 친구가 어떻게 해야 할지 모르겠다고 고민하더라고요. 그런데 저도 뭐, 연애를 그렇게 많이 해보지를 않아서……. 은경 씨는 어떻게 생각해요?"

자신도 연애 경험이 그리 많지는 않다고 중얼거리며, 은경은 자신의 일인 양 열심히 고개를 갸웃거리며 고민에 잠겼다. 입 안이 마르는 느낌에 시내는, 물 잔을 집어 들어 벌컥 물을 마셔댔다.

"키스까지 한 거라면, 서로 호감이 있다는 뜻이고……."

"네?"

"왜 그렇게 놀라요? 혹시, 그 남자 바람둥이예요?"

"아니요. 그런 남자는 아니에요."

은경의 눈썹을 치켜뜨자 시내는 얼른 말을 바꾸었다.

"아니, 아니라고 들었어요."

"그럼 고민할 필요가 뭐가 있어요. 친구더러 정식으로 한번 사귀어보라고 하세요."

오피스텔 앞에 은경의 차가 멈추어 섰다. 시내는 차에서 내리며, 고맙다는 뜻으로 티셔츠가 든 종이 가방을 가만히 흔들어 보였다.

"다음번에는 민 이사님이랑 희락 씨까지 해서 같이 밖에서 맛있는 거 먹어요."

"네. 조심해서 들어가요."

시내는 은경의 차가 사라질 때까지 지켜보다 돌아섰다. 로비로 들어가기 위해 걸음을 옮기던 시내는 벤치에서 움직이는 검은 그림자에 순간 흠칫했다. 하지만 벤치에 앉아 있는 사람이 도윤이라는 사실을 깨닫고 긴 한숨을 내쉬었다.

"거기서 뭐 해?"

"바람 쐰다."

팔짱을 낀 채, 잔뜩 구겨진 얼굴과 불만으로 부풀어오른 뺨을 실룩거리는 도윤의 목소리가 딱딱했다.

"추워서 입술이 시퍼래졌는데, 바람은 무슨. 혹시……."

도윤의 앞에 버티고 선 시내의 얼굴에 의미심장한 미소가 가득 퍼졌다.

"나 기다리고 있었어?"

"내가 왜?"

더 신경질적인 목소리에도 불구하고, 당황한 듯한 도윤의 눈빛에 시내는 그가 자신을 기다리고 있었다는 사실을 쉽게 눈치 챘다.

"그럼 고민할 필요가 뭐가 있어요. 친구더러 정식으로 한번 사귀어보라고 하세요."

은경의 목소리가 귓가에 스치고 지나간다. 벤치에 앉아 자신을 기다리고 있었으면서도, 자존심 때문에 결코 기다리지 않았다고 내빼는 도윤의 모습에 시내는 웃지 않을 수가 없었다. 게다가 저 실룩거리는 뺨이라니, 세상에서 제일 무뚝뚝한 민도윤 이사가 이렇게 귀엽다는 사실을 호텔 사람들은 알기나 할까!

"걱정이 되면 전화를 하지."

"너 기다리는 거 아니랬잖아."

입술을 실룩거리더니, 도윤이 벤치에 몸을 일으켰다.

"같이 가, 이 버럭쟁이야."

다 알고 있다는 듯 시내의 웃음기 섞인 목소리가 도윤은 귀에 거슬렸다. 로비에 들어선 도윤은 얼굴을 잔뜩 찌푸리며 한 마디 할 참으로 고개를 돌린 순간, 자신의 손끝에 잡히는 아릿한 느낌에 순간 몸이 굳어버렸다. 곧 도윤의 손끝에 닿았던 시내의 손가락이 손바닥 안으로 파고들었다.

"이것 봐. 손이 완전히 얼었구만, 바람은 무슨……."

도윤은 자신의 손을 부드럽게 감싸고 있는 시내의 손을 멍하니 내려다보았다. 그때 엘리베이터 앞에 나란히 선 채 손을 맞잡은 두 사람 곁으로 꼬마 하나가 섰다. 잔뜩 호기심 어린 눈빛으로 도윤의 얼굴을 한 번, 시내 얼굴을 한 번, 그리고 두 사람이 잡은 손으로 시선이 차례로 옮겨갔다. 순간 도윤은 민망한 기분에 손을 빼려고 했지만 시내의 손길은 더욱 꽉 붙든 채 놓아주지 않았다. 그리고 시내는 태연스럽게 꼬마를 내려다보며 입을 연다.

"뭘 그렇게 보냐. 형이랑 누나 연애하는 거 처음 봐?"

"뭘 그렇게 보냐."

뒤척. 또 한 번 몸을 뒤틀었다.

"형이랑 누나 연애하는 거 처음 봐?"

귓가에서 웅웅거리는 시내의 목소리에 도윤은 결국 눈을 번쩍 떴다. 일을 하려고 노트북 앞에 앉으면 피곤해서 졸음이 밀려오고, 잠을 자려고 누우면 기다렸다는 듯이 시내의 목소리가 들려온다. 그것이 벌써 몇 시간째 반복되고 있었다.

"하아."

미치고 팔짝 뛸 노릇이다. 머릿속은 뿌연 안개가 끼어 있는 듯 흐릿해서 아무것도 떠오르지가 않았고, 눈은 충혈되어 따끔거렸다. 하지만 머리와 눈의 통증은, 심장에서부터 온몸에 퍼지는 이 야릇한 기분에 비하면 아무것도 아니다. 새의 깃털처럼 보드라운 털끝으로 심장을 살포시 문지르는 듯한 간지러운 기분은 짜증스러우리만치 그를 괴롭히고 있었다.

도윤은 결국 침대에서 몸을 일으키고 말았다. 창밖에는 어둠에 섞인 희뿌연 새벽 안개가 느릿하게 지나가고 있다. 한숨을 내쉰 도윤은 침실을 나와 부엌으로 향했다. 냉장고 문을 열고, 물병을 꺼내 버릇처럼 병에 입을 대고 마시려던 도윤은 이내 어깨를 으쓱거리고 컵을 꺼내 들었다. 잠을 이루지 못해 깔깔해진 목 안으로 차가운 물이 꿀떡꿀떡 들어갔다.

"후아아암."

"크윽."

서재 문을 박차고 나와 늘어지게 기지개를 켜며 걸어나오는 시내의 모습에 놀라 도윤은 순간 숨이 턱 막혀 버렸다.

"어! 벌써 일어났어?"

눈을 동그랗게 뜨고 자신을 바라보는 시내에게서 겨우 시선을 떼어내며 도윤은 입가에 흐르는 물을 손으로 대충 닦아냈다. 잠을 자며 뒹구느라 마구 구겨진 목 늘어난 티셔츠와 다리가 훤히 드러난 펑퍼짐한 반바지, 헝클어져 삐죽하게 허공을 향해 솟은 머리칼과 푸석푸석한 얼굴, 그러고서도 부끄러운 기색 하나 없이 태연스럽게 눈곱을 떼어내는 손길. 도윤은 갑자기 지끈거리는 두통이 찾아오는 것 같아 머리를 흔들었다.

"너는 여자가……. 됐다, 됐어. 내가 너랑 무슨 말을 하겠어."

연애라고? 저게 연애하는 여자가 연애하는 남자 앞에 나타난 몰골이냐고!

도윤은 거실 테이블 앞에 털썩 주저앉으며 노트북 전원을 켜는 사이 시내는 화장실에서 세수를 하고 나오는가 싶더니 그 흔한 스킨, 로션도 바르지 않고 곧장 부엌으로 향했다.

어느새 부엌에서는 맛있는 냄새가 풍겨 나온다. 도윤은 애써 부엌의 동태에 관심을 두지 않으려고 노력했지만 고소한 참기름 냄새와 달그락거리는 소리에 움찔거릴 만큼 신경이 쏠려 있었다.

"민도윤!"

부엌에서 들려오는 시내의 부름에, 키보드 위를 움직이던 도윤의 손이 멈칫했다.

"이사니임."

잽싸게 호칭을 덧붙이는 시내의 목소리에, 입술을 한번 실룩거린 도윤은 자리에서 몸을 일으켜 부엌으로 향했다. 부엌에 들어서자마자, 도윤은 시내가 건네주는 도시락에 순간 몸이 기우뚱했다. 보드라운 분홍색 보자기 천이 도윤의 손끝을 간질였다.

"뭐야?"

도윤의 눈이 가늘게 휘어졌다.

“지금 나더러 배달을 가라고? 이걸 들고?”

당연하다는 듯이 고개를 끄덕이는 시내의 모습에 어이가 없어진 도윤은 그녀에게서 받아 든 도시락을 식탁에 도로 내려놓았다.

“네가 지금 내 부엌에서 도시락을 만든다고 뭔가 착각을 하고 있는가 본데…….”

도윤의 말을 잘라 버리며, 시내가 천연덕스럽게 대꾸한다.

“여자 친구가 힘들면 남자 친구가 도와주는 건 당연한 것 아니야?”

“뭐?”

자신이 뭔가 잘못 들은 게 아닌가 싶어 도윤이 혼잣말처럼 되물었다.

“내가 요즘 호텔 일에 도시락에, 에구구구구. 허리가…… 팔이…… 어깨가!”

팔을 주무르는 척하던 시내가, 도윤이 얼이 빠진 틈을 타 냉큼 다시 도시락들을 그의 팔 위에 안겨주었다. 얼떨결에 도시락을 받아 든 도윤은 시내에게 등을 떠밀려 부엌을 빠져나왔다.

“405호, 710호, 809호. 수고!”

신발도 제대로 신지 못하고 거의 내쫓기듯이 집을 나선 후에도, 도윤은 멍하니 현관문을 바라보다 이내 피식 웃음을 터뜨리고 말았다. 자신이 웃는 이유는 여자 친구, 남자 친구 운운하는 시내의 말 때문이 아니라 단지 어이가 없기 때문이라고 스스로에게 극구 부인을 하면서 엘리베이터에 올랐다.

"남자 친구?"

묘한 어감이다. 애인, 연인보다 낯간지러움이야 덜하지만 그래도 어색하긴 마찬가지였다. 누군가의 무엇이 된다는 것, 너무나 오랜만이라 낯설게 느껴지는 것은 어쩌면 너무나 당연한 일일지도 모른다. 혼자 있음에도 불구하고 쑥스러움을 느낀 도윤은 눈동자를 굴리다 손가락으로 분홍빛 보자기를 문질렀다.

"하여간 센스 하고는, 쯧."

시내가 일러준 집 현관문 앞에 도시락을 놓아두고 마지막 한 집에 마저 배달하기 위해 발걸음을 돌렸다.

"809호."

팔층에 도착한 도윤은 호수를 중얼거리며 복도를 지나 809호의 현관문 앞에 도착했다. 다시 한 번 호수를 확인해 본 뒤, 도시락을 문 앞쪽에 내려놓고 돌아서려던 그 순간이었다. 달칵하고 문이 열리는 소리와 함께 도시락이 문에 치여 바닥에 밀리는 소리에 도윤은 현관문을 향해 다시 돌아섰다.

"어, 오늘은 누나가 안 왔네요?"

고등학생쯤 되어 보이는 소년이 바닥에 놓인 도시락을 주워 들면서 이리저리 도윤을 살펴보았다.

"오늘은 꼭 들어와서 주스라도 한 잔 마시고 가라고 기다렸는데, 에이. 그런데 아저씨는 새로 도시락 배달하게 된 아저씨예요?"

도윤이 눈썹을 치켜떴다. 그의 표정에 소년이 난감한 얼굴을 지어 보인다.

"설마, 누나 애인? 이상하다, 애인 없다고 했었는데."

"보아하니 학생 같은데."

자신보다 한참이나 어린 앳된 소년인데도, 머리끝에서 발끝까지 훑어보며 입을 여는 도윤의 목소리와 시선은 못마땅함으로 가득 차 있었다.

"쓸데없는 데 신경 쓰지 말고 도시락 맛있게 먹고 공부나 열심히 해라."

애인 없다고 했는데, 라고 한 것으로 보아 이미 여러 번 말을 섞어본 것이 틀림없었다. 소년을 뒤로하고 돌아서는 도윤의 코끝이 찡그려졌다. 그리고 이내 다시 돌아서 소년을 바라본다.

"누나?"

한 걸음 가까이 다가서자, 소년은 키가 큰 상대방으로 인해 위기감이라도 느낀 모양인지 문 쪽으로 등을 기울여 섰다. 소년에게 입을 여는 도윤의 얼굴에는 전혀 그답지 않은 심술궂은 표정이 가득했다.

"그 여자 아줌마야, 유부녀라고. 누나는 무슨."

황당한 표정의 소년을 뒤로하고 엘리베이터로 향하며 도윤은 콧노래를 흥얼거렸다. 집으로 돌아온 도윤을 맞이한 시내는, 자신을 물끄러미 바라보는 그의 시선에 눈을 가늘게 뜨고 고개를 뒤로 뺐다.

"왜 그렇게 봐?"

"도시락 배달하면서, 사람들이랑 직접 얼굴 마주 보고 주기도 하고 그래?"

나머지 도시락들도 모두 배달했는지, 식탁 위에는 두 사람의 식사만 단출하게 차려져 있었다. 뜬금없는 도윤의 질문에 시내는 눈을 깜빡이며 고개를 끄덕였다.

"뭐, 대부분. 새벽에 일어나 아침 일찍 나가는 사람들이 많으니까, 벨 누르고 전해주기도 하고 그래. 가끔 온라인으로 도시락 값 입금 못 시킨 사람한테 직접 받기도 하고."

"이것저것 이야기도 하고, 그러지?"

"얼굴 마주하면서 어떻게 이야기를 안 해? 왜 갑자기 그런 걸 물어? 앉아서 밥이나 먹어."

시내는 식탁 위에 수저를 올려놓고, 그에게 앉으라는 듯 고갯짓을 했다. 하지만 도윤은 부엌 입구에 서서 꿈쩍도 하지 않은 채 팔짱을 끼고 그녀를 가만히 노려본다. 참다못한 시내가 수저로 식탁을 톡톡 치며 다시 물었다.

"아, 왜 그러는데?"

"됐어. 너나 많이 먹어."

"얼씨구, 버럭쟁이도 모자라서 이젠 삐짐쟁이까지 되시려고? 와, 이런 걸 호텔 사람들이 봐야 하는데…… 쯧! 아깝다, 아까워."

여전히 볼이 퉁퉁 부어 있는 얼굴로 샤워나 하겠다며 돌아서는 도윤의 등 뒤로 시내가 '밥 안 먹어?' 하고 소리쳤다. 그러자 욕실로 향하던 도윤의 발걸음이 우뚝 멈추어 섰다. 도윤의 표정을 본 시내는 아예 고개를 돌려 버렸다. 지금 도윤의 얼굴은 버럭쟁이가 난데없이 버럭대기 직전에 나오는 그 뿔난 송아지 같은 표정을 하고 있었다.

"너!"

도윤의 입술이 실룩거렸다.

"내일부터 809호는 가지 마. 알았어?"

"드디어 내일이네요."

약간은 들뜬 듯한 희락의 목소리에, 빔 프로젝터와 스크린이 설치되고 있는 모습을 지켜보던 도윤이 고개를 돌렸다. 이미 기초적인 준비를 끝냈던 회의장 안은 막바지 기물 및 비품 준비가 한창이었다. 드라이아이스 장비가 구석에 자리를 잡고, 깨끗하게 세탁되어 곱게 접힌 린넨이 각 테이블 자리 앞에 배치되었다.

"노희락 씨가 수고 많았습니다."

"제가 뭘요. 민 이사님께서 꼼꼼하게 잘 챙겨주신 덕분이죠."

행사가 끝나고 나면 조금 한가해지겠다며, 희락이 길게 기지개를 켰다. 결혼 준비와 일을 함께 병행했기 때문인지 희락의 얼굴이 약간 거칠어져 있었다.

"한가해지면 시내, 은경이와 다 같이 시외로 놀러가요."

도윤은 빙긋 웃으며 희락의 제안에 대답했다.

"생각해 보죠."

희락은 마지막으로 참가자 명단을 체크해 보겠다며 돌아섰다. 회의장으로 완벽히 변한 연회장을 가로질러 빠져나가던 희락이 안으로 들어서는 재희의 모습을 발견하고 걸음을 멈추어 섰다.

"누나!"

희락의 목소리에 도윤이 흠칫하며 고개를 돌렸다. 그리고 재희와 시선이 마주치자, 얼굴이 딱딱하게 굳어버렸다.

"여기는 웬일이야?"

"일이 있어서."

희락의 물음에 대답하면서도 재희의 시선은 도윤에게 머물러 있었다. 집들이랍시고 자신의 집에 모였던 그날과 다름없이 냉기가 흐르는 재희와 도윤의 분위기에 희락은 가만히 눈살을 찌푸렸다.

"아직도 민 이사님과 어색한 거야? 무슨 일인지는 잘 모르지만 친한 친구 사이에……."

"회장실에 올라가 봐."

재희가 희락의 말을 가로막았다.

"응?"

"아버지가 부르셔."

재희의 말에 희락이 황급히 연회장을 빠져나가자, 도윤은 가만히 눈썹을 찌푸리며 그녀를 응시했다. 술에 취해 시내를 찾아갔던 그날 이후 처음 마주하는 재희의 얼굴은 조금 야윈 듯했다. 하지만 꼿꼿이 치켜든 턱과 피하지 않고 맞받아치는 시선은 여전했다.

"바쁘니?"

"조금."

"바빠도 잠깐 차 마실 여유는 있지?"

예전 같았으면 어떤 이유를 대서라도 그 자리를 피하려 하고, 독단적인 그녀의 말투에 불편해진 심기를 스스로 다스리려고 노력했을 터였다. 하지만 지금은 달랐다. 언제부터였을까. 굳이 따지려든다면, 시내와 마주 앉아 양파껍질을 벗겨내던 그때일 것이다. 재희와 다시 잘해볼 마음이 없냐는 시내의 질문에 '없다' 고 대답한 바로 그 순간. 그 대답은 시내가 아니라 스스로에게 향한 것이었다.

가만히 고개를 끄덕이며 먼저 연회장을 빠져나가는 도윤의 얼굴은 편안했다.

커피숍에 자리를 잡은 두 사람은 각자 주문한 음료가 테이블 위에 올라올 때까지 말을 아꼈다. 침묵을 먼저 깬 사람은, 늘 먼저 입을 열었던 재희가 아닌 도윤이었다. 찻잔 옆에 놓인 차가운 물을 한 모금 삼킨 뒤였다.

"지금도 대낮부터 술 마시고 다니니?"

"가끔. 걱정 마, 지금은 안 마셨으니까."

"마시는 것까지는 좋은데, 운전은 하지 마."

왜 찾아왔느냐고, 한바탕 입씨름을 할 것이라 예상했던 재희는 걱정하는 듯한 도윤의 목소리에 순간 울컥 눈물이 치밀 것 같았다. 하지만 목 안으로 눈물을 삼킨 재희의 목소리는 그와는 반대로 차가웠다. 상황을 모르는 사람이 본다면, 아마 두 사람의 입장을 뒤바꾼 채 생각했을 것이다.

"그동안 생각 많이 했어. 내 결론은, 아직은 너에 대한…… 그래. 내가 말하는 그 사랑, 네가 말하는 그 미련이라는 거, 포기할 수 없다는 거야."

"노재희."

"나도 이런 내가 싫어. 그냥 깨끗하게 지워내자고 수백 번, 수천

번 다짐을 해봐도 눈 한 번 감았다 뜨면 그 다짐들이 사라져 버려. 얼마나 더 비참한 꼴을 당해야 하는지, 얼마나 더 차갑고 냉정한 너한테서 상처를 받아야지만 이 마음이라는 놈이 포기를 할는지 모르겠어. 아마 끝까지 가볼 셈인가 봐. 끝까지 가서, 마음이 너덜너덜해지면 그땐 너를 깨끗이 미워할 수 있겠지. 하지만 그전에는 나도 방법이 없어."

사랑을 잊기 위해, 미련을 버리기 위해 받을 것이 분명한 상처까지도 떠안겠다는 말이었다. 말을 끝낸 재희는, 한참 동안 대답이 없는 도윤을 불안한 시선으로 바라보았다. 얼마나 지났을까. 목이 껄끄러운 듯 도윤은 물 한 잔을 완전히 비워낸 후에야 다시 입을 열었다.

"좋아, 그렇게 될 때까지 도려내야만 지난 감정들이 씻어질 수 있다면 그렇게 해. 네가 원하는 대로 해."

"왜 마음이 바뀌었는데?"

재희의 목소리가 떨렸다. 반면에 그녀의 물음에 대답하는 도윤의 목소리는 단호했다.

"여지를 남겨두는 감정을 가슴에 담고서, 다른 사람을 완전히 받아들일 수 없다는 걸 깨달았으니까. 아니, 그건 그 사람에 대한 예의가 아니니까. 아직 마음의 정리를 하지 못한 너, 그런 너를 사랑했었던 내가 감수해야 할 것이 있다면…… 해야지."

"다른 사람을 사랑하고 싶어서?"

재희는 눈물을 참기 위해 주먹을 꽉 쥐었다. 비참해지더라도, 도윤의 앞에서 울고 싶지는 않았다.

도윤은 고개를 가만히 흔들었다. 고개를 살짝 돌려 창밖을 바라보는 시선이, 종전과 달리 부드러워졌다. 누군가를 생각하는 도윤의 얼굴은, 어느새 또다시 달라져 있었다. 그리고 그의 입술 사이에서 흘러나오는 목소리 역시 사랑에 빠진 여느 남자의 것과 다르지 않다는 생각에 재희는 서글픔이 밀려왔다.

"그 사람에게, 온전하게 다 주고 싶어서."

주차장으로 들어서는 시내의 모습을 룸미러를 통해 바라보았다. 피곤했던지 주먹으로 어깨를 가볍게 두드리고, 차를 찾느라 고개를 이리저리 돌리며 코끝을 살짝 찡그린 시내의 얼굴이 또렷하게 눈에 들어왔다. 빠앙. 도윤은 가볍게 클랙슨을 울렸다. 그러자 고개를 쑤욱 내뺀 시내가 도윤의 차를 발견하고 뛰어오기 시작한다.

"오래 기다렸어?"

"아니."

시내가 안전벨트를 매는 것을 확인한 도윤은 차를 매끄럽게 출발시켰다. 주차장을 빠져나온 도윤의 차는 금세 오피스텔로 향하는 도로에 올라섰다. 오늘따라 유난히 말이 별로 없는 도윤의 모습에 고개를 갸웃거린 시내는 다시 입을 열었다.

"무슨 일 있었어?"

"아니."

"그런데 얼굴은 왜 그러게 굳어…… 아!"

이유를 알겠다는 듯 시내가 갑자기 소리치자 순간 도윤은 움찔했다. 혹시 호텔에서 재희를 만난 것을 보았을지도 모른다. 직접 보지 못했더라도, 호텔 내에서 시내와 자신의 관계를 모르는 사람이 없으니 본 사람에게서 전해 들었을 가능성도 있었다.

"긴장되어서 그러는구나? 그 국제회의인가 뭔가가 내일부터 시작한댔잖아. 그걸로 지금 주방도 시끌시끌해. 뭐, 나야 조리사 보조라서 허드렛일만 좀 많아졌을 뿐이지만."

재희와 만난 사실이 크게 문제될 것도 없는데, 괜히 긴장하고 있었던 도윤은 짧은 한숨을 내쉬며 고개를 끄덕였다.

"호텔 입장에서도 처음 치루는 국제회의지만, 나도 이사라는 직함 달고 처음 맡아서 하는 큰 행사니까 아무래도 신경이 좀 쓰이지."

지그시 실눈을 뜨고 도윤을 바라보던 시내가 갑작스럽게 '스탑!' 하고 소리쳤다. 화들짝 놀란 도윤이 오피스텔로 진입하는 골목길에서 차를 멈추었다. 왜 그러냐는 듯, 도윤이 이마를 찌푸리며 옆 좌석을 시내를 바라보았다.

"후진."

지척에 집을 두고 갑자기 차를 뒤로 빼라는 시내의 손짓에 도윤의 얼굴은 더 찡그려졌다.

"빼라면 빼."

명령조로 이야기하는 시내의 말투보다도, 그런 시내의 말에 어느새 순순히 따르고 있는 자신의 모습에 어이가 없어진 도윤이었다. 후진을 해서 골목을 도로 빠져나온 뒤에도 시내는 '좌회전', '우회전', '직진으로 쭉' 정신이 사나울 정도로 진행 방향을 지시했다.

"여기는 왜?"

오피스텔 근처의 학교 운동장으로 들어서자, 자글자글한 모래가 밟히는 소리가 차바퀴 아래에서 들려왔다. 불이 꺼진 암흑 속의 학교가 으스스하게 느껴질 정도라, 도윤은 시동을 끄지 않고 헤드라이트를 켜놓은 채 시내를 따라 차에서 내렸다.

"여기 근처에……."

농구 골대 뒤쪽의 화단을 뒤지던 시내가 금방 농구공 하나를 찾아냈다. 도윤은 그녀가 내던진 농구공을 얼떨결에 받아 들었다.

"웬 공이야?"

"도시락 배달하고 나서 가끔 여기 오거든. 그때 새벽에 농구하러 온 애들이 여기에 공 숨겨놓는 거 봤었어."

도윤은 시내를 향해 공을 다시 내던졌다.

"내 말은 왜 갑자기 오자고 해서, 이걸 찾아 들었냐는 뜻이야. 설마 지금, 농구를 하자는 이야기는 아니지?"

어깨를 으쓱거린 시내가 공을 땅바닥에 드리블을 하더니, 그 자리에서 풀쩍 뛰어 골대를 향해 슛을 쏘았다. 하지만 골대 근처에도 가보지 못하고 허공에서 툭 떨어지고 말았다.

"그럼, 농구공을 가지고 축구를 할 거야?"

"말장난 하지 마. 피곤해. 집에 가."

하지만 시내는 들은 체도 하지 않고 떨어진 농구공을 도로 집어 들어 다시 한 번 슛을 시도했다. 이번에는 골대에 맞기는 했지만 그물 안으로 떨어지지는 못했다. 자신의 말을 무시하는 시내를 눈살을 찌푸리던 도윤은 '나중에 너 혼자 걸어와' 라고 중얼거리며 차로 향했다. 그때였다. 허공을 가로지르는 바람 소리가 들리는가 싶더니 퍼억, 하는 소리와 함께 농구공이 도윤의 등짝에 꽂혔다.

"윽!"

꽤 통증이 컸던지 순간 도윤이 휘청거렸다. 키득거리며 웃는 시내의 모습에 약이 오른 도윤은 바닥에 떨어진 공을 주워 들고는, 자신의 팔 힘을 가늠해 본 뒤 다치지 않을 정도로만 힘을 주어 시내를 향해 공을 내던졌다.

"아악!"

분명 팔을 스치듯, 빗맞아 떨어졌는데 시내가 비명을 지르며 바닥에 뒹굴었다. 순간 가슴이 철렁한 도윤이 얼른 달려가 바닥에 쓰러진 시내를 일으켰다. 팔을 움켜쥔 시내는 고개를 푹 숙인 채 아픈 듯 끙끙대며 신음 소리를 냈다.

"괜찮아? 어디 봐. 윽!"

시내가 숙이고 있던 고개를 갑자기 쳐들며 공을 냅다 던졌다. 가까운 거리에서 정확하게 복부를 강타당한 도윤은 충격으로 인해 거의 쓰러질 지경이었다. 채 고통이 수습도 되지 않았는데 시내가 또다시 공을 집어 들자 도윤은 그녀를 잡기 위해 손을 뻗었다.

"으아아악!"

도윤의 손길을 피하며 시내는 공을 움켜잡고 뛰기 시작했다. 그렇게 시작된 두 사람의 몸싸움은 엎치락뒤치락 시간 가는 줄 모르고 이어졌다. 모래 바닥에 뒹굴자 먼지가 뿌옇게 일어났지만 두 사람 모두 아랑곳하지 않았다. 어느새 시내의 입술 사이에선 비명 소리가 아닌 웃음이 터지기 시작했다. 도윤은 뺨에 흐르는 땀을 셔츠로 대충 닦아내며, 드리블을 하며 골대를 향해 달려가는 시내의 뒷모습을 바라보았다. 하지만 역시 이번에도 노 골. 아쉬워하며 발을 동동 굴리던 시내는 포기할 줄 모르고 다시 공을 주워 들었다.

"그렇게 던지다가, 어느 세월에 공이 골대 안에 들어가겠어?"

놀리는 듯한 도윤의 목소리에 시내가 눈을 가늘게 뜨며 뒤를 돌아본다.

"하다 보면 하나라도 들어가는 날이 있겠지!"

도윤은 자신이 서 있는 곳의 바닥에 발로 슬쩍 선을 긋고는 시내를 향해 손짓했다. 시내는 미심쩍은 표정으로 그에게 다가가 섰다. 도윤은 시내를 그곳에 남겨두고 골대를 향해 걸어가, 골대 근처의 바닥에 다시 선을 그었다.

"거기서 달려와서, 여기 있는 이 선에서 점프해서 넣어봐."

죽어라 집어 던져도 들어가지 않던 공이, 새삼 달려가 점프해본다 한들 들어갈까 싶어 시내는 고개를 갸웃거렸다. 하지만 이내 도윤을 한번 믿어보기로 하고 공을 두 손에 가볍게 든 채 달리기 시작했다. 그리고 도윤이 선을 그어놓은 지점에서 두 발을 힘차게 굴려 점프한 순간, 믿기지 않을 만큼 몸이 허공에 높게 치솟아올랐다. 골대를 향해 공을 내던진 그때, 점프한 동시에 그 리듬을 잃지 않고 자신의 다리를 붙잡아 치켜올린 도윤의 손길을 느꼈다. 그리고 시내와 도윤은 함께 바닥에 쓰러지듯 넘어졌다. 탕, 은빛 골대에 먼저 맞은 공이 빙그르르 돌더니 이내 그물 안으로 쏙 들어갔다.

"까아아악! 봤어? 봤어?"

넘어져 모래를 뒤집어쓴 시내가 환호성을 내질렀다. 그리고 바닥에 눈을 감고 누워 대답이 없는 도윤의 곁에 머리를 맞대고 쓰러지듯 누웠다.

"이제 긴장이 좀 풀려?"

"긴장뿐만이 아니라, 힘들어서 팔다리가 다 풀렸어."

웃음 짓던 시내는 구름이 짙게 깔린 밤하늘을 올려다본다.

"중학교 때, 난 키가 좀 더 컸으면 좋겠는데 영 자랄 기미가 안 보이더라. 그런데 락이가 농구를 하면 키가 큰다고 그러더라고. 그날부터 죽어라 농구공을 가지고 놀아봤는데 이놈의 골이 안 들어가는 거야. 화도 나고 짜증도 나고, 얼마 못 가 농구공을 창고에 처박았지. 아! 오늘 기념해야겠다. 경축. 조시내 태어나서 처음으로, 농구 공 골대 안에 넣은 날."

피식, 여전히 눈감은 도윤의 입술 사이에서 바람 같은 웃음소리가 터져 나왔다. 그런 그의 옆얼굴을 지그시 바라보던 시내가 중얼거리듯 다시 입을 연다.

"고마워."

"골 넣게 해줘서?"

별게 다 고맙다, 중얼거리던 도윤은 그녀가 대답없이 조용하자 가만히 눈을 떴다. 고맙다는 말이 쑥스러운 듯 시내는 얼른 고개를 돌려 시선을 피해 버렸다.

"다. 그냥 다."

이런 마음을 어떻게 표현해야 할지 몰랐다. 어쩌면 정말로 골대에 공을 넣게 해주었기 때문에 고마운 것인지도 모른다. 그 이유가 무엇이든, 도윤에게 느끼는 가슴 벅찬 이 기분을 '고맙다' 라고 말하고 싶었다.

"지난번에 내가 말하지 않았었나?"

고개를 돌리던 시내는 어느새 가까이 다가온 도윤의 얼굴에 순간 당황해서 얼굴을 피하려고 했다. 하지만 도윤이 손을 뻗어 그녀의 뺨을 가볍게 움켜잡았다. 도윤의 시선이 자신의 입술로 향하자 그때부터 시내의 심장이 뛰기 시작했다.

"고맙다는 말은, 얼굴을 보면서 하라고."

장난스럽게 말을 끝낸 도윤이 시내의 입술에 가볍게 입을 맞추었다. 입술을 떼고 나서 운동장의 차가운 바닥에 누워 있는 두 사람의 모습이 우스꽝스럽게 느껴졌는지 몸을 일으키려던 도윤은, 자신의 목을 휘감고 파고드는 시내의 행동에 눈을 동그랗게 떴다. 하지만 이내 자연스럽게 그녀의 입술을 받아들이며, 가볍게 시내의 허리를 붙들었다.

자동차의 헤드라이트 불빛 속에서 뿌옇게 먼지가 일어난 운동장 바닥의 차가움도 느끼지 못한 채 시내와 도윤은 가슴이 저리도록 뿌듯함과 즐거움을 만끽하며 서로에게 열중했다.

여덟

"뭐 해? 후식!"

"조시내 씨, 과일 상자 좀!"

주방은 거의 전쟁터나 다름없다. 메인 요리들은 연회 주방에서 나갔지만 후식은 다른 주방에서 서브해 주기로 했던 것이다. 회의에 참석한 인원이 백여 명. 그리고 그들이 대동한 가족까지 합하여 이백 인분에 육박한 양이라 후식 준비만도 눈코 뜰 새 없이 바빴다.

장정도 나르기 어려운 과일 상자를 낑낑거리며 옮기던 시내는, 그녀를 부르는 조리사의 목소리에 고개를 돌렸다. 급한 일이라도 있는 듯 다급한 표정으로 다가온 조리사는 시내에게 작은 페이퍼 하나를 건네주었다.

"조시내 씨, 이것 좀 서 조리장님께 가져다 드려요."

"이게 뭔데요?"

조리사에게서 받아 든 페이퍼를 읽어보려고 했으나 온통 영어라 시내는 얼굴을 찌푸렸다.

"만찬을 소개하는 내용인데 너무 정신이 없어서 놓고 가셨나 봐요. 곤란하실지도 모르니까 시내 씨가 연회장으로 얼른 가져다 드려요."

"전 지금 주방에서 일을……."

시내는 말을 멈추고 의미심장한 미소를 지었다. 도윤이 새벽에 호텔로 출근해 버린 터라 하루 종일 얼굴 한 번 못 보았다. 연회장에 가면 도윤을 볼 수 있으리라 생각한 것이다. 운이 좋으면 눈이라도 한 번 마주치게 될지도 모른다.

"갈게요!"

과일 상자를 조리사에게 넘겨준 시내는 급히 앞치마를 풀어내고 연회장으로 향했다. 연회장 입구에는 캐나다에서 온 의학자들을 환영한다는 뜻의 플랜카드가 걸려 있었다. 문 앞의 인포메이션 데스크에는 차트 모양을 딴 방명록이 눈길을 끌었다. 도윤의 말로는, 어린이 심장병에 대해 연구하는 사람들이 모여 서로 의견을 나누는 국제회의라고 했지만 시내의 입장에선 아리송할 뿐이었다. 살그머니 연회장으로 들어선 시내는 고개를 돌려 윤수의 모습을 찾기 시작했다. 개회식이 끝나고 만찬이 시작되어 테이블 서브 담당 직원들의 움직임이 활발해졌다.

"저기 있다."

단상 근처에서 윤수를 발견한 시내는 몸을 푹 숙이고, 벽 쪽으로 붙어 살금살금 그에게 다가섰다. 조리복 차림에 주방 안에서는 덥다는 핑계로 잘 하지도 않는 머플러까지 완벽하게 갖추고 단상에 오를 준비를 하고 있던 윤수가 시내의 모습에 눈을 크게 떴다.

"뭐야?"

딴에는 걱정해 줘서 왔더니만! 괜히 윤수가 얄미워 시내는 샐쭉하게 입술을 내밀곤 페이퍼를 그에게 내밀었다.

"이거요."

아무리 싸가지라고 해도, 곤란할 때 도와줬으니 최소한 고맙다라는 말은 하겠지. 의기양양하게 기다리고 있던 시내는 페이퍼를 구겨 한쪽에 치워놓는 윤수의 행동에 눈썹을 치켜떴다.

"이거 필요없는 건데."

그때 단상에서 윤수의 이름이 불리자 시내를 남겨두고 성큼성큼 단상에 오른 윤수는, 여유있는 미소까지 지으며 유창한 영어로 음식에 대한 설명을 시작했다. 음식을 흥미롭게 바라보는 파란 눈, 금발의 사람들 틈에서 시내는 눈을 끔뻑거리며 윤수의 설명을 들었다.

"와~ 요리만 잘하는 줄 알았더니, 영어도 잘하네."

넋을 잃고 바라보던 시내는, 순간 자신의 팔을 붙잡는 힘에 의해 몸이 비틀거렸다. 고개를 돌려 도윤임을 확인한 순간, 시내는 그에게 이끌려 연회장 바깥으로 걸음을 옮겨야 했다. 반가운 표정의 자신과는 달리, 가늘게 뜬 도윤의 시선에 시내는 금방 시무룩해졌다.

"조리복 차림으로 돌아다니면 안 돼."

"앞치마는 벗었잖아."

"어쨌든. 무슨 일이야?"

한 번 얼굴이라도 보려고 왔다, 차마 그 말이 나오지가 않아 시내는 우물쭈물거렸다. 그러다 문득 못마땅한 시선으로 바라보는 도윤에게 심통이 치밀어 올라 자신의 팔을 붙잡고 있는 그의 손을 뿌리쳤다.

"일 때문에 왔다! 쳇, 여자 친구가 조리복 차림으로 돌아다니니까 창피해?"

"그게 아니라, 주방에서 일하는 사람이 조리복 차림 그대로 호텔 안을 돌아다니는 건 사내 규칙에 어긋난다는 말이야."

"그게 그거지."

시내는 도윤의 시선이 자신의 등 뒤로 향하는 것을 깨닫고 뒤를 돌아보았다. 그리고 술에 취해 주방에 들어와 자신을 곤란하게 만들었던 그날 이후, 처음 마주하는 재희의 모습에 침을 꿀꺽 삼켰다. 시내는 도윤과 그녀를 번갈아 바라보았다.

"두 사람, 싸우는 거야?"

입꼬리를 슬쩍 치켜올린 재희의 웃음에 시내는 더욱 마음이 상했다. 또각또각, 굽이 높은 구두 소리가 대리석 바닥 위에 울렸다. 시내와 도윤의 곁으로 다가온 재희는 시내를 향해 고개를 살짝 끄덕였다.

"오랜만이에요, 조시내 씨."

"네, 그렇네요. 노재희 씨."

인간적으로 말이야. 남의 직장에서 그렇게 소란을 피웠으면 지나가는 말로나마 사과해야 하는 거 아니야? 아휴, 한 주먹감도 안 되는 게. 당신 말이야, 노재희! 희락이의 누나로 태어난 걸 감사하게 생각해.

"잘됐네요. 그렇지 않아도 할 말이 있었는데, 조시내 씨에게."

재희는 알 수 없는 묘한 표정을 지으며, 시내의 조리복 차림을 흘낏 내려다보았다.

"내일 회의가 끝나고 밤에 칵테일 파티가 있어요. 당연히 주최 측의 오너이신 아버지가 참석하셔야 하는데 급한 일이 있어 내일 일본에 가셔야 해요. 그래서 내가 아버지 대신 호스티스 자격으로 참석할 것 같은데, 이번 회의의 책임자인 도윤이와 파트너를 하고 싶어요. 조시내 씨가 내일만 나한테 도윤이를 양보해 줄 수 있어요?"

내일만? 내가 그 여우 같은 속셈을 내가 모를 줄 알고! 시내의 코끝이 살짝 찡그려졌다.

"아버지가 도윤이에게 직접 부탁한다는 걸, 당연히 일 때문이니 시내 씨가 이해해 줄 거라고 생각해서 내가 왔어요."

쐐기를 박듯이 재희가 말을 이었다. 여기서 자신이 거절하다면, 쪼르르 노 회장에게 달려가 그의 힘을 빌리겠다는 뜻이 분명했다. 도윤이 뭐라고 말하려는 걸 막아선 시내는 재희의 표정을 흉내 내기 위해 입꼬리를 살짝 치켜올렸다.

"좋아요. 뭐, 부탁하신다면야 내일만 빌려 드리죠. 대신 깨끗하게 쓰고 돌려주세요."

마치 물건을 빌려주고, 받는 것처럼 묻고 답하는 재희와 시내의 말에 도윤의 얼굴은 못마땅함으로 완전히 일그러졌다. 손끝을 가져다 대면 감전이라도 될 듯, 시내의 재희 사이의 눈싸움에는 전기가 흐르듯 치열했다.

"아직도 안 돌아가고 여기서 뭐 하고 있는 거야?"

어느새 음식 소개를 끝내고 연회장을 빠져나오던 윤수가, 삼각형 구도로 서서 얼굴만 바라보고 있는 세 사람의 사이에 끼어들었다. 아슬아슬하게 유지하고 있던 경계심이 깨지면서 시내의 얼굴에도 당혹감이 스쳤다. 후식 준비로 바쁜 주방을 깜빡 잊고 있었던 것이다.

"아, 맞다! 주방! 그럼 전 하던 일이 있어서 그만 가보겠습니다."

재희와 도윤을 남겨두고 가는 것이 못내 찜찜했으나 어쩔 수 없이 시내는 몸을 돌려 황급히 주방으로 향했다. 그런 시내의 뒷모습을 끝까지 지켜보던 도윤은 답답한 듯 머플러를 풀어내고 있는 윤수에게 입을 열었다.

"원래 말투가 그렇게 거친 겁니까, 아니면 낙하산이라는 이유로 조시내 씨에게만 그렇게 대하시는 겁니까?"

버럭 소리를 지르던 윤수의 목소리가 마음에 들지 않았던 것이 분명했다. 윤수는 빙긋이 웃으며 고개를 약간 비틀었다.

"민 이사님께서 부탁하신 낙하산을 제가 어찌 막 대하겠습니까. 원래 제 말투입니다."

조금 전 재희와 시내 사이에 흐르는 기류가, 이제는 도윤과 윤수 사이에서 불꽃이 터졌다. 연회장 안쪽에서 그를 찾는 소리가 들리자, 도윤이 먼저 몸을 틀어 돌아섰다.

"민도윤 이사님."

도윤을 불러놓고 그가 돌아서길 기다리는 듯, 머플러를 앞치마 주머니에 아무렇게나 집어넣은 후 윤수가 다시 입을 열었다. 도윤을 따라 연회장으로 들어서려던 재희는 두 남자 사이에 벌어진 치열한 신경전이 흥미롭다는 듯 눈썹을 치켜떴다.

"낙하산, 아니, 조시내 씨에 대해서는 더 이상 걱정하지 마세요. 이사님 부탁 때문인지는 몰라도 요즘 조시내 씨에게 아주, 깊은 관심을 가지고 지켜보고 있습니다."

국제회의의 이틀째이자 마지막 날인 오늘, 전쟁터 같았던 어제의 모습은 찾을 수 없을 정도로 주방은 한가한 모습이었다. 한식당의 손님들이 밀물 빠지듯 모두 빠져나가고, 칵테일 파티 준비를 돕기 위해 조리사 몇 명마저 연회 주방으로 가버리자 빈 조리대가 썰렁하게 느껴질 정도였다.

"후우."

숟가락으로 감자를 긁어내고 있던 시내의 입술 사이에서 가느다란 한숨이 터져 나왔다. 가끔 감자 칼을 사용하긴 하지만, 역시 손바닥에 올려놓은 감자를 손목으로 받쳐 들고 숟가락으로 껍질을 벗겨내는 것이 익숙했다.

"그래. 빌려주는 거야, 조시내."

중얼거리면서도 오늘 밤 파티에 도윤과 함께 참석할 재희를 생각하면 울화통이 터질 노릇이다. 두 사람이 같이 있는 모습을 상상하기만 해도 가슴이 답답해지고 코끝이 실룩거린다.

"못 빌려준다고 할 걸. 쳇."

껍질을 벗겨낸 알 감자를 물에 담가놓기 위해 은빛 스테인리스 그릇을 들고 몸을 돌린 시내는 탈의실로 향하는 주방문 사이로 아른거리는 윤수의 모습에 눈을 동그랗게 떴다. 조리복 차림도, 늙다리 복학생처럼 보이던 낡은 진 차림도 아닌 말쑥한 양복을 차려입고 잔뜩 귀찮은 표정을 짓고서 복도에 선 채로 타이를 매고 있다.

"혹시!"

그릇을 급하게 내려놓는 바람에 자그마한 감자가 통 튕겨져 나왔다. 하지만 주워 담을 새도 없이 시내는 윤수에게로 달려나갔다.

"조리장님!"

갑갑한지 타이를 느슨하게 매고 복도를 빠져나가려던 윤수가 시내의 다급한 목소리에 걸음을 멈추었다.

"혹시 오늘 그 칵테일 파티라는 곳에 참석하시는 거예요?"

윤수의 눈썹이 위로 치켜 올라갔다.

"그런데?"

"거기 파트너 동반 아니에요?"

"그래서? 나 지금 어제저녁 만찬 보고하러 미팅에 참석해야 해. 그러니까 할 말 있으면 빙빙 돌리지 말고 빨리 말해."

시내가 손가락 끝으로 뺨을 살짝 긁었다.

"제가 조리장님 파트너로…… 같이 가면 안 될까요?"

자신을 뚫어져라 바라보는 윤수의 눈빛에, 시내의 목소리가 점점 작아졌다. 끝내는 시선까지 허공으로 피해 버리며 말을 이을 수밖에 없었다.

"아니, 뭐…… 다른 이유가 있어서가 아니라요. 그냥…… 조리장님 혼자 가시면 어색하지 않으실까 해서……."

절대 도윤을 믿지 못해서가 아니다. 단지 고 얄미운 노재희가 빌려 쓰고 고이 돌려줄 것 같지 않을 것 같아서다. 윤수는 고개를 약간 비틀어 천장을 향해 눈짓을 해 보였다.

"낙하산 넌 저기, 높으신 분이랑 같이 가야 하는 거 아니야?"

도윤을 뜻하는 말이었다. 시내는 눈동자를 굴리며 변명거리를 찾기 시작했다.

"아, 그분. 그분은 아마…… 사업적인 파트너를 동반해야 할 것 같아서, 뭐. 전 별로 가고 싶지 않은데 조리장님이 혼자 가실까 봐, 조리장님 걱정되어서 그러는 거죠. 필요없으시면 뭐, 전 주방 바닥이나 청소하죠. 애고, 삭신이야."

주먹으로 허리를 두드리며 주방을 향해 돌아서던 시내는, 자신을 부르는 윤수의 목소리에 마음속으로 쾌재를 불렀다.

"두 시간 뒤에 연회장 앞에서 봐."

뚜벅뚜벅 복도를 가로질러 걸어가는 윤수의 뒷모습을 바라보며 시내는 빙긋 미소를 지었다. 그래, 노재희. 민도윤 옆에서 얼마나 여우 짓을 하는지 내 눈으로 똑똑히 봐주마. 그래 봤자 민도윤은 이미 당신한테서 마음이 떠난 지 오래라고!

그때 주머니에서 휴대전화기가 진동하기 시작했다. 앞치마를 헤치고 주머니에서 휴대전화기를 꺼낸 시내는 '은경 씨' 라고 뜬 액정에 더욱 크게 미소를 지으며 전화를 받았다.

[바빠요? 오늘 희락 씨가 파트너 동반 파티가 있다고 해서 왔는데, 너무 일찍 도착했거든요. 잠깐 시내 씨 얼굴이라도 보려고 전화했죠.]

"잠깐만 기다려요. 조리복만 갈아입고 금방 내려갈게요."

때마침 윤수가 없는 것을 다행이라 여기며 시내는 재빨리 옷을 갈아입고 로비로 내려갔다. 로비 소파에 앉아 있던 은경은 시내를 먼저 발견하고 손을 흔들었다. 화려하지는 않지만 우아하게 잘 어울리는 고급스러운 원피스 차림의 은경에게 예쁘다는 감탄사와 칭찬을 하며 시내는 그녀의 맞은편 소파에 자리를 잡고 앉았다.

"그런데 시내 씨는 오늘 그 차림으로 파티에 참석하려고요?"

"네?"

"시내 씨도 민 이사님 파트너로 파티에 참석해야 하잖아요."

시내는 밋밋한 청바지에 단색 셔츠 차림의 자신을 내려다보았다. 그리고 파티에 참석하는 것은 맞으나 도윤의 파트너는 아니라는 말을 어떻게 해야 할지 잠시 고민을 했다. 말이 없는 시내 대신 은경이 다시 말을 이었다.

"시내 씨 옷차림도 편안해 보이지만, 그래도 외국에서 오신 손님들도 많은 큰 모임인데 그에 맞는 옷차림이 좋지 않겠어요? 민 이사님 위치도 있고."

"그렇긴 한데…… 아마 민 이사한테는 그에 걸맞는 옷차림의 파트너가 동반하실 거예요."

은경이 눈을 동그랗게 떴다.

"무슨 말이에요?"

시내는 애써 덤덤하게 도윤의 파트너는 재희라고 대답했다. 재희와 도윤의 과거를 모르는 은경이기에, 자신과 재희가 도윤을 사이에 두고 신경전을 벌인 이야기는 빼버렸다. 어쨌거나 재희는 희락의 누나였고, 과거 재희가 도윤의 연인이었던 사실을 희락이 알게 되어 재희와 시내 사이에서 곤란해질 바에야 모르는 편이 훨씬 나았다.

"그럼 시내 씨는 오늘 파티에 안 오는 거예요?"

섭섭한 듯 은경이 중얼거렸다.

"아니요, 가긴 가요. 제가 일하고 있는 주방의 조리장님이 파트너가 없다고, 굳이 저더러 함께 가달라고 하시네요. 아, 피곤한데……."

"그래요?"

금세 얼굴이 환하게 바뀐 은경이 시내의 손을 잡고 자리에서 일어났다. 은경에게 이끌리듯 몸을 일으킨 시내는 영문을 몰라 그녀를 바라보았다.

"어디 가려고요?"

"민 이사님 파트너가 아니라고 해도, 파티에 참석하긴 해야 하잖아요. 멋지게 하고 가서, 민 이사님이 사업적 파트너 때문에 함께하지 못한 걸 후회하게 해줘야죠! 시내 씨는 아무 걱정 하지 말고 나한테 맡겨요."

미팅이 끝나고 나자 파티 참석을 위해 정장을 차려입은 담당자들이 모두들 한꺼번에 회의실을 빠져나갔다. 도윤 역시 상석의 자리에서 몸을 일으키며 약간 풀어헤친 타이를 제대로 정리했다. 사람들보다 한 발 늦춰 회의실을 빠져나가자 엘리베이터 앞에는 양복이 어색하게 느껴지는 윤수가 서서 사람들을 내려놓고 돌아오는 엘리베이터 숫자를 올려다보고 있었다.

"낙하산, 아니, 조시내 씨에 대해서는 더 이상 걱정하지 마시죠. 이사님 부탁 때문인지는 몰라도 요즘 조시내 씨에게 아주, 깊은 관심을 가지고 지켜보고 있습니다."

왠지 모르게 그 말투와 목소리가 의미심장한 듯하여 도윤의 신경을 거슬리게 했다. 우뚝 멈추어 서는 발걸음 소리에 윤수가 힐끗 시선을 도윤에게 던졌다.

"곧장 연회장으로 가시죠?"

목소리가 거슬린다고 생각했던 탓일까. 물음에 대답하는 도윤의 목소리 역시 딱딱했다.

"네."

나란히 선 도윤과 윤수는 고개를 허공에 고정시키고, 점점 가까워지는 숫자를 바라보았다. 띠링, 이내 맑은 소리를 내며 엘리베이터 문이 양쪽으로 열렸다. 도윤은 엘리베이터에 타고 있는 재희의 모습에 순간 발걸음을 멈칫했다.

"연회장 앞에서 기다리다가 안 오길래, 회의가 길어졌나 봐? 뭐해, 안 타고."

엘리베이터에 올라타는 도윤을 바라보며 재희는 빙긋 미소를 지었다.

"오늘, 멋지다."

재희는 도윤의 팔에 가볍게 팔짱을 꼈다. 하지만 도윤은 무심하게도 가벼운 몸짓 한 번으로 그 팔을 뿌리쳐 버렸다.

"오늘 파티에 같이 가는 건 이번 행사의 책임자로서야. 별다른 의미를 두지는 마."

픽, 등을 돌리고 서 있는 윤수에게서 바람 빠지는 듯한 웃음소리가 들려왔다. 그러자 재희의 얼굴이 붉게 달아올랐다.

연회장 층에서 엘리베이터 문이 열리자마자 윤수는 성큼 걸음을 옮겨 가버렸다. 뒤따라 발걸음을 옮기면서 도윤은 주머니 속의 휴대전화기를 만지작거렸다. 연회장에 들어가기 전에 시내에게 전화를 해야겠단 생각이 들었다. 소파에 머리만 닿으면 코를 고는 그녀가 어제 새벽까지 잠을 자지 않았다. 재희와 함께 파티에 참석하는 것 때문에 신경을 쓰고 있는 것이 틀림없다. 도윤은 걸음을 멈추고 몸을 비틀어 재희를 내려다보았다.

"먼저 들어가."

"응?"

"전화 한 통 하고 곧 따라 들어갈……."

휴대전화기를 꺼내던 손길이 멈추고 도윤의 시선이 연회장 문 앞에 서 있는 시내의 얼굴에 고정되었다. 메이크업을 한 듯 안 한 듯 감질나게 빛나는 얼굴에 흰색의 원피스, 머리를 땋아 올린 시내는 자세히 보지 않았다면 그녀라고 생각하지 못하고 지나쳤을지도 몰랐다. 은경의 곁에 서서 천연덕스럽게 방긋방긋 웃는 표정까지, 누구도 그녀가 집에서는 고무줄 반바지와 목이 늘어난 티셔츠 차림이라는 사실을 상상도 할 수 없을 정도였다.

"조시……!"

자신도 모르게 도윤은 그녀를 큰 목소리로 불렀다. 하지만 그녀 곁에 다가선 윤수의 모습에 치켜올리던 팔이 허공에서 굳어버리고 말았다.

"조시내 씨 아니야?"

윤수와 함께 연회장 안으로 사라지는 시내의 뒷모습을 바라보며 재희가 중얼거렸다. 바로 곁에 선 재희의 목소리였음에도 불구하고, 도윤의 귀에는 들리지 않았다. 이내 시내가 시야에서 완전히 사라지고 난 후에야 도윤은 미간을 찌푸리고 성큼 걸음을 옮겼다. 화가 난 듯 리듬이 깨진 발걸음이 빨라졌다.

"도윤아."

그를 부르는 재희의 목소리는 여전히 뒷전이었다. 연회장 안으로 들어선 도윤은 윤수와 함께 서 있는 시내를 어렵지 않게 발견했다. 한달음에 두 사람에게 다가선 도윤이 시내의 팔을 낚아채듯 붙잡았다.

"너 지금 여기서 뭐 하는 거야?"

"아! 민 이사!"

테이블 위에서 칵테일 잔을 집어 들던 시내가 반가운 목소리로 도윤을 불렀지만, 이내 찌푸린 그의 표정에 얼굴에서 미소가 사라졌다. 도윤은 고개를 약간 비튼 채 시내의 팔을 잡지 않은 나머지 한 손으로 그녀에게서 칵테일 잔을 빼앗아 테이블 위에 도로 올려놓았다.

"잠깐 이야기 좀 해."

도윤은 시내의 팔을 이끌어 연회장을 빠져나갔다. 문가에 선 재희의 시선이 꽉 붙들어 맨 시내의 손길을 스치고 지나갔다. 질투 어린 재희의 눈길을 즐길 틈도 없이 시내는 도윤의 뚱한 목소리를 들어야 했다.

"여기는 왜 왔어?"

마치 그녀가 올 곳이 못 된다는 듯한 말투, 어제 만찬 때에 이어 두 번째다. 시내의 뺨이 불만으로 불퉁거렸다.

"내가 못 올 데 왔나 뭐?"

"온다는 이야기 안 했잖아."

차마 재희와 도윤을 감시하기 위해 왔다는 말은 하지 못하고 시내는 우물거렸다. 왜 이렇게 소리를 바락바락 질러대는지. 그만큼 자신이 연회장에 온 것이 그렇게나 못마땅하다는 뜻인지 도윤을 바라보는 시내의 시선도 곱지만은 않았다.

"조리장님이 파트너가 없다고 해서 왔다! 뭐 잘못됐어?"

"네가 지금 큰소리칠 때야?"

"먼저 다른 여자랑 가기로 한 사람이 누군데?"

도윤의 눈썹이 치켜 올라갔다.

"빌려준다고 했던 사람은 누구야?"

"그거야……."

어차피 회장님이 부탁하면 거절도 못할 상황이 올 것 같으니까 미리 선수친 거지. 뺏기는 것보단 차라리 빌려주는 게 낫잖아!

도윤이 다시 입을 열었다.

"가."

"싫어."

나 보내놓고 무슨 짓을 하려고? 가라는 도윤의 말에 서운해진 시내는 더욱 단호하게 고개를 가로저었다. 이대로 물러날 것 같았으면, 은경의 손에 이끌려 호텔 안 부띠끄를 누비는 생고생은 하지도 않았다. 시내는 거울 속 자신의 모습을 바라보며 내심 도윤의 반응을 기대했었다. 하지만 옷차림이나 메이크업에 대해서는 단 한 마디 말도 없이 그저 '가' 라니!

"내가 재희와 파트너이기 때문에 신경 쓰여서 그러는 거라면……."

순간 시내의 눈빛에서 서운함과 실망 대신 기대감이 자리 잡았다.

"재희는 노희락 씨에게 부탁할게. 됐지?"

"정말?"

순식간에 화색이 도는 시내의 표정에, 도윤은 눈을 가늘게 뜨고 그녀를 바라보았다.

"재희가 신경 쓰여서 온 거 맞네."

"뭐, 꼭 그렇다기보다."

그때 뚜벅뚜벅, 세련되지 않은 발걸음 소리에 시내와 도윤이 동시에 고개를 돌렸다. 윤수는 팔짱을 낀 채 두 사람 앞에 멈추어 섰다. 그가 무슨 말을 꺼내려 입술을 벌린 순간 도윤이 낚아채듯 먼저 윤수에게 말했다.

"미안합니다, 서윤수 조리장. 뭔가 오해가 있어 조시내 씨가 서 조리장과 함께 파티에 참석하게 된 것 같은데……."

조금 전 먼저 말할 기회를 빼앗긴 것에 대한 복수였는지 이번에는 윤수가 도윤의 말을 도중에 잘라먹는다.

"오해라니요. 전 그저 조시내 씨의 파트너 제안을 받아들인 것뿐입니다."

날카로운 도윤의 시선을 시내는 잽싸게 피해 버렸다.

"그리고 그걸 지금에 와서 번복하고 싶지도 않습니다. 그렇지 않아도 저한테는 껄끄러운 이런 파티에서 짝 잃은 외기러기 신세까지 되고 싶지는 않거든요. 민도윤 이사님의 파트너 분께서도 지금 딱 그 신세로 자리를 지키고 있던데요?"

도윤이 잠시 주춤하는 사이 윤수가 시내의 팔을 붙잡았다.

"들어가자, 낙하산."

양팔을 사이좋게 나누어 붙든 도윤과 윤수 사이에서 시내는 어찌할 바를 몰라 허둥거렸다. 마음 같아서야 도윤을 따르고 싶지만 자신이 먼저 윤수에게 파트너가 되어주겠다고 자청하지 않았던가. 도윤이 한쪽 눈썹을 치켜뜨고 윤수에게 붙잡힌 손, 그리고 시내와 윤수의 얼굴을 번갈아 바라보았다.

"하하하하하. 그게 말이죠, 조리장님……."

어색하게 웃으며 입을 열던 시내는 윤수가 눈을 부라리자 어쩔 수 없이 도윤에게로 고개를 돌렸다.

"민 이사……."

이번에는 도윤의 눈길이 심상치가 않다. 두 사람 사이에 끼어 우왕좌왕하던 시내는 문득 자신의 손을 잡은 도윤의 손에 힘이 잔뜩 들어가 있는 것을 깨달았다. 너무 움켜쥔 통에 살짝 아프기는 했지만, 나쁘지 않다. 괜스레 웃음이 비실 삐져 나올 정도로 기분이 좋다.

"이사님!"

팽팽하던 세 사람의 신경전을 흩뜨려 놓은 것은, 연회장 문 밖으로 불쑥 얼굴을 내민 희락이었다. 묘한 구도와 각도를 이루며 서 있는 도윤과 시내, 그리고 윤수를 의아한 시선으로 바라보기는 했지만 바쁜 듯 급한 목소리로 도윤을 다시 불렀다.

"손님들과 임원 분들이 기다리세요. 들어오셔야 할 것 같은데요?"

어쨌거나 도윤은 고객을 접대해야 할 의무가 있는 주최 측 책임자였다. 잠시의 망설임이 도윤의 눈빛 속에 스치고 지나갔다.

"나중에 다시 이야기해."

뭔가 마음이 놓이지 않는 듯 탐탁지 않은 목소리와 함께, 스륵 빠져나가는 도윤의 손끝이 남기고 간 자리는 아쉬움으로 가득했다. 도윤은 자리를 뜨기 전에 윤수를 흘낏 바라보았으나 윤수는 그의 못마땅한 시선을 천연덕스럽게 맞받아쳤다.

돌아서던 도윤은 깜빡 잊었었다는 듯 다시 돌아섰다. 휙, 도윤의 팔이 허공을 가로지르는가 싶더니 가벼운 손짓 한 번으로 윤수의 손을 시내의 팔에서 떼어놓았다. 그래도 여전히 만족스럽지 못한 표정으로 돌아서서 황급히 연회장으로 사라졌다.

"노골적이네."

재미있다는 듯한 윤수의 말투에 도윤의 뒷모습에서 시선을 떼어낸 시내가 그에게로 고개를 돌렸다.

"뭐가요?"

시내의 물음을 들은 체도 하지 않으며 윤수는 시내를 머리끝에서 발끝까지 훑어보다 이내 어깨를 으쓱거렸다.

"솔직히 민 이사 같은 사람이 왜 너랑 동네방네 소문날 정도로 만나고 다니는지 이해 못했는데, 오늘 보니까 좀 봐줄 만하네."

분명 칭찬인 것 같긴 한데, 왜 기분이 나쁜 거지! 시내는 뚜벅뚜벅 연회장을 향해 걸어가는 윤수의 모습을 힘껏 노려보았다. 뭐라고 한마디 해줄 것이라 기대했던 도윤에게서는 아무 말도 듣지 못하고 저 싸가지한테서 칭찬 같지도 않은 말이나 듣고 있다니. 시내는 길게 한숨을 내쉬며 자신의 모습을 바라보다 윤수에게서 안 오고 뭐 하냐는, 늘 그렇듯 따가운 말을 한 마디 더 듣고서야 서둘러 발걸음을 놀렸다.

연회장은 많은 사람들로 북적거렸다. 대다수를 차지하고 있는 외국인들의 모습에 시내는 순간 긴장했지만 도윤이나 희락, 은경처럼 낯익은 사람들이 눈에 들어오자 이내 안심이 되었다. 그때 도윤과 눈이 마주쳤다.

"저 잠시 화장실 좀."

피하는 게 상책이라는 생각에 시내는 도망치듯 윤수의 곁을 떠났다. 불편한 심기를 넘어 무시무시하게 화가 난 듯한 도윤에게 미안한 표정으로 어깨를 한번 으쓱거린 시내는 서둘러 연회장을 빠져나가 화장실로 향했다.

"휴우."

덜컹 문 소리를 내며 화장실 안에 들어선 시내는 한숨을 내쉬었다. 몸에 살짝 달라붙는 원피스라 내내 배에 힘을 주고 있어야 했던 탓에 허리가 뻐근하게 아팠다.

"숨 막혀 죽는 줄 알았네."

매일 목 늘어난 티셔츠에 반바지만 입는다며 구박해서 이 옷 입고 배에 힘 주느라 이 고생을 하고 있는데! 저 버럭쟁이는 계속 화만 낸다 이거지. 그런데 왜 저렇게 화를 내는 거야?

"노골적이네."

윤수의 목소리가 귓가에 스치고 지나갔다. 혹시 민도윤, 지금 질투하고 있는 거야? 서윤수 조리장과 함께 왔다고 저렇게 불같이 화를 내고 있는 거야? 도윤이 화를 내는 것은 싫었지만, 그가 질투하고 있다고 생각하니 기분이 나쁘진 않았다. 아니, 사실대로 말하자면 사람들이 모두 볼 수 있는 연회장 앞에서 손을 꽉 쥐어 붙잡을 때 느꼈던 묘하게 뜨거운 그 가슴속의 열기가 느껴질 정도로 좋다.

"하여간 귀여워. 큭."

혼잣말을 중얼거리며 화장실을 나서려던 시내는, 세면기에 물이 쏟아지는 소리와 함께 들려오는 여자들의 목소리에 순간 흠칫했다. 그녀들의 입술에서 흘러나오는 도윤의 이름은, 마치 그를 이야기하는 것이 아닌 것처럼 낯설었다.

"오늘 민도윤 이사, 노재희와 같이 왔더라?"

"지난번에 여자 친구 있다고 하지 않았어? 그것 때문에 노 회장 심기가 조금 불편해졌다는 소문까지 돌았잖아."

"너 창립 파티 때 안 왔었어? 그때 데리고 왔었는데. 그런데 더 웃긴 건 뭔지 알아? 그 여자, 다른 남자랑 저 연회장에 와 있더라고."

"어머, 정말?"

나? 시내는 손가락으로 자신의 얼굴을 가리켰다. 자신의 얼굴을 알고 있다는 사람 앞에 화장실 문을 박차고 나가서 너희들 뒷담화를 모두 듣고 있다는 사실을 광고할 필요는 없을 것 같았다. 시내는 밖의 말소리에 더욱 귀를 기울이며 양변기에 도로 앉았다.

"뭐가 어떻게 된 거야?"

"모르지 뭐, 당사자들밖에는. 그런데 딱 감이 잡히지 않아? 노 회장이 민도윤 이사 잡으려고 공을 들이고 있다는 건 다 아는 사실이고, 솔직히 민도윤 이사 입장에서 처녀 장가 아닌 것만 빼면 괜찮은 자리 아니야? 아들이 있다고야 하지만 밖에서 낳아온 자식이니 호텔 일에는 한계가 있을 거고, 그렇담 호텔 물려받을 사람은 노재희밖에 없잖아. 자수성가 민도윤한테 이만한 조건이 또 있을 것 같아? 나라도 여자 친구 버리고 노재희한테 가지, 안 그래?"

깔깔대고 웃으며 화장실을 나서는 문소리가 들려온다. 시내는 얼어붙은 듯 그 자리에서 꼼짝하지 않았다. 이내 얼이 빠져 있는 자신의 모습을 깨닫고 피식, 웃음을 터뜨리며 몸을 일으켰지만 화장실을 빠져나오면서 기분이 순식간에 착 가라앉아 버렸다.

"나라도 여자 친구 버리고 노재희한테 가지, 안 그래?"

도윤은 재희와 다시 시작할 마음이 추호도 없다고 그랬어, 제대로 알지도 못하면서 일을 곡해하거나 아무렇게나 말하지 마. 시내는 단호하게 입술을 앙다물었지만 그래도 기분이 나아질 턱이 없었다.

"시내 씨."

화장실로 향하던 은경이 시내의 모습에 손을 흔들어 보였다.

"어디 갔었어요? 한참 찾았는데. 민 이사님도 찾는 눈치였고요. 훗, 민 이사님이 시내 씨한테 눈을 못 떼던걸요? 제가 다 흐뭇했어요. 게다가 시내 씨와 함께 온 그 조리장님이라는 분에게 눈까지 은근히 흘기시고, 민 이사님이 보기보다 질투가 심하신 것 같…… 시내 씨? 무슨 일 있어요?"

알고 있던 이미지와 다른 도윤의 행동에 즐거웠던 모양인지 약간은 들뜬 목소리로 말하던 은경이 곧 시내의 어두운 얼굴색을 발견하고 눈을 크게 떴다.

"아니요. 무슨 일은, 아무 일도 없어요."

억지로 웃어 보이려고 했지만 쉽지가 않았다. 결국 포기한 시내는, 어깨를 한번 으쓱거리고는 연회장 반대 방향으로 몸을 틀었다.

"시내 씨! 어디 가요?"

"잠깐…… 할 일이 생각나서, 식당에 가봐야겠어요."

"지금 이 시간에요?"

시내는 은경에게 고개를 끄덕이고는 엘리베이터로 향했다. 엉망이 되어버린 마음은 누구의 탓도 아니었지만, 이런 무거운 마음으로 도윤을 마주하고 싶지는 않았다. 마음을 가다듬고 다시 연회장으로 돌아갈 생각을 하며 시내는 호텔 내에서 가장 편안한 공간인 식당 주방으로 향했다.

어디에도 시내의 모습이 보이지 않자 도윤은 불안한 마음에 노골적으로 몸을 비틀어 그녀를 찾기 시작했다. 혹여 대화 상대가 불쾌함을 느낄까 싶어 재희가 쓴웃음을 지으며 뒷수습을 했지만 아랑곳하지 않은 도윤의 신경은 온통 시내를 찾는 것에 쏠려 있었다.

"공과 사는 구분할 줄 아는 사람이잖아."

다른 손님과의 인사를 위해 걸음을 옮기며 잠시 두 사람만 남은 찰나, 재희가 탐탁지 않은 듯한 목소리로 말을 이었다.

"난 아버지 대신. 넌 총 책임자. 여기 모인 사람들은 우리가 접대해야 할 손님."

그제야 홀 구석구석을 누비던 도윤의 시선이 허공에서 멈추는가 싶더니, 곧 재희에게로 담담히 날아들었다.

"공적인 일에 사적인 감정을 끌어들인 사람은 내가 아니라 너야."

재희는 도윤을 물끄러미 바라보았다.

"그걸 알면서도 함께 파티에 온 거잖아."

"네 말대로 일이니까. 하지만 네가 알고 있는 것처럼 이제 난,

그렇게 명확하게 선을 그어놓고 공적 사적 가리지는 않게 됐어. 누구 때문인지, 그것까지 설명을 해줘야 하는 건가."

"그만 해."

듣고 싶지 않다는 듯 재희가 고개를 흔들었다.

"갈기갈기 찢기면 내 미련이 돌아설지 모른다고 했지. 그렇다고 일부러 가슴 찢는 아픈 말을 사서 듣고 싶다는 말은 아니었어."

뭐라고 한마디 더 하고 싶은 듯 입술을 움찔거렸지만 도윤은 끝내 나머지 말을 잇지 못하고 입을 다물었다. 대신 저만치 떨어져 서 있는 윤수를 발견하고, 빠른 걸음으로 그에게 향했다.

"서 조리장님."

파티가 길고 지루한지 따분한 표정이 가득하던 윤수의 눈빛이, 도윤의 등장에 흥미로움으로 가득 찼다. 낙하산을 주시하고 있다고 말하거나, 조금 전 연회장 앞에서처럼 그의 이런 노골적으로 '재미있다' 는 시선을 느낄 때마다, 도윤은 왠지 윤수의 페이스에 휘말린다는 느낌을 지울 수가 없다.

"조시내 씨는 어디 있습니까?"

"글쎄요. 화장실에 간다면서 사라진 지 십오 분째 돌아오지 않고 있습니다."

화장실…… 중얼거리며 도윤이 연회장 문을 향해 돌아섰다. 하긴 시내가 화장실을 좀 오래 쓰긴 하지. 끝까지 변비는 아니라고 우기지만. 화장실 앞에 기다리다 나오면 곧장 집으로 돌려보낼 계획을 세우던 도윤은 갑자기 걸음을 멈추고 돌아섰다.

"서 조리장님."

"네, 이사님."

보통 자신보다 나이가 어린 상사를 대할 때면 어딘가 모르게 불편하고 심기가 꼬인 듯한 인상을 주기 마련인데, 윤수는 능청스럽게 느껴질 정도로 태연하게 꼬박꼬박 호칭과 미소를 잊지 않았다. 드러난 불만보다 그것이 오히려 도윤의 신경을 건드렸다.

"조시내 씨에게 깊은 관심을 가지고 지켜보고 있다는 말씀, 기억하고 있습니다."

윤수가 빙긋 웃어 보인다.

"그렇습니까."

"물론 그 관심이 직장 상사가 부하 직원에게 가지는 관심 이상은 아닐 거라고 짐작은 하고 있지만 혹시나 해서 당부 드립니다."

윤수가 턱을 약간 쳐들고 도윤을 바라보았다.

유치하지만 도윤은 자신이 윤수보다 키가 약간 더 크다는 사실이, 그래서 그를 내려다볼 수 있다는 사실이 기분 좋았다.

"다시는, 조시내 씨 몸에, 손대지 마십시오."

유독 자신의 신경을 건드리는 윤수이기에 더 기분이 나쁜 것인지, 아니면 윤수가 그녀의 곁에서 어른거리는 모습이 기분 나빠 신경이 날카로워지는 것인지 몰랐지만 분명한 건 그것이다. 윤수가 시내의 팔을 붙잡은 순간 느껴야 했던 그 불쾌함!

"이번에는 부탁이 아니라 경고입니다."

도윤은 못을 박듯이 단호하게 덧붙였다.

"그럼."

고개를 가볍게 끄덕인 도윤은 몸을 돌려 연회장을 빠져나왔다.

여자 화장실 앞에 선 도윤은 휴대전화기를 만지작거리며 잠시 망설였지만, 이내 전화기를 주머니에 도로 넣어놓고 벽에 등을 살짝 기대었다. 그녀가 나오길 기다릴 참이었다.

"짝 잃은 외기러기 신세가 되기 싫다고? 누가 자기 짝이라는 거야?"

윤수 앞에서 차갑고 단호하게 '경고'하던 모습은 사라지고, 불만에 가득 찬 어린아이처럼 두 볼이 통통하게 부어올랐다. 이내 그 투정 같은 불만의 시선이, 나올 생각이 없는 화장실 안의 시내에게로 향했다.

"아무리 그래도 그렇지, 다른 남자랑 이런 델 와?"

코끝이 실룩거린다.

"나오기만 해봐라. 당장 집에 가서 그 옷이나 벗어서 버리라고 해야지."

팔짱을 끼고 어깨에 단단히 힘을 준 채 도윤은 눈을 부라리며 화장실을 노려보았다.

"그런데 왜 이렇게 안 나오는 거야?"

쿵, 쿵, 쿵, 쿵. 조리대에 기대서서 선반에 머리를 살짝 박았다. 작은 울림이 등을 타고 내려오는 것을 느끼며 시내는 한숨을 길게 내쉬었다. 벌써 시간이 꽤 흘렀지만 기분은 쉽게 나아지지 않는다.

호텔을 물려받게 될 것이라는 재희. 그런 재희가 죽고 못사는 민도윤. 그리고 민도윤의 여자 친구인 나. 시내는 한숨 대신 피식 웃음을 터뜨렸다. 하지만 중얼거리는 목소리에는 여느 때와 달리 힘이 없었다.

"조시내, 그런 대단한 사람과 라이벌이라니. 많이 컸다, 너."

언제부터 당사자들의 이야기를 자세히 알지도 못하고, 이해하려고 하지도 않는 낯선 타인의 시선을 신경 쓰게 된 것일까. 나이도 어린 여자가 돈독이 올랐다고 뒤에서 사람들이 수군거릴 때도 나만 당당하고, 나만 도덕적으로 문제가 없다면 다른 것은 아무래도 상관없다고 무시하며 살아왔다. 그런데 왜 유독, 도윤의 일에 대해서만은 그게 쉽지 않은 일이 될까.

"후우."

또다시 머리를 콩콩 박으며 시내는 한숨을 쉬었다.

"부서지겠다."

등 뒤에서 들려오는 목소리에 흠칫 놀란 시내가 고개를 돌렸다. 타이를 느슨하게 풀며 시내에게 다가서는 윤수를 바라보며 시내는 붉게 생채기가 생긴 자신의 이마를 손으로 문지르며 입을 열었다.

"파티는 어쩌고, 여기 오셨어요?"

"그럼 넌? 여기가 화장실이냐?"

아! 그제야 윤수에게 말없이 연회장에 돌아가지 않았다는 사실을 떠올려 냈다.

"다시 돌아갈까요?"

그러나 시내는 그에게는 꽤 갑갑해 보였던 재킷을 벗어 던지는 윤수의 행동에 입을 다물었다.

"됐어. 한식 만찬 담당자라 초대받은 자리이기는 하지만, 그런 자리 불편해."

그건 시내도 마찬가지였다.

"그럼, 옷 갈아입으러 오신 거예요?"

주방과 탈의실을 연결하는 통로를 흘낏 바라보며 시내가 물었다. 하지만 윤수는 말없이 묵묵히 풀어낸 타이와 재킷을 치워두고, 가장 안쪽 선반을 열어 반쯤 남은 소주 병을 꺼내 들었다. 시내는 눈을 동그랗게 뜨고 윤수가 간장 종지에 소주를 따르는 모습을 바라보았다.

"세상에서 제일 신성한 곳처럼 여기더니, 할 건 다 하네. 저번에는 담배까지 피우고."

혼잣말처럼 중얼거렸지만, 가까이에 서 있는 윤수에게 들리지 않을 리가 없었다. 윤수는 잔을 가볍게 들이켜 소주를 마시곤 힐끗 시내를 바라보았다.

"세상에서 제일 편하지만 그만큼 신성한 장소지. 그러니까 여기서 이렇게 마시는 소주가 저 으리으리한 연회장에서 마시는 비싼 술보다 더 맛있게 혀에 착 달라붙는 거 아니겠어?"

"네, 네. 어련하시겠어요?"

어차피 윤수도 연회장을 나왔겠다, 도윤을 더 약오르게 할 생각은 없었음으로 시내는 도윤이 원하는 대로 집에 돌아갈 생각에 몸을 일으켰다.

"한 잔 할래?"

시내가 미처 대답할 틈도 없이, 어느새 시내의 손에는 윤수가 비워낸 간장 종지가 들려 있었다. 맑은 물빛의 소주가 종지 안에 가득 찼다. 잠시 망설이던 시내는 이내 단번에 잔을 비워냈다. 알싸한 소주가 목 안으로 비집고 흐르자 짜릿한 느낌에 진저리가 쳐진다.

“또 경고 먹게 생겼네. 두 번째면, 레드카드인가.”

알 수 없는, 웃음 섞인 윤수의 목소리에 시내는 한 잔 더 달라는 의미로 내밀었던 손을 흠칫거렸다.

“무슨 경고요?”

“그런 게 있어.”

시내의 종지에 잔을 채우고, 윤수는 다른 빈 양념 그릇을 꺼내어 자신의 잔으로 삼았다. 경고 운운하는 윤수의 말이 의아했지만 시내는 어깨를 으쓱거릴 뿐 더 이상 묻지는 않았다.

민도윤 이사는 뭘 하고 있으려나, 재희가 옆에서 온갖 여우 짓은 다 하고 있겠지? 시내는 입술을 불쑥 앞으로 내미는가 싶더니, 홧김에 소주를 들이켜 버렸다.

“민도윤 이사와 회장님 딸.”

마치 자신의 생각을 읽어내기라도 한 듯한 윤수의 목소리에 시내는 화들짝 놀라 한 걸음 뒤로 물러났다.

“연회장에서의 분위기가, 단순한 비즈니스 파트너 같진 않던데?”

뭘 알고 말하는 것인지, 아니면 화장실에서의 여자들처럼 지레짐작인지 알 수 없었다. 시내는 태연하게 보이기 위해 눈을 깜빡거리며 윤수의 손에서 소주 병을 빼앗듯 들어 자신의 잔을 채웠다.

"뭐, 단순한 비즈니스 파트너처럼 보이지 않으면 어쩔 거예요? 호텔 안에 있는 사람들한테 다 물어봐요, 민도윤 이사 애인이 누군가. 열이면 열, 백이면 백! 뭐, 썩 어울리진 않지만 주방의 수습생 조시내라고 대답할걸요?"

윤수가 낮게 휘파람을 불었다.

"으흠. 자신있나 보네? 오늘 좀 꾸미고 왔다고는 하지만. 그래도 내가 보기에……."

윤수의 시선이 시내의 머리끝에서 발끝까지 차례로 훑고 지나간다.

"자신감을 가져도 될 정도는 아닌 것 같은데."

또다시 잔을 한 번에 비워내고 시내는 조리대 위에 잔을 탕, 소리 나게 내려놓았다. 급하게 석 잔을 들이킨 탓인지, 아니면 윤수의 놀림 때문인지, 그도 아니면 재희와 함께 있을 도윤에 대한 걱정 때문인지 시내의 얼굴은 약간 상기되어 있었다.

"뭐! 나도 그 정도로 곱게 크면서 가꾸었으면 그 여우, 아니, 노재희 씨 미모 정도는 충분히 되고도 남았을 거라고요."

"썩 와 닿는 말은 아닌데. 뭐 그렇다 치고."

"그렇다 치고? 아니, 이보세요……."

"안주나 만들어봐."

삿대질을 하며 달려들려던 시내는 윤수의 말에 슬그머니 손을 내려놓았다. 지금 윤수가 뭐라고 했는지 순간 이해를 하지 못했지만 이내 곧 이 주방에서, 그에게 가장 어렵고도 부담스러운 이 주방에서 그녀에게 요리를 해보라는 뜻이라는 걸 깨달았다.

"제일 자신있는 걸로."

확실히 말을 하지는 않았지만 그녀가 어떻게 해오느냐에 따라 앞으로 계속 양파만 까느냐, 아니면 조금 더 가까이에서 윤수의 가르침을 받을 수 있느냐를 판가름하겠다는 의도임이 분명했다.

"하기 싫어?"

"아, 아니요! 싫긴요."

멋지고 근사한, 제일 잘하면서도 특별한 맛을 낼 수 있는 음식이 뭐가 있을까 하고 골똘히 머리를 굴리며 각종 조리도구들을 꺼내어 들던 시내는 문득 무슨 생각이 들었는지, 조리대에 기대어 묵묵히 소주잔을 기울이는 윤수를 돌아보았다. 요리를 시켜놓고 무슨 생각을 그리 하는지 윤수는 자신이 쳐다보는 것조차 모른 채 연거푸 잔을 비워내고 있었다.

특별한 요리…… 중얼거리면서도 자꾸만 머뭇거리던 시내는 이내 무엇을 만들기로 결심을 했는지 대형 냉동고에서 고기를 꺼냈다. 그리곤 야채를 다듬는 등 바쁘게 몸을 놀리기 시작했다.

시내가 요리를 시작한 지 십 분도 채 되지 않았을 때, 윤수는 코끝에 맴도는 익숙한 음식 냄새에 생각에서 빠져나와 시내 쪽을 바라보았다.

"다 됐어요."

윤수는 눈살을 찌푸리며, 시내가 냄비를 두 손에 들고 총총걸음으로 다가오는 것을 지켜보았다. 시내는 수저 두 개가 폭 담긴 냄비를 조리대 위에 올려놓고 뚜껑을 열었다. 팔팔 끓고 있던 국물 위로 김이 화악 치솟아오른다. 윤수는 수저로 매콤한 냄새가 나는 김치찌개를 휘휘 저어 적당한 국물과 김치, 그리고 알맞게 익은 돼지고기를 살짝 건드려 보았다.

"제일 잘하는 게 이거야?"

어이가 없다는 듯 윤수가 중얼거렸다. 하지만 시내는 빙긋 웃으며, 나머지 수저를 집어 들고 국물을 가득 떠 입 안에 가져갔다.

"크윽. 짭짤하니 딱이네."

"도대체 무슨 생각인 거야?"

감탄사를 내뱉으며 국물을 연거푸 떠먹던 시내는 윤수의 물음에 어깨를 으쓱거렸다.

"지난번에 그러셨잖아요. 다른 것은 생각할 필요가 없다. 오로지 내 음식을 먹는 사람들만 생각하라고요. 오늘의 손님은 조리장님이시니까요. 지금 제 손님에게 필요한 건 소주 병이 완전히 비기 전에 손님 앞에 낼 수 있는 음식이어야 하고, 또 어울려야 하죠. 이거랑."

시내는 소주 병을 집어 들어 윤수의 눈앞에 흔들어 보이고는, 자신의 빈 잔에도 따랐다. 그녀의 행동을 가만히 지켜보던 윤수는 이내 고개를 흔들고 시내가 급히 만들어온 김치찌개를 한 수저 떠먹었다. 입 안에 남아 있는 소주 향과 함께 어울려 맵싸한 맛이 그럴듯했다.

"얼마짜리예요?"

기대에 부푼 시내가 눈을 반짝이며 묻는다.

"삼천 원."

"에이, 좀 더 써라. 명색에 호텔 주방에서 만들어낸 김치찌개인데, 뒷골목에서 받는 가격보다는 비싸야 할 것 아니에요."

말은 그렇게 하면서도 입맛 하나는 까탈스러운 윤수가 수저를 내려놓지 않는 것을 시내는 만족스럽게 바라보았다. 그 덕에 상했던 마음이 완전히 풀어지는 기분이 들었다. 콧노래를 흥얼거리며 조리대에 몸을 기대어 수저를 찌개 냄비에 가져가던 시내는 두 사람의 무게에 순간 조리대가 흔들리는 것을 느꼈다. 그리고 미처 피하기도 전에 냄비가 옆으로 엎어지며 근처에서 맴돌고 있던 시내의 손등 위로 뜨거운 국물이 튕겨 올랐다.

"윽! 뜨거워!"

순식간에 벌어진 일이라 시내는 손등을 움켜쥐고 내려다볼 뿐이었다.

"뭐 하고 있는 거야?"

윤수가 달려들어 시내의 손을 잡아 차가운 물에 담그었다. 그제야 따끔거리는 느낌이 확연하게 들어 시내는 얼굴을 찌푸렸다. 혀를 끗끗 차며 시내의 손을 흐르는 물에 완전히 씻긴 윤수는 여느 때처럼 잔소리를 퍼붓기 시작했다.

"정신을 어디에 팔고 있는 거야? 온갖 조리도구가 다 있는 주방은 위험한 곳이기도 해. 까딱하다가는 대형 사고까지 나기 쉬운 곳이라 언제든지 긴장하고 있어야 한다고 몇 번이나 말을 해야 해?"

"겨우 손등에 국물 좀 튄 거 가지고 되게 뭐라고……."

투덜거리던 시내는 고개를 돌리다 주방 입구에 서 있는 도윤의 모습에 말을 멈추었다.

"민 이사…… 여기는 어떻게."

"은경 씨가."

도윤의 시선이 윤수의 얼굴과 그가 붙잡은 시내의 손으로 날카롭게 향했다. 뚜벅뚜벅, 걸음을 옮기는 도윤의 몸에서 풍기는 분노는 연회장 앞에서의 것보다 훨씬 강한 느낌이었다. 시내는 불안한 마음에 윤수의 손에서 자신의 손을 빼내려 했다.

"민 이사, 우리, 우리 그만 집에 갈까?"

"내가."

도윤은 시내의 말을 무시하며 윤수를 똑바로 바라보았다. 윤수 역시 표정의 변화없이 그런 그를 마주했다. 도윤의 목소리는 시내가 이제껏 들었던 그 어떤 것보다도 차가웠다.

"경고하지 않았습니까."

경고? 당장이라도 윤수에게 달려들 기세인 도윤을 막아서던 시내는 눈이 동그랗게 커졌다.

"무슨 경고?"

하지만 도윤도, 윤수도 시내의 질문에 대답해 줄 것 같지는 않았다. 도윤은 윤수와 자신을 가로막고 서 있는 시내의 어깨를 붙잡아 밀쳤다. 때문에 시내는 휘청하며 도윤의 뒤로 물러날 수밖에 없었다.

"무시해도 될 만큼 제 경고를 우습게 받아들이셨습니까?"

"아니요."

윤수는 대답하며 가볍게 고개를 흔들었다.

"민 이사님이 제 터치에 대한 분별력쯤은 가지고 계신 분이라 생각했기 때문입니다."

시내는 두 사람이 나누는 대화를 이해할 수가 없어 끼어들진 못했지만 말리기는 해야겠단 생각에 팔을 뻗었다. 그러나 이내 도윤의 널찍한 등짝에 가로막히고 말았다. 고개를 비집고 나서려 해도 도윤은 꿈쩍도 하지 않았다.

"제가 오해하고 있다는 말씀입니까?"

이렇게 험악한 목소리면서도 끝까지 말을 놓지 않는 도윤의 인내심에 탄복할 정도였다. 결국 도윤의 앞으로 나서는 것을 포기한 시내는 얼굴을 찌푸리며 그의 어깨를 툭툭 쳤다.

"조리장님 말이 맞아. 오해야."

도윤은 뒤도 돌아보지 않고 무뚝뚝하게 말을 내뱉었다.

"난 서윤수 조리장님께 묻고 있는 거야."

그리고 다시 의연하게 마주하고 있는 윤수를 바라본다.

"제가 오해하고 있는 겁니까?"

손에 뜨거운 국물이 튀어서 도와주려던 것이라고 말하면 될 것 가지고, 대답없이 뜸을 들이는 윤수의 태도에 시내는 답답해졌다. 결국 기다리지 못하고 다시 한 번 도윤을 향해 입을 열었다.

"손! 조리장님이 내 손을 잡고 있어서, 지금 그것 때문에 이렇게 화내는 거 맞지? 아니라니까. 조리장님은 그냥……!"

흘낏 돌아보는 도윤의 시선에 시내는 흠칫하고 말을 멈추었다. 윤수에게 향하던 냉정한 시선이 아니다. 뭐라고 딱 꼬집어 말하기 어려운 표정. 화가 난 것 같기도 했고, 질투를 하고 있다는 사실을 부끄러워하는 것 같기도 했다. 그의 애매한 표정을 마주한 시내의 기분 역시 아리송했다. 웃어야 할지, 놀려야 할지, 화를 내야 할지.

짝. 윤수가 가볍게 두 손바닥을 마주치며 서로를 말없이 바라보는 도윤과 시내의 시선을 흩트려 놓았다.

"결론만 가지고 본다면, 조시내 씨에 대한 이사님의 경고를 무시한 게 맞습니다."

도윤의 눈썹이 위로 치켜 올라갔다.

"그 과정에 대해서는 조시내 씨에게 상세하게 들으시고, 전 이만 빠져 드리죠."

고개를 가볍게 숙여 보인 윤수는 등을 돌리고 터벅터벅 탈의실을 향해 걸음을 옮겼다. 주방 문밖으로 윤수의 모습이 완전히 사라졌지만 여전히 꿈쩍도 하지 않는 도윤 때문에 시내는 눈동자만 이리저리 굴리다 결국 먼저 입을 열었다.

"다시 연회장에 안 올라가 봐도 괜찮아?"

도윤의 등 뒤에서 슬쩍 비켜 나온 시내는 조리대 위의 김치찌개 냄비와 소주 병을 치우기 시작했다. 소주잔으로 썼던 간장 종지를 흐르는 물에 씻어 탈탈 턴 후 마른 수건으로 물기를 닦아냈다.

"말해. 왜 두 사람이 주방에서 이러고 있어?"

버릇처럼 축축한 손을 옷에 닦으려던 시내는, 이내 오늘의 특별한 옷차림을 깨닫고 어깨를 으쓱거렸다.

"아까 말했잖아. 오해야."

"그러니까 설명을 하라고. 연회장에 있던 사람들이 왜 단둘이 여기서 술까지 마시면서 손을 잡고 있었냐고."

윤수에게 향하던 심통이, 그가 사라지고 나자 자신에게 향하는 것이 틀림없었다. 윤수와 자신의 사이에 무슨 일이 있을 턱이 없는 것을 뻔히 알면서 도대체 뭘 의심하고, 뭘 설명을 하라는 것인지. 고개를 설레설레 흔들던 시내는 어쩔 수 없이 입을 열었다.

"좀 답답해서 혼자 주방에 내려와 있었어. 그런데 조리장님이……."

"왜 답답했는데?"

시내는 코끝을 찡그렸지만 순순히 대답했다.

"무지막지하게 노려보는 민 이사 눈빛이 너무 부담스러워서. 됐어? 물론 조리장님은 내가 여기 있는 줄도 몰랐어. 옷을 갈아입으려고 들른 것뿐이야."

정말로 모르고 내려온 것인지, 도윤의 얼굴에는 의심이 가득했지만 입을 꾹 다물고 참는 듯했다.

"그러다 그냥 소주 한 잔 했고, 조리장님이 안주 하나를 만들어 오라고 했는데. 아! 민 이사도 봤어야 했어, 내 김치찌개의 맛에 완전히 반한 조리장님 얼굴을. 어쩌면 내일부터 정식으로 요리 수업 받을지도……."

쿵쿵, 본론에서 벗어나지 말라는 듯 도윤이 주먹으로 조리대를 가볍게 두드렸다.

"알았어. 그래서 김치찌개를 만들었는데, 어쩌다가 뜨거운 국물에 손을……."

그제야 데인 상처를 기억해 낸 시내의 얼굴이 쭈빗쭈빗 부풀어 오른다. 윤수가 응급처치로 흐르는 물에 가져다 댈 때는 이 정도 상처에 웬 오버인지 코웃음을 쳤지만, 도윤 앞에서는 왠지 모르게 꾀병이라도 부려 투정을 부리고 싶어졌다.

"민 이사, 나 손 다쳤어."

말하는 목소리에 콧소리도 섞인다.

"다쳐?"

도윤은 시내가 내민 손등을 살펴보았다. 하지만 약간 발그스레할 뿐, 상처라고는 보기 힘들다. 꼼꼼히 보고 난 도윤이 눈을 가늘게 뜨고 시내의 얼굴을 빤히 바라보았다.

"괜히 내 신경 다른 데로 돌리려고 이러는 거 아니야?"

"아니야. 진짜 다쳤다니까. 그래서 응급처치 한다고 조리장님이 손을 잡고 있었는데, 타이밍이 기가 막히게도 그때 딱! 민 이사가 나타난 거지. 설명 끝. 이제 오해도 끝이지?"

여전히 도윤의 표정은 못마땅함으로 가득했지만 별다른 꼬투리를 잡기 어려웠던지, 마지못해 고개를 끄덕였다. 하지만 이유를 막론하고, 그것이 시내를 위해서 한 행동이었다고 한들 윤수가 시내의 손을 잡았다는, 그것도 오늘 밤 여러 차례에 걸쳐 목격하게 된 것에 도윤은 불쾌함을 지우기가 힘들었다. 그의 마음을 읽어내기라도 한 듯 시내가 빙긋 미소를 지었다.

"어이구. 어쩌냐, 민 이사."

시내는 손을 뻗어 도윤의 뺨을 꼬집고 흔들기 시작했다.

"너 나 너무 좋아하는 거 아니야?"

"너 지금 뭐 하는 거야?"

간신히 시내의 손을 떼어냈지만, 도윤의 뺨에는 선명한 손가락 자국이 남았다. 아픈 것은 둘째 치고, 자신을 어린아이 취급하는 시내의 행동과 또 그런 취급을 받게끔 한 자신의 행동에 창피함을 느끼자 얼굴이 벌겋게 달아올랐다.

"좋으면 좋다고 말로 하지."

"뭐?"

"지금 질투하는 거잖아, 민 이사."

이마 끝까지 붉게 변한 도윤의 얼굴에 시내는 그를 그만 놀리기로 마음먹었다. '집에나 가자', 웃음을 참기 위해 중얼거리듯 말하며 주방의 불을 끄기 위해 벽에 손을 짚었다. 이내 스위치를 찾아내고 달칵 누른 순간 도윤의 목소리가 빛과 어둠 사이를 가로지르며 들려왔다.

"그래."

하지만 혼잣말처럼 너무 작은 목소리라 시내는 그것을 정확히 듣지 못했다.

"응?"

갑자기 시야가 어두워지자 미간을 찌푸리며 시내가 다시 물었다.

"방금 뭐라고 했어?"

"그 말이 맞아."

여전히 목소리는 작았지만, 단호했다. 시내는 눈을 동그랗게 뜨고 도윤을 바라보았다.

"좋으면 좋다고 말로 해야 하는데. 진심이라는 거, 말로 하지 않으면 그 어떤 마음도 알아주지 않는다는 거 누구보다도 잘 알고 있으면서. 그러면서도 말로 한다는 게 참 어렵다."

어둠에 흐릿한 도윤의 얼굴을 보고 싶은 충동에 시내는 손을 뻗고 싶었지만, 이상하게 손가락 하나 까딱할 힘이 없다. 시간이 정지한 듯, 지금 도윤이 내쉬고 있는 숨소리 하나 놓치고 싶지 않은 듯, 그렇게 어둠 속에 흐릿한 도윤을 바라본다.

"솔직하지 못한 것일 수도 있고, 확신이 없기 때문일지도 모르고. 그리고 어쩌면 무서운 건지도 몰라."

연인과의 이별이 무서운 이유는, 사랑했던 사람을 다시는 볼 수 없다는 것이 아니라 다시 사랑할 때 겪어야 할 두려움이 하나 더 생기기 때문이다. 지금 도윤이 누군가에게 또다시 진심을 다한다는 것, 그것은 재희 때처럼 또다시 상처받을지도 모른다는 두려움을 동반했다. 누군가를 잃었을 때의 그 좌절과 슬픔을 가슴은 기억하기 때문이다. 하지만 그래도, 두려움을 이기고 사람들은 결국 사랑을 한다. 두려움보다 더 큰 힘을 가진 것이, 진심이기 때문이다.

"좋다."

"응?"

바보처럼 되묻고 말았다.

"좋아. 좋다. 네가 있어서, 좋다."

불쑥 커다란 손 하나가 어둠을 뚫고 다가왔다. 이내 시내의 머리 위에 가볍게 앉은 손바닥은 그 어떤 따스한 눈빛보다 더욱 따스하게 그녀를 어루만져 주었다.

"궁금하다, 진짜. 내가 어쩌다 너를……."

도윤의 목소리에는 가벼운 웃음소리가 섞여 있었다.

"어쩌다가 이렇게 좋아하게 되어버렸는지, 궁금해."

여전히 대답이 없는 시내 때문에 머쓱한 기분이 들었는지, 도윤이 그녀의 머리 위에 자리 잡고 있던 손을 떼어냈다.

“하, 이것도 고백이라고…… 떨리네.”

탁, 도윤의 손이 제자리를 찾아가기 전에 시내가 그 손을 붙들었다. 팔딱팔딱, 손바닥에서 심장의 기운이 느껴진다. 시내는 도윤의 손을 붙잡은 채 그의 가까이로 다가섰다. 점차 어둠에 익숙해지자 서로의 얼굴이 눈에 들어왔다. 쑥스러운 듯한 시선, 왠지 모를 벅찬 감정에 발갛게 변한 콧등, 아직도 할 말이 너무나 많이 남아 있다는 듯 움찔거리는 입술. 도윤과 시내의 표정은 쌍둥이처럼 닮았다.

“이상하게.”

드디어 시내가 입을 열었다.

“민 이사한테는 좋은 냄새가 나.”

시내는 빙그레 미소를 지었다.

“어디에서도 나. 민 이사 침대, 민 이사 소파, 민 이사 서류들, 민 이사 컴퓨터……. 마치 그 향기가 나를 졸졸 따라다니고 있는 것 같았어.”

웃고 있지만, 눈가에 눈물이 고인다.

“그런데 지금 생각해 보니까. 향기가 나를 쫓아다니는 게 아니라, 내가 민 이사 뒤를 졸졸 따라다니는 거였어.”

쥐고 있는 도윤의 손을 자신의 뺨에 가져다 대었다. 손에서도 그의 향기를 맡을 수 있다는 듯, 시내가 눈을 감고 숨을 들이쉬자 감은 눈꺼풀 아래로 한 방울 눈물이 떼구루루 뺨 위를 가로질렀다.

“나도, 민 이사가 좋은가 봐. 이렇게 쫓아다니는 걸 보니.”

그리고 도윤의 말투를 흉내낸다.

“좋아. 좋다. 민 이사가 있어서, 좋아.”

수동적으로 시내의 손에 잡혀 그녀의 뺨에 머물고 있던 도윤의 손이 움직이기 시작했다. 긴 손가락으로 말라 버린 눈물 자국을 닦아내더니, 이내 다른 나머지 한 손까지 합세해 가볍게 시내의 턱을 감싸 쥐었다. 부드럽게 다가온 도윤의 입술은 시내의 이마에 오랫동안 머물렀다. 그의 가슴 가까이로 얼굴을 감싸 안은 채, 도윤은 눈을 감고 시내의 이마에 따스한 입술을 문질렀다. 입술로 한 키스는 가슴을 떨리게 했지만, 마음으로 한 키스는 서로의 심장을 가볍게 쥐고 있는 기분이다. 완전히 상대방에게 내 마음을 맡겼다는 듯, 그대가 놓아버리면 내 심장은 갈 곳을 잃어버린다는 듯.

정좌를 하고 침대 위에 마주 앉은 시내와 도윤은 당장이라도 싸울 기세로 서로를 노려보고 있다. 썰렁하리만치 가구가 없는 도윤의 침실. 이전에 청소라도 하러 들어올 때면 덩그러니 놓인 침대에 혀를 끌끌 차곤 했지만, 어쩐지 오늘은 방 안에 홀로 놓인 침대가 자극적이다.

"흠!"

못마땅한 듯 도윤이 시내를 훑어보았다. 마치 큰 의식을 치르듯 각자 샤워를 끝내고, 옷을 갈아입고 마주했을 때 그 표정 그대로이다.

"차라리 아까 흰 원피스 입고 있을 때 곧장 시작하는 게 나을 뻔했어."

시내는 코끝을 찡그리며, 목 늘어난 자신의 티셔츠를 내려다보았다.

"오늘 같은 날은, 좀……. 됐다. 내가 너한테 뭘 바라겠어."

고개를 흔드는 도윤의 모습에 시내가 벌떡 몸을 일으켰다. 허리에 손을 얹고 침대를 밟고 올라선 시내의 표정은 아쉬울 것 하나 없다는 듯 당당했다.

"하기 싫음 그만둬."

그리고는 폴짝 침대에서 뛰어내렸다. 하지만 곧 한 걸음도 떼지 못하고 도윤에게 손목을 붙잡혔다. 약간은 누그러진 듯했지만 도윤의 목소리에는 여전히 떨떠름함이 남아 있었다.

"누가 싫댔어?"

"그게 그 말이지. 지금 분위기 안 산다는 말 아니야?"

"그럼. 후줄근하게 목 늘어난 티셔츠 차림에, 어디서 주워다 입은 것 같은 아저씨 바지를 입은 여자하고 분위기를 잡는 일이 쉬운 일인 줄 알아?"

시내는 도윤의 손을 탁 쳐냈다.

"그러니까, 하지 말자고. 됐지?"

시내가 못마땅한 듯 혀를 찼다.

"쯧, 덜해. 덜해. 아직 덜 급했어."

이번에는 시내가 정말로 방을 빠져나가려고 하자 도윤은 자신이 그렇게 투박을 주었던 티셔츠를 황급히 움켜쥐었다.

"내가 뭐, 하지 말자고 했어?"

못 이기는 척 돌아온 시내를 침대에 쓰러뜨리며 도윤은 후다닥 티셔츠부터 벗겨냈다. 그의 손놀림이 예사롭지 않자 이번에는 시내의 불만이 터져 나온다.

"이거 이거, 아닌 척 선수 아니야?"

"뭐?"

"너무 자연스럽잖아. 의심스러워. 몇 년 동안 못해본 남자치고 이것저것 분위기 따지는 것도 그렇고…… 혹시."

시내가 눈을 가늘게 뜨고 자신의 몸을 가볍게 누르고 누운 도윤을 올려다보았다. 도윤은 뺨을 실룩거리며 옆의 베개를 집어 들고 시내의 얼굴을 누르기 시작했다.

"더 분위기 깨지 말고 제발 입 좀 다물어라."

"으으윽. 숨 막혀!"

시내 역시 지지 않고 베개를 집어 들어 도윤의 머리를 겨냥하고 정확하게 스윙을 날린다. 퍼억, 뒤로 젖혀진 도윤이 뻐근해진 뒷목을 움켜쥐고 시내를 노려보기 시작했다. 한 번 더 베개를 날릴 기회를 호시탐탐 노리던 시내는, 갑자기 쿡 하고 웃음을 터뜨리는 도윤의 모습에 눈을 동그랗게 떴다.

"우리 지금 뭐 하는 거야?"

"그러게."

"하던 일이나 계속하는 게 어때?"

시내는 빙긋 웃으며 손바닥을 가볍게 들어 보였다.

"찬성!"

아홉

창문을 열고 밖으로 몸을 내밀자, 싱그러운 공기가 콧속 가득히 차 올랐다. 불과 며칠 전만 하더라도 단단히 마음을 먹고 나서지 않으면 쌀쌀한 아침 기운에 진저리를 치곤 했었다. 하지만 어느새 봄의 아침 햇살이 창까지 스며든다.

"좋다."

눈을 감고 한껏 공기를 들이마시던 시내는 등 뒤에서 들려오는 뒤척임에 고개를 돌려 침대 위의 도윤을 바라보았다. 아슬아슬하게 허리에 걸린 시트 위로 벗은 어깨가 쌀쌀했는지, 도윤은 두 팔로 베개를 가슴 쪽으로 단단히 끌어안고 얼굴을 파묻었다.

시내는 발걸음 소리를 죽이고 살그머니 침대로 돌아갔다. 헝클어진 머리칼과 곤히 잠들어 감긴 두 눈, 무방비 상태인 도윤의 표정은 그 어느 때보다 부드럽고 여유로워 보였다.

"잘 때는 완전 애기네, 애기. 큭. 귀엽다."

시내는 손가락으로 도윤의 볼을 쿡 눌러보았다. 처음에는 부엌에서 달그락거리는 소리에도 예민하게 반응하며 잠을 잤네, 못 잤네 잔소리를 해대던 그가 바로 곁에서 중얼거리는 소리에도 잠에서 깨어날 생각을 하지 않았다. 도윤을 처음 보았을 때의 그 날카로움은, 어쩌면 오랫동안 숙면을 취하지 못해 생긴 것일지도 모른다. 하지만 언젠가부터 그의 표정에서, 손길에서 온기가 찾아들었다.

"다 내 덕분이지? 그러니까, 앞으로 잘해야 해."

손바닥으로 턱을 괴고 옆으로 누운 시내의 시선이 도윤에게서 떨어질 줄을 모른다. 그녀의 시선을 느끼기라도 한 듯, 도윤이 뺨을 꿈틀거리는가 싶더니 이내 천천히 눈을 떴다. 몇 번이나 깜빡거리길 반복한 뒤에야, 정확한 초점을 찾고 시내를 바라보았다. 이어 길게 하품을 한 후 흘끔 시계를 보고 몸을 일으키려던 도윤은 자신의 가슴팍을 훽 밀어내며 다시 침대에 눕히는 시내를 의아한 듯 바라보았다.

"좀 더 자."

"시간이 몇 신데, 출근해야지."

시내는 도윤의 말을 무시하며 그의 복부에 머리를 베고 누워버렸다. 시내의 머리칼이 도윤의 매끄러운 살갗을 간질였다.

"어제 파티에서 다 들었어. 그동안 수고했다고 행사에 참여했던 스태프들까지 오늘 다 쉰다던대. 그렇게 주말도 없이 출근해서 일하면 누가 떡이라도 준대?"

도윤은 완전히 눕지도, 그렇다고 일어나 앉을 수도 없는 어정쩡한 자세로 시내를 내려다볼 수밖에 없었다. 시내는 고개를 돌려 도윤과 눈을 마주치곤 찰싹, 팔을 뻗어 손바닥으로 그의 어깨를 쳤다. 어쩔 수 없이 도윤은 보드라운 시트 위로 몸을 뉘었다.

"넌 출근하잖아?"

"나야 해야지."

시내의 뺨이 실룩거렸다.

"치잇. 주방은 왜 주 5일제를 안 해주는 거야? 어쨌든, 민 이사는 오늘 집에서 쉬어. 좀 쉬어도 돼. 잠도 자고, TV도 좀 보고. 이왕 볼 거면, 남자가 여자 친구한테 잘하는 그런 로맨틱한 걸로 보고 배워서 고대로 좀 해봐."

도윤이 눈살을 찌푸리며 몸을 일으키려 했지만 시내가 머리로 가볍게 복부를 치는 바람에, 흡 숨소리를 내쉬며 다시 누울 수밖에 없었다.

"내가 너한테 못하는 게 뭐야?"

"그렇다고 뭐, 딱히 잘해준 건 있어?"

눈동자를 이리저리 굴려가며 시내의 말에 반박할 거리를 찾던 도윤은 이내 쩝, 입맛을 다셨다. 도윤이 마땅찮은 목소리로 다시 입을 열었다.

"그럼 넌, 넌 뭘 해줬는데?"

"밥해주지. 빨래해 주지. 청소해 주지."

"네가 그걸 공짜로 했어? 다 내 주머니에서 나가는 돈 받아가며……."

시내가 무시무시한 눈길로 바라보자, 도윤은 하던 말을 멈추었다. 기세에 눌리면 안 된다고 생각하면서도 의지와는 반대로 눈동자는 죄지은 듯, 자꾸만 시내의 시선을 피하게 된다. 결국 뺨을 슬쩍 긁으며 누그러진 목소리로 말했다.

"알았어. 뭐? 뭐가 그렇게 받고 싶은데?"

곰곰이 생각에 잠긴 시내를 바라보며, 도윤은 찡그리고 있던 얼굴을 폈다. 입술을 오므리거나 눈동자를 굴리는 시내의 표정 하나 하나를 놓칠세라 바라보던 도윤은 바보처럼 웃고 있는 자신의 모습을 깨닫고 고개를 설레설레 흔들었다.

"갑자기 그렇게 물어보니까 생각이 안 나네. 오늘 하루 종일 쉬면서 생각해 봐. 알았지? 나 기대하고 있는다!"

출근해야겠다, 하고 몸을 일으키던 시내를 이번에는 반대로 도윤이 붙잡아 도로 제자리에 눕혔다. 그리고 장난스럽게 손가락으로 자신의 입술을 가리켰다.

"엉큼하긴."

말은 그렇게 하면서도 싫지는 않은 듯 시내는 도윤의 입술에 '쪽' 소리가 나도록 뽀뽀를 했다. 그것으로 성에 차지 않았다는 듯 도윤이 팔을 뻗어 시내의 뺨을 감싸 쥐고 약간 거친 그녀의 입술을 가볍게 물었다. 촉촉한 혀끝으로 메마른 시내의 입술을 보드랍게 축이던 도윤은 자연스럽게 벌어진 입술 사이로 파고들었다.

"너도 출근하지 마."

아쉬운 듯 입술을 떼어낸 도윤의 말에 시내가 까르르 웃음을 터뜨렸다.

"민 이사가 서 조리장님한테 직접 전화라도 해주려고?"

"뭐, 필요하면."

"됐네요! 나 낙하산 소리 이제 그만 듣고 싶거든?"

출근 준비를 위해 방을 나서는 시내의 뒷모습을 지켜보던 도윤은 이내 몸을 뒤로 벌렁 뉘이며 두 팔로 널찍한 침대를 휘저었다. 혼자 잠을 잘 때는 한 번도 느끼지 못했었지만, 시내가 있다 사라지자 유난히 침대가 크고 허전하게 느껴진다.

"나 기대하고 있는다!"

가지고 싶은 거라도 이야기를 해준다면, 고민할 필요가 없을 텐데. 도윤은 시내의 베개에 아직 남아 있는 향기를 맡으며 고심했다. 짠순이가 향수를 뿌릴 리는 없고, 분명 그와 함께 사용하는 샴푸나 비누 냄새일 텐데도 도윤에게는 전혀 새롭고 낯선 향기로움이었다. 비누 향과 시내의 체취가 섞인 것이라 생각하며 도윤이 중얼거렸다.

"선물? 아니야, 아니야. 조시내가 제일 좋아하는 건…… 현금인데…… 쯧."

"조리장님이 나오지 않으셨다고요?"

조리모를 쓰며 주방에 들어선 시내는 눈을 동그랗게 뜨고 조리사에게 물었다. 늘 누구보다도 일찍, 가장 먼저 출근해서 아침마다 주방 직원들을 긴장시켰던 윤수가 아직도 나오지 않았다는 사실이 의아할 뿐이었다.

"뭐, 나오겠지."

별일이 아닐 거라 생각하며 시내는 윤수가 아닌 다른 조리사를 도와 일을 시작했다. 윤수가 자리를 비워 시간적으로나 여유가 생긴 시내는 다른 조리사들의 조리 모습을 꼼꼼하게 지켜볼 수 있었다. 그가 늦는 것이 오히려 반가웠던 시내는, 점심시간이 가까워질 때까지도 윤수가 나타나지 않자 슬그머니 걱정이 되기 시작했다.

"무슨 일이 있는 건가?"

시내는 혀를 끌끌 차며 머리를 흔들었다. 윤수에게 무슨 일이 있던 간에 자신과는 상관없는 일이었다. 그때 주방 안으로 한식당의 지배인이 모습을 드러냈다.

"서 조리장 아직 출근 전이죠?"

걱정스런 표정의 지배인은, 휴대전화기도 받지 않으며 집 전화까지 불통이라는 소식을 전했다. 결근은커녕 단 한 번 지각한 적도 없는, 자기 관리에 꼼꼼하기로 소문난 윤수가 여태껏 연락도 없이 출근을 하지 않았다는 말에 주방 전체가 술렁거리기 시작했다.

"안 되겠네. 누가 서 조리장 집에 한번 가보는 게 좋겠어요."

누가 좋을까, 주방 안을 훑어가던 지배인의 시선이 시내에게 머물렀다. 늘 윤수의 곁에서 일을 했거니와, 허드렛일이나 하고 조리 모습을 지켜보는 견습생이니 영업 시간에 없어도 그만인 시내가 적격이라고 판단했던지 그녀는 시내에게 가만히 손짓을 해 보였다.

"조시내 씨가 수고 좀 해주겠어요?"

"제가요?"

시내는 손가락으로 자신을 가리키며, 황급히 주위의 사람들을 둘러보았다. 하지만 모두들 그녀의 시선을 피하며 하던 일에 열중하는 척 부산스럽게 움직인다. 어쩔 수 없다는 듯 어깨를 으쓱거린 시내가 떨떠름한 표정으로 대답했다.

"네. 뭐, 그러죠."

탈의실에서 조리복을 갈아입고, 지배인이 건네준 주소가 적힌 메모 한 장만 손에 들고 호텔을 빠져나온 시내는 귀찮은 일을 맡긴 지배인을 향해 불만을 투덜거리다 이내 화살이 윤수에게로 향했다.

"왜 출근을 안 해가지구, 사람을 귀찮게 하냐고. 하여간 그 인간은 나한테 도움이 안 돼요."

한산한 버스에 올라타 창가 자리를 잡아 앉은 시내는 메모에 적힌 주소를 다시 한 번 읽어보았다. 호텔에서 그리 멀지 않은 동네의 이름이 반듯한 글씨체로 적혀 있었다. 윤수의 집은 정류장 근방에서 꽤 큰 건물이라 어렵지 않게 찾을 수 있었다. 도윤의 오피스텔만큼이나 고급스러워 보이는 건물 안으로 들어선 시내는, 메모에 적힌 호수를 찾아 엘리베이터에 올라탔다.

"돈 잘 버나 보네. 하긴 호텔 주방 조리장인데. 많이 벌겠지."

괜한 심통이 비집고 올라온다. 여기까지 찾아왔는데, 별일 아니기만 해봐라. 조리장이고 뭐고 없는 거야, 서윤수. 시내는 손가락으로 현관 벨을 연속적으로 눌러댔다. 연방 벨소리가 현관 밖까지 이어지지만 안에서는 기척이 없다.

"없나? 그럼, 이 사람은 출근도 안 하고 어디 간 거야? 전화도 없고."

몇 번이나 다시 벨을 눌러보지만 여전히 굳건히 닫힌 문에서는 누가 나올 기미라고는 보이지 않는다. 마지막이라고 생각을 하며 길게 버튼을 누른 시내는 돌아갈 생각으로 몸을 약간 틀었다. 그때 삐익, 현관문 안쪽에서 열림 버튼을 누르는 소리와 함께 철커덕 잠금 장치가 풀린다. 시내는 눈을 동그랗게 뜨고, 현관문 고리를 잡았다.

"조리장님?"

조심스럽게 문을 열며 시내가 윤수를 불렀다. 커튼을 쳐놓았는지, 어두운 집 안에 은근한 스탠드 조명만이 밝히고 있었다.

"아니, 훤한 대낮에 웬 스탠드……. 조리장님?"

누군가 벽에 기대서 있는 것을 발견하고 시내는 현관 안으로 발을 들여놓았다. 아무렇게나 벗어 던져 놓은 투박한 운동화가 낯익다. 적어도 집을 잘못 찾아온 것은 아닌 듯싶었다.

"조리장님이세요?"

어둠에 익숙해지고 나자, 시내는 어깨를 잔뜩 구부리고 기댄 남자의 얼굴이 똑똑히 볼 수 있었다. 윤수가 맞긴 했지만, 어딘가 좀 이상해 보였다. 붉게 달아오른 얼굴이나 초점 흐린 시선, 이마에서 바닥으로 뚝뚝 흘러내리는 땀방울, 입술 사이에서 흘러나오는 더운 입김까지. 괄괄하게 소리를 질러대거나 날카롭게 빛나던 평소 윤수의 눈빛이 아니었다.

"조리장님, 괜찮으세요? 어디 아프세요?"

꽈당, 결국 벽에서 스륵 밀리는가 싶더니 요란한 굉음과 함께 윤수가 바닥으로 완전히 뻗어버렸다.

"조리장님!"

시내는 눈앞에서 보골보골 흰 거품을 내뿜는 냄비를 내려다보았다. 쌀을 불려서 적당한 불 위에서 끓인 뽀얀 흰죽이었다. 한숨을 내쉰 시내는 날이 저무는 창밖을 바라보았다.

쓰러진 윤수를 일으키려고 했지만 꿈쩍도 하지 않았고 곧 시내는 그에게서 열이 펄펄 나는 것을 깨달았다. 켜져 있는 스탠드로 보아, 지난밤부터 혼자 끙끙 앓았던 것이 분명했다. 지배인에게 전화를 걸어 윤수의 상태를 알린 뒤, 그를 침대로 옮기고 열을 내려주기 위해 부산스럽게 움직이느라 시간 가는 줄을 몰랐다.

"아프면 병원에 가지. 미련하게……."

말은 그렇게 하면서도, 시내는 혼자 사는 사람이 아플 때 병원가기가 쉽지 않다는 사실을 누구보다도 잘 알고 있었다. 그래서 그를 혼자 내버려 두고 차마 호텔로 돌아갈 수가 없었던 것이다. 다행히 열도 내렸고, 거칠던 숨소리도 안정을 되찾은 것 같아 시내는 죽만 끓여놓고 돌아갈 생각이었다.

"이 버럭쟁이, 늦는다고 화 많이 났겠지?"

도윤을 생각하며 나무 주걱으로 냄비를 조심스럽게 저어가던 시내는, 등 뒤에서 들리는 인기척에 화들짝 놀라 주걱을 떨어뜨리고 말았다.

"네가 왜 여기에 있어?"

목이 칼칼한 듯, 거친 목소리였지만 밤새 앓은 탓에 윤수의 목소리에는 평소와는 달리 힘이 없었다.

"깜짝이야."

주걱을 주워 들며 시내가 코끝을 찡그렸다. 의아한 듯한 윤수의 말투에 괜히 억울해지는 느낌이었다. 낑낑거리며 침대로 옮기고, 해열제 사다가 먹이고, 땀 닦아주고, 죽까지 끓여주고 있는 사람한테!

"갑자기 쓰러지셔서 놀랐잖아요."

윤수는 냉장고에서 물을 꺼내어 잔에 한가득 따라 마셨다.

"벨소리가 난 것까지는 기억이 나는데……. 그게 너였냐?"

고개를 끄덕이며 시내는 주걱을 내려놓고 가스레인지 불을 줄였다.

"잘됐다. 잘 일어났어요. 안 그래도 그만 가봐야 했는데……. 이거 드시구요, 혹시 몰라서 몸살약 사 왔으니까 그것도 드세요. 그 만찬인지 뭔지 때문에 정신없이 바쁘더니, 딱 끝나니까 긴장이 풀려서 병난 거예요."

앞치마를 벗어서 식탁 위에 고이 올려둔 시내는 거실로 나왔다. 터벅터벅 발바닥을 바닥에 끌듯 뒤따라 나오는 윤수의 모습을 돌아보며 시내는 외투를 걸쳐 입었다.

"혼자 살면서 아플 때 병원에 가는 게 쉬운 일 아니라는 거 아는데요, 그래도 이렇게 혼자 끙끙 앓으면 알아주는 사람 하나 없어요. 하다못해 119라도 불러서 병원에 가라고요."

"가려고?"

시내는 고개를 끄덕이며 현관으로 향했다. 그녀를 따라 윤수의 시선이 현관 쪽으로 옮겨간다. 신발을 신으려던 시내는, 여전히 나뒹굴고 있는 윤수의 운동화를 추슬러 똑바로 놓았다.

"그럼 몸조리 잘하시구요. 월요일에 봬요."

"낙하산."

윤수의 목소리에 현관문을 열기 위해 몸을 완전히 돌렸던 시내가 고개를 살짝 뒤로 젖혔다. 하루 사이에 조금 핼쑥해진 윤수의 얼굴 때문인지, 평소에 잡아먹을 것처럼 못살게 굴던 그와 사뭇 분위기가 다르다.

"고맙다."

고맙다는 말이 익숙하진 않은 모양이다. 고개를 약간 돌리고 시선을 피하며 무뚝뚝하게 내뱉어내는 그 말에 시내는 피식 웃음이 비집고 터져 나왔다. 그리고 몸을 완전히 돌려 윤수를 똑바로 바라보았다.

"누가 그러던데요. 고맙다는 말은 눈을 보면서 하래요."

"누가?"

고맙다는 말을 그냥 못 들은 척 넘어가 주었으면 하고 바랐던지 윤수의 얼굴은 못마땅한 표정으로 가득해졌다.

"그냥. 누가 그러더라고요. 저 정말 가요. 참, 죽 뜨거울 때 드세요!"

시내는 황급히 현관문을 밀치고 윤수의 오피스텔을 나섰다.

꽈앙, 귀 따가운 문소리를 남기고 사라지는 시내의 뒷모습을 가만히 지켜보던 윤수는 몸을 돌려 부엌으로 향했다. 아직도 새하얀 흰죽은 뜨거운 듯 김을 피워댔다. 그녀가 휘젓고 있었던 나무 주걱을 들고 죽을 약간 뜬 윤수는 마른 입술에 가져가 맛을 보았다.

"맛있네."

삑삑삑삑, 비밀번호를 누르고 집 안에 들어선 시내는 자신을 노려보며 서 있는 도윤을 향해 씨익 미소를 지어 보였다.

"미안. 늦었지?"

"누가 기다렸대?"

기다렸다는 말보다 더 무섭게 내뱉고는, 서재 방으로 휙 들어가 버린다. 얼굴을 찌푸리며 손을 씻으려고 욕실로 향하던 시내는 코끝을 맴도는 음식 냄새에 걸음을 우뚝 멈추어 섰다.

"무슨 냄새지?"

부엌에 들어선 시내는, 소담하게 차려진 식탁에 눈을 동그랗게 떴다. 그리고 이내 가스레인지 위에 올라와 있는 투박스런 뚝배기를 발견하고 다가섰다. 뚜껑을 열자 잔뜩 졸아든 된장찌개가 식어 버린 채 냄새를 풍기고 있었다. 그때 서재에서 도윤이 노트북을 가지고 나와 거실 테이블로 향하는 것이 눈이 들어왔다.

"저거, 민 이사가 끓인 거야?"

"방해하지 마. 오늘 호텔 안 나가서 할 일이 쌓여 있어."

그제야 시내는 도윤이 왜 이렇게까지 심통이 났는지 이해할 것 같았다. 테이블 앞에 자리를 잡고 앉아 노트북의 전원을 켜는 도윤의 뒷모습을 지켜보던 시내는 미안한 마음 반, 감동스런 마음 반으로 그에게 다가가 어깨에 콩, 머리를 기댔다.

"배고프다."

고개를 든 시내가 도윤의 팔을 마구잡이로 잡아끌었다.

"밥을 먹든지 말든지. 아, 왜 이래. 이것 놔."

"밥해놓고 기다렸는데 늦어서 화난 거야? 밥 먹자. 응? 응? 응?"

못 이기는 척 따라온 도윤을 식탁 앞에 앉혀놓은 시내는 밥통에서 밥을 뜨고, 뚝배기를 식탁에 올려놓았다. 도윤의 손에 수저를 쥐어준 시내는 자신도 숟가락을 들고 뚝배기 속의 얼마 남지 않은 된장찌개 국물을 떠서 입에 가져갔다.

"우와. 우와, 이거 누가 끓인 거야? 너어어~무 맛있다. 진짜 최고야, 최고!"

그리고 몇 번이나 더 수저질을 해서 찌개를 먹었다. 그 모습을 보고서야 도윤은 조금 누그러졌는지, 표정이 부드러워졌다. 도윤은 맛있게 밥을 먹는 시내를 바라보며 자신도 된장찌개를 떠서 입에 가져갔다.

"윽."

도윤은 손을 뻗어 물 잔을 쥐고 벌컥벌컥 들이켰다. 그러고 보니, 국물이 별로 없다. 아니, 이게 언제 이렇게 졸았지? 게다가 차게 식어서 맛은 더욱더 볼품없었다.

"먹지 마."

도윤이 식탁에서 뚝배기를 들어올렸다.

"왜?"

"이걸 어떻게 먹어?"

하지만 시내는 도윤에게서 뚝배기를 빼앗아 들고 다시 한 숟갈 가득 떠서 입에 가져간다. 그 모습을 보기만 해도 조금 전의 짠맛이 생각나 도윤의 입 안으로 쓴 침이 돌 지경이었다.

"먹지 말라니까."

괜히 밥을 해준답시고 맛도 없는 요리를 해놓은 것이 민망하기도 한 도윤은 얼굴을 잔뜩 찌푸리며 또다시 뚝배기를 집어 들었지만 이번에도 시내의 손이 가로막았다.

"먹는 사람이 맛있다는데 왜 그래? 먹기 싫으면 민 이사나 먹지마. 내가 다 먹을 거야."

늦은 일로 미안했기 때문에 이러는 것인지도 모른다. 도윤은 미안해서 이러는 것이라면 그럴 필요가 없다고 못을 박아 말했지만 시내는 막무가내였다.

"너 왜 그래?"

결국 도윤이 또 버럭 화를 내고 말았다.

"왜 굳이 이걸 먹겠다는 건데?"

입 안 가득 밥과 찌개를 넣어 거의 삼키듯 먹고 있던 시내가 목안으로 꿀떡 음식을 삼킨 뒤에야 천천히 입을 열어 도윤의 말에 대답했다.

"누가 나한테, 나 먹으라고, 순전히 나만 먹으라고 바라는 것 없이 밥해준 거, 찌개 끓여준 거…… 얼마 만인지, 모르겠어."

시내는 웃으면서 말했지만, 도윤의 얼굴은 일그러졌다. 가슴 한구석이 알싸하게 아파온다. 결국 할 말을 잃은 도윤은 시내가 밥과 찌개를 맛있게 비워내는 것을 지켜볼 수밖에 없었다.

"맛있다. 맛있게 잘 먹었습니다. 설거지는 내가 할게."

빈 그릇들을 개수대로 옮기고, 고무장갑을 찾아 손에 끼우며 콧노래까지 흥얼거리는 시내의 뒷모습을 지켜보던 도윤은 이내 그녀에게 다가가 가만히 등을 감싸고 안았다. 흠칫 놀란 듯 시내의 콧노래가 멈추었다.

"앞으로는."

도윤의 목소리가 가볍게 떨렸다.

"절대 혼자서 밥 먹게 안 할게."

자신의 따스한 온기가 그녀에게 전해지길 바라며 도윤은 한참 동안 눈을 감고 그렇게 시내를 안고 서 있었다. 미동도 없이 편안하게 도윤에게 등을 기대어 서 있던 시내가 한참 만에 입을 열었다.

"그런데."

살짝 고개를 뒤로 돌린 시내의 얼굴에는 어느새 장난기로 가득 차 있었다.

"역시 앞으로 요리는 내가 하는 게 좋을 거 같아. 솔직히…… 짜도 너무 짜다."

옷을 갈아입고 주방에 들어선 시내는 다른 조리사와 이야기를 나누고 있는 윤수를 발견하고 반가운 마음에 손을 번쩍 들었다. 하지만 윤수가 무표정한 얼굴로 고개를 돌려 버리자, 입술을 실룩거렸다.

"뭐야, 자기 때문에 남의 연애전선에 심각한 금이 갈 뻔했는데…… 너무하는 거 아니야? 칫. 하여간 정이 안 가요, 정이."

투덜거리며 윤수의 곁으로 다가가 그가 사용할 조리도구들을 점검하던 시내는, 자신을 부르는 목소리에 고개를 돌렸다. 조금 전까지 윤수와 이야기를 하고 있었던 3급 조리사였다.

"조시내 씨, 오늘부터는 내 옆에서 배우도록 합시다. 우선은 메뉴에 포함된 기본적인 주식 류와 간단한 디저트에 대해 숙지하는 것부터…….”

눈을 동그랗게 뜬 시내가 조리사와 윤수를 번갈아 바라보았다. 윤수는 여전히 그들의 이야기에는 관심도 없다는 듯 자신의 일을 하기에 바빴다.

“조리장님…….”

작은 목소리로 윤수를 한 번 불러보지만 그는 흘낏 시선을 던지고, 조리사의 말을 따르라는 듯 고개를 살짝 끄덕여 보일 뿐이었다. 요리를 배우고 싶은 마음이야 굴뚝같지만 윤수 아닌 다른 사람이라니, 잠시 윤수에게 서운한 마음이 스치고 지나갔다.

“조시내 씨는 앞으로 저쪽 내 옆의 조리대를 쓰도록 합시다.”

약간 힘이 없는 목소리로 시내가 대답했다.

“네.”

시내의 섭섭한 마음을 아는지 모르는지 윤수는 여전히 제 할 일만 찾아서 하기에 바쁘다. 앞으로 자신의 사수가 되어줄 조리사에게 걸음을 옮기던 시내는 순간 무슨 생각이 들었는지 획 돌아서 윤수를 바라보았다.

“진짜 너무하시는 거 아니에요?”

그제야 윤수가 고개를 들어 시내를 바라보았다.

“뭘?”

“저 쫓아보내는 거요.”

“누가 쫓아보내? 요리 배우고 싶다며.”

차마 윤수에게 배우고 싶었다는 말을 하지 못하고 시내가 입을 다물었다. 윤수는 손에 들고 있던 칼을 도마 위에 올려놓으며 몸을 완전히 틀어 시내를 똑바로 바라보았다. 오히려 그가 당당하게 나오자, 시내는 할 말이 없어졌다.

"내 옆에서 계속 허드렛일만 하고 싶은 거야?"

"그건 아니지만…… 조리장님이 가르쳐 주시면 되잖아요."

시내의 말에 윤수가 가볍게 코웃음을 친다.

"내가 할 일이 그렇게 없냐? 다들 차근차근 밟아오는데, 너만 특혜를 주라고? 계속 낙하산 소리 듣고 싶어?"

주방에서 제일 서열이 낮은 견습생 주제에 조리장에게 요리를 배울 생각이었냐는 윤수의 말에 시내는 입이 한 발이나 나왔다. 어쩔 수 없이 조리사에게 가면서도, 시내는 괜스레 자꾸 뒤를 돌아 윤수를 바라보았다.

"그래, 요리를 배우는데 누구한테 배우는 게 무슨 상관이야."

애써 서운한 마음을 물리며 시내는 스스로에게 파이팅을 외쳤다. 중요한 것은, 배운다는 것에 있다. 하다 보면 윤수에게 배우는 날이 올 테고, 그를 넘어서 주방장님께 직접 배우는 날이 올지도 모른다.

"그럼 조시내 씨, 시작해 볼까요?"

조리사의 말을 하나라도 놓칠까 싶어, 온 신경을 예민하게 곤두세운 시내는 서늘함이 느껴지는 주방임에도 불구하고 굵은 땀방울이 이마에 송골송골 맺힐 정도였다. 손길 하나 하나를 세심하게 살피며, 조리사의 잔심부름까지 도맡아하느라 시간이 어떻게 흘러가는지도 모를 정도였다.

"쌀만으로 지은 흰밥이 기본이긴 하지만 꼭 특별히 주문하지 않더라도 그날 그날의 스페셜 정식 요리의 특성에 따라 잡곡, 콩,

팥 등의 두류를 섞어서 짓는 방법, 야채를 볶아서 얹거나 섞고 양념이나 고추장을 곁들이는 방법, 밤을 섞어서 율반을 짓기도……
아, 식재료 창고에 가서 오늘 들어온 밤을 좀 가져다주겠어요?"

"네."

식재료 창고로 달려간 시내는, 조리사가 주문한 대로 밤을 찾아 곡류 코너에서 기웃거렸다. 밤 자루를 발견하기는 했지만 갓 창고에 들어와 아직 정리가 되어 있지 않은 듯 다른 자루들 사이에 끼어 꿈쩍도 하지 않는다. 힘이라고는 어디에 내놔도 빠지지 않을 시내였지만 쌀인지 보리인지 어마어마하게 짓누르고 있는 포대를 움직이기에는 역부족이었다.

"그래, 한번 해보자 이거지?"

두 팔을 걷어붙이고 본격적으로 포대자루와 힘 겨루기를 시작하려던 시내는, 앞치마 주머니에 넣어둔 휴대전화기의 진동에 손길을 멈추었다. 도윤이 '무기'라고 놀리는 자신의 휴대전화기를 집어 든 시내는 은경의 전화번호를 확인하고 빙긋 미소를 지었다.

[시내 씨, 바빠요? 통화 가능해요?]

"그럼요. 말해요."

[오늘 퇴근하고 만나자고요. 희락 씨랑 민 이사님까지 해서 같이 식사해요.]

"그럴까요? 그럼 다른 데로 갈 것 없이, 민 이사 집…… 아니, 우리 집에서 같이 맛있는 거 만들어 먹어요."

통화를 끝낸 시내는 다시 밤 자루를 꺼내려고 안간힘을 썼다. 그때 등 뒤에서 들리는 인기척에 고개를 돌린 시내는 윤수를 발견하고 흠칫 놀랐다.

"조리장님!"

"나와봐."

귀찮다는 표정이 역력한 윤수의 모습에 시내는 약간 주눅이 든 얼굴로 뒤로 물러났다. 윤수는 가뿐하게 밤 자루를 짓누르고 있는 다른 포대 자루들을 들어냈다.

"이 자식들 식재료 제대로 안 챙기지. 밤이 상하기라도 하면 어쩌려고."

윤수는 혼잣말처럼 중얼거리며 밤 자루를 꺼내어 시내에게 내밀었다. 고맙습…… 입 밖으로 나오는 그 말이 무색해질 정도로 재빠르게 뒤돌아서 나가 버리는 윤수의 모습에 시내는 할 말을 잃었다.

"뭐야? 도대체 나한테 왜 저러냐고! 내가 뭘 잘못했냐고!"

도윤과 희락에게 가장 자신있는 닭 요리를 해주려고 마트에 들렀다 오는 바람에 약속했던 시간에서 조금 늦어버렸다. 시내는 로비에서 자신을 기다리고 있는 은경에게 미안한 표정을 지어 보였다.

"미안해요, 은경 씨. 많이 기다렸죠?"

"아니요. 그런데 이건 뭐예요?"

"닭이요. 아, 이참에 은경 씨한테 가르쳐 줄게요. 예전에 우리 엄마가 닭찜을 정말 맛있게 하셨는데, 희락이도 굉장히 좋아했거든요. 이제 은경 씨가 락이한테 직접 만들어주세요."

환하게 미소를 지으며 고개를 끄덕이는 은경을 바라보며 시내는 뿌듯한 마음을 지울 수가 없었다. 말로는 늘 가족이라고 떠들어대지만 결혼을 앞둔 두 사람에게 자신이 해줄 수 있는 일이라고는, 이것밖에 없었던 것이다.

엘리베이터에 오른 두 사람은 재잘재잘 수다를 떨어대기 시작했다. 연예 뉴스에서부터 시작해, 은경의 결혼 준비 이야기와 윤수에 대한 시내의 불만이 화젯거리로 떠올랐다. 은경은 윤수의 이야기에 흥미를 보였다.

"안 그래도 나를 그다지 좋게 생각하는 것 같지는 않았는데. 오늘은 절정이었다니까요. 내가 뭘 잘못하기라도 했는지 눈도 안 마주쳐요, 눈도! 하여간 이상한 사람이라니까요."

"그 사람이, 시내 씨가 늘 이야기하는 한식당 주방의 민 이사님…… 맞죠? 지난번 칵테일 파티 때 시내 씨 파트너로 함께 왔던."

"에이, 그 말 취소! 아니에요. 닮긴, 하나도 안 닮았어요. 우리 민 이사……."

시내는 흘낏 은경의 눈치를 살폈다.

"우리 오빠가 훨씬 낫죠. 안 그래요?"

말을 하고서도 민망했던지, 시내가 키득키득 웃음을 터뜨렸다. 현관문 앞에 도착한 시내는 장바구니를 한 손에 모아 들고서, 나머지 한 손으로 비밀번호를 누르기 시작했다. 0. 3. 3. 0. 또박또박 번호를 누르던 시내는 순간 흠칫 놀라며 손가락을 떼어냈다.

"공삼삼공……."

"시내 씨, 왜 그래요?"

문이 열렸음에도 불구하고 현관 안으로 들어가지 않고 그대로 멈추어 서 있는 시내의 모습에 은경이 눈을 동그랗게 뜨고 물었다.

"공삼삼공. 삼 월, 삼십 일."

"네?"

생일! 삼 월 삼십 일, 도윤의 생일이다. 날짜를 세어보니, 돌아오는 주말에 딱 떨어진다. 늘 열고 드나들던 문이었지만 이제껏 한 번도 생각나지 않았다. 생일을 며칠 앞두고 오늘 퍼뜩 깨닫게 된 것이 신기할 따름이었다.

집 안으로 들어선 후에도, 시내의 머릿속에는 온통 도윤의 생일이 머릿속에서 아른거린다. 장 봐온 것을 식탁 위에 올려놓은 시내는 외투를 벗어놓기 위해 서재로 향했고, 은경은 요리를 시작하기 전에 손을 씻고 오겠다며 욕실에 들어갔다.

"어떡하지? 생일이라……."

거실을 왔다 갔다 하며 골똘히 생각해 보지만 딱히 좋은 아이디어가 떠오르지 않았다. 시내는 얼굴을 찌푸리며 머리를 긁적거렸다.

"누구는 된장찌개 한 번 끓이고 감동 백배인데, 난 도대체 뭘 해줘야 이 목석 같은 인간이 감동을 받느냐고. 아욱, 머리 아파."

일단은 밥을 하고 보자. 몸을 틀어 부엌으로 향하려던 시내는, 눈가에 스치고 지나간 그림에 걸음을 멈추었다. 고개를 돌려 거실 벽을 자그맣게 차지하고 있는 액자를 뚫어져라 바라보았다. 촌스럽게 느껴질 만큼 새파란 바다, 하얀 거품처럼 피어오른 파도, 그리고 등대. 시내는 손을 뻗어, 도윤이 직접 골라 샀다는 그 그림

액자를 문질렀다.

"바다…… 바다?"

도윤과 희락이 현관 안으로 들어서자마자, 매콤한 닭찜 냄새가 코끝을 간질이고 들어가 허기진 뱃속을 요동치게 했다. 부엌에서 '왔어요?' 하는 은경의 목소리가 들려오지만 요리 삼매경에 빠지기라도 했는지 두 여자가 코빼기도 보이지 않는다. 도윤과 희락은 서로 눈을 마주치고 어깨를 으쓱거려 보였다. 그리고 약속이나 한 듯 동시에 부엌으로 향했다.

"좀 매운가요?"

"아니요. 딱이에요, 딱. 와~ 은경 씨 요리에 소질이 있는 것 같아요! 뭐, 아직 제 실력을 따라오려면 한참 멀었지만."

자화자찬하는 시내와 또 그런 그녀의 칭찬에 어린아이같이 좋아하는 은경을 보며 어이가 없어진 두 남자는 동시에 고개를 내저었다. 등을 보이고 서 있던 은경이 인기척에 고개를 돌려 눈을 동그랗게 떴다.

"들어왔으면 손부터 씻어야죠. 아참! 희락 씨, 이거 맛 좀 봐요. 시내 씨 도움 받아서 제가 만든 닭찜이에요. 옛날 그 맛이 맞는지 먹어봐요."

은경이 젓가락으로 살코기 부분을 떼어내고, 혹시 떨어질세라 숟가락으로 받친 후 조심스럽게 희락에게 다가가 그의 입에 넣어주었다. 칭찬을 기다리는 은경의 얼굴이 기대감으로 반짝거렸다. 조심스럽게 닭고기를 씹던 희락이, 이내 엄지를 치켜뜨며 감탄사를 내뱉었다.

"맛있어."

"좀 맵죠?"

"음, 조금……."

"뭐라고요?"

은경이 귀염성있게 코끝을 실룩거리자, 뒤에서 지켜보고 있던 시내가 결국 '쿡' 하고 웃음을 터뜨리고 말았다. 벌써부터 신혼부부 흉내를 내는 듯한 희락과 은경의 모습에 흐뭇해하며 밝게 웃음을 터뜨리는 시내의 모습을 도윤은 부엌 입구에 선 채 한참을 바라보았다.

조금씩, 조금씩. 외로움과 슬픔을 숨기기 위해 억지로 짓던 웃음이 아닌 십 년 전 철없이 마냥 행복해서 터뜨리던 그 웃음을 다시 짓게 해주고 싶었다. 울고 싶을 때는 참지 말고 울 수 있게 해주고 싶었다. 눈물이 나면 절망을 하게 될까 봐, 스스로를 조이고 또 조였던 그 경계심과 불안함을 지워 버리고 마음껏 울고 나도 다시 행복해질 수 있다는 것을 알게 해주고 싶었다. 그리고 그것은, 시내가 자신에게 가르쳐 준 것이기도 했다.

시내를 만나서, 자신은 다시 행복해졌다.

"아직도 배부르다."

은경과 희락이 가고 난 뒤, 포만감에 취하여 무기력해진 듯 시내와 도윤은 거실 소파에 기대어 바닥에 나란히 주저앉았다. 볼록 나온 배를 손바닥으로 쓸어내리던 시내는 도윤의 눈치를 살짝 살피며 바다 액자를 응시했다.

자연스레 바다에 가자고 어떻게 말을 꺼내지? 난데없이, 바다에 가자! 이러면 생일 때문에 그러는 걸 감 잡을 텐데. 아니면 또 이 무드없는 놈이 쓸데없는 짓 한다고 면박만 주고 눈썹 하나 까딱하지 않거나.

"저 액자, 직접 골랐다고 했지?"

도윤은 시내의 목소리에 고개를 돌렸다.

"응."

"바다 좋아해?"

그녀의 물음에 도윤은 대답없이 가만히 웃어 보였다. 그저, 다른 사람들처럼 살고 싶다는 생각에 골랐다고 말을 한다면 시내가 웃을지도 모른다. 바다가 그려진 평범한 액자를 보고 왜 그런 생각이 들었냐고 묻는다면 또다시 할 말이 없어질 것이다. 그것이, 겉으로는 전혀 쓸쓸하지 않은 척하고 있어도 혼자 살아온 지난날들이 얼마나 외로웠는지 아느냐고 투정을 부리는 것 같아 도윤은 차마 입을 뗄 수가 없었다.

"물어보는데 웃긴!"

"갑자기 그건 왜?"

"그냥. 난 바다 본 지가 언제인지 기억도 안 나. 마지막이…… 중학교 때 가족들이랑 피서 갔었던 것 같기도 하고, 고등학교 때인 것 같기도 하고……."

시내를 물끄러미 바라보던 도윤이 다시 입을 열었다.

"지난번에, 희락 씨가 넷이서 시외로 놀러가자고 하던데. 바다로 갈까?"

"정말? 좋아!"

시내가 호들갑스럽게 손뼉을 치며 좋아하자, 도윤은 덩달아 기분이 좋아졌다.

"근데 그럼 락이랑 은경 씨도…… 같이 가는 거야?"

"응."

하여간! 이 남자 진짜 눈치없네. 이 둔탱아! 입술을 실룩거리며 못마땅한 시선으로 바라보는 시내를 아는지 모르는지, 도윤은 테이블 위에 올려둔 노트북을 가슴 앞으로 당겼다. 시내가 입을 쑥 내밀며 손가락으로 노트북을 저만치 밀어버린다. 함께 더 이야기도 하고 싶고, 눈도 마주치고 싶은 마음의 시내는 자신의 마음을 아는지 모르는지 다시 노트북을 당겨 부팅시키는 도윤을 바라보며 어린아이처럼 심통이 치솟아오르는 것을 느꼈다. 또다시 노트북을 저만치 밀어버렸다.

"장난치지 마. 일해야 해."

"설거지! 아직 안 했잖아. 칫, 요리는 내가 했으니까, 뒷정리는 일벌레가 하셔."

갑자기 툴툴거리는 시내의 모습에 도윤이 눈썹을 치켜떴다. 시내는 한술 더 떠서 주머니에서 천 원짜리 지폐를 한 잔 꺼내어 테이블에 탕, 소리를 내며 올려두었다.

"또 돈 주는 사람은 민 이사라고 우기시려고? 자, 나도 돈 줬다. 얼른 가서 해. 설거지."

미간을 찌푸리며 천 원짜리 지폐와 시내를 번갈아 바라보던 도윤이, 이내 묵묵히 주머니에서 지갑을 꺼내 들었다. 팔짱을 끼고 의기양양하게 도윤을 바라보고 있던 시내는 그가 지갑에서 새하얀 종이 하나를 꺼내 들자, 눈을 동그랗게 떴다. 도윤은 씨익, 미소를 한 번 짓고는 천 원짜리 지폐 위에 십만 원 권 수표 한 장을 올려놓는다.

"뭐. 뭐야, 내가 겨, 겨우 십만 원에 야, 약해질 거라고 생각하는 건……."

"싫음 말고."

도윤이 수표를 도로 집어 들어 지갑에 넣으려는 시늉을 했다. 그때 재빠르게 날아든 시내의 손길이 수표를 낚아챘다. '내가 돈 때문에 이러는 거라고 생각하면 오산이야!' 중얼거리면서 슬금슬금 뒷걸음을 치는 시내를 바라보며 도윤은 고개를 설레설레 흔들었다. 저만치 부엌으로 갔다 싶더니, 이내 돌아온 시내가 테이블에 올려져 있던 천 원짜리 지폐마저도 도로 주머니에 집어넣곤 다시 부엌으로 향했다.

"큭, 단순하긴."

웬 떡? 십만 원 벌었다! 콧노래를 흥얼거리며 부엌에 들어선 시내는 수표에 입술 도장을 쾅 찍고는 주머니에 고이 접어 넣었다. 앞치마를 찾아 매고, 고무장갑을 손에 끼우며 즐겁게 설거지를 하려던 찰나. 무슨 생각이 들었는지 고개를 돌려 거실 쪽을 흘낏 바라보았다.

"칫, 바보같이. 자기 생일도 몰라."

"부담없이 갈 수 있는 바다라면…… 안면도는 어때?"

희락과 함께 장소를 정하라는 도윤의 말에 두 사람은 점심시간을 함께 보낸 뒤, 옥상에 올라 아이스크림을 입에 물었다. 희락이 눈치를 챌 정도로 시내는 코끝을 찡그렸다. 희락과 은경이 함께 있는 것도 즐거운 일이지만, 날이 날이니만큼 도윤과의 호젓한 분위기를 원했던 것이다.

"왜 그래? 안면도 싫어?"

"아니, 싫긴."

쓴웃음을 지으며 시내가 대답했다. 손가락으로 뺨을 살짝 긁던 시내는, 순간 떠오른 생각에 눈이 반짝거렸다. 그리고 얼른 입에 물고 있던 아이스크림을 내려놓았다.

"안면도, 안면도로 가자."

"그럼 장소는 안면도로 하고. 교대로 운전할 수 있게 차 한 대로 가는 게 좋겠지?"

시내가 얼른 고개를 흔들었다.

"네 명이서 같은 차를 타고 다니면, 답답하고 불편하지. 그냥 두, 두 대로 가자."

"음…… 그럴까? 그럼 출발은 오피스텔에서……."

이번에도 시내가 고개를 내젓는다.

"넌 은경 씨 데리고 와야지. 먼 길 가는데, 은경 씨더러 오피스텔까지 오라는 게 말이 되니? 그냥 톨게이트에서 보자. 뭐, 안면도에서 봐도 좋고."

"톨게이트?"

희락은 고개를 갸우뚱하긴 했지만, 이내 오케이 사인을 보내왔다. 그런 희락의 모습에 살짝 죄책감과 미안함이 동시에 고개를 들긴 했지만, 이내 떨쳐 버렸다. 희락이 손목시계를 내려다보며 몸을 일으켰다.

"그만 내려가자. 오후에 미팅있거든."

희락과 헤어져 옥상에서 내려오던 시내는, 바다로 떠날 생각에 벌써부터 마음이 들떴다. 아직 점심시간이 약간 남아 도윤의 얼굴이라도 보러 갈까 하는 생각에 그의 사무실로 향하던 시내는, 느슨하게 풀어 헤친 조리복 차림의 윤수를 발견하고 반가움에 손을 번쩍 들었다.

"조리장님!"

같은 주방에 있으면서도 며칠 동안 마주칠 시간도 없이 바쁘기도 했지만, 우연히 눈이라도 마주치게 되면 차갑게 고개를 돌려버리는 통에 인사도 제대로 할 수가 없었다. 윤수는 시내의 목소리에 움찔하는가 싶더니, 이내 얼굴이 딱딱하게 굳어버렸다.

"주방장님 뵙고 오시는 거예요?"

"응."

짧게 대답하며 윤수는 시내와 저만치 보이는 도윤의 사무실을 번갈아 바라보았다. 그의 못마땅한 시선을 눈치 채고 시내는 빙긋 미소를 지어 보였다.

"아직 점심시간 남았거든요, 그러니까 그런 표정으로 보지 마세요."

"기분이 좋아 보이네."

비록 목소리는 무뚝뚝했지만, 인사 한 번 제대로 받아주지 않던 요즘 윤수의 태도에 섭섭해하고 있던 시내는 그가 말을 건네자 기분이 좋아졌다.

"사실은요."

시내는 주위를 한번 둘러보고 아무도 없다는 사실을 알면서도, 윤수의 가까이로 다가섰다. 윤수는 몸을 약간 뒤로 빼고, 의아한 시선으로 시내를 내려다보았다. 생각만 해도 기분이 좋은 듯 시내가 키득키득 웃음을 터뜨렸다.

"주말에, 민 이사랑 여행을 가기로 했거든요. 큭."

이래저래 마주치는 일도 많고, 파티 파트너에, 병간호까지. 나름대로 윤수와 친해졌다고 생각해 분위기도 풀어볼 겸 꺼낸 말인데 순간 어두워진 그의 표정에 시내는 입을 다물었다.

"하, 하, 하. 제가 쓸데없는 말을…… 그럼, 저 이만 가볼게요."

머쓱해진 시내가 얼른 돌아서 도윤의 사무실을 향해 걸음을 옮겼다. 하지만 이내 등 뒤에서 들려오는 윤수의 목소리가 우뚝, 제자리에서 멈추고 말았다.

"네?"

제대로 듣지 못한 시내가 고개를 살짝 돌려 윤수를 바라보았다. 조리모를 손에 움켜쥔 윤수의 표정은 조금 전과 달랐다. 화가 나 찡그렸다기보다, 체념하는 듯 한결 부드러워진 느낌이었다.

"가지 말라고."

"네?"

순간 자신이 잘못 들은 것은 아닌가 싶어, 시내는 다시 한 번 되물었다. 지금 이 사람이 뭐라고 말하는 거야? 가지 말라고? 점심 시간에 나돌아다니지 말라는 뜻인가?

"지금 뭐라고…… 하셨어요?"

혹시 여행 이야기 하는 건가? 설마…… 에이, 아니겠지. 조리장님이 왜? 그럴 리가 없잖아. 시내는 쓴웃음을 지으며 윤수의 대답을 기다렸지만 그는 한참이나 말이 없다.

"아, 알았어요. 돌아다니지 않고, 주방으로 곧장 내려가겠습니다. 그럼 됐죠?"

애써 밝은 목소리로 말하며 걸음을 놀리려던 시내는, 이어지는 윤수의 목소리에 완전히 얼어붙고 말았다.

"여행, 가지 말라고. 민 이사님과…… 가지 말라고."

입을 벌린 채 아무런 말도 못하고 윤수의 얼굴만 뚫어져라 바라보고 있던 시내는 침을 꿀꺽 삼켰다. 잠시 후 윤수가 피식 웃음을 터뜨리며 다시 입을 열었다.

"나돌아다니지 말라고. 이럴 시간에 팬 돌리는 연습이나 더 하든지."

퇴근 시간이 가까워오자 주방 직원들이 하나둘 자리를 떠났다. 시내는 물기가 닦인 조리도구들을 제자리에 가져다 놓고 조리대를 정리하고, 행주들을 모아 삶기 위해 물을 데웠다. 시내는 각 조리사들의 조리대에서 행주들을 수거하기 위해 선반을 돌아 나오다 조리대에 살짝 몸을 기댄 윤수를 발견하고 우뚝 제자리에 멈추었다.

"조리장님."

시내는 쓴웃음을 지어 보이며 먼저 입을 열었다.

"아직 퇴근 안 하셨어요?"

윤수는 힐끗 고개를 돌려 시내를 한 번 바라보고는, 다시 조리대로 시선을 돌렸다. 어색한 침묵에 시내는 얼른 조리대 위의 행주들을 집어 들어 바구니에 넣었다. 이 불편한 자리를 떠나고 싶은 마음에 서두르다 헛손질 한 번에 바구니가 바닥으로 떨어졌다.

"에구."

머쓱한 기분이 들어 손가락으로 이마를 살짝 긁은 뒤 행주들을 주워 담던 시내는, 등 뒤에서 들려오는 윤수의 목소리에 재빠르게 움직이던 손끝이 허공에서 멈추고 말았다.

"아까 내가 했던 말."

그가 무슨 말을 할지 몰라, 시내는 긴장감에 등이 빳빳하게 굳어버려 감히 뒤돌아서 윤수를 바라볼 엄두가 나지 않았다.

"신경 쓰지 마."

시내는 그제야 천천히 몸을 돌려 윤수를 마주 보고 서서 그를 바라보았다. 윤수는 머플러를 풀어 손에 움켜쥔다.

"나도 모르게 나온 말이니까. 못 들은 척하든 잊어버리든, 네 마음대로 하라고."

"조리장님."

잠시 망설이던 시내는 바싹 마른 입술을 혀끝으로 축이며 다시 말을 이었다.

"저…… 좋아하세요?"

비웃음이라도 좋으니, 특유의 신경질적인 눈빛이라도 좋으니, 일일이 설명하기도 귀찮다는 듯한 목소리라도 좋으니. '말도 안 되는 소리 하지 마' 라는 윤수의 말을 듣고 싶었다. 만약 자신의 질문에 그가 이토록 긴 침묵을 지키고 있을 것이라 예상했다면 아예 말을 꺼내지 않는 편이 좋았을 뻔했다.

"조리장님……?"

윤수를 부르는 시내의 목소리가 가볍게 떨렸다.

"걱정하지 마."

여전히 시내와 눈을 마주치지는 않았지만 감정을 절제하려는 듯 윤수의 목소리는 무뚝뚝했다. 아무리 무디고, 또 모른 척하려고 해도. 윤수의 몸짓에서 풍기는 그의 감정이 고스란히 시내에게 와서 전해지는 순간이었다.

"임자 있는 사람한테 목매는 얼빠진 놈은 아니니까."

윤수는 자신의 할 말은 끝났다는 듯, 다시 그의 레시피 노트로 고개를 돌려 버렸다. 아예 자신이 그 자리에 없는 듯 무시하며, 노트에만 집중하고 있는 윤수의 모습에 시내는 행주가 든 바구니를 꽉 움켜잡았다.

"뭐 다른 할 말 있어?"

윤수가 다시 시내를 바라보았다. 다른 할 말이 있냐는 그의 말끝에서, 아쉬움과 작은 기대감이 묻어나왔지만 그 말을 꺼낸 윤수도 시내도 모른 척했다. 시내는 시선을 주방 바닥에 떨어뜨리고 고개를 흔들었다.

"할 말 없으면 그만 가봐. 새 메뉴 때문에 정신없는데 옆에 사람

있으면 신경 쓰여."

시내는 바구니를 조리대에 올려놓고, 걸음을 떼었다. 노려보듯 시선을 노트에만 향하고 있던 윤수는 멀어지는 시내의 발자국 소리를 듣고 있었다. 행주를 삶기 위해 끓이고 있던 물을 도로 내려놓는 소리. 그리고 가늘고 긴 한숨 소리까지도 놓치지 않았다. 무슨 생각에 잠겨 있는 듯, 그 뒤로 잠시 아무런 움직임이 없었다.

윤수는 가만히 눈을 감았다.

"저 그럼 가볼게요!"

저만치서 시내의 목소리가 들려왔지만 윤수는 감은 두 눈을 뜨지는 않았다. 대답을 기대한 것은 아니었던 듯 주방을 가로지르는 발걸음, 그리고 타앙. 탈의실로 향하는 문이 서로 부딪쳐 낸 둔탁한 소리가 이어졌다. 주방 안에서 더 이상 시내가 만들어낸 소음이 들리지 않게 되자, 윤수는 그제야 천천히 눈을 떴다.

조리복 안, 셔츠 주머니에 깊숙이 넣어둔 담배를 꺼내 들어 한 개비 입에 문 윤수는 레인지를 켜고, 고개를 숙여 불을 붙였다. 붉게 타 들어가는 담배 끝자락을 지켜보며 한껏 들이킨 윤수는, 이내 손가락 사이로 담배를 빼어냈다.

"후우."

한숨과 담배 연기가 동시에 입술 사이로 터져 나왔다.

"아직 멀었어?"

현관문을 붙잡고 서 있던 도윤이 늦장을 부리는 시내를 향해 얼굴을 찌푸렸다. 1박 2일의 짧은 일정에 뭐가 그리도 챙길 것이 많은지 시내는 거실과 서재, 침실, 부엌을 왔다 갔다 부산스럽게 움직였다. 도윤은 손목시계를 내려다보며 한마디 더 하려다, 사뭇 들떠 보이는 시내의 표정을 발견하고 입을 다물었다.

"늦는다니까……."

대신 혼잣말처럼 중얼거렸다. 사실 아닌 척 태연한 표정을 하고 있어도 그녀 못지않게 도윤도 기대감에 기분이 좋았다.

"다 됐어."

손에 가방을 바리바리 싸든 시내, 도윤은 시내의 손에서 묵직한 가방을 받아 들긴 했지만 미간을 찌푸리며 그녀에게 타박을 준다.

"뭘 이렇게 쌌어?"

"이것저것. 가서 사면 다 돈이잖아. 얼른 가자."

시내는 다른 손에 들고 있던 종이 가방마저 도윤의 손에 들려주고는, 자신이 언제 늦장을 부렸냐는 듯 엘리베이터를 향해 종종걸음을 친다. 자기가 돈 아까워서 챙겨가는 것들이라면 하나 들기라도 할 것이지! 도윤은 중얼중얼 불만을 터뜨리면서도 부지런히 시내의 뒤를 따라 걸음을 옮겼다.

"차 주차장에 있어."

시내가 로비 버튼을 누르는 것을 보며 도윤이 말했다.

"아, 그게. 아! 계획이 바뀌었어. 락이의 차를 타고 가기로. 뭐, 우린 기름 값 아끼고 좋지!"

도윤의 한쪽 눈썹이 길게 휘어졌다.

"뭐? 그럼 어디로 가야 해?"

"저어어어기."

엘리베이터 문이 열리며 시내가 무작정 도윤의 팔을 이끌었다.

"저어어어기가 어딘데?"

"가보면 알아."

한결 날씨가 따듯해져서 그랬는지, 아니면 두 손에 들린 짐 때문에 그런 것인지 시내에게 이끌려 걸음을 옮기는 도윤이 이마에는 어느새 굵은 땀방울이 흘렀다. '훅' 숨을 내뱉으며 손등으로 땀방울을 훔친 도윤은 시내가 근처의 지하철역으로 들어가자 더욱 의아해졌다.

"도대체 어디로 오라고 한 거야? 그냥 차 타고 가. 어차피 기름값 네가 내? 내가 내지."

자신의 말을 들은 체 만 체 시내가 표를 끊으러 가버리자 도윤은 두 손 가득 짐을 든 자신의 모습을 내려다보았다. 지하철이라니, 최근 몇 년 동안 타본 기억이 없다. 게다가 손에 바리바리 든 이 짐들이라니!

"가자, 늦었어."

도윤의 어깨를 툭 친 시내가 개찰구 안으로 표를 넣고 들어가 버렸다. 어쩔 수 없이 표를 넣고 들어선 도윤이 종이 가방 하나를 시내에게 내밀었다.

"좋아. 다 좋은데, 인간적으로 너무한 거 아니야? 하나 들어라."

설렘으로 활기 가득했던 시내의 얼굴이 금세 힘없이 바뀌어 버렸다. 그리고 주먹으로 어깨와 팔을 두드리기 시작했다.

"아, 내가 오늘 토요일 근무 빠지려고 어제 주방 바닥 청소에, 벽 청소에, 식료품 재고 정리에 팔다리 안 쑤신 데가 없네. 에구구. 뭐, 굳이 꼭 들어라 한다면 들어야겠지만……."

울상을 짓는 시내의 모습에 결국 마음이 약해진 도윤이 내밀었던 팔을 슬그머니 거두었다.

"됐어! 가기나 해."

돌아선 시내는 언제 그랬냐는 듯, 또다시 콧노래를 흥얼거리며 지하철에 올라탔다. 토요일 오전 근무를 한 사람들이 퇴근할 시간에 맞아떨어졌는지, 하필이면 만원 지하철이다. 짐을 놓치지 않기 위해 바둥거리느라 도윤은 또다시 땀방울을 흘려야 했다. 시내를 따라 목적지에 도착했을 때 도윤은 이미 기진맥진해 있었다.

"여기서 내려? 여기 어디야?"

"늦었다! 뛰어!"

냅다 뛰어가는 시내의 뒷모습에 도윤은 이를 악물었다. 티셔츠는 땀으로 완전히 젖어 몸에 철썩 달라붙을 지경이었다. 하지만 이미 저만치 지하철 계단을 뛰어올라 사라져 가는 시내의 모습에 어쩔 수 없이 도윤도 뛰기 시작했다.

"터미널?"

"뭐 해? 버스 떠난다니까!"

도윤은 눈을 크게 떴다.

"얼른 와."

얼떨결에 버스에 오른 도윤은 어리둥절한 표정으로 시내를 돌아보았다. 미리 끊어놓았던지, 시내는 표를 보며 좌석을 찾기 시작했다.

"여기다. 뭐 해? 짐 올려놔."

"지금 뭐 하는 거야?"

의아한 듯 묻는 도윤의 물음에 시내가 그의 손에서 종이 가방 하나를 빼앗듯 들어 머리 위 선반에 올려두었다. 나머지 하나는 품에 안고 좌석에 털썩 주저앉았다. 그리고 천연덕스런 표정으로 도윤을 올려다보았다.

"일단 앉아."

마지못해 시내의 옆 좌석에 앉으며 도윤은 주위를 둘러보았다.

"전화기."

"응?"

"전화기 달라고."

도윤은 주머니에서 휴대전화기를 꺼내어 시내에게 건네었다. 시내는 도윤의 전화기를 받아 전원을 꺼놓는 것으로도 모자라 아예 배터리를 전화기에서 분리시켜 버렸다. 그리고 자신의 주머니에 쏙 넣어버렸다.

"뭐 하는 거야? 노희락 씨는? 그리고 도대체 이건 어디로 가는 버스야?"

선반에 올려놓지 않은 가방에서 언제 사다 놓았는지 마른 오징어와 귤을 꺼내어 무릎에 올려놓던 시내가 도윤의 물음에 싱긋 웃으며 대답했다.

"걸어서 갈 수 있는 가장 먼 바다로 가는 버스."

두 사람 모두 토요일을 완전히 비우기 위해, 전날 무리하게 일을 했던 탓인지 서울을 빠져나가기도 전에 잠이 들었다. 얼마나 시간이 지났을까, 어깨가 묵직하게 아파오는 것을 느끼며 도윤이 천천히 눈을 떴다. 서울을 떠나온 지 네 시간! 불편한 자리에서도 너무나 곤히 잤다는 생각에 도윤은 피식 웃음을 터뜨렸다. 수백만 원을 주고 산 숙면 매트리스 침대 위에서도 제대로 잠을 이루지 못했던 날이 언제였는가 싶었다. 어깨가 축축하다고 느껴져 고개를 돌리자, 시내가 얼굴을 그의 어깨에 파묻고 곤히 잠들어 있다.

"하여간."

혀를 끌끌 차며, 도윤은 손등으로 시내의 입가에 흐르는 침을 닦았다. '으음' 그 손길마저 귀찮은 듯 시내가 몸을 뒤틀어 버린다. 완전히 무방비 상태로 자신에게 모든 것을 내맡긴 시내를 바라보며, 도윤의 입가에 미소가 피어오른다.

그때 눈가 근처에서 번쩍거리는 느낌이 들었다. 시내의 얼굴에는 고스란히 빛이 들어온다. 도윤은 창을 가릴 생각으로 손을 뻗다 흠칫 멈추었다. 태양이 쏟아낸 것을 바다가 반사시킨 빛이다. 눈앞에 펼쳐진 소박한 남해 바다의 모습에 도윤의 얼굴은 그 어느 때보다 평화스럽고 편안했다.

"다 왔어?"

햇살 때문이었는지, 시내가 칼칼한 목소리로 중얼거리며 눈을 떴다.

"와, 바다다!"

버스는 바다를 끼고 있는 어느 낡은 정류장 안으로 들어서며 제 할 일은 끝이 났다는 듯 점점 속력을 줄이다 크릉, 소리를 내며 완전히 멈추어 버렸다. 사람들이 하나씩 좌석에서 몸을 일으키기 시작했고, 눈치를 보던 시내와 도윤도 얼른 자리에서 일어나 가방을 꺼내 들었다. 다행히도 버스 안에서 군것질거리를 꺼내 먹어 가방 반개쯤은 헐거워진 느낌이다.

"여기가 걸어서 올 수 있는 가장 먼 바다라고?"

소금기 어린 공기를 타고 코끝을 맴도는 바다 비린내에 도윤은 어깨를 으쓱거렸다.

"그래. 지도 펴놓고 딱 봐봐. 서울에서 쭉, 선을 그으면 여기가 가장 멀다니까. 거제도. 그래도 걸어서 오진 않았잖아? 나름대로 배려해서 버스도 우등 버스로 끊었구만. 우등이 일반보다 만 원이나 더 비싼 거 알지?"

"네가 여기로 끌고 오지만 않았어도 지금쯤 안면도 펜션에서 낮잠이나 자고 있을 텐데?"

시내가 도윤을 향해 한껏 눈을 흘겼다.

"그래서 지금 돌아가겠다는 거야, 뭐야? 마음대로 해! 칫."

혼자서 저벅저벅 걸음을 옮기는 시내의 모습에, 도윤은 하릴없이 뒤따를 수밖에 없었다. 별말없이 따르는 도윤의 모습에 조금 누그러졌는지, 시내가 터미널 앞에 적힌 시내버스 시간표를 올려다보며 중얼거렸다.

"보여주고 싶은 게 있단 말이야."

"그게 뭔데?"

"가보면 알아. 해 지기 전에 도착해야 하는데. 어떻게 가야 하는지 도통 알 수가 없네. 어쩔 수 없지. 택시 타자, 택시."

꽤나 중요한 곳이었는지, 버스가 아닌 택시를 쉽게 선택하는 시내의 모습에 도윤은 여전히 의아할 뿐이었다. 터미널 앞에 길게 늘어서 있는 택시들 중 하나를 골라 오른 시내는 기사에게 목적지를 말했다.

"아저씨, 바람의 언덕이요."

바람의 언덕? 도윤의 눈이 동그랗게 커졌다.

"바람의 언덕? 아, 거 도장포! 요새 사람들은 도장포를 그래 부르데."

차를 출발시키며 기사가 유쾌하게 말문을 텄다.

"멀어요? 해 지기 전에 갈 수 있을까요?"

"그라믄. 여서 안 멀지예. 가입시더."

도윤이 시내의 옆구리를 쿡 찌르며 중얼거렸다.

"어디로 가는 거야?"

"말했잖아, 바람의 언덕. 빨리 도착하면 민박 잡고, 짐 내려놓고 갈 수도 있겠다. 그치?"

시내의 말을 들었는지, 기사가 다시 입을 연다.

"민박? 거 근처에 예쁘장한 펜션도 많은데 민박 잡으실라꼬예?"

또 돈 아끼려는 거지, 두손두발 다 들었다는 듯 도윤은 고개를 설레설레 흔들었다.

"도대체 그렇게 돈 모아서 뭐 하려고 그래?"

빠르게 지나치는 창밖 풍경을 넋을 잃고 바라보던 시내가 도윤의 물음에 입술을 삐죽거렸다.

"내가 이야기 안 했어? 이렇게 관심이 없어서야, 쯧."

분명히 듣지 못한 것 같은데, 자신이 알고 있어야 하는 것이 당연한 듯 구는 시내의 행동에 도윤은 할 말을 잃고 되레 미안함을 느껴야 했다.

"가게 낼 거야."

"가게?"

"도시락 가게. 와, 바다, 바다! 바다다!"

눈앞에 펼쳐진 바다의 모습에 시내는 말을 하다 말고 감탄사를 내뱉었다. 산 등줄기를 깎아서 닦은 도로, 한 편으로는 산을 끼고 또 다른 한 편으로는 새파란 바다가 끝도 없이 펼쳐진 해안도로를 달리며 택시기사는 자랑스럽게 입을 열었다.

"거제도가 해안 도로 하나는 기가 막히지예."

"네! 와, 진짜 좋다. 그치? 여기가 대한민국 맞아?"

어린아이처럼 소리를 치며 좋아하는 시내의 모습에 도윤은 덩달아 웃음을 터뜨렸다. 바다도 좋지만, 옆에서 웃고 있는 시내가 더 기분이 좋다. 어느새 택시는 작은 어촌 마을로 들어섰다. 부둣가를 지나 작은 산등선 하나를 앞에 두고 멈추어 섰다.

"여서 저 계단 보이지예? 저 계단만 쭉 따라 올라가므는 거가, 그 뭐라카노. 바람의 언덕, 바람의 언덕이지예."

"고맙습니다."

차에서 내린 두 사람은 멀어지는 택시를 끝까지 바라본 뒤, 한산한 마을을 둘러보았다. 여름이 아닌데도 불구하고, 여기저기 '민박' 이라는 팻말이 제법 눈에 들어왔다. 가장 깔끔해 보이는 집을 골라 방 하나를 빌리고 짐을 내려놓은 도윤은 잠시 쉬고 싶은 생각에 벽에 등을 기대었다. 하지만 이내 자신의 팔을 이끄는 시내의 손에 억지로 몸을 일으켜야 했다.

"내일 일찍 올라가야 하잖아. 얼른 가자. 응?"

"그러게 왜 이렇게 먼 곳으로 왔냐고!"

"버럭쟁이! 또 버럭대려고 시작한다? 내가 나만 좋자고 여기까지 온 거 같아? 응?"

말을 말자는 듯, 도윤은 손을 내저은 뒤 민박집을 나섰다. 공기에서 짠맛이 느껴진다. 그렇지만 기분이 나쁘지 않을 정도로만 시원하고 맛깔스럽다. 택시기사가 알려준 계단은 나무들을 덧대어 만들어 바다의 운치를 더해주었다. 한 계단, 한 계단 오를수록 산등성이가 드러나고 그 너머로 끝없이 바다가 조금씩 펼쳐진다.

"와, 시원하다. 이래서 바람의 언덕이라고 부르나 봐."

언덕 위에 오르자, 내내 무뚝뚝하던 도윤의 입에서도 탄성이 절로 나올 정도로 단아하고 예쁜 풍경이 눈앞에 드러났다. 크고 작은 등성이가 모여 언덕을 이루고, 풀이 깎인 곳으로 길이 나 있다. 아래는 깎아지는 듯한 절벽이면서도 부딪치는 파도가 정겹다. 널찍한 언덕 위에는 해질 녘을 뒤로하고 염소 무리 한 떼가 한가로이 풀을 뜯고 그 곁에 자리 잡은 나무 벤치에서는 고개를 돌리지 않아도 사방에서 바다의 공기가 모여든다.

"옛날에, 여기 여자들은 바람의 언덕에서 염소를 기르거나 여기서 배를 타고 나간 사랑하는 남자를 그리워하면서 기다렸대."

"먼 곳까지 잘 보였기 때문일까?"

도윤이 중얼거렸다.

"음, 여기서 기다리면 쓸쓸하지가 않아서 그러지 않았을까? 여기서는 왠지 쓸쓸하지도, 가슴 아프지도, 슬프지도 않았을 것 같아. 그리고 여기서 기다리고 있으면 언젠가 사랑하는 사람이 이 바람의 언덕으로 돌아올 거라 믿었을 거야."

"그걸 네가 어떻게 알아?"

도윤이 장난스럽게 묻자, 시내가 빙그레 웃으며 그의 손을 붙잡았다. 그리고 언덕 아래로 그를 이끌기 시작했다.

"여기에서 보여주고 싶은 게 있다고 했잖아."

"응?"

시내는 마치 이곳을 꿰뚫고 있다는 듯 계단을 타고 내려가기 시작했다. 얼마 내려가지 않아 그녀가 보여주고 싶었던 그것의 꼭대기 부분이 드러난다. 도윤은 눈앞에 드러난 바다의 풍광에 순간 고개를 갸웃거렸다. 어디에선가 꼭 한 번은 보았던 것 같은 착각, 촌스럽게 파랗던 바다, 그리고 등대.

"그림……."

"똑같지?"

시내가 자랑스럽게 입을 열었다.

"인터넷으로 바다를 찾는데, 여기 사진을 보고. 여기 이 등대를 보고 깜짝 놀랐어. 거실에 걸려 있던 그 액자 속 그림이랑 너무 똑같아서."

붉게 타오르는 바다 속 노을, 등대에 비친 주황빛의 햇살을 제외한다면 시내의 말대로 액자 속 바다 그림과 똑같은 풍경이었다. 순간 도윤은 할 말을 잃어버렸다. 액자를 골랐을 때, 그저 남들처럼만 평범하게 살고 싶다고 생각했던 것이 떠올랐기 때문이다. 그때는 이유도 몰랐고, 액자와 평범함이 무슨 상관이 있는지도 깨닫지 못했었다. 하지만 지금은 어렴풋이 알 것도 같다. 해가 지는 바다와 누군가를 기다리는 듯한 등대. 그리고 곁에서 손을 마주 잡아주고 있는 시내까지. 눈물이 날 정도로 가슴이 뻐근해진다.

바닷바람을 맞으며 도윤은 시내의 혼잣말 같은 중얼거림을 들었다.

"기다리던 여자들은, 등대가 여기 있으니까, 사랑하는 사람이 이곳으로 돌아올 거라고 생각했을 거야."

팔 안에서 느껴지는 썰렁한 느낌에 도윤은 눈을 떴다. 긴 하품이 삐질 입술 밖으로 터져 나온다. 딱딱한 바닥 때문에 등이 배겨 새벽에서야 겨우 깊은 잠에 들 수 있었던 것이다. 분명 시내가 자신의 가슴팍 안에서 잠들어 있는 것을 확인하고서 눈을 감았었는데, 그녀가 온데간데없이 사라지고 보이지 않자 도윤은 몸을 벌떡 일으켰다. 낡은 이불이 가슴 아래로 미끄러져 바닥에 떨어졌다.

"새벽부터……."

벗어서 베개 옆에 놓아둔 손목시계를 집어 들던 도윤이 말을 멈추었다. 열 시에 가까워져 가는 시각, 순간 머쓱해진다.

"아침부터 어디 간 거야?"

군데군데 곰팡이가 핀 낡은 문을 살짝 밀자, 힘없이 밀리며 따스한 아침 햇살이 방 안으로 가득 밀려들어 왔다. 문가에 선 도윤의 눈에 수돗가에 쪼그리고 앉아 있는 시내가 들어온다. 시내는 물을 받아놓고 익숙하게 생선을 다듬고, 인상이 좋은 민박집 아주머니가 곁에서 훈수를 두고 있었다.

30㎝의 납작하고 마름모꼴 모양의 생선을 살짝 들어올려 눈을 맞춘 시내는, 어깨를 으쓱거렸다.

"납작하고, 못생겼네. 누굴 닮아 이렇게 못생겼냐? 눈도 이상하고 입도 요만하고."

꼭 닮아놓고서 누굴 못생겼다고 하는지, 지켜보던 도윤이 키득거렸다.

"이게 이래 생겨도, 미역국은 뭐라 케도 이 도다리로 끓여야 제맛인 기라."

어느새 시내의 얼굴에 걱정이 어렸다.

"비린내가 나지 않을까요?"

"내장 싹 비워내고 팔팔 끓는 물에 넣으면 비린내가 뭐꼬, 쇠고기 넣은 것마냥 미역에서 기름이 줄줄 흐른다. 근데 요즘 아가씨 같지 않게 손이 차암 야무네."

호호호, 그녀에게 전혀 어울리지 않는 웃음소리가 어촌 마을의 작은 민박집 수돗가에 가볍게 울려 퍼졌다. 도윤은 자신의 비웃음을 숨기기 위해 손바닥으로 입을 틀어막아야 했다.

"제가 좀 야물죠."

"처음 방 빌리러 왔을 때는 같이 온 총각이 훤칠허이 잘생기가 남자가 좀 아깝네, 생각했는데."

조신하게 웃던 시내가 금세 얼굴을 찌푸렸다.

"지금은 내 아들내미 하나만 더 있으믄 아가씨를 따악 며늘 삼

으믄 좋겠네. 같이 온 그 총각은 딱 우리 막내 사윗감이고.”

코끝을 실룩거리며 다듬은 생선을 들고 수돗가에서 몸을 일으키던 시내는 문가에 서서 키득거리며 웃고 있는 도윤을 발견하고 손을 번쩍 들어올렸다.

“자기야, 일어났어?”

웃음을 그친 도윤이 ‘재 또 왜 저래’ 하는 눈빛으로, 다가오는 시내를 바라본다.

“우리 자기는 잠꾸러기. 일어났으면 얼른 세수하고 와. 내가 맛있게 밥해놓을게.”

그리고 뒤에서 눈을 말똥말똥거리며 지켜보는 민박집 주인 아주머니를 의식한 듯 도윤의 볼에 쪽, 소리가 나도록 뽀뽀를 했다. ‘하이고, 남사스러버라’ 혀를 쯧쯧 차며 돌아서 휭하니 가버리는 주인 아주머니의 뒷모습에 혀를 내밀어 보이며 시내가 투덜거렸다.

“지금 누가 아깝다는 거야. 뭐? 막내 사윗감?”

그리고 시내의 시선이 멀뚱히 서 있는 도윤에게로 돌아온다.

“아, 뭘 보고 섰어? 얼른 세수하고 와!”

졸지에 시내의 타박을 듣게 된 도윤이 얼굴을 잔뜩 찌푸렸지만, 시내는 이미 마당 가운데에 차지하고 있는 널찍한 평상으로 향했다. 이미 버너 위에는 코펠이 흰 거품을 내며 끓어오르고 있었다. 압력밥솥의 역할을 하라는 듯, 시내가 코펠 위에 돌멩이 몇 개를 올려둔다.

수돗가에서 차가운 물에 세수를 하고 수건으로 얼굴을 닦으며 평상에 걸터앉은 도윤은, 민박집에서도 보이는 바다를 향해 깊은 숨을 들이마셨다. 뿔뿔뿔, 희미하게 바다를 가로지르는 고깃배와 방파제 근처를 맴도는 바다 새들의 모습이 한가롭기 그지없었다.

"배고프지?"

시내는 서울에서 가져온 밑반찬들과 약간 설익은 듯 보이지만 윤기가 흐르는 쌀밥, 그리고 아직도 팔팔 끓고 있는 미역국을 코펠째로 주인집에서 빌려온 밥상 위에 올려놓았다.

"미역국에 뭘 넣은 거야?"

도윤이 수저로 미역국을 휘저었다. 미역 사이사이로 흰살 생선이 토막 난 채로 언뜻언뜻 모습을 드러낸다. 음식을 가리는 성격이 절대 아니었지만, 미역국에 생선이라니. 왠지 비위가 상하는 느낌이었다.

"생선. 이게 여기선 별미래."

여전히 도윤의 표정은 찜찜해 보였다.

"아, 그럼 먹지 마. 먹지 마. 내가 다 먹을 거니까."

시내가 코펠을 자신의 앞으로 끌어당겨 수저 가득 국물을 떠서 입에 가져간다. 맛을 본 시내의 입에서 금세 탄성이 흘러나왔다. 미역과 도다리, 그리고 간장만으로 간을 맞춘 미역국은 쇠고기를 넣고 볶아 끓이던 미역국과 혀끝에서 맴도는 맛 자체에서부터 달랐다. 잔뜩 바다를 머금은 듯한 깊은 맛, 시내는 엄지를 치켜들었다.

"와, 내가 끓여서 그런 게 아니라 정말 맛있어. 안 먹으면 후회할걸?"

여전히 시내의 말을 못 들은 척, 밥과 반찬만으로도 맛있게 밥을 먹는 도윤이었다.

아무리 그래도 생일인데, 최소한 미역국은 먹어야 하는 것 아니냐고! 이 둔팅이, 이렇게 미역국까지 끓여다 줬는데도 어떻게 자기 생일인 줄을 몰라!

시내는 도윤의 밥그릇에 손을 뻗어 재빨리 낚아챘다. 그리고 미역국이 잔뜩 든 코펠 안에 남은 밥을 모조리 넣어버렸다.

"국물까지, 한 방울도 남김없이 먹어. 알았어? 남자가 어디서 음식을 가리고 있어? 쳇."

도윤은 미역국과 시내를 번갈아 노려보다, 이내 수저를 다시 집어 들었다. 고행을 하듯 단단히 마음을 먹고 다부지게 한 숟갈 떠서 입에 가져간 순간, 못마땅했던 도윤의 표정이 환하게 밝아졌다.

"안 비리네."

"그러니까 처음부터 먹었으면 얼마나 좋아. 어른인 척은 혼자 다 하면서 완전 애야, 애. 이래서 남자들은 아무리 나이를 먹어도 여자들이 키운다는 소리를 듣는 거야."

미역국을 맛있게 먹던 도윤이, 문득 생각이 났는지 고개를 들었다.

"그런데 갑자기 웬 미역국?"

여전히 자신의 생일인지 눈치 채지 못하는 도윤의 모습에 시내는 코끝이 찡한 느낌이었다. 이제껏 챙겨주는 사람이 없었으니, 깜빡하고 넘어가는 것도 당연했다. 앞으로 다가올 매년 도윤의 생일은, 늘 자신이 미역국을 끓여주리라 다짐을 하며 시내가 입을 열었다.

"바보. 자기 생일도 몰라?"

"응? 생일? 오늘이?"

날짜를 세어보는 도윤의 모습에 시내는 더욱 가슴이 아파왔다.

"걱정하지 마. 앞으로는 민 이사가 기억 못해도, 내가 다 기억할 테니까."

도윤의 수저질이 멈추어졌다. 흔들림없는 시선으로 자신을 바라보는 도윤의 눈길에 시내는 가슴 한구석이 설레기 시작했다. 도윤이 주위의 눈치를 한번 살피더니, 밥상을 살그머니 옆으로 치운다. 시내의 얼굴에 홍조가 떠올랐다.

"아니, 밥 먹다 말고 왜……."

"시내야."

도윤이 팔을 뻗어 양손으로 시내의 두 손목을 잡았다. 단단한 손길에 시내가 얼른 주위를 둘러보았다.

"누가 보면 어쩌려고 이래."

"내 말 잘 들어."

그래, 이 정도면 그렇게 무뚝뚝한 민 이사도 달달한 말 한마디 해주면서 닭살 영화 한 편 찍을 때도 됐잖아? 시내는 눈을 살짝 내려 깔다 손목을 움켜쥔 도윤의 힘이 애정 영화보다는 액션 영화에 가깝다는 생각이 퍼뜩 지나쳐 갔다.

"흥분하면 안 돼. 시내야."

"뭐, 뭐야?"

"내 생일. 그래. 삼 월 삼십 일이 맞긴 맞는데."

시내의 눈동자가 불안으로 커진다. 손을 꽉 움켜쥐고도 자신의 얼굴로 언제 주먹이 날아올지 모른다는 생각에 도윤이 얼굴을 저만치 피해놓고 중얼거렸다.

"음력이야."

거제도로 내려올 때는 팔이 빠근할 정도로 많던 짐이, 이제는 한 손에 다 들 수 있을 정도로 가벼워졌다. 터미널에 도착해 버스표를 끊고 차에 오르는 내내 도윤은 시내의 눈치를 살펴야 했다.

"뭐, 먹을 거라도 사 올까?"

"됐어."

머쓱해진 도윤이 선반에 짐을 올리고 시내의 옆 좌석에 털썩 주저앉았다. 시내는 머리를 유리창에 콩 박고는, 민박집에서부터 내내 하던 투덜거림을 내뱉기 시작했다.

"생일이라고, 버스비에 민박에. 그게 다 얼마야. 게다가 버스는 우등으로 끊었는데……."

듣다 못한 도윤이 버럭 소리를 질렀다.

"내가 생일이라고 광고하고 다녔어? 혼자 오버해 놓고. 그게 내 책임은 아니잖아."

하지만 시내는 여전히 유리창에 머리를 박고, 움직일 줄을 모른다.

"저것 봐. 버럭대는 것 좀 봐. 그래, 내가 등신이지. 다 내 잘못이지. 바다? 그거 보여주겠다고, 혼자 인터넷 검색하고, 표 끊고 몰래 데리고 온, 다~ 내 잘못이지. 그렇지.”

버스가 움직이기 시작하자, 유리창에 맞붙은 시내의 머리가 콩콩 진동을 한다. 결국 도윤이 두손두발 다 들 수밖에 없었다. 하긴 도시락 가게를 낼 거라는 목표로 돈 모으기가 유일한 취미인 시내에게 이번 일은 큰 타격이라는 것을 도윤은 알고 있었다.

“알았어. 미안해.”

“됐거든?”

물끄러미 시내를 바라보던 도윤은 바지 뒷주머니를 뒤적거려 지갑을 꺼냈다. 그리고 지갑에서 자신의 신분증 하나만을 빼고는, 통째로 시내의 무릎 위에 탁 올려놓는다. 시내는 흠칫하며 무릎 위에 놓인 도윤의 지갑을 내려다보았다.

“다 가져.”

“뭐?”

“현금, 수표, 카드. 네 마음대로 하라고. 너 하라고.”

그리고 이번에는 도윤이 먼저 시내에게서 고개를 돌려 머리를 의자에 기대었다.

“피곤해. 난 잠이나 더 잘 테니까, 도착하면 깨워.”

정말로 잠을 잘 생각인지, 완전히 몸을 틀어버린 도윤을 바라보며 시내는 침을 꿀꺽 삼켰다. 그리고 살그머니 지갑을 집어 들었다.

“누가, 돈 달라고 그랬나. 뭐…… 준다면 사양하지는 않지.”

주면 누가 안 가져갈 줄 알고? 시내는 의기양양하게 도윤의 지갑을 펼쳤다. 빽빽이 들어 있는 각종 신용카드. 묵직한 현금들. 빳빳한 수표들. 새침했던 시내의 표정이 먹이를 눈앞에 둔 맹수마냥 군침이 돌았다.

"흠, 뭐."

도윤이 자는 척을 하며 곁눈질로 자신의 행동을 모두 보고 있을 거라는 생각에 시내는 손가락으로 뺨을 살짝 긁었다.

"이번 여행 경비만, 딱 고만큼만 가져갈 거다."

정말로 잠이 들었는지, 도윤이 팔짱을 끼고 몸을 뒤척거렸다. 시내는 살그머니 눈치를 보다 손바닥으로 도윤의 눈앞을 흔들어 보였다. 미동이 없다. 혀로 마른 입술을 살짝 핥으며 시내는 도윤의 지갑에서 돈을 꺼냈다.

"인터넷으로 바다 찾느라 고생했던 수고랑 미역국 끓여준 돈은 쳐서 받아야지. 아암, 그래야지. 예로부터 아무리 가까운 사이라고 해도 계산은 정확히 해야 한다고 그랬어."

조금 전 도윤이 신분증을 빼내어 비어버린 자리에 은빛으로 빛나는 무엇인가가 시내의 눈길을 잡았다.

"응? 이게 뭐야?"

검지로 그물 안에 있는 그것을 빼낸 시내는, 순간적으로 할 말을 잃고 눈을 동그랗게 뜬 채 반지를 내려다보았다. 한참이 지난 후에야, 정신을 차린 시내가 흘낏 잠이 든 도윤을 바라본다. 그리고 천천히 반지를 자신의 손가락에 끼워 보았다. 웅크린 꽃봉오리처럼 빛나는 보석을 감싸 안은 디자인의 심플한 반지였다.

"맞아?"

잠이 든 줄 알았던 도윤이 눈을 뜨지 않은 채 물었다. 여전히 고개조차 돌리지 않는 그의 모습이, 무뚝뚝해서가 아니라 쑥스러움 때문이라는 것을 눈치 채고 시내가 빙그레 미소를 지었다.

"좀…… 빽빽한데?"

"그럼 빼든지."

시내는 얼른 고개를 흔들었다.

"아니야, 빼긴. 그래, 살을 빼면 돼. 난 살이 좀 빠지면 이 손가락 살부터 빠지더라고. 그런데 이 남자 정말 센스없네. 이런 건 분위기 잡고서 멋지게 줘야지. 뭐? 다 가지라고? 다 가지라고 툭 던져 주면 다야? 이게 뭐 보물찾긴가?"

드디어 눈을 뜬 도윤이 몸을 돌려 종알종알 말이 많은 시내의 어깨를 붙잡아 자신의 가슴팍으로 끌어안았다. 그리고 시내의 목덜미에 고개를 파묻고 '잠이나 자' 라고 중얼거렸다. 시내는 도윤의 심장 고동 소리를 들으며, 빙그레 미소를 지었다.

"고마워. 반지 예쁘다."

"빽빽하다니까 빠져서 잃어버릴 일은 없겠지?"

시내는 가만히 눈을 감았다. 늘 끼고 다녀라, 잃어버리지 말라는 대신 도윤 특유의 무뚝뚝한 말투였지만 이런 그의 말투와 목소리마저도 시내에게는 부드럽고 달콤하기 그지없었다.

시내가 완전히 잠이 든 것을 느끼고서야, 도윤은 천천히 눈을 떴다. 자신의 무릎에 올려진 시내의 손가락 사이에서 빛나는 반지를 물끄러미 내려다보며, 도윤은 희미하게 미소를 지어 보였다. 바다 빛을 머금은 햇살이 차창을 통해, 끌어안은 연인들의 머리 위로 쏟아져 내렸다.

"너무 예뻐요, 시내 씨."

시내의 손을 붙잡고, 은경은 마치 자신이 반지를 받은 것인 양 두 볼까지 붉히며 좋아했다. 자랑스러우면서도 한편으로는 쑥스러운 생각이 든 시내는 살그머니 은경의 손에서 손을 빼냈다.

"은경 씨는 곧 락이한테서 더 좋고 예쁜 반지 받을 텐데요 뭘."

"그런데 반지를 준 건, 프러포즈 아닌가요?"

"에? 에이, 그건 아니에요."

"대부분 반지는 결혼하자는 의미잖아요. 민 이사님께서도 그런 의미로 시내 씨에게 반지를 줬는데, 시내 씨가 눈치 채지 못한 것 아니에요?"

시내는 눈을 크게 뜬 채 손가락에 얌전하게 끼워진 반지를 내려다보았다. 도윤은 그저 반지 끼워 넣은 지갑 하나를 툭 던져 주었을 뿐이다. 이리 생각해 보아도, 저리 생각해 보아도 그것을 프러포즈라고 볼 수는 없었다. 잠시 혼자 생각에 잠겼던 시내는 고개를 흔들었다.

"아니에요. 결혼이라니, 그런 말은 꺼내지도 않았고, 절대 그런 분위기도 아니었어요."

단호한 시내의 목소리에 은경은 대답없이 가만히 어깨를 으쓱거렸다. 그리고 프런트 데스크 뒤쪽에 각 나라별 시차를 계산하여 진열해 둔 대형 시계들을 향해 고개를 돌렸다.

"시간 다 되어가는데, 희락 씨는 왜 안 내려오는지 모르겠어요."

"오늘 회장님…… 아니, 락이 아버님이랑 호텔에서 함께 저녁 식사 하기로 했다고 했죠?"

"네. 재희 언니도 올 거구요."

도윤은 왜 안 내려오는 거지? 재희가 오기 전에 도윤을 데리고 호텔을 나가고 싶은 마음에 시내는 초조한 기분이 들었다. 자신에 대한 도윤의 마음을 확신하고는 있지만, 그래도 과거 두 사람이 연인이었다는 사실을 떠올릴 때면 숨이 턱 막힐 만큼 화가 치밀어 올랐다.

"희락 씨!"

희락을 발견한 은경이 손을 흔들어 보였다. 은경과 시내에게 환한 미소를 지으며 다가온 희락이, 두 사람의 맞은편 소파에 자리를 잡고 앉았다.

"안 늦었어요?"

은경의 물음에 희락이 손목시계를 내려다보았다.

"아버지 회의가 길어지셔서, 조금 늦으실 거야. 잘됐지 뭐. 어차피 민 이사님 내려오실 때까지 시내 혼자 있어야 하는데, 같이 있어주면 되잖아."

그리고 희락은 시내에게로 고개를 돌려 짓궂은 표정을 지어 보였다.

"그렇게 도망치듯 놀러가니까, 재미가 있었어?"

"너도 은경 씨랑 둘이서 오붓한 시간 가지고 좋지 뭐. 내가 나만 좋자고 그랬나? 큭."

말을 하고서도, 미안한 마음이 들었는지 시내가 웃음을 터뜨렸다. 은경이 시내의 손을 붙잡아 희락의 코앞에 가져갔다. 눈앞에 아른거리는 반지를 눈치 채지 못하고 희락은 어리둥절한 표정을 지을 뿐이었다.

"이거요."

은경이 손가락으로 가리키는 것을 보고서야, 희락이 반지를 발견하고 '아!' 하고 나지막하게 소리를 질렀다.

"프러포즈 받았어? 민 이사님께?"

그것 보라는 듯, 은경이 시내를 바라보았다. 남자가 연인의 손에 끼워준 반지라면 누구나 다 프러포즈라고 생각한다는 뜻이었다. 머쓱한지 시내가 은경에게서 자신의 손을 빼냈다.

"반지는 받았지만, 프러포즈는 아니래요."

"그럼 커플링?"

희락의 물음에 시내는 고개를 가로저었다.

"커플링은 아니지만, 그렇다고 프러포즈…… 그런 것도 아니었어. 그게 어디 봐서 프러포즈야? 지갑에 반지 넣어놓고, 덜컥 던져 주면서 너 다 가져라, 이러던걸? 그것도 무지하게 무뚝뚝한 목소리로."

불만 어린 시내의 목소리에, 희락은 빙그레 미소를 지었다. 그리고 의미심장한 눈빛으로 시내에게 입을 연다.

"너 남자가 자기 지갑을 몽땅 여자한테 맡기는 거, 그거 무슨 뜻인지 몰라?"

"무슨 뜻인데?"

"앞으로 내가 벌어다 주는 돈, 쓰라는 소리야."

시내의 얼굴이 순식간에 화르르 달아올랐다. 재희가 곧 호텔에 도착한다는 전화를 받은 희락과 은경은 시내에게 궁금하면 도윤에게 반지의 의미가 '프러포즈'였는지 물어보라는 말을 남기고 약속 장소인 레스토랑으로 사라져 버렸다. 이미 두 사람은 제멋대로 도윤의 행동을 프러포즈라고 단정 지은 듯 들떠 있었다.

"프러포즈라……."

시내는 저만치서 걸어오는 도윤을 발견하고 중얼거렸다. 물어보라고? 나한테 준 이 반지의 의미가 뭐냐, 이거 결혼이라도 하자는 거냐. 아니면 결혼하자는 약속이라도 하는 거냐. 이렇게 물어보라고? 그럼 민도윤은 혀를 쯧쯧 차며 고개를 흔들겠지. '오버하지 좀 마' 라고.

시내는 어깨를 으쓱거렸다.

"오래 기다렸어?"

"아니. 조금 전까지 락이랑 은경 씨랑 같이 있었어. 가자."

나란히 주차장으로 걸어가 차에 오를 때까지, 도윤은 머릿속으로 뭘 그렇게 생각하는지 말이 없었다. 안전벨트를 매며 시내가 입술을 불쑥 내밀었다.

"무슨 생각 해?"

"아, 미안. 조만간 다시 행사가 잡힐 것 같아서 정신이 없어."

그래, 프러포즈는 무슨. 이놈의 머리통 안에는 순전히 일밖에 없다. 도윤의 차는 빠르게 오피스텔로 향했다. 시내는 운전에 열중하고 있는 도윤을 흘낏 바라보았다. 집에 도착하면 곧장 노트북부터 끌어안겠지?

"우리, 외식하고 들어가자."

웬일이냐는 듯 도윤이 눈을 동그랗게 뜨고, 운전대를 양손으로 쥔 채 시내를 바라보았다.

"외식하고 들어가자. 오늘 밥하기도 귀찮다."

"그럼 차 돌릴까?"

시내가 고개를 흔들었다.

"집 근처에서 먹어."

집 근처에 레스토랑이 있던가? 의아하게 중얼거리면서도 도윤은 차의 방향을 바꾸지는 않았다. 오피스텔에 도착할 때까지 시내가 다른 말이 없자, 주차장에 차를 주차시키며 도윤이 중얼거리듯 물었다.

"그새 마음이 바뀌었어?"

"아니, 차 주차시켜 놓고 걸어서 갈 수 있으니까. 가자."

차에서 내리자마자 시내는 도윤의 손을 이끌었다. 엘리베이터에 올라, 자신의 팔을 붙든 시내의 손에서 반지를 발견한 도윤은 기분이 좋은 듯 콧노래를 흥얼거렸다. 이내 로비에 도착한 도윤이 오피스텔 밖으로 나가려는 찰나, 시내가 방향을 바꾸어 그녀가 예전에 일을 하던 편의점으로 향했다.

"어디 가?"

편의점에 들어선 시내는 예전에 함께 일을 했던 아르바이트생에게 반갑게 인사를 하고는 다짜고짜 물었다.

"오늘 폐기 있어?"

"있죠. 안에 있는데…… 가져다 드릴까요?"

"아니야, 일해. 내가 가져갈게."

편의점 한쪽의 문으로 사라진 시내가 금방 무엇인가 빵빵하게 가득 찬 봉투를 품에 안고 나타났다. 그리고 아직도 어리둥절한 도윤의 이끌고 편의점을 빠져나왔다. 오피스텔 앞 벤치에 자리를 잡고 앉은 시내는 봉투를 털어내기 시작했다. 삼각 주먹밥과 일회용 도시락, 샌드위치까지 메뉴도 다양한 음식들이 쏟아져 나왔다.

"이게 다 뭐야?"

"뭐긴, 우리 저녁거리지. 자, 골라먹는 재미! 뭐부터 먹을까?"

그럴 줄 알았다는 표정으로 도윤이 고개를 설레설레 흔들었다. 조시내가 돈 쓰며 외식할 리가 절대 없지. 도윤은 시내의 옆에 앉아 샌드위치를 집어 들었다. 배가 고파서였을까, 아니면 선선하게 불어오는 바람에 야외로 소풍이라도 나온 기분이 들어서 그랬을까. 한입 베어 문 샌드위치 맛은 생각보다 좋았다.

"맛있는데?"

"그치? 음, 음료수 하나 사 올 걸 그랬다. 목메어."

"내가 가서 사 올게."

샌드위치를 내려놓으려던 도윤은 코앞을 스치는 숫자들에 눈을 가늘게 떴다. 그러다 제대로 다시 집어 들고, 선명하게 숫자로 찍힌 유통기한을 확인했다.

"야! 이거 유통기한 지난 거잖아!"

"안 죽어, 안 죽어. 겨우 몇 시간 지난 거야. 아, 안 죽는다니까!"

샤워기 물줄기가 세차게 떨어지는 소리를 들으며 시내는 코끝을 실룩거렸다. 그리고 도윤이 살짝 쥐어박은 머리를 문질렀다. 유통기한 몇 시간 지난 걸로는 끄떡없다는 말에도, 이제껏 이렇게 폐기되는 것들은 먹고도 한 번도 탈이 나지 않았다는 말에도 도윤은 불같이 화를 낼 뿐이었다. 그리고 그녀에게 다시는, 단 일 분이라도 유통기한이 지난 음식을 먹으면 머리통 한 대 쥐어박는 걸로는 끝나지 않을 거라고 으름장을 놓았다.

욕실을 향해 혀를 내밀던 시내는 이내 빙긋 웃음을 지어 보였다. 도윤이 자신을 위해 화를 내는 것을 모를 리 없었던 것이다.

"어떡하니, 너 나 너무 좋아하는 거 아니야?"

콧노래를 흥얼거리며, 건조대에서 걷어낸 바싹 마른 빨래들을 정리하던 시내는 투박스럽게 울리는 자신의 휴대전화기 소리를 들었다. 아무렇게나 던져 놓았던 전화기를 찾아 씨름을 하고, 겨우 찾아 집어 들었을 때 액정 위에는 처음 보는 번호가 떠 있었다.

"이 밤에…… 누구지?"

고개를 갸웃거리며 시내는 전화를 받았다.

"네. 여보세요?"

잠시 상대편에서는 말이 없다. 시내는 다시 한 번 물었다.

"여보세요? 누구세요?"

또다시 잠시의 침묵이 흘렀고, 시내는 잘못 걸린 전화라 생각하고 끊으려는 순간 반대편에서 낯설진 않은 여자의 목소리가 귓가에 맴돌듯 들려왔다.

[나, 노재희예요. 잠시 시간 좀 내줘요.]

말끔하게 리모델링을 끝낸 오피스텔 지하 술집에 들어서며, 시내는 그곳에서 재희를 처음 보았다는 사실을 새삼 깨달았다.

"어! 조시내, 이 밤에 웬일이야?"

사장님이 반갑게 인사를 건넸다. 시내는 한쪽 테이블에 혼자 앉아 있는 재희를 발견하고 목소리를 줄인 채 물었다.

"저 사람 언제부터 와 있었어요?"

"아는 사람이야? 어쩐지, 낯이 좀 익다고 생각했지. 들어온 지는 꽤 됐어. 들어올 때부터 술을 좀 했다고 생각했는데, 들어와서 벌써 저 병 반이나 비워냈잖아. 여자가 주량이 장난이 아닌데?"

그러고 보니 테이블 위에는 반쯤 빈 술병이 재희의 앞을 차지하고 있었다. 술병을 들어 잔을 채우던 재희가 시내를 발견하고 흠칫 손길을 멈춘다. 재희와 눈이 마주치자 시내는 가볍게 고개를 숙여 인사를 하고 발걸음을 옮겼다.

"왔어요?"

시내가 맞은편 소파에 앉자, 재희는 비어 있던 술잔에 술을 따르고 손가락 끝으로 시내를 향해 내밀었다.

"도윤이에게는 뭐라고 말하고 나왔어요? 내가 보잔다고?"

시내는 고개를 흔들었다. 사실대로 이야기했다면 나가지 말라고 할 것 같았던 것이다.

"가게가 너무 바빠서, 두 시간만 사장님 일을 도와준다고 말하고 나왔어요."

어쩌면 도윤은 시내에게 나가지 말라고 말하며, 그가 대신 재희를 만나러 나왔을지도 몰랐다. 시내는 그것이 싫었다고 차마 재희에게 말하지는 못했다. 차라리 평소처럼 자신을 깔보거나, 의기양양하게 언제든 마음만 먹으면 도윤을 찾아올 수 있을 거라는 눈빛으로 바라보았다면 재희와 마주 앉아 있는 지금의 마음이 편할 것 같았다. 온전히 그녀에게 화를 내고 똑같이 반감을 가질 수 있을 테니까. 하지만 지금처럼 흔들리는 재희의 눈빛을 마주하고 있자니, 마치 그녀에게 죄를 지은 듯 마음이 불편해진다.

시내는 재희가 내밀었던 술잔을 집어 들어 한 모금 마셨다. 전혀 준비되어 있지 않은 무방비 상태였던 시내의 입 안이 독한 양주가 파고들며 온몸을 진저리치게 만들었다. 잔을 내려놓았을 때, 시내는 재희의 시선이 자신의 손으로 향해 있음을 깨달았다.

"그 반지인가 보죠? 도윤이가 줬다는……."

예상이 맞아떨어졌다. 희락과 은경이 저녁 식사 자리에서 그 말을 꺼낸 것이 틀림없었다. 뚫어질 듯한 재희의 시선에 시내는 다른 손으로 반지를 낀 손가락을 살짝 가렸다.

"조시내 씨, 내 이야기 잠깐만 들어줄래요?"

재희는 자신의 술잔을 물기 하나 없이 입 안에 털어내고는, 테이블 위에 소리 나지 않게 올려놓았다. 취기가 오르면 체온도 따라 오르기 마련인데, 재희는 반대로 한기를 느끼는지 두 팔을 감싸 안고 잠시 몸을 떨었다. 곧, 재희는 다시 입을 열었다.

"스물에 도윤이를 처음 만났어요."

"재희 씨, 그런 이야기는……."

"그냥, 들어달라는 거예요. 조시내 씨, 그냥 들어주세요. 그냥."

어쩔 수 없이 시내는 입을 다물었다. 풋풋하고 어렸던 과거의 두 사람을 떠올리기라도 하는지, 그래서 우울하던 기분이 좀 사그라지는지 재희가 살풋 희미한 미소를 지었다.

"지금도 참 멋지죠. 그때는 더 멋져 보였어요. 키도 크고, 잘생겼고, 목소리도 좋았고, 웃을 때는 보조개가 들어가서 귀엽기까지 하고. 뭐든 열심히 하고, 바쁘고, 늘 뛰어다니고……. 태어나서 처음으로 그렇게 설레는 사람을 만났어요. 그게 스물인 노재희의 가슴속에 들어온 스물의 민도윤이었어요."

스무 살의 도윤은 어땠을까. 그것을 알고 있는 재희의 앞에서, 이제는 오히려 아픈 추억이 되어버린 그 모습을 되살리는 그녀 앞에서 질투심을 느끼는 것에 대해 죄책감이 일었다.

"우린 누가 먼저랄 것도 없이 사랑했어요. 마음껏 사랑하고, 마음껏 주고, 마음껏 행복하고……. 우릴 슬프게 할 수 있는 건 아무것도 없다고 생각했어요. 다만 하나, 나 혼자서 걱정했던 건 있었죠. 도윤이는 고아였고, 가난했어요. 나와는 다른 환경에, 어쩌면 도윤이가 나중에 상처받는 일이 생길지도 모른다고 생각했죠. 왜, 드라마에서 잘 나오잖아요. 부잣집 여자의 부모가 남자에게 수모를 주고, 상처를 주고, 끝내는 헤어지게 만드는 일. 그래서 결심했어요. 도윤이가 당당하게 우리 아버지 앞에 설 수 있을 때까지 비밀로 하겠다고. 절대로 상처받는 일 없게 만들고 싶었기 때문이에요. 절대로 도윤이와 헤어질 수 없기 때문에 했던 결정이었어요."

재희는 괴로운 듯 두 눈을 감아버렸다.

"그런데 언제부터인가, 도윤이가 달라지기 시작했어요. 차갑고, 딱딱하고, 내 눈을 바라보지도 않았죠. 그 사람이 나에게서 멀어지려 한다는 걸 느낀 순간, 세상이 무너지는 것 같았어요. 왜냐하면, 내 세상이 바로 민도윤이었으니까. 그리고 도윤이가 헤어지자고 했을 때 그리고 내 대답 따위는 상관도 없다는 듯이 곧장 호주로 떠나 버렸을 때 내 세상이 무너진 만큼, 자존심도…… 상처도…… 배신감도…… 상상할 수가 없을 정도로 아팠어요."

시내는 술잔을 움켜쥐었다. 시내는 이제껏 재희가 도윤을 배신하고, 다른 사람과 결혼한 것이라 짐작하고 있었다. 그런데 헤어지자고 한쪽이 재희가 아니라 도윤이었다니. 이별을 통보받은 쪽이 도윤이 아니라 재희였다니, 머릿속이 혼란스러워졌다.

"붙잡을 만큼 붙잡아봤고, 매달릴 만큼 매달렸지만, 도윤인 친구로 지내자는 말만 하더군요. 말이 돼요? 이렇게 절절한 사람 앞에서 친구로 지내자니. 그저 좋은 친구로 지내자니……. 오기도 나고, 화도 나고, 자존심도 상하고, 슬프고, 가슴 아프고…… 그래서 다른 남자를 만났어요. 번듯한 사람, 나 좋다는 사람, 나와 결혼하고 싶다는 사람."

그렇게 말하는 게 힘들면서, 왜 내게 이런 말을 하는 거예요? 듣고 있는 나도 가슴이 아픈데, 듣고 싶지 않은데. 하지만 시내는 차마 재희에게 멈추라는 말을 하지 못했다.

"그래서 했어요, 결혼."

재희는 눈을 뜨고 시내를 바라보았다.

"왜 그런 눈으로 봐요? 사랑했으면, 도윤일 사랑했으면 그 결혼하지 말았어야 하는 것 아니냐구요? 그걸 묻고 싶은 거예요?"

"결혼을 하지 않았었다면, 재희 씨가 민 이사와 이렇게까지 되지 않았을지도 모르죠."

하지만 시내는 자신이 원하는 것이 그것인지는 확신하지 못했다. 만약 재희가 다른 사람과 결혼하지 않았더라면, 그 오랜 시간 동안 두 사람은 다시 연인으로 돌아갔을지도 모를 기회가 이따끔씩 찾아왔을 테니까.

"반쯤은, 나를 사랑해 주는 사람 곁에서 살다 보면 도윤이를 잊을 수 있을 거라는 생각이었고, 또 반쯤은…… 내 결혼 소식에 도윤이가 후회하면서 돌아올지도 모른다는 기대였죠. 둘 중 하나라도 상관없다고 생각했어요. 그런데…… 둘 다 아니었어요. 변명 같지만 난 너무 어렸고, 깨져 버린 사랑의 고통 때문에 이성을 잃은 상태였어요."

어떤 일이든 그때는 그것이 최선이라고, 그 방법밖에 없다고 매달리지만 지나고 나면 후회하게 되어 있다. 가보지 않은 길에 대한 미련 때문이다. 결혼하지 않았다면, 조금만 참고 더 기다렸다면, 아니, 한 번만이라도 더 매달려 보았다면 일이 이 지경까지 오지는 않았을 텐데. 어쩌면 다른 방법을 선택했더라면, 결혼이라는 극약을 쓰지 못했던 것을 후회했을지도 모른다. 늘, 이렇게 지나고 나면 후회다.

"결혼 후에도 여전히 나는 도윤이를 잊지 못하고, 또 그런 나를 바라보며 점점 변해가는 내 남편을 보았을 때 깨달았어요. 내 남편에게도, 또 나 자신에게도 돌이킬 수 없는 잘못을 저질렀다는 걸요. 우리가 할 수 있었던 일이란, 시간이 더 지나기 전에 다시 시작하기로 결심하는 것뿐이었죠. 그래서 이혼했어요."

비어 있는 술잔을 물끄러미 바라보는 재희의 시선은 점점 초점을 잃어가고 있었다.

"그리고 도윤이 말대로 친구처럼, 친구라는 이름으로 그 사람 곁에서 살았어요. 이렇게 애달프게 바라보면 한 번쯤은 돌아봐 줄까. 이렇게 한 번 더 웃으면 언젠가 마주 보고 웃어줄까. 이렇게 기다리고 있으면, 언젠가…… 과거의 사랑했던 우리들로 돌아갈 수 있을까. 그렇게 기다렸어요. 한 번도 눈길을 주지 않았지만, 한 번도 제대로 웃어주지는 않았지만 난 알고 있었어요. 냉정하긴 하지만 도윤이도 가끔은 나 때문에 흔들린다는 거."

어느새 재희의 눈가가 촉촉이 젖어 들어갔다.

"그런데 언젠가부터 도윤이가 달라지기 시작했어요. 인정하고 싶지는 않았지만, 그래서 당신이 너무 미웠지만, 죽도록 미웠지만…… 조시내 씨를 만나고 나서부터 도윤이가 달라지는 걸 느꼈어요. 나에게 줄 거라 생각했던 시선도, 웃음도 다 당신에게로 향하는 걸 지켜보면서 당신이 너무 미웠어요. 당신을 괴롭힐 수 있는 일이라면, 도윤이와 당신이 헤어질 수만 있다면 뭐든지 할 수 있을 거라고 생각했어요."

재희의 눈물이 그녀의 뺨을 타고 흐르다 결국 테이블 위로 똑똑 떨어져 내렸다. 시내는 고개를 돌려 그녀의 눈물을 외면할 수밖에 없었다.

"그런데 할 수 있는 일이 없어요. 정말로 뭐라도 하고 싶은데, 내가 할 수 있는 일이라고는 고작 질투심이 눈이 멀어 당신에 대해 나쁘게 지껄이는 일뿐인 거 있죠. 고작, 그렇게…… 도윤이의 미움을 사는 일밖에, 할 수 있는 일이 없는 거 있죠."

눈물이 그렁그렁한 눈으로, 재희의 시선이 시내의 반지로 향했다.

"나도 그걸 가지고 싶었어요. 너무나 가지고 싶었어요. 죽도록 가지고 싶었어요. 미치게, 가슴 아프게, 눈물 나게……."

"재희 씨, 그만 해요."

"조시내 씨, 부탁할게요. 이렇게 부탁할게요. 내가 할 수 있는 거, 내가 할 수 있는 일이 있을 때까지만 기다려 줄 수 없어요? 이대로 도윤이가 다른 여자의 사람이 된다는 걸 생각하면…… 눈앞에 아무것도 보이지가 않아요. 아무것도 들리지도 않아요. 머릿속으로 아무 생각도 할 수가 없어요."

"재희 씨……."

"이대로 아무것도 못하고 도윤이 다른 사람에게 가버리면, 나 평생을 도윤이를 잊지 못하고 살 거 같아서 무서워요. 나도 사랑받고 살고 싶은데, 나도 이제 행복해지고 싶은데, 도윤이를 잊지 못하고 평생 살아갈까 봐, 그게 너무 무서워요. 시내 씨, 내가 이렇게 부탁할게요. 다른 걸 바라는 게 아니에요. 나한테 보내달라는 것도 아니에요. 잠깐만, 그냥 잠깐만…… 기다려 주세요."

재희는 울음 때문에 말을 제대로 잇지 못한다. 시내는 그녀의 눈물이 어떤 의미인지 알고 있었다. 자신은 눈물을 흘리고 나면 끝이 날까 봐. 더 이상 혼자서 세상을 살아갈 힘을 잃게 될까 봐 설움에 북받치면서도 눈물을 참았었다. 재희는 눈물을 흘리고 나면, 몸이 부서져라 울고 나면 더 이상 사랑을 지탱할 힘이 없을까 봐, 또다시 과거와 같은 상처를 받게 될까 봐 차가움으로 무장을 하고 심장을 꽁꽁 싸매고 있었다.

"재희 씨……."

그녀를 이해하면서도, 어쩔 수가 없다. 어쩔 수 없어서, 시내는 미안함에 목구멍이 아릿해져 오는 울음을 꾹 참아야 했다.

"미안해요."

"조시내 씨……."

"그 부탁 들어줄 수가 없어요."

시내는 소파에서 몸을 일으켰지만, 고개는 여전히 바닥으로 향해 있었다. 차마 눈물 맺힌 재희의 눈을 마주할 수가 없었다.

"미안해요. 그렇지만 나, 민 이사가 이대로 지내자면 이대로 지내고, 결혼하자고 하면 결혼도 할 거예요. 왜냐하면요, 재희 씨 사랑만큼이나 내 사랑도, 또 민 이사 사랑도 중요하거든요. 미안합니다, 정말 미안합니다."

뜨거워진 눈시울을 재희에게 보일 수 없어 시내는 얼른 돌아섰다. 가게를 나설 때까지도 참았던 눈물이 볼 아래로 쏟아지기 시작했다. 시내는 손등으로 눈물을 스윽 닦아냈다. 엘리베이터에 올라 육층 버튼을 누른 시내는, 엘리베이터 한쪽 벽을 차지한 거울 속 자신의 모습을 들여다보았다. 코끝과 눈두덩이 부분이 붉게 달아올라 있었다.

거실에서 일을 하고 있을 거란 생각에 눈물을 완전히 닦아내고 집에 들어섰지만, 거실은 휑하니 비어 있었다. 언제나 도윤이 두드리고 있던 노트북도 테이블 위에 덜렁 홀로 놓여 있었다. 시내는 조심스런 발걸음으로 침실에 다가가 문을 열었다. 불이 꺼진 침실, 침대 위에서 잠이 든 도윤이 어둠 속에서 눈이 들어왔다. 침대로 다가간 시내는 도윤의 곁에 살짝 누워보았다. 인기척을 느꼈는지, 도윤이 잠결에 시내를 어깨를 가만히 감싸 안았다.

"사랑에 빠지면……."

시내는 조용히 중얼거렸다.

"누구나 다 이렇게 이기적인 사람이 되는 걸까?"

자신을 안아주는 도윤의 단단한 팔 안에서, 시내는 두 눈을 감았다.

"그 마음은 이해하지만, 그래서 내 가슴도 아프지만. 나도 내 사랑에 충실하고 싶어."

도윤이 몸을 뒤척거렸다.

"음…… 뭐라고?"

시내는 두 팔로 도윤의 허리를 감싸 안았다. 두 사람은 처음부터 한 쌍이었던 조각상처럼 딱 맞았다. 도윤의 품 안으로 고개를 파묻으며 시내는 나지막하게 중얼거렸다.

"아무것도 아니야. 사랑한다고. 아주 많이, 너무 많이. 다른 사람이 내 사랑 때문에 아플 정도로, 많이 사랑한다고……."

귓가에 맴도는 전화벨 소리에 도윤은 억지로 눈을 떴다. 품 안에서 곤히 잠이 든 시내가 깰까 싶어, 조심스럽게 침대에서 빠져나온 도윤은 거실 테이블 위에 놓았던 휴대전화기를 집어 들었다. 새벽을 알리는 시계 바늘 아래 '노재희' 라는 이름이 액정 위에서 맴돌고 있었다. 잠시 망설이던 도윤은, 침실을 흘낏 바라보며 슬라이드를 올렸다.

"여보세요."

하지만 아무런 말이 없다.

"나야, 말해. 여보세요?"

바람 소리가 얼핏 들려왔다. 하지만 여전히 재희는 아무런 말을 하지 않았다. 이내, 도윤은 전화가 끊겼다는 사실을 깨닫고 전화기를 내려놓았다. 새벽 세 시가 훌쩍 넘은 시각, 어둠 속에 휩싸인 창밖을 바라보며 도윤은 작은 한숨을 내쉬었다.

"어제 몇 시에 들어온 거야? 잠들기 전에도 안 오더니, 새벽에 일어나 보니 자고 있더라?"

주차장에 차를 세우며, 도윤이 물었다. 안전벨트를 풀고 조수석 문을 열던 시내가 순간 움찔했지만 이내 태연하게 대답했다.

"일찍 들어왔어. 중간에 깨서 중얼중얼 말까지 해놓고 언제 들어왔는지 기억이 안 나?"

도윤이 고개를 갸웃거렸다.

"안 나는데."

두 사람은 함께 차에서 내려 주차장과 이어진 직원용 엘리베이터로 향했다. 도윤은 주위의 눈치를 살피고는 슬그머니 시내의 손을 움켜잡았다. 깍지를 끼고 마주 잡은 손을 눈앞으로 들어올려 반지를 바라보고는 흐뭇하게 미소를 지었다.

"음, 여전히 꽉 끼어 있는 걸로 봐서는……."

도윤이 장난기 어린 표정으로 시내의 얼굴을 흘낏 바라보았다.

"살이 안 빠졌나 봐?"

시내가 뺨을 실룩거리며 대답했다.

"내가 안 빼고 싶어서 안 빼는 게 아니라, 살이 빠져서, 이 손가락 살이 빠져서! 혹시라도 반지를 잃어버릴까 봐, 그래서 일부러 안 빼는 거지."

"오호, 그러세요?"

티격태격 어깨 싸움을 하면서도 잡은 두 손을 놓지 않고 엘리베이터 앞까지 걸어온 두 사람은 고층에서 잠깐 멈추어 섰다가 차례로 내려오는 번호를 바라보았다.

"누가 타고 있나 보네."

중얼거리며 시내가 도윤의 손을 자신에게서 떼어냈다. 그러자 도윤의 불만 어린 목소리가 이어진다.

"왜?"

"아무리 우리가 사귄다는 걸 호텔 안에서 모르는 사람이 없다고 해도, 이러고 손 잡고 있다가 마주치면 민망하잖아."

언제부터 그런 걸 신경 썼다고, 코끝을 찡그리며 다시 시내의 손을 찾아오려던 도윤은 엘리베이터 문이 열리자 흠칫 놀라 고개를 돌렸다. 그리고 엘리베이터에서 헐레벌떡 뛰어나온 사람이 다름 아닌 희락임을 깨닫고 안도했다.

"아침부터 어디 가? 출근한 거 아니야?"

시내는 눈을 동그랗게 뜨고 물었지만 이내 희락의 얼굴이 새하얗게 질린 것을 눈치 챘다.

"락아! 무슨 일이야? 무슨 일 있어?"

"누나가."

순간 도윤과 시내는 동시에 얼어붙어 버렸다. 무엇인가 심상치 않은 일이 벌어졌다는 것은 넋이 나간 듯한 희락의 표정만으로도 짐작할 수 있었다.

"사고가 났어."

"사고? 재희가요?"

도윤이 물었다.

"제가 지금 정신이 좀 없어요. 자세한 이야기는 나중에 할게요. 죄송해요, 민 이사님. 미안해, 시내야."

급히 자신의 차로 향하는 희락의 뒷모습을 바라보던 도윤이 시내를 내려다보았다. 잠시 망설이는 듯 입술을 꽉 깨물었지만 나직한 한숨과 함께 망설인 그 말을 토해내고야 말았다.

"나, 노희락 씨와 함께 다녀올게."

"민 이사……."

"사실 어제…… 나도 자세한 이야기는 나중에 할게. 잠시만, 괜찮은지만 확인하고 올게."

대답이 없는 것을 허락한 것이라 생각한 도윤이 황급히 희락의 뒤를 따랐다. 자신의 자동차에 올라타 시동을 걸고 있던 희락의 옆 자리에 타던 도윤은 성큼성큼 뒤따라와 뒷좌석에 올라탄 시내를 눈을 크게 뜨고 돌아보았다.

"나도 갈게."

"시내야."

"나도 가야겠어. 가게 해줘."

도윤은 더 이상 아무런 말도 하지 않았다. 희락은 급히 핸들을 꺾으며 빠르게 주차장을 빠져나갔다. 서울 외곽에 위치한 종합 병원으로 향하며 희락은 사건에 대하여 알고 있는 만큼 털어놓았다.

"이차선 외곽 도로에서 엄청나게 밟았나 봐요. 뭐 한다고 새벽에 그 먼 곳까지 갔는지, 네 시쯤 사고가 났는데 신분증이고 뭐고 하나도 없더래요. 차적 조회해서 두 시간 전에 아버지께 연락이 갔는데, 아버지 지금 일본에 계시잖아요. 이제야 저한테 연락이 닿은 거예요. 아무래도…… 음주 운전 같아요."

"많이 다쳤대요?"

"다행히 생명이 위험하거나 급박한 정도는 아니라는데…… 저도 너무 경황이 없어서 자세히 물어보지는 못했어요."

도윤은 주먹을 꽉 쥐었다. 어젯밤, 전화를 끊고 나서 마음이 한없이 불안했었다. 어째서 다시 전화해 볼 생각조차 하지 않았을까! 음주 운전, 도윤은 스스로에 대한 분노로 주먹으로 차창을 살짝 쳤다. 요즘 재희가 술을 자주 마셨고, 또한 술을 마시고서도 운전을 한다는 사실을 누구보다도 잘 인지하고 있던 자신이 아니었던가. 충분히 사고를 막을 수도 있었다는 생각에, 도윤은 괴로운 마음을 감출 길이 없었다.

"괜찮아?"

뒷좌석에 앉아 있던 시내가, 불안한 목소리로 말하며 잔뜩 굳은 도윤의 어깨를 가볍게 문질렀다. 어깨에 닿은 따스한 시내의 손길에 도윤은 세차게 뛰는 가슴을 진정시키기 위해 노력했다.

"괜찮아."

말은 그렇게 하면서도 전혀 괜찮아 보이지 않는 도윤의 모습을 바라보며 시내는 어찌할 바를 몰랐다. 지금에 와서 어젯밤 재희와 만났고, 그녀가 주체할 수 없을 정도로 많은 술을 마시는 것을 본 사람도 자신이라는 것을 말해야 할까.

평소보다 훨씬 빠른 속도로 달려서였을까. 서울에서 그리 가깝지 않은 경기도의 도시에 금방 도착한 희락의 차는 어느새 재희가 실려와 치료를 받고 있다는 병원 안으로 들어섰다.

새벽녘 교통사고로 실려온 여자 환자를 찾는 것은 어렵지 않았다. 가장 크게 다쳤다는 왼쪽 다리의 치료 시술이 끝나고 이제 막 병실에 옮겨졌다는 재희의 모습은 목숨이 위험할 정도도 아니며, 크게 문제가 되는 부상이 있는 것도 아니라는 말이 무색할 정도로 처참했다. 깁스를 한 누이의 다리와 퉁퉁 부어오른 데다 온통 멍투성이가 된 얼굴을 번갈아 바라보던 희락이 긴 한숨을 내쉬며 도윤과 시내를 돌아보았다.

"전 의사 좀 만나고 올게요. 그동안 여기 좀 있어주세요. 부탁해, 시내야."

시내는 가만히 고개를 끄덕이며, 병실 문을 열고 나가는 희락을 바라보았다. 희락의 모습이 완전히 문밖으로 사라진 이후에도 시내는 차마 재희를 돌아볼 용기가 나지 않았다.

"도대체……."

나직하게 흘러나오는 도윤의 목소리에 시내는 순간 움찔했다.

"너 왜 그러니, 노재희. 도대체 왜 이래. 정말 왜 이래, 왜 이러냐고……. 바보같이."

아직 정신을 차리지 못하는 재희 앞에서, 아무것도 들리지 않을 그녀 앞에서야 괴로움을 토로하는 도윤의 모습에, 시내는 몸이 휘청거렸다. 비틀거리며 도윤에게 다가선 시내는 그의 허리를 가볍게 감싸 안았다.

"사고라잖아. 사고일 뿐이야. 괜찮다잖아. 크게 상한 곳 없다고 하잖아. 괜찮다잖아."

도윤이 고개를 흔들었다.

"당신이 괴로워할 이유 없어."

도윤은 두 눈을 질끈 감고 주먹으로 자신의 이마를 꾹 눌렀다.

"어제 전화가 왔었어. 재희가 나한테 전화를 했는데 그냥 끊어버렸어. 아무런 말도 안 하고, 분위기도, 느낌도 이상했는데. 내가 다시 전화를 했으면, 막을 수 있었을지도 몰라. 이런 일이 일어나지 않았을지도 몰라."

평소의 그였다면 취중에 일어난 사고일 뿐이라는 사실을 충분히 인지했을 것이다. 하지만 언제나 완벽한 미모를 뽐내던 재희가 눈뜨고 보기 힘들 정도로 엉망이 된 채 병실에 누워 있는 모습은, 도윤을 죄책감으로 몰고 가고 있었다. 시내는 괴로워하는 도윤을 차마 바라볼 수가 없었다. 시내의 가슴 한구석에는, 재희 때문에 도윤이 괴로워하는 것을 원하지 않은 마음과 어쩌면 도윤이 아니라 애초에 자신이 막을 수 있었다는 자책감이 동시에 폭풍 치듯 휘몰아치고 있었고 그로 인해 시내는 혼란스러움을 느끼고 있었다.

"재희가 술에 취해서 운전하는 것도 알고 있었는데."

안타까운 시선으로 재희를 바라보는 도윤의 눈빛이 싫었다. 아주 조금이라도, 재희에 관해 책임감을 느끼는 것도 싫었다. 시내는 사고를 당해 아픈 사람을 앞에 두고 이런 이기적인 생각만 하는 스스로에 대해 실망을 금치 못했고, 그 실망만큼 재희에 대한 미안함과 죄책감이 깊어졌다.

"당신 잘못 아니라니까."

시내는 천천히 도윤에게서 손을 뗐다. 그리고 고개를 돌린 채 죽은 듯 자고 있는 재희를 바라보았다. 그녀의 표정은 어젯밤, 시내에게 과거의 고통을 토로하던 때와 비슷해 보였다. 마치 지금이라도 부탁을 들어달라는 시위라도 하는 듯한 착각에 빠져들었다.

하, 조시내. 더 이상, 너무 나빠지지는 말자. 몸 다치고 가슴에 상처가 남은 사람은 네가 아니라, 재희 씨야. 넌 민도윤 사랑도 가지고 있고, 민도윤 곁에도 있으면서 마치 네가 피해자인 듯 굴지 좀 마. 조시내, 이러지 마.

"이건 사고니까 누구 잘못도 아니지만, 굳이 죄책감을 가져야 한다면…… 민 이사가 아니라 나야."

도윤의 눈이 크게 떠졌다.

"어제, 가게 일 도와주러 내려간 거 아니야. 재희 씨한테서 전화가 왔었어, 만나자고. 민 이사한테는 이야기하지 않는 게 좋을 것 같아서 얘기 안 했는데."

꽤 널찍한 일인용 병실이었지만, 시내는 그곳이 답답해졌다. 마치 자신을 꽉 죄여오는 듯 숨 막히게 만들었다.

"옛날이야기 들었어. 민 이사랑 재희 씨 이야기. 예전에 사랑했던 이야기. 어쩌다가 헤어져서 이렇게 많은 시간이 지나 버렸는지. 그리고 재희 씨 마음까지. 다 이야기했어. 그리고, 더 이상 가까워지지 말고 잠시만 기다려 달라는 부탁을 받았는데, 나 너무 모질게 거절했어. 단칼에……. 그렇게 울면서 부탁했는데도…… 단번에 차갑게 거절하고 일어났어."

도윤의 입술이 살며시 벌어졌다. 그 사이로 한숨이 터져 나오는 것을 바라보며, 시내는 쥐구멍이 있다면 숨어버리고 싶은 창피함을 느껴야 했다.

"술에 많이 취했다는 것도 나 알고 있었는데, 그냥 일어나서 나와 버렸어. 도저히 그런 부탁하는 재희 씨와 마주하고 있기가 힘들어서, 도망치듯이 나와 버렸어. 그러니까 재희 씨가 이렇게 된 거, 누군가 죄책감을 가져야 한다면 민 이사가 아니라 나야."

탁, 그때 문가에서 들리는 인기척에 깜짝 놀라며 도윤과 시내는 동시에 뒤를 돌아보았다. 큰 눈을 깜빡거리며 도윤과 시내, 그리고 침대 위에 누워 있는 재희를 번갈아 바라보던 희락은 마른침을 삼켰다.

"락아."

"지금…… 무슨 말들을 하고 있는 거야? 누나와 민 이사님이, 예전에…… 사랑했던 사람들이었고, 누나는 아직도 민 이사님을 잊지 못하고 있다는 거야?"

도윤과 시내는 아무런 말도 하지 못하고 희락의 시선을 피해 버렸다. 처음부터 숨기려 했던 것도 아니었고 그가 안다고 해도 상관없다고 생각하고 있었지만, 지금 상황에서는 과거 도윤과 재희가 연인이었다는 사실을 희락에게 말하지 않았던 것이 마치 큰 죄를 지은 듯 마음을 무겁게 했다.

"미안해, 락아. 숨기려 한 건 아니지만…… 굳이 네가 알아서 좋을 것도 없다고 생각했었어."

희락은 재희의 곁으로 다가가 의자에 털썩 앉았다.

"그래, 지금에 와서 그게 중요한 건 아니지. 하지만……."

시내에 대해서는 늘 그녀에 대한 걱정에 물불 가리지 않았던 희락이었지만, 같은 핏줄이 흐르는 재희의 사고 앞에서 그 안타까운 마음도, 다정했던 마음도 잠시 물러간 듯 보였다.

"누나가 이렇게 누워 있는데, 여기서 두 사람이 그 문제로 서로 내 잘못이라고 우기고 있는 거……. 미안한데 두 사람 그만 가주세요. 의사 말로는 최대한 안정을 취해야 한대요."

어쩔 수 없이 도윤과 시내는 병실 문을 나서야 했다. 어두운 도윤의 얼굴색에 가슴 끝이 찌릿한 느낌을 느끼며 떨어지지 않는 발길을 돌리던 시내는, 등 뒤에서 들려오는 희락의 목소리에 더욱 가슴이 아파왔다.

"미안해, 시내야."

"아니야. 네가 뭐가 미안해……."

병원을 나선 도윤과 시내는, 정문 앞에 길게 늘어선 택시 행렬을 향해 걸음을 옮겼다. 택시에 올라타 서울로 향할 때까지, 두 사람은 약속이나 한 듯 아무런 말도 없이 침묵을 지켰다. 시내는 눈앞에 스치고 지나가는 가로수 나무들을 바라보며, 쓴 침을 삼켰다. 얼마나 시간이 지났을까. 손가락 사이로 파고드는 따스한 느낌에 시내는 고개를 돌려 도윤을 바라보았다. 아침에 따듯했던 그 느낌 그대로, 부드럽게 반지를 감싸듯 문지르는 도윤의 손가락.

"네 잘못도 아니야."

도윤은 시내를 바라보며 희미한 미소를 지어 보였다. 그리고 시내의 손을 잡지 않은 다른 손으로 시내의 얼굴을 자신의 어깨에 기대게 했다. 단단하고 듬직한 느낌, 포근하고 부드러운 체온이 고스란히 시내에게 전해져 온다.

"네 앞에서 그런 모습 보여줘서 미안해. 어제부터 불안했던 느낌이 맞아떨어진 것 같아서, 그래서 재희한테 너무 미안해서 나도 모르게……. 그래. 네 말대로 내 탓도 아니지만 그렇다고 네 탓도 아니야. 그건 사고였을 뿐이고."

도윤은 가볍게 눈을 감고, 자신도 시내에게 살짝 몸을 기대었다.

"만약 어제 재희가 찾아온 사람이 네가 아니라 나였더라도, 나도…… 재희에게 똑같이 말하고, 똑같이 행동했을 테니까."

평소처럼 도윤은 집에 와서도 노트북 앞에 앉아 일을 한다. 함께 잠이 들고, 눈을 뜨고, 함께 도시락을 배달하고, 함께 아침 식사를 하고, 함께 출근을 한다. 여느 때와 다름없는 일상인 듯 흘러가지만, 간혹 그도 모르게 스치고 나와 귓가에 맴도는 작은 한숨이 시내의 마음을 괴롭혔다. 아무렇지도 않은 척 행동하고 있지만 도윤은 재희를 걱정하고 있었다.

시내라고 마음이 편할 리는 없었다. 밤에 잠을 자려고 누우면, 어김없이 눈물이 그렁한 눈으로 자신을 바라보던 재희가 머릿속에 떠올랐던 것이다.

"식사를 못해요."

재희의 병실을 지키고 돌아온 은경이 전해준 말이었다. 시내는 부엌으로 달려가 죽을 끓이기 시작했다. 피차 서로 얼굴을 보지 않는 게 좋을 것 같다는 생각에, 병원에서 돌아온 이후 한 번도 재희를 찾지 않았었다. 그녀가 호텔에서 그리 멀지 않은 서울 소재의 병원으로 옮겨온 이후에도 마찬가지였다. 자신뿐만 아니라 도윤 역시 병문안을 가지 않았다. 시내는 도윤이 자신을 의식해서, 자신의 마음을 상하게 하거나 신경 쓰이게 하고 싶지 않아 재희를 찾지 않는 것임을 알고 있었다.

술술 잘 넘어갈 수 있도록 부드럽게 죽을 쑤었다. 재희를 만날 생각은 여전히 없었다. 그녀의 얼굴을 본다면 마음이 약해질 것을 알고 있기 때문이다. 다만, 죽이라도 가져다 놓고 나오고 싶었다. 시내는 시계를 바라보았다. 열 시가 넘어가고 있었고, 도윤은 아직까지 퇴근 전이었다. 지금이라면 재희도 잠이 들었으리라.

마지막 차쯤 되는 마을버스를 타고 시내는 재희가 입원해 있는 병원으로 향했다. 죽이 든 보온병을 가슴팍에 끌어안고 버스 창밖을 바라보던 시내는, 눈앞에 스쳐 지나가는 호텔 건물을 발견했다. 도윤의 사무실은 어디쯤일까. 손가락으로 되짚어가던 시내가 도윤의 사무실을 찾기도 전에 버스는 무심하게 호텔 앞을 떠나 버렸다. 차창에 그대로 손가락을 짚은 채로 시내는 동그란 원만 무수히 만들어냈다.

재희가 VIP 병동에 머물고 있다는 사실을 은경에게 들어 알고 있던 시내는 어려움없이 병동을 찾았다. 그리고 재희가 머물고 있는 병실을 찾아, 병실 문의 이름을 일일이 확인하며 복도를 지났다.

"조금만 이대로 기다려 줄 수 없어요?"

조용한 복도 아래, 재희의 목소리가 귓가에서 자꾸만 맴돈다. 그때 시내에게서 얼마 떨어지지 않은 병실 문이 미닫이로 매끄럽게 열리며 희락이 한 발자국 걸어나왔다. 재킷을 손에 쥔 채로, 피곤한 듯 뒷목을 문지르던 희락은 시내를 발견하고 눈을 크게 떴다.

"시내야."

이내 희락은 자신이 아직 문을 닫지 않은 것을 깨닫고 재빨리

문을 닫았다. 그곳이 재희의 병실임이 분명했다.

"이 시간에, 어쩐 일이야?"

"아…… 난, 그냥, 재희 씨가 식사를…… 못한다고 해서."

시내는 희락의 얼굴을 똑바로 바라볼 수가 없었다.

"오늘은 나 그냥 가보는 게 좋겠지? 시간도 너무 늦었고…… 그럼, 나 나중에 다시 올게."

"시내야."

처음이었다. 희락을 마주 보고 이야기하는 것이 이렇게 고역스러울 수 있다는 사실을 알게 되었다. 시내는 뒤돌아서 빠르게 걸음을 옮기다, 등 뒤에서 들려오는 희락의 나지막한 부름에 다시 멈출 수밖에 없었다.

"같이 가. 어차피 나도 가는 길이야."

소독 냄새가 진동하는 복도를 걷고, 엘리베이터에 오르며, 다시 차에 올라타고, 시동을 걸고, 깊어가는 밤바람을 가르며 달릴 때까지 희락은 입을 열지 않았고, 시내는 그 침묵마저 불편해져 미처 전해주지도 못한 보온병을 꽉 붙잡았다.

"그거, 놔두고 올 걸 그랬다. 일부러 해온 건데."

오피스텔에 도착해 차를 주차시키며, 희락이 처음으로 시내에게 말을 건네었다. 시내는 쓴웃음을 억지로 지으며 고개를 흔들었다.

"다음에…… 재희 씨가 밥 잘 먹게 되면, 그때 더 맛있는 거 만들어서 가져다주지 뭐."

"그래."

차에서 내려 엘리베이터로 향하던 희락이, 무슨 생각이 들었는지 갑자기 시내를 바라보고는 입을 열었다.

"나가서 바람 좀 쐴까? 계속 병원에 있었더니, 머리가 좀 아프네."

로비에서 내린 두 사람은 건물을 벗어났다. 제법 차가운 물기를 머금은 따끔한 바람이 뺨을 스치고 지나간다. 오피스텔 앞 벤치에 나란히 앉은 시내와 희락은 누가 먼저랄 것도 없이 작은 한숨을 내쉬다 흠칫 놀라 서로를 바라보며 쓰게 웃음을 지었다.

"일부러 와주었는데, 그때 그렇게 가게 해서 미안해."

"아니야. 네가 뭐가 미안해…… 너도 많이 놀라고, 또 당황했을 텐데."

시내는 보온병을 옆에 내려놓고 두 손을 모아 깍지를 꼈다. 초조함이 배어 있는 행동이었고, 그것을 눈치 채지 못할 희락이 아니었다. 아무리 오랫동안 헤어져 있었다고 한들, 두 사람은 기억하기도 힘들 정도로 어릴 때부터 함께 자랐다.

"그동안 너도 많이 불편했겠다."

"응?"

"누나가 민 이사님과 예전에 연인 사이였고, 또 아직도 민 이사님을 잊지 못하고 있다는 걸 알고 있는 너도…… 마음이 편하지는 않았을 테니까."

애초에, 도윤과 사랑을 시작하게 된 계기가 재희였다는 사실까지 알게 된다면 희락은 어떤 표정을 지을까. 처음부터 재희와 멀어지기 위해 도윤이 일부러 선택한 사람이 나라는 것을 알면 무슨 생각을 할까.

"뻔해. 누나 성격 아니까, 그동안 누나가 알게 모르게 너한테 부담을 주거나 힘들게 했을 거라는 거 짐작이 가."

"아니야."

도윤의 주위에서 맴도는 재희가 신경이 쓰이지 않았던 것은 아니지만, 술에 취해 주방에 한 번 찾아왔을 때와 지나치며 오가는 몇 마디의 말들을 제외한다면 그녀가 자신에게 딱히 해코지를 한 기억을 찾을 수도 없었다. 솔직한 시내의 지금의 심정은, 그녀가 드라마 속에서의 악녀처럼 자신에게 나쁜 짓을 많이 해서 마음껏 미워하기라도 할 수 있었으면 하는 바람이었다. 졸지에 피해자가 되어버린 재희와 그런 그녀에게 한없이 미안함을 느끼는 자신의 상황이 괴로울 뿐이었다.

"그런데 시내야."

희락이 혼란스러워하고 있으며, 또 얼마나 마음이 무거우며, 입을 떼기 힘들어하는지, 시내는 녀석의 눈빛만으로도 충분히 읽어 낼 수 있었다.

"우리 누나…… 너무 미워하지는 마."

"락아."

"분명히 민 이사님이 사랑하는 사람이 너고, 너도 민 이사님을 좋아하고, 두 사람이 이대로도 행복하다는 것도 알아. 누나가 더 이상 민 이사님을 되찾기 위해 할 수 있는 일이 없다는 걸, 누구보다도 내가 잘 알잖아. 민 이사님과 너, 두 사람 모습 옆에서 이렇게 내가 다 보고 있으니까. 그러니까 시내야, 우리 누나 너무 미워하지는 마."

시내는 고개를 숙이고, 발끝을 지그시 바라보며 자그마한 목소리로 중얼거렸다.

"안 미워해."

시내의 말에 희락이 고개를 가만히 끄덕였다.

"그래."

살가운 혈육의 정은 아니었지만 병실에 누워 있는 재희를 지키며, 애틋한 마음이 커졌는지 희락은 누이를 떠올리며 코끝이 벌겋게 달아올랐다.

"누나가 지금은 좀 힘들겠지만 곧, 곧 괜찮아질 거야. 조금만, 조금만 시간이 지나면 괜찮아질 거야. 괜찮아질 거야. 괜찮아……."

결국 희락의 큰 눈에서 굵은 눈물방울이 뚝, 바닥으로 떨어졌다. 파르르 떨리는 입술 사이에서 울음 섞인 목소리가 터져 나왔다.

"괜찮아지겠지? 시내야, 누나 괜찮아지겠지? 다른 사람들이, 누나가 자꾸 자살하려고 했다고 말들을 해. 아니야, 아닐 거야. 우리 누나가 어떤 누난데, 십칠 년 만에 처음 만난 동생한테도, 눈썹 하나 까딱하지 않고 널 미워하지는 않지만 잠깐 떠나 있어줘…… 라고 말하던 사람이야. 그런 냉정한 사람이, 사랑 그게 뭐라고…… 그것 때문에 죽으려고 했겠어. 아니야. 아니라고."

희락의 뺨에는 쉴 새 없이 눈물이 흘렀다. 명치가 얼얼해지는 느낌에 시내는 주먹으로 자신의 가슴을 꾹 누르며 희락을 따라 흐르는 눈물을 참았다.

"그러니까 괜찮아져. 그렇지, 시내야? 괜찮아질 거야. 시간이 조금만 지나면…… 아주 조금만 지나면 밥도 먹고, 치료도 잘 받고, 웃고, 예전처럼 당당하게…… 그렇게 예전의 누나로 돌아올 거야. 그렇지?"

시내는 고개를 끄덕였다.

"돌아올 거야. 예전 재희 씨로. 너무 걱정하지 마. 괜찮아질 거야. 괜찮아질 거야."

"어디 갔다 오는 거야?"

눈물로 얼룩진 얼굴을 수습하고, 집에 들어선 시내는 거실 테이블 앞에 앉아 노트북을 들여다보고 있던 도윤에게 방긋 미소를 지어 보였다.

"배고플까 봐 먹을 거 가지고 호텔에 갔었지. 그런데 이미 퇴근하고 없더라?"

미리 준비한 거짓말을 하며, 시내는 요란스럽게 신발을 벗어 던지고 집 안으로 들어섰다. 그런 시내에게서 이상한 느낌을 받았는지 도윤이 고개를 들었다.

"무슨 일 있었어?"

"무슨 일은…… 있었지! 오는 길에 마을버스가 딱 끊겨 버려서, 택시 타고 왔단 말이야. 내 차비 물어내!"

그제야 도윤이 피식 웃음을 터뜨리며, '네가 그러면 그렇지' 하고 고개를 흔들었다. 시내는 테이블 앞에 앉아 보온병을 열었다. 도윤이 호기심 어린 눈으로 보온병을 들여다보고는 이내 눈살을 찌푸렸다.

"이게 뭐야, 죽이잖아."

"밤에 뭐 먹는 거 소화 안 되고 건강에도 안 좋잖아. 묽게 끓인 죽이 딱이지. 있어봐. 그릇 들고 올게."

시내는 주방으로 달려가 그릇을 들고 나왔다. 그새 도윤은 자리에서 일어나 창가 앞에 서서, 오랫동안 같은 자세로 일을 하느라 굳어버린 어깨를 풀고 있었다. 시내는 그릇에 죽을 담아 도윤에게 다가가 건네주었다.

"묽어서 그냥 술술 마시면 돼. 아직 따듯하지?"

맛있게 죽을 마시고 그릇을 내려놓는 도윤을 지그시 바라보던 시내는 그의 등 뒤로 돌아가 가만히 허리를 감싸고 안았다. 시내의 손바닥이 군살 하나 없는 복부에 닿자, 도윤은 빙그레 웃으며 그 손 위에 자신의 손을 올려놓았다.

"걱정되지?"

시내의 작은 목소리에 도윤이 움찔했다.

"아닌 척해도, 알아. 다른 사람은 몰라도 난 알아. 민 이사 그렇게 냉정한 사람 아니라는 거. 재희 씨 걱정, 많이 하고 있다는 거 알고 있어."

돌아서려는 도윤을 시내는 막았다.

"알고 있는데, 모른 척하려고 했었어. 난 민 이사가 재희 씨 걱정하는 거, 싫거든. 걱정하고 신경 쓰고, 그러는 거 참 싫거든. 그런데, 재희 씨가 빨리 나아야 할 것 같아. 그래야 민 이사도 재희 씨 걱정 안 할 거고, 나도 신경이 덜 쓰일 거고, 또 락이도 마음이 좀 편해질 거고. 우리 모두를 위해서라면 재희 씨가 빨리 나아주는 게 최선인 것 같아."

희락을 붙잡고 너무 많이 울어버려서, 더 이상 눈물이 나오지 않을 것이라고 생각했다. 하지만 어느새 도윤의 셔츠가 눈물에 젖어 등에 달라붙었다.

"밥도 안 먹고, 치료도 제대로 안 받으려고 한대. 민 이사가 재희 씨 찾아가서 그러지 말라고 하고, 위로도 하고, 간호도 하고…… 그래서 재희 씨가 빨리 나을 수 있게 해줘."

도윤이 돌아서 시내를 내려다보았다. 눈물이 그렁그렁한 채, 시내는 여느 때처럼 씩씩하게 웃어 보였다.

"단, 다 해줘도……."

안쓰러운 마음에 도윤의 얼굴이 일그러졌다.

"마음은 주지 마. 그건, 내 거잖아."

시내는 다시 재희의 병실을 찾았다. 문고리에 손을 가져다 댔다 떼길 수차례, 몇 번의 망설임 끝에 결국 두 눈을 꼭 감고 병실 문을 열었다. 문소리에 고개를 벽 쪽에 기대고 누워 있던 재희가 힘없이 얼굴을 들었다. 처음 보았을 때보다 붓기와 멍이 많이 가라앉기는 했지만, 여기저기 긁힌 찰과상과 함께 야윈 두 볼로 인해 누가 봐도 노재희라고 믿지 않을 만큼 달라 보였다.

재희의 퀭한 두 눈과 마주한 시내는 어느새 다부졌던 결심이 무너져 내리고 있었다.

"우리가…… 더 해야 할 말이 남아 있나요?"

재희가 쩍 갈라진 목소리로 먼저 입을 열었다.

"오늘은, 내가 이야기할 거예요."

"미안해요. 난 더 이상…… 조시내 씨와 하고 싶은 말이 없어요."

"그때는! 노재희 씨 혼자서 말했잖아요. 난 들어줬고요. 오늘은, 내가 이야기할 거예요. 그러니까 재희 씨는 들어줘요."

시내는 천천히 걸음을 옮겨 재희가 누워 있는 침대로 향했다. 깁스를 한 재희의 다리에 팔이 닿자, 그 딱딱한 느낌에 시내는 순간 움찔했다.

"나 열일곱에 부모님 돌아가시고, 빚쟁이에 쫓겨다니다 얼마 후에는 할머니도 돌아가셨어요. 세상에 혼자 떨어진 기분, 그거 알아요? 얼마나 외롭고 무서운지. 울고 싶어도, 울지도 못해요. 울어버리면 세상이 끝날 것 같으니까. 나 그렇게 혼자서 십 년을 살았어요. 아마, 노재희 씨의 지난 십 년보다 더하면 더했지, 절대로 모자람없이 힘들었을 거예요."

담담히 이야기하려고 했고, 또 노력했지만 시내는 눈물을 참기 위해 목에 잔뜩 힘을 주어야 했다.

"괜찮아질 거다, 조금만 더 견디면 더 이상 외롭지도 않고…… 더 이상 힘들지도 않을 거다. 주문처럼 외우면서 살다가, 그 사람 만났어요. 지난 십 년, 외로웠던 딱 그만큼 그리워했던 희락이가 있어서…… 절대로 그 사람한테 사랑이라는 감정이 생길 거라는 생각은 못했어요. 아, 그냥 좋은 사람이다. 안 그런 척하지만, 참 좋은 사람이다. 이 사람 옆에 있으면, 이 사람만 옆에만 있으면 즐겁다. 그냥, 그랬어요. 사랑이라고, 정말 생각도 안 했는데 어느덧 돌아보니까 그게 사랑인 거예요. 눈앞에 있는데도 보고 싶다는 말이 사람 때문에 처음 알았고, 그 사람 먹는 것만 봐도 배가 부르다는 것도 처음 알았어요. 재희 씨한테도 그 사람 지난 십 년 동안 뼈아픈 사람이겠지만, 나한테도 그 사람 지난 십 년 동안 뼈아픈 고통 다 참아내고 겨우 만난 좋은 사람이에요."

시내는 손등으로 눈물을 훔쳐 냈다.

"그런데 나, 노재희 씨 부탁, 들어줄 거예요. 왜인 줄 알아요? 희락이 누나니까요. 내가 그렇게 힘들 때마다, 단 하나 버팀목이 되어주었던 락이가 재희 씨를 걱정하니까요. 나 그 빚 갚는 거지, 절대로…… 절대로 재희 씨한테 민도윤을 보내줄 생각 같은 거 없어요. 그러면서 여기 왜 왔냐고요? 경고하러 왔어요."

북받쳐 오르는 감정에 시내의 어깨가 흔들리기 시작했다. 재희는 여전히 아무런 말 없이 그런 시내를 바라보았다.

"빌려주는 거예요. 내 거니까 꼭, 꼭 깨끗이 쓰고 돌려줘야 해요. 흠집도 안 돼요. 건드리지도 말아요."

"조시내 씨."

"죽는다는 그런 바보 같은 생각도 집어치우고, 밥 잘 먹고, 치료 잘 받고, 빨리 나아서 일어나란 말이에요. 일어나기만 해요. 일어나기만 하면, 나 마음껏 재희 씨 미워하고, 욕하고, 내 마음 이렇게 아프고 힘들게 한 거 원망할 거니까. 나 돌아올 때까지 일어나야 해요."

시내의 말에 재희는 멍하니 중얼거리듯 물었다.

"어디…… 가요?"

그제야 시내는 억지로 쓴웃음을 지어 보인다. 하지만 비틀린 입술 위로 눈물이 뚝 떨어져 내렸다.

"민도윤이 노재희 씨 옆에 있는 거, 꼴 보기 싫어서요."

"조시내 씨."

"나 좋은 사람 아니에요. 그렇게 많은 시간을 주지는 않을 거예요."

시내는 돌아서 성큼성큼 문으로 향했다. 주먹을 꽉 쥐고, 두 눈을 부릅뜨고, 배에 힘을 주고, 걸음을 내디디는 시내의 얼굴에는 서글픔과 그것을 이겨내려고 발버둥 치는 고집이 섞여 있었다. 무슨 생각이 들었는지, 문을 열려던 시내의 손이 허공에서 멈추었다.

"그거 알고 있어요?"

시내는 고개만을 돌려, 자신을 지켜보고 있는 재희와 눈을 마주쳤다. 재희의 얼굴에 난 생채기를 제외한다면, 마주한 두 사람의 표정은 조금 닮아 있었다.

"지금 노재희 씨."

재희는 시내의 시선을 피하지 않았다.

"나한테 동정받고 있는 거예요."

긴 신호음만 이어졌다. 들릴 듯 말 듯 시내의 목소리가 끝내는 들리지 않았다. 결국 어쩔 수 없이 도윤은 전화기를 내려놓을 수밖에 없었다. 저만치 보이는 재희의 병실, 그 굳게 닫힌 문을 바라보며 왜 갑자기, 그토록 시내의 목소리가 듣고 싶었을까.

"저녁하느라 바쁜가……."

도윤은 손에 쥐고 있던 작은 종이 가방을 내려다보았다. 죽 전문점에서 포장을 해온 것이었다. 사실, 어젯밤 시내가 죽 그릇을 내밀 때부터 재희에게 다녀오는 것이라 짐작은 하고 있었다. 다만 시내가 굳이 말을 꺼내지 않았기에 모른 척한 것뿐이었다.

재희가 빨리 완쾌가 되는 것은 그도 바라는 일이었다. 이제 제발 어리석은 생각 따위는 버리고, 지리멸렬한 미련 따위도 버리고 그가 사랑했던 스무 살의 노재희처럼 아름답고 당당하게 살기를 바랐다. 하지만 그러기 위해서 그녀에게 자신이 해줄 수 있는 일은 없었다. 시내의 말대로 위로하며 곁에 있어준다면, 그것은 오히려 재희에게 독이 되어 남을 것이다.

"후우."

도윤은 무거운 걸음을 옮겨 재희의 병실로 향했다. 짧게 문을 두드려 노크를 하고 '네' 하는 재희의 목소리에 안도하며, 그대로 돌아가고 싶은 충동을 억누르며 도윤은 병실 문을 열었다. 다행인지, 아니면 불행인지 병실에는 침대에 누운 재희밖에 없었다.

"좀…… 어때?"

도윤은 침대 옆 테이블에 종이 가방을 내려놓으며 중얼거렸다. 차마, 재희를 보지 못하고 애써 시선을 피할 수밖에 없었다.

"괜찮다고 해야 하는지, 안 괜찮다고 해야 하는지…… 고민 중이야."

겨우 고개를 돌려 재희를 마주하기는 했지만, 엉망인 그녀의 얼굴이 눈에 들어오자 문 앞에서 발길을 돌려야 했다고 후회했다. 왜 이 지경이 되었을까, 어쩌다 우리가 이렇게 되었을까. 씁쓸한 마음이 도윤의 얼굴 위로 고스란히 떠올랐는지, 마주하고 있던 재희가 피식 웃음을 터뜨렸다.

"못 봐주겠지?"

"그래."

"너라는 거 알았으면, 아마 들어오지 말라고 했을 거야. 이런 얼굴, 이런 꼴 보여주고 싶지 않으니까."

울컥한 듯 도윤이 버럭 소리를 질렀다.

"애초에 이렇게 되지 않게 했어야지!"

참고 있던 그 말을 꺼내자, 봇물처럼 터져 나온다.

"도대체, 너 왜 그래. 내가 아는 노재희는 이렇게까지 될 때까지 스스로를 내버려 두는 여자가 아니었어. 내가 한때, 내 세상 전부라고 생각했던 노재희라는 여자는 이런 사람 아니었어."

"이렇게 변하는 거, 나라고…… 원했겠니. 내 힘으론, 어쩔 수 없어."

"어쩔 수 없어? 어쩔 수 없어서 술 먹고, 운전하고, 차를 들이박어? 죽고 싶었어? 죽고 싶었냐고! 내가 뭐라고, 나란 놈 아무것도 아니야. 나란 놈, 네가 이렇게까지 할 정도로…… 대단한 놈도 아니고, 또 너를 이제는 눈곱만큼도, 여자로서 생각하지 않는 사람이야. 너 바보야? 왜, 나 같은 놈 때문에 죽으려고 환장했냐고!"

"그래!"

재희도 지지 않고 소리쳤다. 도윤은 주먹으로 테이블을 꽝, 내려쳤다. 그래도 흥분한 감정이 채 가라앉지 않은 듯, 격한 숨을 밖으로 내쉬었다.

"그래. 죽을 것 같았어."

재희의 목소리는 조금 전 소리치는 것과 달리, 떨림이 간간이 섞여 있었다.

"죽고도 싶었어. 술 마셨어. 마시고 죽을지도 모른다는 생각하면서 차를 몰았어. 아, 아무것도 아니구나. 이렇게 달리다가 정말 다시는 눈 뜨지 않았으면 좋겠다. 마지막으로 네 목소리 한 번 들어보자, 그래. 그런 심정으로 전화도 했어. 만약, 내가 죽으면 이 전화 한 통화로 어쩌면 네 가슴에 나는 영원히 가시로 박힌 채 평생 살 수 있을지도 모르니까. 그게 사랑이 아니래도 상관없었어! 그런데!"

이미 상처가 나 있는 입술을 어찌나 세게 깨물었는지, 상처가 터져 핏물이 솟아올랐다. 하지만 재희는 말하는 것을 멈추지 않았다.

"막상 눈앞에 들이박을 것처럼 가까워지니까, 무서웠어. 죽는 게…… 죽는 게 너무 무서웠어. 태어나서 그런 공포는 처음 느꼈어. 난, 네가 나를 떠났을 때 그리고 조시내 씨를 만났을 때, 또 조시내 씨가 끼고 있는 반지를 봤을 때 이미 내 세상이 끝났다고 생각했는데…… 그래서 그때 겪은 그 고통이 세상에서 가장 무서운 거라 생각했는데…… 정말로 죽는다고 생각하니까. 죽는 게, 무서웠어."

쩍, 쩍, 갈라지는 목소리로 쉴 새 없이 말하며 발작하듯 말하면서도 재희는 꿋꿋이 몸을 지탱하고 있었다.

"다시 눈 뜰 수 없다는 게, 그렇게 무서울 수 있다는 걸 깨달았을 때 핸들을 꺾으면서, 살려고 발버둥 치면서! 죽어라 핸들을 꺾으면서 사랑 때문에, 고작 사랑 때문에 이런 고통을 감수하려는 내가 너무 어리석게 느껴졌어."

도윤은 눈을 크게 뜨고, 재희를 응시했다.

"너, 나한테 대단한 사람이야. 많이 대단한 사람이고, 어쩌면 평생 동안 내 가슴에 남아서, 나를 괴롭힐지도 몰라. 그런데 말이야, 난 그게 이제 두렵지가 않아졌어. 적어도 그건…… 죽는 것보다 무섭지 않잖아. 죽는 것보단 나으니까."

"재희야……."

"가."

재희는 그제야 털썩, 쓰러지듯 침대에 누웠다. 시트를 끝까지 끌어올려 얼굴을 가린 채 벽을 향해 돌아누웠다.

"가. 가. 가…… 민도윤. 지금 안 가면, 나 다시 너 붙들어. 그러니까 가."

그렇지 않아도 호리호리했던 몸매가, 사고 이후 너무나 야위어 시트 안에서 부서질 듯 떨고 있었다. 도윤은 안타까운 눈빛으로 그 뒷모습을 지켜보았지만, 이내 돌아섰다. 지금 자신이 재희에게 해줄 수 있는 일은, 돌아서 이 병실 안을 나가주는 것뿐이었다.

"나 하나만 물어봐도 되니?"

도윤은 걸음을 멈추고 돌아보았지만, 재희는 여전히 등을 보인 채 누워 있었다.

"그때, 왜 나를 떠났어?"

굳이 지난 이야기를 꺼낼 필요는 없었지만 도윤은, 그녀의 물음에 대답을 해주리라 결심했다. 자존심 때문에 결코 그녀에게 말하지 못했던, 별것도 아닌 두 사람의 이별 이야기.

“네가 회장님께 나를 친구라고 소개하던 그 말이, 너와 내가 어울리지 않다는 사실을 알게 해줬어. 자존심 때문이었지. 만약, 지금의 나라면…… 그러지 않았겠지만, 스무 살의 나는 너를 떠나야 한다고 생각했어.”

“친구…….”

중얼거리는 재희의 목소리에는 의미를 모를 웃음기가 섞여 있었다.

“그래……. 지금의 나라면, 너를 친구라고 아버지께 소개하지도 않았겠지만…… 스무 살의 나로 다시 돌아갈 수 있다 해도, 아마 그때 난 똑같이 행동했을 거야. 그게, 스무 살의 내가 생각했던 최선의 방법이었으니까.”

그렇지만 겨우 그거라니. 그토록 나를 미치게 만들었던 너의 이별 이유가, 고작 내 말 한마디였다니. 어쩌면 시간이 지나면, 많이 지나서 돌아본다면 미친 사람처럼 질주했던 그 이유가 ‘고작 사랑’ 때문이었다고 지금처럼 비웃는 날이 올 수도 있겠지. 아니, 오겠지.

조용히 문이 닫히는 소리를 들으며, 재희는 퉁퉁 부은 두 눈을 감았다.

“적어도…… 동정받는 사람이 되진 않았다고 뿌듯해할지도 모르지.”

시내에게 하고 싶은 말이 많은데 여전히 전화 연결이 되지 않는다. 마지막 시도에서는 결국 배터리가 꺼졌는지 곧장 음성 사서함으로 넘어가자, 이제 막 오피스텔 주차장에 차를 세웠던 도윤이 얼굴을 잔뜩 찌푸렸다.

"하여간, 그놈의 전화기 오래돼서 그런지 배터리도 오래 못 간단 말이야. 조시내, 조금만 예쁘게 굴어봐라. 내가 당장 전화기 하나 바꿔주지."

픽, 찌푸렸던 얼굴을 펴고 어느새 도윤의 얼굴에 웃음이 피어올랐다. 엘리베이터에서 내려 집으로 향하던 도윤은 오늘은 바쁜 일을 잠시 접어두고, 식사를 하고 함께 시내의 새 휴대전화기를 보러 가야겠다는 생각을 했다. 콧노래를 흥얼거리며, 오피스텔에 들어선 도윤은 거실 불이 꺼져 있자 순간 흠칫 놀랐다.

"뭐야, 이건 또 무슨 장난이야?"

어딘가에서 갑자기 나타나 '워!' 하고 소리를 치며 자신을 놀릴 장난임이 분명했다. 도윤은 이번에는 절대로 놀라지 않을 것이라고 생각하며 조심스럽게 거실에 한 발자국 올라섰다.

"장난치지 마. 오늘 같이 나가서 휴대전화기……."

순간 집 안에서 온기가 느껴지지 않는다는 느낌에, 도윤은 서둘러 스위치를 눌러 불을 켰다. 순식간에 거실은 환해졌지만, 어디에서도 시내의 모습을 보이지 않았다.

"재희 씨가 빨리 나을 수 있게 해줘."

혹시 쓸데없는 생각으로……! 도윤은 너무 급하게 문을 열려다 침실 문에 발을 찧고 말았다. 하지만 통증에 눈썹 한 번 찌푸릴 새도 없이 안으로 들어가, 옷장 문을 벌컥 열었다. 이내 안도의 한숨을 내쉰다. 자신의 옷 옆으로, 가지런히 정리를 해둔 시내의 옷들과 그 아래 촌스런 그녀의 짐 가방이 떡하니 버티고 있었다.

"어디 간 거야, 도대체……."

주머니에서 다시 휴대전화기를 들고 시내에게 전화를 걸었지만, 여전히 음성 사서함이 그를 기다리고 있다. 초조한 마음에 거실을 연방 가로지르며 희락과 은경에게 차례로 전화를 걸었지만, 두 사람 어느 누구와도 시내는 함께 있지 않았다.

"너, 들어오기만 해. 전화기? 이미 물 건너갔어, 알아?"

듣는 사람도 없는데 엄포를 놓으며, 도윤은 타는 목에 물을 축이기 위해 부엌으로 들어섰다. 그때 그의 눈 안에, 식탁 위에 놓인 분홍색 도자기 도시락이 들어왔다. 곱게 싸서 리본까지 묶어둔 도시락 위로, 처음 그 도시락을 받았던 때처럼 새하얀 종이 하나가 꽂혀 있다.

〈십 년 경력 아줌마표 도시락입니다. 벌써 이번 달 도시락 값까지 모두 받았는데, 갑작스런 사정으로 휴가를 떠나게 되어 죄송스럽게 생각합니다. 남은 도시락 값은 각 계좌번호로 환불해 드렸습니다. 다시 돌아오게 되면 꼭 다시 저의 아줌마표 도시락을 이용해 주실 거라 믿고, 오늘 하루는 저녁 도시락을 공짜로, 공짜로 서비스해 드립니다.

추신. 맛있게 드신 후 도시락 통을 문 앞에 내놓으시면 키 훤칠하고 잘생긴 총각이 수거해 갈 겁니다.〉

[고등학교 때 단짝이었던 윤정이라는 친구가 있어요. 지금은 결혼해서 지방 어디에 살고 있다는 것만 어렴풋이 들었는데…… 혹시 그곳으로 간 건 아닐까요?]

희락의 말에 도윤은 한자락 희망을 품고 얼굴이 환하게 밝아졌다.
"그럴 수도 있겠네요. 노희락 씨가 그 윤정 씨라는 분 소재도 알아봐 줄 수 있어요?"
[네, 수소문해 볼게요. 민 이사님은 오늘부터 휴가 내신 거죠? 걱정이네요. 이번 프로젝트에서 민 이사님이 빠지시면……. 하지만 시내를 찾는 게 우선이죠. 잘하셨어요. 그럼 다시 전화 드릴게요.]
전화를 내려놓은 도윤은 책상에 털썩 걸터앉았다.
어디로 간 거지? 지난 주말, 도윤은 희락과 함께 예전 두 사람이 함께 살았던 이천에 다녀왔다. 부모님과 함께 살았던 그 집에는 이미 다른 가족이 오래전부터 터를 잡고 살고 있었고, 어디에서도 시내의 모습은 찾을 수 없었다.
"도대체 어디로 갔어, 조시내."
속 썩이는 것도 가지가지다, 조시내. 아님 전화기라도 전원을 켜놓든지! 사람 미치는 꼴 보려고 아주 작정을 했지, 그렇지!
"너, 찾기만 해봐. 그날로 아주…… 후우."
중간에 말문이 막힌 도윤이 결구 한숨으로 마무리한다. 제발 찾기만 했으면 바랐다. 서류들을 대충 챙겨 서랍에 넣어놓고, 도윤은 사무실을 나섰다. 엘리베이터를 타고, 로비 층을 누르던 도윤은 뒤이어 엘리베이터에 오르는 윤수의 모습에 순간 움찔했다.
"안녕하세요, 민 이사님."
"네, 안녕하세요. 주방장님께 다녀가시는 길인가 보군요."
윤수는 가볍게 고개를 끄덕였다.
"민 이사님께서는 휴가를 내셨더군요."

"네, 보시다시피."

도윤은 휴가를 내고서도 봐야 하는 자료들을 모아둔 큼지막한 서류 상자를 으쓱 추켜올려 보였다. 여전히 윤수를 마주하면 심사가 뒤틀리는 도윤은 숫자가 하나씩 바뀌는 것을 주시하며 입을 다물어 버렸다. 윤수가 먼저 침묵을 깬 것은, 한식당 층에 거의 다다랐을 때였다.

"민 이사님의 그 낙하산, 여전히 뻔뻔하고 건방지던데요?"

윤수는 문이 열린 엘리베이터에서 내려 복도로 한 발자국 내디뎠다. 윤수를 내려놓은 엘리베이터가 문이 닫히려 하자, 도윤은 열림 버튼을 꾹 눌렀다.

"지금 뭐라고 했어요? 조시내 씨 이야기하는 겁니까?"

뒤돌아보는 윤수의 얼굴에 빙긋, 미소가 떠올랐다. 시내에 대해 자신이 모르는 무엇인가를, 알고 있는 듯한 윤수의 말에 도윤은 그 미소가 자신을 비웃는 것이라는 착각이 들 정도로 화가 치밀었다.

"그럼, 민 이사님께서 한식당 주방에 떨어뜨린 낙하산이 조시내 씨 말고 또 있겠습니까?"

"만났습니까?"

"휴가를 내주지 않으면, 그만두겠다고 협박하던데요?"

결국 그도 휴가를 내고 집을 나간 이후로, 소식을 모른다는 말이다. 도윤은 윤수가 시내의 소재를 알지 못한다는 사실에 실망하는 한편, 안도하기도 했다.

"그렇군요."

"그래서 그만두라고 했습니다."

도윤이 눈을 동그랗게 떴다. 그럼 휴가가 아니라 사직으로 처리되었다는 말인가? 하지만 어디에서도 그런 보고가 올라오지 않았고, 희락 역시 시내가 호텔을 그만두었다는 사실을 알지 못하는 것 같았다.

"그러니까 또 다른 협박을 하더라고요."

피식, 윤수가 다시 웃음을 터뜨렸다. 마치 시내가 협박하는 모습을 다시금 떠올리기라도 하는지, 부드러워지는 그의 표정에 도윤의 얼굴은 점점 일그러졌다.

"내가 자길 좋아한다는 걸, 호텔 안에 다 퍼뜨리겠답니다."

"뭐라고요?"

황당함에 도윤은 웃음조차 나오지 않았다. 윤수도 마찬가지라는 듯, 어깨를 으쓱거렸다.

"그 여자, 너무 뻔뻔스러운 거 아닙니까? 남의 감정을 가지고 그런 협박을 한다는 게."

도윤의 눈썹이 위로 치켜 올라갔다.

"사실이라는 말씀을 하시는 겁니까?"

"그게 사실이 아니라면, 내가 왜 그 협박에 휴가를 내줬겠습니까?"

여전히 당당하다. 도대체 누가 더 뻔뻔스러운 것인지, 도윤은 더 이상 화도 나지 않아 고개를 설레설레 흔들 뿐이었다.

"그래서 지금 어쩌자는 겁니까?"

"빨리 찾지 않으면, 내가 갈지도 모른다는 이야기죠."

도윤은 엘리베이터를 너무 오래 붙잡고 있다는 생각에, 그도 윤수의 곁으로 걸어나왔다.

"조시내 씨가 지금 어디에 있는지 알고 있다는 거군요."

그래, 조시내. 서윤수한테는 꼬박꼬박 보고를 하고 갔다 이 말이지? 찾기만 해봐, 내가 가만 두나! 도윤은 이를 꽉 물고, 또박또박 한 글자 한 글자에 힘을 주어 윤수에게 물었다.

"지금 어디에 있습니까?"

하지만 윤수는 그 질문에 대답을 하지 않았다.

"사실, 이런 경고도 하지 않을 생각이었는데. 그건 너무 비겁한 것 같아서요. 두 사람 사이에 빈틈을 파고드는 기분이라."

"지금 어디에 있습니까?"

도윤은 인내심을 가지고 다시 한 번 물었다.

"내가 그걸 이야기해 줄 거라 생각하십니까?"

"그건 잘 모르지만."

도윤은 윤수를 향해 한 발자국 다가섰다. 두 사람의 어깨가 부딪칠 듯 가까워졌다.

"시내가 어디에 있든, 서윤수 조리장이 아닌 내가 와주길 바라고 있다는 걸……."

윤수의 얼굴에서 점점 웃음기가 사라졌지만, 여전히 얼굴은 편안해 보였다.

"나도 알고. 또 서윤수 조리장도 알고 있으니까, 내게 말을 꺼낸 것 아닙니까?"

"그렇게 자신하시면, 왠지 말하고 싶은 생각이 없어지는데요?"

아무리 당당하게 군다 하더라도, 여전히 주도권은 자신에게 있다는 것을 잊지 말라는 듯 윤수가 고개를 약간 비틀어 도윤을 바라보았다. 한참 동안 윤수를 노려보고 서 있던 도윤은 이내 돌아서 엘리베이터 버튼을 눌렀다. 그리고 고개만 살짝 뒤로 돌려 윤수를 응시했다.

"좋습니다. 내가 알아내죠. 어디에 있든, 그건 내가 알아냅니다."

띠링, 엘리베이터가 도착해 양쪽으로 쩍 갈리듯 문이 열렸다. 도윤은 엘리베이터에 올라타 로비 층을 다시 눌렀다. 문이 닫히려는 찰나, 갈라진 빈틈이 잠시 멈칫하더니 이내 다시 열린다. 그리고 그 앞에 얼룩 한 점 없는 새하얀 조리복 차림의 윤수가 서 있었다.

"바람의 언덕이…… 어디 있습니까?"

"그래. 휴가를 주면, 어디로 가려고?"

"바람의 언덕이요."

"어디?"

"있어요. 그런 데가. 근데, 이거 절대로 민 이사한테는 비밀이에요. 절대로, 절대로, 절대로 말하면 안 돼요!"

"그건…… 절대로, 절대로, 절대로 말해달라는 소리 같은데?"

"아니라니까요!"

바다 위로 해가 저물고 있었다. 무릎을 가슴팍 쪽으로 끌어당겨 앉은 시내는 불그스름한 빛을 띠는 바다를 바라보며 긴 한숨을 내쉬었다. 곧 붉은 기운이 가시고 옅은 주황빛이 언덕 위를 잠시 덮은 후, 금방 어둠으로 이어질 것을 알고 있었기 때문이다.

"이렇게 오늘도 또 하루가 가는구나."

변함없이 굳건히 언덕 아래를 지키고 있는 등대를 내려다보며, 시내는 볼을 실룩거렸다.

"노재희 간호하느라 바쁘겠지? 이거, 이거…… 간호하다 혹시 딴생각 품은 거 아니야? 마음 하나 살짝 바꿔먹으면 재벌가 사위가 될 판인데, 내가 생각이나 나겠어?"

도윤을 뻔히 알면서도 그리움에 지치다 보니, 괜한 심술이 마음과 다른 말을 뱉어내게 했다. 날이 저물어가는데도 불구하고 남해 바다 위를 오가는 따듯한 봄바람을 맞으며 시내는 머리를 긁적거렸다.

"잘살고 있냐, 민도윤? 밥은 먹고 다니나 몰라. 밑반찬 해둔 것도 다 떨어졌을 텐데……. 괜히 휴가다 뭐다 해서 왔나? 더 신경이 쓰이잖아, 에잇!"

재희에게 가서 그녀가 완쾌할 때까지 도와주라는 말을 해놓고도, 두 사람이 함께 있는 모습을 직접 눈으로 보게 되면 아픈 사람이고 뭐고, 머리채를 확 잡어 흔들어놓을지도 모른다는 생각에 떠나오긴 했지만……. 사실, 목적지를 밝히지 않은 것은 재희 옆에서 간호를 하면서 속 좀 끓이라는 심술 때문이었다.

"에헤라디야, 좋다고 아주 병실에서 사는 건 아니겠지? 아, 경비 아저씨한테 말해놓고 오는 건데. 외박하는지, 안 하는지 봐달라고……."

날이 어두워지기 전에 민박집으로 다시 내려가야겠다는 생각에, 시내의 한탄이 거기서 멈추었다. 엉덩이에 묻은 흙을 탈탈 털어내며 언덕 위로 오르기 시작한 시내의 발걸음이 아쉬움에 자꾸만 느려졌다.

"여기에 있으면, 사랑하는 사람이 돌아온다고 했는데……. 칫, 거짓말. 하여간 옛날 사람들도 말들은 참 잘 지어내. 그래, 배 타고 들어오는 사람이야 등대 보고 찾아온다고 하지만 서울에 있는 사람이 여길 찾아오려면 뭘 보고, 도대체 뭘 보고 찾아와야 하는 거야."

혹시나 해서, 윤수에게 말을 해두긴 했지만 사실 그가 도윤에게 자신이 있는 곳을 말하리라는 것을 확신할 수도, 그렇다고 말하지 않으리라는 것 또한 확신할 수 없었다. 어쩌면 그런 애매모호한 확신 때문에 윤수에게 '바람의 언덕' 이라는 말을 했는지도 모른다.

"아, 심심해 죽겠는데. 나 있는 곳 민도윤한테 알려주기 싫으면, 자기라도 내려와서 좀 놀아주든지. 하여간 똑같애, 똑같애. 민도윤이나 서윤수나…… 죽어라 무디지. 내일부터는 새벽에 나가서 고기잡이 배라도 타든지 해야지."

터벅터벅, 계단으로 향하는 사이 어느새 언덕 위로 어둠이 깔리기 시작했다. 낙조 이후 바다의 밤은 유난히 빨리 찾아오는 듯하다. 계단 위에 누군가 서 있다는 사실을 깨닫고, 시내는 순간 흠칫 놀라 걸음을 멈추어 섰다. 어둑어둑한 공기 속에서 누군가 그녀를 바라보며 서 있었다. 한줄기 기대감이 시내의 심장을 고동치게 만들었다.

"혹시……."

"뭐 하노? 밥 먹으러 안 오고."

탁, 어둠이 내리자 자동으로 켜지는 벤치 앞 가로등 불빛. 그리고 드러난 민박집 주인 아주머니의 모습에 시내는 맥이 풀렸다.

"네. 내려갈게요."

"저건 뭐꼬?"

민박집 아주머니의 중얼거림에, 시내는 뒤를 돌아보았다. 가로등 옆의 벤치 위로 자그마한 물체가 덩그러니 놓여 있었다. 쯧쯧, 쓰레기는 가지고 가서 버려야지. 요즘 관광객들 때문에 거제도가 쓰레기로 판을 친다! 혼잣말처럼 중얼거리며 먼저 돌아서 계단을 내려가는 아주머니를 바라보던 시내는, 쓰레기라면 가져다 버릴 생각으로 벤치로 향했다.

"이게 뭐야?"

심봤다. 관광객이 놓고 간 듯한 지갑. 꽤나 두툼한 것으로 보아, 찾아주면 사례금이라도 톡톡히 받을 것 같다. 시내는 지갑을 주워 들었다. 그러나 그 순간 그것이 꽤나 낯이 익은 것임을 깨닫고 입을 살짝 벌렸다.

"이거……."

"누가 칠칠맞게 흘리고 갔더라. 남자가 큰맘먹고 맡겼으면 제대로 관리를 해야지."

등 뒤에서 들려오는 도윤의 목소리에, 시내는 숨이 턱 막혔다. 지갑을 꽉 움켜쥔 채로, 시내는 천천히 뒤돌아섰다. 낡은 진과 티셔츠 차림으로 그 어느 때보다 편안해 보이는 부드러운 도윤의 얼굴에, 시내는 자신도 모르게 눈물이 핑 돌았다.

"민 이사……."

"어디 가면, 어디 간다고 말을 해야 할 것 아니야."

눈물 나게 반가운 자신과는 달리 퉁명스런 모습에 시내의 뺨이 실룩거리기 시작했다.

"그래도 이렇게 찾아왔잖아."

"내가 꼭, 서윤수 조리장한테 이야기를 듣고 와야 해?"

"그래서 무디다는 거야, 척하면 딱이지. 내가 어디 가냐? 내가 갈 데가 어디 있다고! 없어지면 바로 여기라고 생각해야 하는 거 아니야?"

왜 이렇게 늦게 왔냐는 말 대신, 시내는 투정을 한번 부려본다.

"찾아올 거라 생각했으면서, 왜 말도 안 하고 가버린 거야? 내가 얼마나 놀랐는지 알아?"

"좀 놀라라고 그랬다! 재희 씨한테 가라고 말해놓고, 그 꼴 보기 싫어 떠나는 내 마음은 오죽했겠냐고."

찾기만 하면, 찾아오기만 하면! 그렇게 마음속으로 빌고 빌었던 그 바람이 어느새 사라져 버리고 여느 때와 다름없이 티격태격 서로에게 애정 표현 대신 싸움부터 거는 상황이 우습게 느껴졌는지, 두 사람은 동시에 킥 웃음을 터뜨렸다.

"그건 어디 패션이야? 큭."

그제야 시내는 옷을 제대로 챙겨오지 않아 주인집 아주머니에게 빌린 펑퍼짐한 꽃무늬 월남치마 차림이라는 사실을 깨닫고 얼굴이 붉게 달아올랐다.

"이게, 이게 얼마나 편한데! 칫, 그래. 난 하루 만에 찾으러 올 줄 알아서, 옷도 안 챙겨 왔다! 그게 그렇게 웃기냐? 응? 응? 응?"

"왜 이야기가 또 그렇게 옮겨가? 알았어, 알았어. 어울린다. 딱이다, 예쁘다, 됐지? 내려가자, 너무 어두워졌어."

도윤은 먼저 뒤돌아섰다.

"민도윤."

"응?"

"조금만 더 늦게 왔으면……."

조금 전 장난치던 그 목소리가 아니었다. 도윤은 천천히 몸을 틀어 시내를 돌아보았다.

"살짝 미워지려고 했을 거야."

입꼬리가 부드럽게 올라가며, 눈이 작아지고 눈가에는 작은 주름이 생긴다. 시내는 도윤이 그렇게 웃는 모습이 좋았다. 시내는 천천히 도윤에게 다가가 허리를 감싸 안고, 그의 가슴에 얼굴을 묻었다.

"그럼 네 손해지."

가슴으로부터 전해지는 울림에, 시내는 가볍게 웃음을 터뜨렸다. 자신의 웃음도, 그의 가슴을 타고 마음 깊이 전해지리라는 사실을 알고 있다. 도윤은 한 팔로 시내의 어깨를, 다른 한 손으로 그녀의 머리를 가볍게 끌어당기듯 감싸며 중얼거렸다.

"나는 이렇게 좋아하는데. 이렇게…… 사랑하는데."

약간의 소금기에 거칠게 느껴지면서도, 볼에 닿을 때는 따듯하고 그 어느 것보다 보드라운 밤바다의 바람의 맞으며, 두 사람은 가슴 저리듯 뿌듯해져 오는 사랑을 서로에게 오랫동안 옮겨주었다.

에필로그

"효과가 좋아요."

은경이 바닥에 발을 구르며 좋아하는 모습을 보자, 시내도 덩달아 기분이 좋아져 방긋 미소를 지었다. 게다가, 그것은 예전에 윤수에 대해 질투하느라 정신이 없었던 도윤을 떠올리며 자신이 직접 은경에게 건넨 제안이었던 것이다.

"다행이네요."

그때 카운터 앞으로 사장님이 얼굴을 잔뜩 찌푸린 채 모습을 드러냈다.

"효과가 좋은 건 좋지만. 난 노희락 씨의 불타는 시선에 아주 불편해, 불편해."

은경과 결혼을 한 후에도, 희락은 은경에 대한 마음이 그저 편안함인지 아니면 사랑인지 혼란스러워했다. 그런 희락을 알면서도 그를 받아준 은경은 꽤 마음고생이 심했고, 그런 그녀가 안타까운 마음에 시내가 '질투 요법'을 일러준 것이다. 아주 다행히도, 희락은 반응을 보이고 있었다. 다만 그녀들의 이 귀여운 방법에 동조를 해준 사장님이 요즘 희락의 불쾌한 기세에 도망쳐 다녀야 할 상황이 곤란할 뿐이다.

"고마워요. 대신 이 근처 오피스텔에 살고 있는 솔로 친구한테 도시락 광고 많이 해놨으니까 조만간 연락이 올 거예요."

"하하하하, 그렇다면야 언제든지."

"지금쯤 희락 씨가 올 때가 되었는데……."

은경은 가게 문을 흘낏 바라보았다. 예전에는 지하 술집이었던 이곳이 도시락 가게로 탈바꿈한 지는 이제 한 달. 기존에 시내의 도시락을 시켜먹던 사람들이 입소문을 꽤 많이 내주었기 때문인지 요즘은 배달뿐만 아니라 직접 찾아와 홀에서 먹는 사람들도 많아졌다. 사장님과 동업 형태로 시작한 사업이 자리를 잡아가는 것 같아, 시내는 요즘 신바람이 난다.

"아, 왔다!"

문가에서 아른거리는 희락의 모습을 발견한 은경이 얼른 카운터 옆으로 다가가 사장님의 곁에 섰다.

"제가 카운터 볼 테니까, 사장님은 좀 가서 쉬세요. 오늘도 바쁘셨죠? 어떻게, 어깨라도 주물러 드릴까요?"

정말로 어깨를 주물러 줄 태세로 손을 올리는 은경의 모습에, 이제 막 가게 안으로 들어서던 희락의 눈이 휘둥그레졌다. 냉큼 은경에게로 다가선 희락이 은경의 손목을 낚아채는 것을 보며 시내는 슬그머니 웃음을 감추었다.

"락이 왔니? 밥은 먹었어?"

"시내야."

은경을 노려보면서 희락이 시내를 불렀다.

"이 사람까지 나와서 도와줘야 할 만큼 가게가 바쁘니?"

시내는 어깨를 으쓱거리며 대답했다.

"아니."

희락은 사장님을 한껏 노려보다 다시 입을 열었다.

"그럼 은경이 앞으로 못 나오게 해. 남의 가게에 와서 지금 뭐 하는 거야? 얼른 집에 가. 아, 가자고! 나 간다, 시내야."

서둘러 은경을 데리고 가게를 나가 버리는 희락과 뒤돌아서 살짝 윙크를 해 보이는 은경의 모습에 시내는 더 이상 참지 못하고 크게 웃음을 터뜨리고 말았다. 이러다 제 명에 못살 것 같다는 사장님의 엄살을 한 귀로 흘려보내며.

시내는 저녁때 맞춰 가져다주기로 한 도시락을 배달할 시간임을 깨달았다.

"가게 잘 보고 계세요. 저 배달 갔다 올게요."

"응. 수고!"

한꺼번에 무거운 도시락을 여러 개 들고서도 힘든 기색 하나 없이 가게를 나서던 시내는, 자신의 앞을 가로막는 사람의 발에 얼굴을 찌푸렸다. 층층이 쌓여 있는 도시락과 나풀거리는 분홍색 보자기 때문에 누군지 알 수가 없다.

"저, 죄송하지만 좀 비켜주시겠어요?"

살짝 비켜서 지나가려고 했지만 또 막아선다. 시내는 은근히 부아가 치밀어 올랐지만 꾹 참고 다시 다른 쪽으로 비켜 걸음을 옮겼다. 하지만 또 커다란 남자 발에 부딪치고 말았다.

"아니, 이보세요! 사람 지나가는 거……."

순간 손 안에 묵직함이 사라졌다. 그리고 환하게 트이는 시야 안으로 도윤의 장난기 어린 얼굴이 들어왔다. 그녀에게서 도시락들을 받아 든 도윤은 무시하지 못할 그 무게에 금방 미소를 지워 버렸다.

"아니, 이렇게 무거운 건 남자가 좀 해야 하는 거 아니야?"

카운터만 보는 사장을 두고 하는 말이었다.

"사장님보다 내가 힘이 더 센 걸 어떻게 해. 일찍 퇴근했네?"

"혼자서 이런 걸 나르고 다니는데, 나라도 와야지. 하여간, 저 사람 마음에 안 들어."

어제 희락이와 술 한 잔 했다고 하더니, 아무래도 희락의 영향을 받은 듯했다. 어쩌면 은경에게 추파를 던지니, 시내도 조심해야 한다고 도윤에게 일러바친 것일지도 모른다.

"도시락 식겠다."

"들어가 있어. 내가 돌리고 갈게."

시내는 빙긋 웃으며 도윤의 팔짱을 꼈다.

"배달하다가 어떤 여자가 추파를 던질지 모르는데, 내가 어떻게 이렇게 잘생긴 남편을 혼자 보내냐?"

"큭."

손을 붙들고 나란히 도시락을 배달하고 난 후, 두 사람은 오피스텔 아래의 편의점에서 아이스크림을 사서 하나씩 입에 물었다. 벤치에 앉아 아이스크림을 입에 물고 두 사람은 아이처럼 함께 웃음을 터뜨렸다.

"아깝지 않아?"

"뭐가?"

"기껏 호텔에서 그 고생 다 하며 요리를 배웠는데. 조리사 시험을 보고 호텔에서 계속 일을 할 수도 있었잖아."

아쉬운 듯한 도윤의 말에도 정작 본인은 아무렇지도 않다는 듯 시내는 고개를 흔들었다.

"사람은 다 자기 일이 따로 있나 봐. 난 요리하는 게 좋지만 호텔은 내 자리가 아닌 것 같거든. 그리고 도시락 가게가 내 오랜 꿈이었다는 거, 알지? 나 지금이 좋아. 이렇게 행복해도 되나 싶을 정도로 좋아. 꿈이었던 내 가게도 열었지, 이렇게 잘생긴 내 남편도 생겼지…… 아주 좋아."

말을 끝낸 시내는, 자신을 빤히 바라보는 도윤의 시선에 키득거리며 웃고는 그의 어깨를 툭툭 쳤다.

"그렇게 노골적으로 사랑스러워 죽겠다는 얼굴로 쳐다보면 부끄럽잖아."

코웃음을 친 도윤이 그녀의 말을 받았다.

"사랑스럽긴, 거기 묻은 그 아이스크림이나 닦아."

쳇, 그럼 그렇지. 시내는 불만으로 퉁퉁 부은 표정으로 손가락을 들어 얼굴을 더듬거렸다. '여기?' 하는 눈빛으로 도윤을 바라보자, 아이스크림을 입에서 떼어낸 도윤이 얼굴을 가까이 들이밀고는 손으로 시내의 입가를 닦아주었다.

"칠칠치 못하긴."

혀를 쯧쯧 차면서 꼼꼼하게 닦아주는 도윤을 바라보던 시내는, 빙긋 의미심장한 미소를 짓더니 쪽 소리가 나도록 도윤의 입술을 훔쳤다. 당황한 표정으로 주위를 둘러보던 도윤이 이내 어이가 없다는 듯 피식 웃고 만다.

"하여간, 부끄러운 줄을 몰라."

"아니, 내 남편한테 내가 뽀뽀한다는데 누가 뭐래?"

"으이구."

그녀의 통통한 뺨을 살짝 꼬집은 도윤은 곧 시내의 어깨를 부드럽게 감싸 안았다. 어둑해져 오는 오피스텔 단지 사이로, 하나둘씩 밤을 밝히는 불빛이 켜져 눈앞에서 반짝거리기 시작했다.

"나도 좋아."

"응?"

조용하게 중얼거리는 도윤의 목소리에, 그의 어깨에 얼굴을 묻고 있던 시내가 고개를 들고 도윤을 바라보았다.

"나도 내 자리를 찾은 것 같아서."

조시내의 옆 자리, 굳이 말을 하지는 않았지만 시내는 도윤이 말하는 그곳이 어디인지 알고 있었다. 그리고 서로의 자리에서 두 사람은 상대방에게 온전히 의지한 채, 부드러운 미소를 지었다.

작가후기

후기를 써야 할 때쯤 되면 자연스럽게 처음, 글을 시작할 때의 느낌이 떠오른다. 시작할 때와 마무리를 지었을 때 글은 참 많이 변해 있다. 그것이 섭섭하기도 하고, 조금 더 나은 글이 되었으리라 믿으며 안도하기도 한다.

『온리 유』의 시작은 『도시락』이었다. 개인 카페에서 『도시락』이라는 제목으로 연재를 하다 개인적인 사정으로 절반 정도의 분량을 남겨두고 중단했었다. 그리고 『이별한 사람들만 아는 진실』을 완결할 때까지 나는 내 원고 폴더 안에 있던 『도시락』을 까맣게 잊고 지냈었다.

『이별한 사람들만 아는 진실』을 끝내고 새로운 시놉시스를 구상하던 중, 폴더 속에서 찾아낸 『도시락』은 지금의 『온리 유』와 많은 점이 달랐다. 도윤과 시내, 희락의 이름에서 한 글자씩 따온 제목에서 알다시피 세 사람의 이야기였고 동거를 하게 되는 사람도 도윤과 시내가 아니라 희락과 시내였다. 『도시락』에서 시내와 희락은 호텔 학교 학생이었고, 도윤은 호텔의 중역이자 두 사람이 다니는 학교에서 강의를 하는 교수였다. 등장인물과 소재로 쓰인 도시락, 결국 사랑에 빠지는 사람들이 도윤과 시내라는 사실을 제외한다면 『도시락』과 『온리 유』는 완전히 별개의 글처럼 느껴질 정도다. 도시락을 배달하면서도 최고의 호텔 조리사를 꿈꾸는 당찬 여대생 시내를, 외로움을 간직하고 있으면서도 늘 밝은 미소를 잃지 않는 도시락 가게를 가지는 것이 꿈인 소박한 아가씨 시내로 바꾸면서 『온리 유』가 새로 시작되었다.

그게 바로 어제 일 같은데, 어느새 후기를 쓰고 있으니 흐뭇한 마음이 들면서도 서운함이 느껴진다. 대학 시절, 호텔 조리학과 친구를 따라 호텔 조리장을 그대로 옮겨놓은 듯한 그들의 실습실에 몰래 들어갔던 기억. 늘 도시락을 분홍색 보자기에 꽁꽁 싸맨 채 배달해 주던 동교동의 어느 도시락 집. 내가 좋아하는 칼루아 밀크를 만들어주며 칵테일과 칵테일 잔에 대해 설명을 해주던 신촌의 어느 바텐더 등등. 쓰면서도, 예전 추억들이 떠올라 참 즐거운 글이었는데.

내가 즐겁게 쓰면 읽는 사람도 즐거울 것이라는 믿음으로 글을 쓴다. 모든 사람이 즐거웠을 것이라 당당히 말할 수 있는 자신감이 있으면 좋으련만, 아직은 여전히 모자란 나를 알기에 그저 읽으시는 분들이 모두 즐거웠으면 하는 바람으로만 만족하고 싶다.

끝으로, 많은 분들에게 감사의 인사를 전하고 싶다. 사랑하는 우리 가족들, 특히 우리 효제랑 정현이. 이모가 얼마나 사랑하는지 알지? 늘 함께 있지만 막상 힘이 들 때 아무 도움도 못 주는 것 같아 미안하기만 한 썬과 쏘, 파이팅! 보고 싶은 혜정이와 나방. 천하무적 거모패밀리(롬, 미란, 미내, 바카, 미나상, 뿌꾸, 때미, 써래, 제우, 민욱, 두원, 원근이)! 1월 여행, 아무 탈 없이 우리 즐겁게 보내고 오자. 오랜만에 만나도 어제 만난 것처럼 편한 친구 공주! 전역 축하해, 성현아! 열심히 사는 친구들 환희, 주연, 민희. 이번에는 정말 보러 갈게요, 희 언니. 희 언니 보러 북경 가자, 정미 언니··! 건필하세요, 진 님. 예진 언니. 연화 언니. 어마어마한 분량을 한 권 안에 모두 집어넣느라 지금도 정신없이 바쁘실 청어람 편집부 분들(종민 씨, 지윤 씨, 규진 씨)! 늘 감사해하는 거 아시죠? 도윤과 시내의 더 진한 애정행각을 원하는 댓글 앞에 '죄송해요, 엄마가 보고 있어요' 라는 말로 일축해 버린 저를 이해해 주신 로망 독자 분들. 어떤 글을 가져와도 재밌다고 용기 북돋아주시는 우리 전사다 가족들, 감사합니다.

모두 감사드립니다. 늘 행운이 깃들길.

—12월 어느 따듯한 겨울, 진양.